春日最好的太阳照在这里.

于是,长路盛满了光.

木苏里

一级律师

木苏里 著

江苏凤凰文艺出版社

图书在版编目（CIP）数据

一级律师 / 木苏里著. -- 南京：江苏凤凰文艺出版社, 2020.6（2021.11 重印）
ISBN 978-7-5594-4869-9

Ⅰ. ①一… Ⅱ. ①木… Ⅲ. ①长篇小说 – 中国 – 当代 Ⅳ. ① I247.5

中国版本图书馆 CIP 数据核字 (2020) 第 080136 号

一级律师

木苏里 著

责任编辑	丁小卉
封面设计	殷 舍 阿 鬼
责任印制	刘 巍
出版发行	江苏凤凰文艺出版社
	南京市中央路 165 号，邮编：210009
网 址	http://www.jswenyi.com
印 刷	长沙鸿发印务实业有限公司
开 本	710 毫米 ×1000 毫米 1/16
印 张	22
字 数	419 千字
版 次	2020 年 6 月第 1 版
印 次	2021 年 11 月第 3 次印刷
书 号	ISBN 978-7-5594-4869-9
定 价	54.80 元

江苏凤凰文艺版图书凡印刷、装订错误可随时向承印厂申请调换

目 录
Contents

第一卷　蚁巢

第一章　报到　003

第二章　实习生　012

第三章　出差　021

第四章　酒城　030

第五章　听审　050

第六章　医院　063

第七章　监控视频　077

第八章　羊排的代价　098

第九章　约书亚·达勒案　113

第十章　归程　128

目 录
Contents
第二卷 酒池

第一章 扫墓 147

第二章 基因检测门 166

第三章 小心眼的薄荷精 193

第四章 意料外的一百分 211

第五章 一张旧照 229

第六章 记者 246

第七章 我的实习生 263

第八章 乔治·曼森案 287

第九章 生日快乐 311

番外 薄荷 338

第一卷 蟻巢

第一章 报到

十一月末，德卡马的初冬，中央广场传来例行的早钟声，灰鸽拍着翅膀从灰霾的天空中掠过。

外面阴沉、寒冷、丧气冲天。这是多好的日子啊，适合打家劫舍给人送终，和燕绥之此刻的心情很配。

几个月前，他还顶着一级律师的头衔，担任星际梅兹大学法学院院长一职，衣冠楚楚地参加名流聚集的花园酒会呢。这才多久，他就变得一贫如洗了。

这会儿是早上八点，他正走在德卡马西部最混乱的黑市区，一边缓缓地喝着咖啡，一边扫视着街边拥挤的商店标牌。

他的脸素白好看，神情却透着浓重的不爽与嫌弃，仿佛他喝的不是精磨咖啡，而是纯正猫屎。

他在这里转了半天，就是为了找一家合适的店——能帮忙查点儿东西，最好还能办一张假证。

五分钟后，燕绥之在一家窄小的门店前停下脚步。

这家门店外的电子标牌上显示着两行字——

黑石维修行！

什么都干！

很好，燕绥之捏紧咖啡杯，将它丢进街边的电子回收箱，抬脚进了这家店。

"早上好，"老板顶着鸡窝头从柜台后面探出脑袋，"有什么需要帮忙的？"

店里暖气很足，即便是现在有点儿怕冷的燕绥之，也感受到了暖意。他摘了黑色手套，从大衣口袋里掏出一枚金属环搁在柜台上："你帮我查一下这个。"

这是可塑式智能机，能随意变形。大多数人更习惯用环形的，方便携带，如手环、指环、耳环，甚至是脚环、腰环。

燕绥之的口味没那么清奇，他掏出的是一个很素净的指环。

"你要查什么？"

"所有能查的。"

"好嘞。"

老板配适好工具，叩了两下柜台，智能机弹出了全息界面。

界面上的东西少得可怜，干净得就像刚出厂的。

可塑式智能机里总共就四样内容：一份身份证明，一张资产卡，一趟去邻星的飞梭机票，以及一段纯电子合成的音频文件。

出于职业道德，老板不会随便翻看文件，但是燕绥之对这四样东西的内容清清楚楚，毕竟这两天他已经翻来覆去看了几十遍。

身份证明是一个临时的假身份，名字叫阮野，大学刚毕业，啥事也不会；

资产卡是一张黑市搞来的不记名虚拟卡，余额不够他生活两个月；

飞梭机票只有去程，没有返程，大意是让他能滚多远就滚多远。

"就这些？"老板问。

燕绥之在心里一声冷笑："是啊，就这些。"

何止智能机里就这些，他眼下的全部家当恐怕就是这些了。

这个世界刺不刺激？他不过是在五月的周末参加了一个酒会……

那天的酒温度有些低，刚过半巡就刺得他胃不舒服，于是他跟众人打了声招呼，先行离开，就近找了一家酒店休息。

谁知那一觉他"睡"了整整半年，从夏天睡到了冬天，再睁眼时已经是十一月了，也就是两天前。

他在一间黑市区的公寓里醒来，醒来的时候枕边就放着这台智能机，除此以外，一无所有。

好在网上的信息五花八门，他没费什么工夫就弄清了表面的原委。酒会那天，他下榻的酒店刚巧发生了袭击式爆炸，他好死不死成了遭逢意外的倒霉鬼之一。

只不过他这个倒霉鬼比较有名，各大新闻首页以花式震惊的标题惋惜了他的"英年早逝"，两个多月后才慢慢消停，然后人们慢慢遗忘。

当然，真相显然没这么简单，智能机里那个电子合成的音频给他解释了一部分原因——

事实上，有人将他从那场爆炸中救了出来，利用这半年给他做了短期基因手术，对他的容貌和生理年龄都进行了微调，让他在一段时间内保持一个刚毕业的学生模样。对方还给他准备了假身份、钱以及机票，让他远离德卡马……

总之，种种信息表明，那场爆炸是有人蓄意寻仇，他不是什么被牵连的倒霉鬼，他就是爆炸的目标。

但你要问一个"顶级讼棍"这辈子得罪过哪些人，这就有点儿过分了，因为得罪的人实在太多，谁也记不住。

燕绥之只能来黑市找人查线索，就算查不出元凶，能查到救他的人是谁也行。

谁知过了半个多小时，老板抬头揉了揉眼皮，表示一无所获。

燕绥之皱起眉："什么痕迹都没有？"

"没有，干干净净。"

"智能机本身呢？"

"这是黑市买的不记名机，太难查了，基数覆盖那么多星系，简直是宇宙捞针了。"

燕绥之拨弄了两下指环状的智能机，道："行吧，就这样。你能顺便帮我把这张去邻星的飞梭机票转手卖了吗？"

老板瞥了机票一眼，摇头："帮不了。"

"什么都干？"燕绥之朝门外的标牌抬了抬下巴。

"夸张嘛。"

燕绥之也不争论，点了点头又道："还有最后一件事。"

"什么？说吧。"老板客套道，"今天，我总要给你办成一件事，不然门外的标牌真的可以拆了。"

"你帮我弄一张报到证。"燕绥之道，"梅兹大学法学院，去南十字律所的。"

梅兹大学法学院作为德卡马乃至整个翡翠星系最老牌的法学院之一，跟周围一干顶级律所都有实习协议，学生拿着报到证就能选择任一律所实习。当然，最后能不能正式进入律所，还得看考核成绩。

燕绥之并不在意后续，他只需要进南十字律所的门就行。致使他"英年早逝"的那桩爆炸案，就是南十字律所接下的。

"报到证？"老板一听头就大了，诚恳道，"这个我是真的帮不了。"

"那看来机票是假帮不了。"

老板："……"

"你这真是黑市？"

"行行行，机票我帮你转了！"老板咕哝着动起了手，"主要这事儿我赚不了什么差价，还麻烦，还容易被逮……"

他顶着鸡窝头，唠叨了二十分钟。燕绥之权当没听见，心安理得地等着。

"转好了，机票钱直接打到你这张资产卡上？"

燕绥之点了点头："既然这样，劳驾你报到证也一起弄了吧。"

老板一脸崩溃的模样："既然哪样啊，朋友？报到证真的做不了，我不开玩笑。"

"为什么？报到证本身没什么特殊技术。放心，我只是短期用一下，警察逮不到你头上。"燕绥之仿制自己学院的东西，良心真是半点儿不痛。

但是老板很痛："那个证本身是没什么技术，我两分钟就能给你做一个出来，但是那个签名搞不来啊！你也知道，现在笔迹审查技术有多厉害。"

燕绥之挑起了眉："什么签名？"

"每个学院的报到证都得有院长签名，那都是登记在案的，查得最严，我上哪儿给你弄？"

直到这时，不爽了两天的燕绥之终于笑了一声："这根本不算问题。"

老板觉得这学生八成是疯了，然而五分钟后，疯的是老板自己。

他眼睁睁看着这名学生在他做好的报到证上瞎签了院长的签名，在上传到自助核查系统后，系统居然通过了！

直到这名学生带着伪造成功的报到证扬长而去，老板才回过神来，他捶胸顿足，懊恼不已：他忘记问学生愿不愿意干兼职了！

五天后，燕绥之坐在了德卡马最负盛名的律师事务所里。

会客室的软沙发椅暖和舒适，几位来报到的实习生却坐得十分拘谨，唯独他长腿交叠，支着下巴，拨弄着手里的指环智能机出神，姿态优雅又放松。他看起来半点儿不像接受审核的学生，更像来审核别人的。

坐在他旁边的金发年轻人一会儿瞄他一眼，一会儿瞄他一眼，短短十分钟里，金发年轻人瞄了他不下数十次。

"这名同学，我长得很像考试屏吗？"出神中的燕绥之突然抬了眼。

金发年轻人刚喝进去一口咖啡，又原封不动地吐了出来，他手忙脚乱地抽了几张速干纸巾，一边擦着下巴沾上的咖啡渍，一边讪讪道："啊？当然没有。"

"那你为什么看一眼抖一下，像踩了电棍一样？"

燕绥之损起人来总爱带着一点儿笑，偏偏他的眉眼长相是那种带着冷感的好看，每次脸上带上笑意，就像冰霜融化似的，特别能骗人。许多被损的人见鬼地觉得这是一种表达友善的方式。

这名金发同学也没能例外，他非但没觉得自己被损了，反而觉得自己刚才偷瞄确实有点儿唐突："抱歉，只是你长得有点儿像我们院长。"他说着停顿了一下，又纠正道，"前院长。你知道的，鼎鼎大名还特别年轻的那位燕教授。当然，也不是特别像，你比燕教授小很多，就是侧面某个角度还有坐姿……总让我想起一年一次的研究审查会，所以不自觉有点儿紧张。"

金发年轻人说起前院长，表情变得很遗憾，叹了一口气："原本今年的审查会和毕业典礼他会参加的，没想到会发生那种意外，那么年轻就过世了，太可惜了。"

他正想找点儿共鸣，结果一抬头，就看见燕绥之的脸都绿了。

燕绥之还没从被人当面追悼的复杂情绪中走出来，负责安排实习生的人事主管就已经来了。

核验完报到证后，实习生被她带着往楼上走。

"因为我们之前已经接收了三批实习生，所以现在还有实习空缺的出庭律师其实不多。我会带你们去见一见那几位，了解之后会对你们进行分配。"

人事主管在上楼的过程中还介绍着律所的情况以及一些注意事项，后半段燕绥之并没能听进去，因为他看见了一个熟人。

当他们上楼上到一半时，刚巧有几名律师从楼上下来。走在最后的律师个子很高，面容极为英俊。他一只手握着咖啡杯，一只手按着白色的无线耳扣，似乎正在跟什么人通信交流，平静的目光从眼尾不经意地投落下来，在这群实习生身上一扫而过，显出一股难以亲近的冷漠。

这名年轻律师叫顾晏，是燕绥之曾经的学生。

其实在这一行，尤其是这种鼎鼎有名的律所，碰到他的学生实在太寻常了，这里的律师很可能一半出自梅兹大学法学院。但是法学院每年上万的学生，燕大教授基本转头就忘，交集太少，能记住的屈指可数。

顾晏是可数的几人之一。

为什么呢？因为顾同学理论上算是他的直系学生。还有，顾同学整天冷着一张脸，对他似乎特别有意见。

其实最初，他们之间的师生关系不至于这样糟糕。

梅兹大学一直有一个传统，新生入学三个月后需要选择一名教授作为自己的直接引导者。也就是说，学生们刚适应新环境新课程，就要迅速沉稳下来，为自己的未来规划一条清晰的路。

这个出发点十分美妙，实际执行就仿佛是开玩笑了。

每年到了新生选择季，学长们和学姐们就会聚集在校内电子市场，一脸慈祥地兜售自制小AI，专治选择恐惧症，专业摇号抢教授，服务周到一条龙。

虽然过程胡闹归胡闹，但结果是趋同的——大多数学生选择的是第一印象不错的教授。

就顾晏的性格来看，燕绥之觉得自己肯定不是他摇号摇出来的，而是正经选的。

这说明"尊师重道"这条上山路，顾同学还是走过的，只不过中途不知被谁喂了"耗子药"，一声不吭就跳了崖。

燕绥之偶尔良心发现，琢磨过这个问题，但总是想不了几分钟就被别的事务打断，以至于很长一段时间他都没弄明白，顾同学为什么对他那么有意见。

后来顾晏毕了业，他也没了再琢磨的必要。

上楼下楼不过半分钟，燕大教授还抓紧时间走了个神。当他回过神来的时候，顾晏已经侧身绕过了他们这帮实习生。

毕竟顾晏是燕绥之曾经带过的学生，在这种场景下重逢，他忍不住有点儿感慨。于是他在二楼拐角转身时朝楼下看了一眼，刚巧走在楼梯最后一级的顾晏也摘下了无线耳扣，抬头朝这个方向看过来。

燕绥之一愣。

顾晏的这一眼异常短暂，只是随意一瞥就冷冷淡淡地收回了视线，全程表情毫无变化，甚至连脚步频率都没有半点儿更改。在他收回眼神的同时，已经推开了楼下的一扇门，头也不回地走了。

燕绥之挑起了眉。

在容貌修整后，现在的他对顾晏而言就是一个纯粹的陌生人，顾晏这种反应再正常不过。他也没多在意，脚跟一转便不紧不慢地跟在实习生的末尾，进了二楼的一间会议厅。

"刚才下楼的几位都是出庭大律师，二楼是他们的办公室。"主管人事的菲兹小姐笑着说，"平时可看不到这些大忙人的影子，今天他们这么齐聚一堂，就是特地抽空来见一见你们。刚才都打过招呼了吧，除了某位走神的先生？"

走神的燕绥之先生反应过来，抬手笑了笑："很抱歉，我可能太紧张了。"

众人："……"

这就属于鬼话了。

在场有眼睛的都能看出来，他一点儿也不紧张。

菲兹一摆手："没关系，对于长得赏心悦目的年轻人，我会暂时忘记自己是个暴脾气。"

大概是这位菲兹小姐看起来很好亲近，有两个女生壮着胆子问道："刚才下楼的律师都接收实习生吗？全部？"

菲兹一脸"我很有经验"的样子答道："我也很想说'是的，全部'，不过非常遗憾，有一位例外。"

"哪位？"

菲兹笑了："我觉得说出答案后，你们的脸能拉长一倍，因为当初我的脸拉得比谁都长。"

"噢——好吧。"两个女生拉长了调子,显然明白了她的意思,这大概是外貌协会生的默契。

不知道其他几个男生听懂没有,反正那个踩电棍的金毛肯定没懂,一脸茫然地看着她们你来我往。

燕大教授从筛选人才的教学者角度看了金毛一眼,觉得这傻孩子的职业生涯基本走到了尽头,对话语心思的理解力如此堪忧,上了法庭也得哭着被人架下来。

不过在两名女生遗憾的同时,燕绥之却在心里偷笑:谢天谢地,棺材脸顾同学不收实习生,否则万一天降横祸,自己被分到他手下,师生辈分就真的乱得离谱了。

"他为什么不接收实习生啊?"其中一个活泼一些的女生对这个话题还有些意犹未尽。

菲兹显然也不厌烦:"怕气走实习生,他是这么跟事务官说的。"

"气走实习生?他的脾气很坏吗?"

"那倒不是,但……"菲兹似乎找不到什么形容词,最终耸着肩说,"总之,姑娘们别想了。"

燕绥之在一旁听了半天,心里却觉得,以顾同学的性格,不收实习生也许不是怕实习生被他气走,很大可能是事务官怕他被实习生气走。

真的很有可能。

菲兹在这里跟大家胡扯了没一会儿,下楼有事的几名律师便纷纷回到了楼上,推门进了会议室。

在众人陆陆续续坐下后,菲兹扫视了一圈,疑惑道:"莫尔律师呢?还没到?"

"今天,我还没见过他。"一名灰发灰眼,面容严肃的律师回了一句,"你确定他有空?"

"你们先聊,我去联系他。"菲兹说完,立刻蹬着细高跟鞋出去了。

说是聊,其实就是一场气氛比较放松的面试,但再放松也是面试,内容始终围绕着过往经历,而过往经历又都依据报到证后面附带的电子档案。

燕大教授全程保持优雅放松的微笑,一言未发。他连报到证都是黑市搞来的,电子档案自然也是假的。既然他是假冒的学生,就得谦虚一点儿,毕竟说多错多容易露马脚。

因为他的模样太过坦然放松,座位还离那几名律师非常近,所以在四十多分钟的"面试"过程里,实习生下意识把他当成了面试官,律师们也没反应过来自己的阵营里混了一名卧底,甚至好几次聊到兴头上左右点头时,还冲着他说了一句："这批实习生都很不错吧？"

"大尾巴狼"燕教授也客套一笑："是挺不错的。"

氛围融洽，宾主尽欢。

直到几名律师离开会议室，大家都没有发现哪里不对。

燕绥之对这个结果当然乐见其成，他没条件反射去面试这几名律师已经是克制的了。

可没过一会儿，他就笑不出来了。

菲兹蹬着高跟鞋匆匆上楼，她的声音从半掩的门外传来，不知在跟谁商量事情："真要这么干？你确定？我怎么觉得这是一个非常损的主意？"

"确定，刚才我跟他说过了。"一个低沉的男声回了一句。

"被损了吗？"

"啧——"男人道，"先这么办吧，你快进去，别把那帮年轻学生晾在那里。"

会议室里，众人正面面相觑，菲兹就进了门，清了清嗓子，微笑道："你们表现得非常棒，几名律师都很满意。不过还有一个比较遗憾的消息，原定要接收实习生的莫尔律师碰到了飞梭事故，卡在两个邻近星球中间，没有半个月是回不来了。因此，原本预留给他的实习生会由另一名优秀律师接手。"

燕绥之突然有了点儿不祥的预感。

他的第六感总是选择性灵验，概率是一半对一半，只在不祥的时候见效，也叫一语成谶，俗称乌鸦嘴。

菲兹继续道："我来说一下具体分配。菲莉达小姐，迪恩律师非常乐意在这段时间与你共事。亨利，恭喜你，艾维斯律师将会成为你的老师……"

她一一报完了其他人的名字，最终转头冲燕绥之灿烂一笑："虽然刚才已经说过了，但我还是感到非常抱歉，再次替莫尔律师遗憾。不过我要恭喜你，顾律师将会成为你在这里的老师，祝你好运。"

燕绥之："……"

他听着是"祝你好运"，但语气怎么听都像"好自为之"。

燕大教授活像被人兜头泼了一桶液氮，微笑在脸上冻得都快裂了。

数秒之后，他才缓缓解冻微笑，回道："谢谢。"

——我会努力不气跑你们那名优秀律师的，但不能保证，毕竟当年没少气跑过。

还有……

燕绥之在心里微笑道：你更应该去和顾晏说，年轻人请多保重，好自为之。

又半个小时后，燕绥之坐在菲兹找人安置的实习生办公桌后，跟坐在大律师办公桌后的顾晏面面相对。

燕绥之默默喝了一口咖啡："……"
顾晏也喝了一口咖啡："……"
气氛实在很低迷，一时间很难评判谁在给谁上坟，谁手里的咖啡更像纯正猫屎。

第二章　实习生

　　南十字律师事务所的结构是目前行令行规下最常见的一种，基于基础事务合作的前提下，每名律师相对独立。他们办公起来互不干涉，一人一间完全归属自己的大办公室，大门一掩，就能将其他人隔绝在外，没什么特殊情况的话，一般不会受到打扰。

　　对于这种"装聋作哑谁都别来烦我"的办公环境，燕绥之早已适应多年，但菲兹小姐并不知道。

　　在搬东西进这间办公室前，菲兹小姐特地把燕绥之拉到一边低声说："要跟大律师这样同室共处确实很难，新来的实习生都会有点儿紧张，我太明白了。去年，有位年轻的先生刚来律所，甚至连洗手间都不敢去。我记得中午见到他的时候，他的脸都憋绿了，我问他为什么，他说办公室封闭又安静，生怕在老师眼皮子底下搞出半点儿动静引起注意。"

　　"他的意志力令人钦佩。"燕绥之夸赞道。

　　"别笑。"菲兹小姐继续嘱咐道，"未来这段时间，也许你跟着顾律师出门在外的时间远大于待在办公室的时间，但我希望你依然能对这里有归属感。虽然你的办公桌没有顾律师的大，但它就是你的办公室，至少三分之一的地盘属于你，随意使用，别拘束，理直气壮一点儿。"

　　不知道她自己有没有意识到，反正燕绥之觉得她说这些话的时候，语气活像在赠送挽联。

　　不过菲兹小姐显然多虑了，燕绥之不仅非常理直气壮，还差点儿反客为主。

　　他总是稍一晃神就下意识觉得这是自己的办公室，他坐的是出庭大律师的位置，而斜前方冷着脸喝咖啡的顾同学才是他瞎了眼找回来给自己添堵的实习生。

他甚至好几次想张口给对方布置一点儿任务，幸亏反应快及时刹车。

他把这种反应归咎咖啡温度太高，杯口氤氲的白色雾气很容易让人开小差，以及这间办公室的风格实在太眼熟了。

乍一看，这跟他的院长办公室简直是一个妈生的，与他在南卢的大律师办公室也相差不远。

燕绥之扫了一眼办公室全景，心里离奇地生出一丝欣慰。

虽然他们师生关系不怎么样，但好歹还是有内在传承的。看，审美观不就传下来了吗？

他正想夸一句办公室布置得不错，然而刚张口，顾晏已经放下了咖啡杯，纡尊降贵地说了第一句话："我没有收实习生的打算。"

他的声音非常好听，语气格外平静，如果忽略内容的话，很容易让人产生一种"想听他多说两句"的冲动，可燕绥之不是第一天认识他，对这种错觉基本上生理性免疫了。

更何况，他这话的内容根本让人无法忽略。

你没有收实习生的打算？太巧了，我也是这么想的。其实你可以把我直接转交给任何一名律师，只要不在你这里，哪里都行。燕绥之心想。

顾晏轻转了一下咖啡杯，接着道："所以在此之前，我并没有为你的到来做过任何准备。据说所里有一份经验手册，具体描述怎么给实习生布置任务，既能让你们忙得脚不沾地，也不会添乱，不过我从来没有翻看过。因此，我无法保证你能度过一个正常的实习期。"

燕绥之挑了挑眉，他难得有机会听顾同学在法庭外说这么长的话，乍一听还都是人话。

当然，这仅仅是人话而已，远没有到令人愉悦的程度，毕竟说话的人没什么表情，语气也冷冰冰的。

对于实习期究竟要经历什么，燕绥之并没有多么浓厚的兴趣。比起话语内容，顾晏这种好好说话的样子倒让他觉得更有意思一些。

不过……

——你对着一个强塞过来的实习生都能好好说话，怎么对着自己郑重、深思熟虑选择的直系老师没一个好脸色呢？

燕绥之正感慨，他桌上的办公光脑突然哗哗哗吐出一堆全息文件。

"这是菲兹做的实习生手册，你先看。"顾晏道，"我接一个通信电话。"

燕绥之拨了拨全息屏，还好，实习生手册内容没有他想象的那么多，总体比较精炼，而且很合年轻实习生的心理，甚至有些活泼。这确实是菲兹小姐的风格。

实习内容、律所的一些规定，他都一扫而过。

事实上，整本手册他没细看，毕竟他不是新人，来这里也不是为了实习。他用手支着头，随意翻看着页面，而后目光停留在某一行的数字上。

实习期间的薪酬——每天60西。

对一名学生来说，60西是什么概念呢，就是刚好够一日三餐，多一个子儿都甭想。不过这是德马卡这边律所的普遍情况，因为大家默认实习生来律所前期基本是添乱的。

当一名大律师给实习生分配任务的时候，心都在滴血。因为等你做完这些，他十有八九需要重做一遍，同时还得给你一个修正意见，相当于原本的工作量直接翻了倍。

其中一些混日子的实习生，更是为大律师们过劳死的概率增高做出了杰出贡献。

——你给我瞎添乱，还带来了生命危险，我不收学费就算了，还得付你很多钱，是不是做梦？

因为实习生们都清楚这一点，所以他们对于这种前期意思意思的补助型薪酬基本没有异议，反正以后总有涨的时候。

燕绥之看到薪酬数字的时候，在心里"啧"了一声，替这些可怜的学生们叹一口气。紧接着他想起现在自己就是"可怜的学生"之一，一口气还没到底就直接呛住了，咳得惊天动地。

当他支着头喘气时，顾晏的声音不知何时到了近处——

"具体时间地点？"

"亚巴岛？"

"不去。"

他还在跟人连着通信，顺手将一个接了水的玻璃杯搁在实习生的桌面上。

燕绥之一愣，抬头看过去，觉得顾同学难不成吃错了药，居然有关心人的时候？

顾晏用手指敲了敲桌面，目光垂落下来，冷冰冰地说："我很好奇这本手册究竟写了什么，能让你看得满脸通红，差点儿背过气去。"

燕绥之："……"

很好，这就是原汁原味、毒性四射的顾同学。

他并没有戴耳扣，所以通信电话那头的人声传出来了，只是声音很小，走到近处了，燕绥之才勉强听到两句。

"什么背过气去？"一个男声问道，"你在跟谁说话？"

"实习生。"顾晏道。

"好吧。"那人道，"所以你真的不来？我这么诚恳地邀请你，你不给一个面子？我家吉塔都跟来了。"

顾晏的表情瞬间更难看了:"你跨星球冲浪还带上你那只怕水的狗?"

燕绥之的嘴角翘了一下。

对方是一个能说的人,说了好半天,似乎想劝顾晏去参加一场宴会或是别的什么,但顾晏的回答很简单——

"不。"

"没空。"

"出庭。"

燕绥之觉得那人的声音有点儿耳熟,不过还没等他想起是谁,顾晏已经切断了通信,看了过来:"手册看完了?你有什么想问的?"

燕绥之摇了一下头,又想起什么似的顿在了中途:"哦,稍等。"

说完,他摸了一下自己的指环智能机,调出资产卡的界面,看了眼余额,窒息的感觉瞬间上来了。之前他走了一圈黑市,剩下的钱他略微一算,不够活一礼拜。

于是他抬头冲顾晏笑了一下:"我有一个问题。"

顾晏抬起下巴示意他继续说。

"薪酬能不能预付?"

顾晏:"……"

顾晏面无表情地看着他,沉默了片刻,开口道:"你看了半天就得出这一个问题?"

"嗯。"饶是大尾巴狼燕教授也觉得脸皮快要撑不住了。

两秒后,顾晏一脸平静地拨出一个所内号码,说:"菲兹,帮我给这名实习生转三个月的薪酬,然后请他直接回家。"

燕绥之:"……"

之前觉得没准能跟顾同学处得不错的自己大概是吃了隔夜馊饭。

这种一言不合就请人回家的习惯究竟是怎么培养的?反正不是我教的。燕绥之心想。

他从来不会在气头上一脸隐忍地"请人回家",他都是笑着让对方滚。

但是他现在还不能滚,爆炸案的卷宗他连一个标点符号都没看到。

燕绥之瞥了眼尚未收起的全息屏……十点十五分,从他被宣布落在顾晏手里到现在,一共过去了一小时又十一分钟,这大概是南十字律所一个新的纪录——实习生刚报到一小时就被无情劝退,闻所未闻。

也许是因为情势转折太快,完全超出预料,燕绥之非但不觉得有什么可气的,反而想笑。

他这人说话做事其实是很放肆的,想什么做什么,所以他真的弯了一下嘴角。

015

于是，刚切断通信的顾晏一转头，就看见这名即将被请回家的实习生在笑，眼角、嘴角都含着浅淡又愉悦的笑。

顾晏："……"

不好，燕绥之瞬间收了笑，目光垂落在指尖。他用手指拨开挡在面前的半透明全息屏，重新抬眼看向顾晏："我很抱歉……"

"你哪里抱歉了！"燕绥之觉得顾晏的冷脸上分明挂着这句话，但他只是抿着薄薄的嘴唇，蹙眉看着燕绥之，而后一言未发，转开了眼，似乎多看一会儿都糟心。

大律师办公桌上的光脑接连响了好几声，接着哗哗吐起了全息页面，在顾晏面前堆成了好几摞文件也没见停。看起来他真是忙得很。

菲兹就在这种疯狂的信息提示音中冲上了楼，又急又脆的高跟鞋声活像要上战场，直到踩在顾晏办公室的灰绒地毯上才消了音，戛然而止。

"顾？我刚刚有点儿茫然，手续办了一半才突然反应过来。"菲兹把身后的门关上，飞快地瞥了一眼燕绥之，"这名实习生怎么了？这才一个小时就让他回家？"

顾晏把手上的文件轻扔到一边，全息纸页自动回了原本的位置。

"我说过我不适合带实习生。"

嗯？燕绥之一愣。

他以为顾晏会把他刚才的所作所为直接当理由说出来，不过他仔细一回想，以前的顾晏似乎也这样，对什么事情都不会解释过多，哪怕理由无比正当。

这和法庭所注重的东西几乎背道而驰，不知道是不是另类的职业病。有的人做了律师后，私下生活里也会越来越善辩，摆事实论证据滔滔不绝。他倒好，完全反着来。

菲兹："可是亚当斯一个小时前已经成功劝服你了呀，你看了实习生的档案答应的他。他说你尽管不大情愿，也损了他两句，但最终还是同意了。原话，我可一个字都没改。"

燕绥之更讶异了。

就他那一片空白的档案，换谁看了都会觉得这是一个混日子的主，要不然怎么其他律师一人挑走一个实习生，就把他留给不在场的莫尔呢？都怕给自己添堵。

以顾晏这种性格，看了那种档案居然还能点头？开什么玩笑。

如果当年他和顾晏师生关系和睦美好，他肯定会怀疑顾晏是不是认出他了，才勉为其难破了例。

但是很遗憾，现实是顾晏如果真认出他来，他被轰出办公室的速度一定更快，并且那三个月的薪酬一个子儿都拿不到。

燕大教授对此很有信心。

"那时候我确实答应了，"顾晏说，"但是现在改主意了。"

"可你答应了的事向来不会反悔。"菲兹道，"你从来没有反悔说过不。"

"现在有了。"

菲兹："……"

菲兹看起来鞋跟都要踩断了。

"三个月薪酬是我出尔反尔给的补偿，让他半个月后去找莫尔。"顾晏说。

"啊？什么？"菲兹飞快朝燕绥之这边眨了一下眼，"找莫尔？"

顾晏冷冷应了一句："嗯。"

"找莫尔？"

燕绥之："……"

"不是劝退？"

燕绥之："……"

虽然顾晏已经随手回复起光脑消息，根本不想回答这种问题，但是这种沉默就是另一种形式的点头。

燕绥之这下彻底不能理解了：你都气得不想看我一眼了，居然不劝退？不劝退就算了，居然还给钱？

"顾，老实说，我觉得你今天怪怪的。"菲兹替燕绥之说出了心声。

当然仅限这一句，因为下一秒菲兹就笑嘻嘻地说："但是特别讨人喜欢！要是你真劝退的话会很难办，毕竟咱们跟梅兹大学有协议，突然退一个学生得附带一大堆文件，最近我有点儿晕屏晕字，看见文件就心肝脾肺肾都疼。"

半天没一句话的顾大律师终于回了一句："我晕实习生。"

菲兹："……"

"好了，不管怎么样，今天的你充满了人情味。"菲兹夸起人来毫无理智，"阮肯定也这么觉得。"说着，她转头看向了燕绥之。

阮？谁？

燕大教授微笑着跟她对视了五秒。

在这五秒里，整个办公室充斥着令人窒息的沉默。菲兹的高跟鞋又要断了。

五秒后，燕绥之终于想起自己那个不知谁给取的假名——阮野。

阮野，单独喊哪个字都很……

燕绥之自动把"阮"替换掉，说道："之前那一个小时里，我说了很多不得体

017

的话，太过抱歉，我已经不大好意思开口了。"

"没关系，新人总会犯一些小错误，不犯才奇怪呢。"

菲兹小姐扯七扯八说了很多关于疏忽错误和原谅的问题，仿佛在兜一个巨大的圈子。最后，连自顾自看文件的顾晏都听不下去了，抬眼道："所以你什么时候把这名实习生转给莫尔？"

菲兹咳了一声："我绕了一大圈就是想说这件事。"

"嗯？"

"转不了。"

"理由。"

"我的行动比较快，他的报到证已经走完所有程序挂到你名下了，审核完了转不了。"菲兹觑了他一眼。

顾晏："所以我说的事你一项都没办成？"

"不，其实我办成了一样。"菲兹道，"我申请好了薪酬预支。"

这话刚说完，燕绥之的资产卡弹出"叮"的一声消息提示。

好死不死地，这部智能机在他手里没几天；什么设置都没调，还是默认模式。于是在场几人就听到一个电子合成音清晰地响起——

收到款项 4680 西

类型：薪酬预支

来源账户：办公资产卡——顾晏

操作人：艾琳·菲兹

余额：5022 西

燕绥之："……"

他只能说南十字律所的效率在这种时候简直高得可怕。

你们都不问问情况就掏钱了？还掏的是顾晏的钱。

办公室再次陷入死寂。

菲兹转过头，用一种难以置信的目光看向燕绥之："如果不预支薪酬，你资产余额只有 300 多西？那要怎么活？"

连始终不看他的顾晏都将目光投了过来。

燕绥之耸耸肩，不大在意地笑道："好在现实不是如果。"

也许是他的余额太少了，把顾晏震住了。上午，这件闹哄哄的"劝退"事件最终不了了之。燕绥之正式入驻顾律师办公室，并且得到了办公室主人的承认和默许。

顾晏没再理他，自顾自忙得脚不沾地，中途抽空联系了楼下一名行政助理，交代了一点儿事，然后接了一个通信电话就离开了办公室。临走前，顾晏毫不客气地把最近五年的案件资料一股脑儿打包传给了他。

这大概是所有实习生都会接到的初期任务——整理卷宗。

燕绥之当年也给别人派过这个活儿，当然不陌生。说实话，这种工作量大枯燥还瞎眼，非常磨人。

燕绥之却乐意之至，他为什么要以实习生的身份进南十字律所，就是为了这件谁都躲不开的事。现在，他能光明正大地查看"爆炸案"前后所涉及的各种细节资料了。

燕绥之的光脑吐全息页面就吐了一个多小时，活生生吐到了午饭时间。那些全息文件在智能折叠之前，高得足以将他连带整个办公桌活埋。

最后，还是另一名实习生洛克，就是金毛来问他吃不吃饭，他的光脑才彻底闭上了嘴。

"我的天，这么多案件资料？"洛克感叹道，"这全部是顾律师办过的案子？"

"不知道，我还没细看。"燕绥之让文件折叠，一沓一沓的文件瞬间压成薄薄一个平面，不再那么有压迫感。

"太仿真也不好。"洛克道，"顾律师有说让你什么时候整理完吗？你怎么还挺高兴的？"

因为他终于能看一看自己的具体"死因"了。

这话说出来洛克估计会害怕，燕绥之便颇为体贴地胡诌了一个理由："因为我终于能吃点儿东西了。"

他和洛克出门，碰上了另外几名实习生，几人在律所旁就近找了一家餐厅。

"珍惜少有的能好好吃饭的日子吧。"叫菲莉达的女生笑着说，"以后忙起来我就再也用不着主动减肥了。"

这话说完，实习生安娜就看向了燕绥之："阮，你怎么吃得比我们两个还少？"

燕绥之有着律师常常会有的毛病——胃不大好。这毛病比较烦人，说大不大，真把胃熬废了直接医疗手术换一个新的就行，不会有什么生命危险，可说小也不小，毕竟胃不能总换，但是饭天天都得吃。

燕绥之最近更是得格外注意，因为他半年没正常进食了，一时间也吃不了太多东西。

不过他不喜欢谈论这些小毛病，只是不紧不慢地咽下食物，喝了一口温水，冲他们笑了笑："我回去就得面对那么多卷宗，不宜多吃，会吐。"

正在吃第二份的洛克一口意面卡在嗓子眼，扭头咳成了傻瓜。

午饭吃到一半的时候，燕绥之突然收到了一条信息，来自他住的那间公寓。当初救他的人租那间公寓用的是他的假身份和智能机通信号，一点儿没留自己的痕迹。

信息的内容很短，只有两句话，燕绥之看了一眼就觉得食难下咽——公寓通知他的租期截止到明天，如果继续住下去，需要预付租金。

房租半年一交。

燕绥之："……"

燕大教授头一回为钱如此发愁，他觉得还没看卷宗，自己已经想吐了。

信息还说稍后会发来通信，对他进行一次语音确认。

五分钟后，燕绥之突然接到了一个通信，号码他不认识，想来一定是公寓拨来的。

他接通了通信，直接微笑着道："抱歉，公寓不续租。"

他没钱，租个鬼啊。

通信那头的人沉默了几秒，竟然直接挂断了。

燕绥之一头雾水：一般公寓服务通信不会这种态度吧？

第三章　出差

"怎么，租房到期啦？"洛克艰难地咽下最后一叉子面，含含糊糊地问了一句，"我说怎么今早见你的时候毫无印象，你不常在学校吧？"

燕绥之点了点头："确实不常在。"

梅兹大学有个名人堂，作为顶级老牌学校，自然有一众风云校友，谁的名字如果能被列进名人堂写进校史，那是一种莫大的荣耀。

燕绥之的照片好几年前就被抬进了法学院的名人堂，被包围在一干中老年朋友中，画风清奇，别具一格。毫无疑问，他是整个名人堂里最年轻的一位，也是"死"得最早的一位。

现在那张照片恐怕已经被抬进"已故名人堂"供人悼念去了。

这事不能细想，细想他就胃疼。

总之，作为名人堂的一员，他的人生花样丰富也极其繁忙。虽然他顶着"院长"这个头衔，坐拥一间随他布置的宽大办公室，但他实际在梅兹大学校内的时间并不多。

一般只有碰上重要事宜，他才会在学校待上几天，顺便挤出一点儿时间气跑学生。准确地说，是他气跑某位学生。

他不在学校的时候，也不都在南卢的律所，更少会在自己的房子里。

就这事，他曾经还闹过一个笑话——

六年前，德卡马全面大改革的时候，所有人的身份档案都需要二次登记确认。当然，这种档案不需要像古早时候那样一个字一个字往数据库里填写，基本是根据诸如资产卡的使用情况等自动分析生成的，只需要本人看一眼确认签个字就行。

档案里面有一项是经常居住地，系统会根据你在某个区域停留的时间长短和频率自动筛选出来。

当燕绥之去档案署确认的时候，"经常居住地"这一栏就哗哗哗筛得飞起，最终蹦出来五个字——长途飞梭机。

管档案的小姑娘当时就笑得掉下了椅子，再优雅的表情都盖不住"空中飞人"燕教授那一张绿了的脸。

燕绥之摘了耳扣，放在手里捏玩着，又默默看了眼公寓发来的信息。

明天租期截止，就意味着今天他肯定得搬家，其实他全副家当一个大衣口袋就装完了，根本不用搬，但还是得找一个落脚的新地方。

一共 5022 西，去掉餐费交通费，他能住哪儿？

"你没找好新房子？"安娜猜测着问道。

她坐在对面，经过处理的全息屏单面且有曲度，别人看不见内容，她也没有窥人信息的癖好，只是看燕绥之再没动过午饭，便关心问了一句。

"嗯？"燕绥之抬头，哂笑道，"我正在找。"

"你干脆回学校住吧！"洛克提议道，"咱们宿舍离南十字这边近，实习季还有补助。"

补助是法学院的特产，每年实习季的时候，法学院会特地拨一些钱分发给老老实实参加实习的学生，美其名曰"实习生奖学金"，小名补助，外号比较长，叫——知道你们实习拿不到钱穷得要死所以发点儿钱救你们一命。

其实补助金不算多，每天 30 西，按月发，除掉交通费还能勉强剩一点儿。

"蚊子肉也是肉。"洛克夸了补助金一句。

燕绥之心想：多谢提醒，蚊子肉我也吃不上。

他一个假冒的学生，在律所装装样子还行，去学校那不是坐等着露马脚吗？他很怕自己走习惯了直接去开院长办公室的门。

再说了，学校有爆炸案卷宗吗？没有。

到了下午，偌大的办公室依然是燕绥之独享。

顾晏显然没有出门跟人交代一句去向的习惯，燕绥之也不知道他究竟忙什么去了，今天还回不回办公室，就算不回，燕绥之也不会惊讶，毕竟自己以前过的也是这种日子。

折叠过的卷宗只有薄薄几片，看着没那么碍眼，燕绥之并没有急着去整理，而是在这些卷宗里搜索了一下"爆炸案"。

光脑"叮叮"两声响，和爆炸相关的文档资料就被筛选了出来。

方便是挺方便的，但是不是有点儿太多了？这显然不止一个案子，起码得有五六十个吧。"

燕绥之抱着胳膊重重靠上了椅背，简直要气笑了——南十字律所这五年别的不干，专挑各种爆炸案接的吗？

"阮？"当燕绥之头疼的时候，洛克又敲开门，探头探脑看了进来，活像一个做贼的。

"你不如往脸上套一个袜子再来吧。"当燕大教授心情不怎么样的时候，就开始微笑着损人了。

被损的洛克"嘿嘿"笑了两声，进了门："你真有意思。"

燕绥之：没你有意思。

"顾律师还没回来？"洛克轻手轻脚进了屋。他不知道那两个女生为什么一心想调进这个办公室，反正他一看到顾律师那种静态图片似的冷脸就害怕，还没认识就先怕起来了。

"他回来了你敢进门？"燕绥之一针见血。

"不敢。他看着比我老师还不好亲近。"洛克撇嘴。

他的老师叫霍布斯，银发鹰眼，瘦削又严肃，是一个很有精英气质的老律师，但从甩冷脸这方面讲，活像顾昊的爸爸。

"你的卷宗整理得怎么样了？我干了一件蠢事。"洛克道。

"什么？"

"我一个手抖把那张表拖进了永久粉碎栏里。"

"哪张表？"燕绥之没反应过来。

"啊？你还没看吗？"洛克用手指比画了一个方形，"就这么一张表格，列明了卷宗要按什么顺序整理，先什么文件后什么文件那个。"

"哦，那个清单？"燕绥之道，他坐直了身体挑着手指给洛克翻找，"我还没看。表格粉碎了也没事，让那名律师再给你发一份。"

洛克干笑一声："我老师？不不不，我害怕。"

燕绥之："……"

"而且他出去了。"洛克补充了一句，为了显示自己没那么柔弱，"他好像不太喜欢我，他说去见当事人，但是没有带上我。"

燕绥之安慰道："这没什么，他好歹还告诉你出门的原因。"

我那位大律师走前连看都没看我一眼。

"第一天一般大律师不会带实习生出去的。"燕教授淡淡道，"对实习生来说，是突然多了一个整天找事的头儿，对大律师来说，是突然多了一个专门添乱的尾巴，双方都需要冷静一下。"

洛克：竟然很有道理。

"我找到了。"燕绥之将那份按顺序写着"案卷封面、案卷目录、委托合同"等一溜材料名的清单搜了出来。

"对，就是这个。"

"行了，你回去吧，我直接传一份清单去你光脑。"燕绥之道。

洛克千恩万谢，搞得燕绥之差点儿怀疑自己不是给他传了一份文件，而是给他转了一百万西。

南十字律所虽然每个律师办公室都相互独立，但是因为有共同的人事和事务官，所以也有一套专门的内部人员联络系统。燕绥之在列表里找到洛克，把清单传了过去。

他正要收起界面，余光忽然瞥到了列表里顾晏的名字，旁边的状态显示可联通。

燕大教授看了两秒，突然有了一个想法。他挑了挑眉，点开顾晏的界面，发过去一句话：顾律师，办公室晚上能留人吗？

八辈子没受过缺钱苦的燕大教授是这么打算的，既然租房到期了，合（便宜）适（有品位）的新住处还没物色好，那不如这两天就在办公室里凑合一下。

他以前忙起来也没少在办公室过夜，可谓经验丰富。

然而话发出去半天没有动静。

燕绥之盯着屏幕安抚了一下自己，耐着性子又发过去一遍：顾律师？

过了有一分钟吧，消息提示音终于响了起来。

燕绥之掀起眼皮一看，顾晏一个字也没说，直接发过来一张截图。

燕绥之点开截图一看，发现这张图是从实习生手册上截下来的，里面是手册上的一句话：称呼礼仪，实习生应当称指导律师为"老师"，以……

就这么一句话，还来了一个腰斩没截全，可见对方有多敷衍，大概是随手一截就发了过来。

燕大教授微笑看着对话屏幕，心想：老师？这名同学你大概是狗胆包天。

这么乱的辈分他是真的张不开嘴，不过他下得了手。

燕绥之从鼻腔里哼笑了一声，给狗胆包天的顾晏发去了第三句话：行吧，顾老师，晚上我留在办公室。

这回没过片刻，顾晏惜字如金地回了两个字：理由。

"为了避免露宿街头"这么荒谬的事情怎么能让自己学生知道，虽然这名学生没有一点儿学生该有的样子，但燕绥之还是打算挽救一下颜面，于是鬼扯了一句：加班，整理卷宗。

顾晏久久没有回话，大概被他这种奋斗的精神震到了。

又一分钟后，顾晏的回话来了：回住处去加班。

燕大教授气得靠回了椅背上：我要有住处，用得着加班？

他觉得自己生平最大的错误是教过顾晏，都毕业多少年了，还能精准地给他添堵。

好在这种气闷没持续多久，傍晚时分，被燕绥之一巴掌关了的对话界面突然"诈了尸"。

顾晏新发来一句话：六点钟，来纽瑟港。

燕绥之懒懒地回复：干什么？

顾晏：出差。

燕绥之：？

下午，燕绥之还跟洛克说过，律所的惯例是实习生第一天不出外活。没想到几个小时后，顾晏就来破例了。

燕绥之：出什么差？去哪里？

顾晏这次没再晾着他，很快回复：酒城。

燕绥之看到这个地名就一阵缺氧。

酒城既是一座城市，也不是，人们提起它的时候，指的是天琴星系的一个星球。这是一个垃圾场一般的星球，盛产骗子、流氓和小人。

总之，这是一颗有味道的星球，一股令人窒息的霉味儿能隔着好几光年熏人一跟头。

当然，有一个城市也叫这个名字——就是这颗星球的首都。

所以怎么理解都行，这并不能让人好受一点儿。

让他去这个星球，不如在他脖子上套一根绳，吊死算了。

燕绥之干脆地回复：不去。

顾晏：？

燕绥之：我看见这个名字就头疼，不去。

燕绥之的手指抵在额头边，揉了揉太阳穴。

顾晏沉默了几秒，然后回了一句话：我记得你应该是一个刚入职的实习生，你却似乎认为自己是高级合伙人，我疯了还是你疯了？

燕绥之："……"

浓重的嘲讽味喷了他一脸，然而他不得不承认，这就是事实，一个他总忘记的事实。

燕大教授动了动嘴唇，自嘲道：真不好意思，我忘了人设。

他动了动手指，正要再回消息，顾晏又发来两张截图——

第一张来自实习生手册：出差按照天数给予额外补贴，一天120西。

第二张也来自实习生手册：表现评分C级以下的实习生，酌情扣取相应薪酬。

燕绥之：“……"

打一巴掌给一颗枣，顾同学你长能耐了。

一位知名教授曾经说过，任何企图用钱来威胁穷人的，都是禽兽不如的玩意儿。

知名教授放弃地回道：去，现在就去。另外，整天带着实习生手册到处跑，真是辛苦你了，你不嫌累吗，顾老师？

顾晏没有再回复什么，大概是不想搭理他。

傍晚，燕绥之站在了纽瑟港大厅门口。

这里是德卡马的交通枢纽，十二个出港口从早到晚不间断有飞梭和飞船来去。

飞梭便捷快速，总是尽可能走星际间的最短路线，适合商务出行，缺点是轨道变更次数和跃迁次数较多，不适合体质太虚弱的人。

飞船的航行路线更浪漫一些，稳当、悠闲，更适合玩乐旅行。

像燕绥之和顾晏这样的人，基本这辈子就钉死在飞梭上了。

晚上的气温比白天更低，燕绥之将黑色大衣的领子立起来，两手插兜扫视了周围一圈，便看到顾晏隔着人群冲他抬了抬手指，示意自己的位置。

"这动作真是显眼，但凡我的视力有一点儿瑕疵，恐怕得找到明年。"燕绥之摇着头，没好气地说了一句。

他的嘴唇轻微开合，就有白色的雾气在面前散开，挡了一点儿眉眼。

当他走到顾晏面前的时候，发现顾晏正微微蹙着眉看他。

"你看什么？"

"没什么。"顾晏收回目光，调出自己智能机的屏幕扫了眼，语气并不是很满意，"怎么才到？"

"不是你说的六点？"燕绥之纤尊降贵，从衣兜里伸出一只手，瘦长洁净的手指指了指大厅的显示屏，"六点整，一秒不差，有什么问题？"

"大学谈判课你用脸听的？"顾晏迈步朝大厅里走，灰色的羊呢大衣下摆在转身时掀起了一角，露出腰部修身的衬衣，"没学过黄金十分钟？"

"黄金十分钟"是说正事提前十分钟到场的人，总能比徘徊在迟到边缘的人占据一点儿心理上的优势，还没开口，气势上就已经高了一截，因为对方往往会为自己的险些迟到先说声抱歉。

这个燕绥之当然知道，这课还是他要求加上的，然而他本人并没有将这套理论付诸实践。

原因很简单，他只要没迟到，哪怕踩着最后一秒让对方等足了十分钟，也不会有半点儿抱歉心理，该怎么样还怎么样，一点儿不手软，坦坦荡荡。

他管这叫心理素质过硬，顾晏大概会称为"不要脸"。

"那课我听了个大概就忘了。"燕绥之跟上他，不紧不慢地答道，"早到别人欠我，迟到我欠别人，比起气势压迫，我更喜欢两不相欠。"

更何况谁压得了我啊？做梦。燕绥之心想。

他不仅心里这么想，还臭不要脸地付诸实践了。

当两人检完票，在飞梭内坐下的时候，燕绥之摸了一下指环，在弹出来的全息屏幕上点了几下。

顾晏的指环便振动了。

"你发的？"

他的智能机同样是指环形式，简单大气，套在右手小指上，乍一看像极为合适的尾戒，衬得他的手白皙而修长。

不过他看起来似乎不大喜欢突然振动的感觉，也可能单纯是因为信息来自烦人的实习生。

"什么东西？车票？"顾晏瞥了眼收到的信息，是一张电子票。

燕绥之倚在柔软的座椅里，扣好装置，坦然道："来纽瑟港的交通费，报销。"

顾晏："……"

飞梭上的座椅非常舒适，自带放松按摩功能，哪怕连续坐上两天两夜也不会出现腿脚浮肿或是腰背酸麻的情况，休息的时候可以自动调节成合适的床位。

燕绥之轻车熟路地从座椅边的抽屉里摸出一副阅读镜，架在了鼻梁上。

它像古早时候最普通的眼镜，做工设计倒是精致优雅得很，不过它不是用来矫正视力的。燕绥之在镜架边轻敲了一下，眼前便浮出了图书目录，他随意挑了一本，用来打发时间。

顾晏瞥了他一眼，眉心再度不自觉地皱了一下。几秒后，他才变得面无表情，冷冷道："我不得不提醒一句，这趟飞梭要坐十五个小时，你最好中途睡一觉。下了飞梭直接去看守所，你别指望我给你预留补眠的时间。"

"看守所？"燕绥之扶了一下镜架，"去见当事人？"

"嗯。"

"多少小时了？没保释？"燕绥之问。

"没能保释，需要听审。"

燕绥之略微皱起了眉："怎么会？什么人？"

一般而言，保释不是什么麻烦的程序，基本是走个流程，大多会被同意，顺利又简单，被拒的情况没那么常见。

旁边坐着的陌生人隔着过道朝他们瞥了一眼，显然听见了几个词眼，有些好奇。

顾晏不喜欢在这种场合谈论案件的具体内容，干脆调整好座椅，靠上了椅背："到那儿再说。"

燕绥之跟他的习惯差不多，了然地点了点头，收回目光继续看书。

然而他没看一会儿，又记起什么似的拍了拍顾晏："对了。"

顾晏正准备闭目养神一会儿，闻言瞥向他："说。"

"差旅费能预支吗？"

顾晏动了动嘴唇，挤出一句话："你要么现在下飞梭，要么闭嘴。"说完，他干脆地阖上眼，不打算再理人了。

——好好好，你现在是老师，你说了算。

燕绥之顺了顺自己的脾气，转头调整座椅继续看书。

他不记得自己是什么时候睡过去的，当他醒过来的时候，飞梭上的语音提示乘客第一站马上就到了。

这个第一站就是酒城。

燕绥之还没完全清醒，余光瞥到顾晏似乎刚从他身上收回目光，微微褶皱的眉心还没平展开。

燕绥之："？"

过了几秒他才反应过来，捏了捏鼻梁，心想：我睡个觉又哪里让你不爽了，而且我睡觉，你看我做什么？

不过这些念头只在燕绥之迟钝的大脑里转了几圈，当他下飞梭彻底清醒的时候，已经忘了个干净。

整个星球扑面而来的馊味太提神醒脑了，比活吞一吨薄荷油还管用。

燕大教授周身一震，脚步一转便站到了顾晏身后。

"你干什么？"正在排队过验证口的顾晏问道。

"借你挡一下这令人沉醉的晚风。"燕绥之答得理直气壮。

顾晏："……"

不过此时的顾晏正忙着联系看守所，没顾得上对他甩冷脸。

通信拨出去没几秒，那边的人便接通了。

顾晏戴上耳扣，通信那边的人显然事先跟他沟通过，一接通就直奔主题说了些什么，顾晏听了几秒，沉声道："劳驾你帮我转接给他。"

通信那边的人显然应了。

两秒后，顾晏一脸冷静道："约书亚？我是顾晏，从现在起，你的案子由我全权负责，两小时后我来见你。"

燕绥之听了大概，还没来得及说什么，自己的智能机也振了起来。

他调出屏幕一看，又一个陌生通信号，很短，看着不像人用的。

"您好。"他有些纳闷地接通了通信。

"您好，请问是阮野先生吗？我们这里是水杉公寓。"对方清晰地说了来意。

燕绥之："？"

倒霉公寓又来语音确认了？

"公寓？等等，你们不是已经给我发过一次语音通信了吗？"他忍不住问道。

对方比他更蒙："没有，先生，这是第一次。"

燕绥之："……"

那之前一言不合挂掉他通信的坏脾气家伙是谁？

第四章 酒城

验证很快，因为排队的人本就不多，或者说愿意来这里的人少之又少。在这少之又少的来客里，大部分是像顾晏和燕绥之这样为工作或公务来的人，还有极少数不走寻常路的星际商人，以及某些口味清奇来这里放逐自我的旅行者。

只能说林子大了，什么鸟都有。

相较德卡马终日繁忙的纽瑟港，酒城的这个港口又小又旧，摇摇欲坠，仿佛经历过几轮爆破。

每隔两天才会有一班飞梭在这儿降落，停留不到二十分钟，然后匆匆离去。

所以这里的工作人员闲得快要发霉了，甚至干起了兼职。

"先生，需要车吗？"

"港口离市中心非常远，先生们女士们需要服务吗？我可以带你去很多地方，还可以免费当导游，呃……如果你们需要的话。"

"候鸟市场，地下酒庄，山洞交易行——啊，有想要赌一把的客人吗？"

从出验证口开始，一直到离开大厅，熟悉的场景，熟悉的吆喝，吵得人耳膜嗡嗡响。

因为燕大教授非常讨厌别人对着他啰唆，所以他是真不喜欢这里，却又总为各种各样的事不得不来这里。

"总算清静了，我的笑容已经快要绷不住了。"燕绥之出了大厅大门，顺手掸了掸大衣，又屏住呼吸闷闷道，"失算，以往我会戴一个口罩来这里。"

顾晏只是抬了抬眼皮，并没有说什么，甚至连嘴唇都没有动一下。

燕绥之怀疑他也快要被熏得窒息了，只是碍于教养和礼貌并没有在脸上表现出来。再说了，以顾同学的性格，即便表现出来，也不过是从面瘫变得更瘫而已。

"去那个拐角，这边拦不到车，接送服务都被里头的工作人员强行垄断了。"燕绥之指了指对面一栋灰扑扑的建筑，"走吧。"

"我知道。"顾晏同样很闷，看得出来他也呼吸得很艰难，"我只是很好奇你怎么也知道。以前常来？"

燕大教授过马路的脚步一顿，瞎话张口就来："我年幼无知的时候被骗来这里旅游过，印象深刻，终生难忘。"

顾晏"啕"了一声，跨越时空对年幼无知的燕绥之表示嘲讽。

"你知道吗？"燕绥之刚在避风的拐角站定，三辆车就鬼鬼祟祟地拐了出来，他抬手随便拦了一辆，拉开车门转头朝顾晏道，"很多大学都有一个师德评分机制，一般来说，那些喜欢冷笑嘲讽学生的人注定会失业，比如你这样动不动就'啕'一声的人。"他说完便钻进了车里，给顾同学留下半边座位以及开着的车门。

这个制度顾晏当然知道，所有学生都知道。梅兹大学专爱搞这样的匿名评分，从讲师到校长都逃不过，目的是让教授和学生在校内地位更趋于平等。

而众所周知，法学院有一名教授年年评分高得离谱，不是别人，正是他们那个张嘴就爱损人的院长。

大家汇总出来的文字评价多是"风趣幽默""优雅从容""很怕他，但也非常尊敬他"之类，真是要多假有多假。

顾晏扶着车门，居高临下地看了一眼燕绥之，然后毫不客气地关上了门，将这烦人的实习生屏蔽在里头，自己则上了副驾驶座。

"先生们，要去哪里？"司机飞速地朝两边看了几眼，还没等燕绥之和顾晏回答，就已经一脚踩上了油门。

车子拐了个大弯，莽莽撞撞地上了路。

酒城的生活水平异常落后，相当于还没经历过几次工业科技革命的原始德卡马。这里搞不了什么踏实的产业，整个星球扒拉不出几个靠谱的本地人，更吸引不来别处的人，对外交通不便，像一粒灰蒙蒙的总被人遗忘的星际尘埃。

"黑市、酒庄还是赌场？"司机"嘿嘿"笑着问道，"来这里的人们总少不了要去这几个地方。当然了，还有——嗯，你们懂的！"

司机就像喝多了似的，拖了意味深长的尾音，然后自顾自"嘻嘻嘻嘻"地笑了起来："那里的妞特别辣！"

顾晏："……"

燕绥之："……"

顾大律师别过头朝后座的实习生瞥了一眼，目光如刀，仿佛在说"你可真会拦车"。

燕绥之原本还有些无奈，结果看见前座某人的表情，又忍不住笑了出来。

顾晏面无表情地理了理大衣下摆，啪嗒一声扣上刚才还没来得及扣的安全带，从唇缝里蹦出五个字："劳驾，看守所。"

司机："……"

刚才还嬉皮笑脸的人，这会儿仿佛生吞了一头鲸。整辆车扭了两道离奇的弧线才重新稳住。

"去哪儿？"

"酒城郊区，冷湖看守所。"

"一定要送到门口吗？"

虽然顾大律师的冷冻脸绷得快裂开了，但他不得不适应这个司机的风格，因为在酒城，满大街的司机可能都差不多。

港口距离冷湖看守所并不近，智能地图上显示要一个半小时车程。

结果这个司机超常发挥，一路把车开得像火烧屁股一样，仿佛他拉的不是两名客人，而是一车炸药。于是他们到达看守所的时间比预估的提前了一个小时。

"所以呢，黄金十分钟变成了傻等一小时。"燕绥之说。

司机在距离看守所两条街的地方下了客，然后调转车头，风驰电掣地跑了，喷了两人一脸尾气。

"尾气竟然比晚风好闻。"燕绥之又说。

"要不你在这儿继续闻尾气，我先申请进去。"顾晏冷冷说完，也不等自家实习生了，抬脚就走。

燕绥之叹了一口气，大步跟上去。

"好吧，来说说咱们那个当事人的情况。"燕绥之跟顾晏并肩，问起了正事。

"约书亚·达勒，十四岁，被指控入室抢劫。"

在整个星际联盟间，各个星系与各个星球间发展的速度并不一样，不同地区的人寿命长短也不尽相同。普遍长寿的诸如德卡马，人的平均寿命能达到二百五十岁，较为短寿的诸如酒城，平均寿命则不到一百岁。

不管怎样，对于少年这段时间的年龄划分，整个星际联盟趋于一致——十八岁成年。

哪怕你活成了一只千年王八，十八岁也成年了，至于成年后能在这世上蹦跶多久，那是你自己的事。

而在星际联盟的《通行刑法典》上，年龄划分还有两个重要节点，就是十四岁和十六岁。只要人满了十四岁，就要对几类重罪承担刑事责任。要是不小心再长两年满了十六岁，那犯什么事都跑不了。

很不巧，已满十四岁的人的几类重罪，刚好包括抢劫。

"十四岁？生日过完了？"燕绥之道。

"抢劫案发生前两天，他刚满十四岁。"

"那他可真会长。"燕绥之评价道。

这人不论是对熟人还是对生人，张嘴损起来都是一个调，以至于旁人很难摸透他是纯粹讽刺，还是以表亲切，也听不出来哪一句是带着好意的，哪一句是带着恶意的。

顾晏看了他一眼，动了动嘴唇似乎要说什么。

燕绥之却没注意，问道："保释是怎么回事？照理说未成年还没定罪，保释太正常了，甚至不用我们费力，这是审核官该办的事。"

在法院宣判嫌疑人有罪以前，推定嫌疑人无罪，以免冤枉无辜。

这是一个全联盟通行的行业守则，正因为有这条守则，保释成功才是一种常态。

"那是其他地方的理，不是这里。"顾晏答道。

"怎么会？"燕绥之有些讶然，"以前这里也没搞过特殊化啊。"

"以前？"顾晏转过头来看向燕绥之，"你上哪儿知道的以前？"

不好，他嘴瓢了。

燕绥之立刻坦然道："案例。我上了几年学，别的不说，案例肯定没少看。以前酒城的保释也不难，起码去年底还正常。"

顾晏收回目光，道："那看来你的努力刻苦也就到去年为止，这几个月的新案例显然没看。"

燕大教授在心里翻了一个白眼：可不是，这几个月净供人追悼去了。

"酒城一年比一年倒退，最近几个月尤其混乱，看人下菜，保释当然也不例外。"顾晏简单解释了一句。

燕绥之心想：我不过睡了半年，怎么一睁眼就变天了？

他还没看案子的具体资料，一时间也不能盲断，便没再说什么。

冷湖看守所是一个完全独立且封闭的地方，那些挤挤攘攘的破旧房屋愣是在距离看守所两三百米的地方画了一个句号，打死不往前延伸半步。

在这附近居住的人也不爱在这片走动，大概是嫌晦气。

所以，看守所门口很可能是整个酒城唯一干净的空地，鸟儿拉稀都得憋着飞一段避开这里，然而燕绥之和顾晏却在这鸟不拉屎的地方捡到了一个小孩儿。

这是一个干瘦的小姑娘，七八岁，顶着一张不知道几天没洗过的脸蹲在一个墙角，大得过分的眼睛直勾勾地盯着看守所大门。

"这小丫头学谁闹鬼呢，一点儿声音都没有。"燕绥之快走过去了，才冷不丁在腿边看见一团阴影，惊了一跳。

小姑娘的反应有些迟钝，过了大约两秒，她才从看守所大门挪开视线，抬头看着燕绥之。她这一抬头，就显出她的气色有多难看，蜡黄无光，两颊起了干皮，味儿还有点儿馊。

不过这时候，燕绥之又不抱怨这空气有毒了。

小姑娘看见这个陌生人弯下腰，似乎要对自己说什么，她有点儿怕，下意识朝后连退了两步，后背抵住了冷冰冰的石墙面，退无可退，显得有些可怜巴巴的。

"我长得很像人贩子？"燕绥之转头问顾晏。

顾大律师头一次跟他站在一条线上，一脸傲娇地点了点头。

燕绥之："……"

滚吧。

"你想养？"顾晏问了他一句，语气不痛不痒，听不出是随口一问还是讽刺，毕竟这方面师生俩一脉相承。

燕绥之短促地笑了一声，站直了身体："你可真有想象力，我又不是什么好人。"

他转头冲不远处的一条破烂街道抬了抬下巴："这地方，一条街十个夹巷都睡了人，我得把整个酒城买下来建满孤儿院才能养得完。"说完，他冲顾晏晃了晃自己手上的指环，"5022西，下辈子吧。"

顾晏没什么表情："不好说，说不定下辈子更穷。"

燕绥之："你可真会安慰人。"

顾晏："过奖。"

燕绥之："……"

"小丫头不喜欢我，走了。"燕绥之说。

两人看了眼时间，还有二十分钟的富余，抬脚便朝看守所的大门走去。

只是走了两步后，燕绥之又想起什么般转回身来。他从大衣口袋里伸出一只手，弯腰在小姑娘面前摊开，掌心躺着一颗巧克力："居然还剩了一个，要吗？"

小姑娘贴着墙，盯着他的眼睛看了好几秒，而后突然伸手抓过巧克力，又缩了回去。

"你饿成这样了身手还挺敏捷。"燕绥之挑了挑眉，转身便走了。

他走远一些的时候，隐约听见后面传来一句话："要说谢谢。"

燕绥之转头看了一眼，小姑娘已经恢复了之前的模样，蹲在那里直勾勾地盯着看守所大门，像根本没看见他一样，只不过一边的腮帮子鼓鼓的，塞了一颗糖。

"一趟飞梭十五个小时，你正餐没吃两口，糖倒没少吃。"顾晏说。

燕绥之一脸坦然："少吃多餐，甜食也算餐。"

实际上他现在有点儿低血糖，也不知道是睡太久的后遗症，还是基因暂时性调整的后遗症，总之得揣点儿糖在身上，以免头晕。

当然，这原因他不能跟顾晏多提，干脆胡说。

看守所铜墙铁壁似的大门紧锁，门边站着几个守门的警卫。

顾晏走到电子锁旁，抬手用小指上的智能机碰了一下电子锁。所有事先申请过的会见都会同步到电子锁上，智能机绑定的身份信息验证成功就能通过。

嘀——

大门响了一声，吱吱呀呀地缓缓打开。

这扇大门大概是附近区域最先进的一样东西了，还是数十年前某个吃饱了撑着的财团赞助的。当初，那财团在背后扶持了酒城的政府，几乎将这个星球所有重要的地方都换了人，一副下决心帮助治理的架势。

梦想是好的，可现实有点儿惨。

反正财团现在已经没动静了，当初赞助的那些东西也由新的变成了旧的。

看守所里昏暗逼仄，走廊总是很狭小，窗口更小，显出一股浓重的压抑来，但并不安静。

酒城的这座看守所尤为混乱，充斥着呵斥和谩骂，污言秽语不绝于耳。而这些嘈杂的声音都被封闭在一间一间的窄室里，不带对象，无差别攻击。

燕绥之在长廊中走了一段，祖宗八代都受了牵连，不过他对此习惯得很，走得特别坦然。

铁栅栏门外，一名人高马大的管教抓着电棍站在那里："什么人，来见谁？"

燕绥之笑了笑："律师，有申请，见约书亚·达勒。"

刚张口的顾晏："……"

管教挑了挑眉："达勒？你们还真是好脾气。"说着，他意味不明地笑了一声，说不上是嘲讽还是别的什么。

燕绥之依然回得自如："是啊，我也这么觉得。"

顾晏："……"

管教从鼻腔里哼了一下，转身冲燕绥之招了下手，打开了铁栅栏门："走吧，跟我来。"

一般而言，未成年人和成年人大多是分开关的，酒城这边却混在一起。

很快，管教停在一扇厚重的钢铁窄门前，朝里面努了努嘴："喏，你们要见的达勒。"

"非常感谢。"燕绥之道。

顾晏："……"

管教抬起门上能活动的方块，是一个小得只够露出双眼的窗口。他粗着嗓子朝里面吆喝了一声："野小子，你的律师来见你了。"

窗口里很快露出了一双翠绿色的眼睛，单从目光来看，一点儿也不友好，甚至含着一股冷冷的敌意。

紧接着，里头的人突然抬起手，当着几人的面，"啪"的一声狠狠关上了窗口。

燕绥之气笑了，转头问顾晏："你确定真的已经约见过了吗？"

这是约见的态度？

不过他还没有笑完，就发现身后的顾大律师正瘫着一张脸，倚着墙看他。

燕绥之下意识想问"你怎么天天不高兴"，话未出口，突然反应过来自己这一路抢了顾大律师多少活儿，真是习惯害死人。

他的手抵着鼻子，尴尬地咳了一声，朝旁边让了一步："哎，你怎么走到后面去了？"

顾晏："……"

这么不要脸的人，他平生少见。

顾晏冷冷地看了他一会儿，动了动嘴唇："不继续了，阮大律师？"

燕绥之干笑两声，摇了摇手："你是老师，你来。"

为了化解尴尬，这人的脸说不要就可以不要，反正现在没人认识他。

他说完又指了指紧闭的小窗口问道："下飞梭那会儿，我明明听见你跟他通信对话过，这小子怎么翻脸不认人？"

犯完错误就转移话题，脸都不红一下，顾晏对这名实习生算是开了眼。

不过他还是不冷不热地回道："我是让管教把通信转接给了他，说完我就切断了，如果单方面通知算对话的话，那确实对话过。"

管教理直气壮，一副习以为常的模样，指了指窗口："我转接了通信，拉开窗口让他听了。"

燕绥之："……"

他服气了。

燕绥之让出了位置，顾晏理所应当接过了主动权。他指了指钢铁门，道："劳驾，把门打开。"

"确定？就他这态度你们还要见？"管教虽然嘴上这么说，但还是打开了门。开门的瞬间，管教握住了腰间的电棍，一副掏出来就能电人的架势。

燕绥之却按住了他的手，示意他不用这么蓄势待发。

事实上，他和顾晏两人一前一后进了门，叫约书亚·达勒的小子也没怎么样。

他只是坐在那里，冷冷地盯着两人的眼睛，嗤了一声扭过头去。

这时，燕绥之才看清他的模样。

他有一头乌黑的头发，挺长，在脑后扎了一个辫子，但是看得出好几天没洗了，乱糟糟的。他双眼翠绿，因为消瘦，显得眼睛很大，眼窝极深。

他的嘴唇比顾晏的还薄，抿着唇的时候，面相有股浓重的刻薄感。

其实这种刻薄感顾晏也有，只不过他举手投足总是很得体，那种感觉就变成了一种英俊。

但眼前这熊玩意儿……

毕竟他才十四岁，就算刻薄，也是强装出来的。

"我是接手案子的律师，之前跟你对过话。"顾晏说。

燕绥之：你还真好意思说出来了？

约书亚似乎也为他口中的"对话"所不爽，脸上透露出一股深重的厌恶。不过他没再出声，所有的情绪似乎在刚才关窗的动作里表达了，便没有了再开口的欲望。

"我来这里只是想跟你见一面，让你认一认我的脸。"顾晏毫不在意对方的沉默，冷淡地说道，"我不管你现在是什么态度，希望再见面的时候，你能够把一切如实、完整地告诉我。"

这话不知戳了约书亚哪个点，他终于出了声："告诉你？告诉你有什么用？上一个、上上个律师都这么说的，结果呢？"他一脚踢在铜墙铁壁上，"我还是被关在这个令人恶心的地方！"

"你可以试试。"顾晏全然不受他的情绪感染，语气依然冷漠。

"我没罪！事情不是我干的，凭什么让我坐在这里，等着一个又一个的人来跟我说试试？有本事把我弄出去再来说试！没本事就滚！"约书亚吼着，情绪几乎失控。

燕绥之在旁边笑了笑："你说两句血都要喷出来了，这样子让人怎么给你办保释？听审的法官一看你的脸，保证转头就驳回申请。"

约书亚喘着粗气瞪着他："又是这种鬼话！能办得了保释，我现在还会在这里待着？"

"保释不是问题，"顾晏看着他的眼睛道，"但是你必须答应我，下一次见面告诉我所有事情，毫无保留。"

他盯着人看的时候，会有种让人不自觉老实下来的气场，这样的人如果真的当老师，学生见到他大概会像耗子见了猫。

约书亚强撑了几秒，又恹恹地看了他一眼，重新坐了下去。

他就像耗尽了所有力气，像雕像一样坐在那里不动了。

很显然，虽然他不再漫骂发狂，但是依然不相信顾晏的话。

过了好半晌，他终于又恹恹地开了口，低声嘲讽道："你能把我弄出去，我喊你爷爷，滚吧，骗子。"

这样的说话方式，第一次见还会有所感慨，如果天天见年年见，那就真的无动于衷了。

"骗子"燕绥之和"骗子"顾晏一个比一个淡定，先后出了门。

管教一脸手痒痒的样子，抚摸着他亲爱的电棍，道："你们这些律师可真是……"说完，他摇了摇头，毫不客气地关上了门。

窄小的房间里，声嘶力竭过的人面无表情地坐了一会儿，然后弯曲膝盖把头埋了进去，蜷着身子不再动了。

与看守所里相比，外面天光大亮，冷不丁看到甚至有点儿晃眼。

燕绥之用手指挡了一下眼睛，摸出全息屏看了眼时间："还不到两点，走吧，去治安法院把——你这么看着我干什么？"

顾晏盯着他的眼睛看了片刻，移开视线道："没什么，只是我觉得你作为一个实习生第一次接触这种事，反应有些出人预料。"

燕绥之在心里回道：谁说不是呢。

但是他已经开始胡说八道了，这人说瞎话都不用酝酿，张口就来："我好像并没有说过这是我第一次接触这种事吧？"

顾晏看向他。

燕绥之开始胡扯："我父亲也是一名律师，我跟着他接触的事情太多了。有几次他在书房跟人通信没戴耳扣，被我不小心听见了，比这激烈十倍的都听过。我第一次听见的时候还小，吓了一跳，后来再听，也就那么回事了。"

燕大教授深谙说鬼话的精髓，不能说得太过具体，只有明知自己在骗人，才会为了说服对方相信而长篇大论，有意去描述一些使人信服的细节。这叫此地无银三百两，是心虚。

人真正闲聊的时候说起什么事，除非正在兴头上，不然都是随口解释两句就算提过了，因为说的是真话，所以根本不会去担心对方信不信。

他说完，余光瞥向顾晏的脸。

燕绥之没怎么看清他的表情，反正没有用什么"探究的穿透性的目光"盯着他，脚下步子也没停，似乎他刚才只是随口一问，听解释也是随耳一听。

"哭了吗？"片刻后，顾晏突然来了这么一句。

燕绥之："？"

"我说，你小时候听见那些吓哭了吗？"顾晏不冷不热地问了一句。

燕绥之："……"

这位同学，你转头看着我说，你说谁哭了？

显然，顾大律师只是再次跨越时光嘲讽了"小时候的他"一句，并没有认真等他回答的意思。

当他回过神来的时候，顾晏已经领先他两步了。

不过正是刚才那一问，让随意惯了的燕绥之意识到，自己可能太不知道遮掩了，这样肆无忌惮下去，他迟早要完蛋。其实别的他都不担心，唯独忍受不了丢人，尤其在自己学生面前丢人。

酒城的治安法院离看守所非常近，步行不过十分钟。

治安法院本就是初级的法院，里面每天都在处理各种琐碎的杂乱程序和案子，并不像许多人想象中的庄严肃静，比如申请保释的地方。

燕绥之不是第一次来这儿，但他每一次来都想感慨一句：酒城的公检法工作人员真是辛苦了，倒了八辈子的血霉才被安排在这里。

厅里三五成群地聚集着许多人，乱糟糟的，全息仿真纸页到处都是。

"我仿佛进了家禽养殖场。"燕绥之干笑一声，干脆倚在了门边，一副非常老实的模样，"我这次安守实习生该有的本分，不抢顾老师的位置了，您去吧。"

顾晏："……"

他也是倒了八辈子血霉才被分配到这个实习生。

顾晏站在两步外，两手插在羊呢大衣口袋里，腰背挺直，半垂着眼皮看着倚在门边的燕绥之，沉默片刻后，不咸不淡地说："我不得不提醒你，递交保释申请这种事，恰巧是实习生该干的。"他说着，朝大门一抬下巴，"去守你该守的本分。"

燕绥之在心里把这个蹬鼻子上脸的学生一顿打，面上却笑了一下，转头进了门。

骤然放大的嘈杂声兜头"砸"了他满耳。

他侧身避过伏在各处签名的人，走到高台边。

站在台后的是一个穿正装的年轻小姐，一般而言，这种事都是刚进法院的年轻人干。她看了燕绥之一眼，便条件反射地敲了一下面前的光脑虚拟键："申请保释？"

"是的，冷湖看守所，约书亚·达勒，被指控入室抢劫。"

年轻小姐跟着他所说的信息，敲了几下虚拟键，又确认了一句："达勒……十四岁？"

"对。"

"领一下申请单。"

她说完，光脑吐出了一张页面，页面上的表格清楚地显示着约书亚的个人信息，下面是统一的申请用语。

就联盟现今通行的规定而言，保释本身是不用申请的，而是由审核官主动确认某个嫌疑人该不该适用保释。只有当审核官认为不该适用的时候，才需要律师来主动申请，然后由法院根据申请顺序安排当天或者第二天听审。

所以，提交申请这个程序本身极其简单，一般都是实习生来办，反正不用担心办砸。

燕绥之从头到尾扫了一眼约书亚的信息，点头道："没错。"

"那你签个字就行。"年轻小姐指了指前面众人扎堆的桌子，"那里有电子笔，或者手指直接写。"

燕绥之一看那群人就头大，笑了笑道："我还是用手吧。"

小姐"扑哧"笑了："你看着像刚毕业的学生，实习生？"

"嗯。"燕绥之应了一声。

"挺好的，至少你能出来跑动跑动。我也是实习生，在这里站了快一个月了。"这姑娘在这里站了一个月，也没主动跟谁聊过天，这会儿突然有了点儿闲聊的欲望，大概还是因为他的颜值。

燕绥之抬眼一笑："在这之前呢？整理卷宗整理了一个月？"

"你怎么知道？"

"很久以前，我也在法院实习过。"

"很久以前？"年轻小姐听得有点儿蒙。

"嗯。"他头也没抬，随口答了一句，抬手就签字，笔画龙飞凤舞。

不过他刚签了两下，突然顿住了，默默点了撤销。

"你怎么撤销了？"

因为他差点儿签成了"燕绥之"。

他带着笑意道："字写丑了。"然后老老实实写上阮野两个字，选择了确认提交。

"好了。"

燕绥之抬眼朝站在高台后的年轻小姐道："谢谢。"

"再见。"她笑了笑。

"我以过来人的身份告诉你，下个月你就能跟着干点儿实在事了。"燕绥之说着摆了摆手，转头出了门。

他出门的时候，顾晏已经等得有些不耐烦了，当然，单从他的表情是看不出来的。

"走吧。"燕绥之偏了偏头，"去前面看一看结果。"

顾晏指了指全息屏，一脸佩服地说："阮野，两个字你签了五分钟。"

燕绥之挑了挑眉："因为这名字不好写，第一遍写得丑。"

顾晏不咸不淡地说："一个签名写上二十多年还丑，就别怪字难写了吧。"

燕绥之："？"

他说谁字丑？燕绥之想把法学院装裱起来的那份签名拍到这个学生的脸上。

法院前厅的大型显示牌上分栏滚动着各种信息，左下角那一栏是保释申请安排的听审时间。

燕绥之和顾晏两人等了不到五分钟，约书亚的信息就滚出来了。

"明天早上十点。"燕绥之道，"还行，距离午餐时间不远不近，法官不至于饿得心烦。"

两人从法院出来后，又在路边拦了一辆车。

这次的司机倒不多话，但看起来有一点儿凶。

酒城的并行道路不多，所以这里的司机总喜欢先踩着油门上路，再问目的地。等到这个司机开口的时候，燕绥之就明白他为什么不爱说话了，因为他的声音太令人不舒服了，沙哑得像含了一口粗砂。

"去哪儿？"司机简短地问道。

"甘蓝大道。"顾晏一边放大智能机上的地图，一边说道。

燕绥之是知道甘蓝大道的，如果说他们落脚的这一片城区有哪里勉强像正常人住的，那就只有甘蓝大道，那里有几家看上去不会吃人的旅馆。

顾晏在那里预约了住处。

那是一家叫银茶的高档旅馆……酒城范围内的高档，翻译过来可以等同于"非黑店"，仅此而已。

当两人站在酒店前台的时候，负责登记的是一个小伙子，他扎着辫子，打了一排耳钉以及一枚唇钉。

他看见燕绥之他们，毫不避讳地来回打量了一番，然后发出了像第一个司机一样的笑声。

顾晏对于别人这种奇奇怪怪的举动向来是无视的，他脸色未变，只是掀起眼皮看了小伙子一眼，冷淡道："有预约。"

好在小伙子比之前的司机识相，笑完后点了点头，换了一副正经的模样，朝顾晏道："麻烦报一下通信号。"

顾晏道："1971182。"

"好，我登记一下，稍等啊。"小伙子往嘴里丢了一颗糖，含含混混地道。

燕绥之站了一会儿，突然"咝"了一声。

"怎么？"顾晏皱眉瞥他，"牙疼？"

燕绥之的眉头皱得比他还深："你通信号多少？你再报一遍。"

"1971182，不用谢。"正在登记的前台小伙子非常顺溜地报了一遍。

燕绥之连忙调出全息屏幕，嗖嗖翻到通信记录。整个记录短小得可怜，这两天里给他这个智能机发过通信请求的总共就两个号码，一个是后来的公寓服务号，另一个是谁不用说了。

顾晏接过小伙子递过来的房卡，掀了眼皮："你终于反应过来自己挂了谁的通信？"

"麻烦你讲点儿道理，先挂断通信的明明是你。"

两人一前一后进了电梯。

顾晏按下了7层，目不斜视地冷声讥讽道："你劈头盖脸就是一句'公寓不续租'，我不挂断难不成问你服务打几分？"

"因为在那之前我刚收到公寓的信息，说稍后给我发语音确认，然后你就拨通信过来了。"燕绥之没好气道，"这位老师，你怎么那么会挑时间？"

他胡搅蛮缠，强词夺理。

顾晏冷着脸，看起来气得不轻。

"而且——"燕绥之又道。

他还有脸"而且"？

顾晏简直要被他气笑了，短促地"嚆"了一声，电梯门一开就大步走了出去。

"你拨通信过来怎么不说一下你是谁？"燕绥之不紧不慢地跟在他身后，继续道，"你要是说一声，不就没后面的误会了吗？我又没有你的通信号。"

顾晏有他的通信号倒是不奇怪，毕竟报到证还有后面附加的电子档案里都有。

燕绥之这么说着，又调出了全息屏，低着头边走边把顾大律师的通信号保存起来。

"实习生手册。"顾晏冷不丁开了口，脚下步子也是骤然一停。

"手册？那倒霉手册又怎么了？"燕绥之跟着停下了步子，抬头问道。

他现在听见那玩意儿就头疼，总觉得里面埋着无穷无尽的坑，可以让顾晏随手截图来刺激他。

"菲兹在手册里列明了辅导律师的通信号，并且用了三行高亮加粗字体提醒你们存起来。"顾晏说。

燕绥之一愣："还有这个？我怎么没看到？"

"因为你就看见了钱。"

燕绥之："……"

顾晏抽了一张房卡打开自己面前的房门，进去开了灯。

燕绥之自认有点儿理亏，不打算再聊通信号的问题，就随口扯了点儿别的："你不是说你一点儿实习生方面的资料都没看吗？怎么对手册内容那么了解？"

"这两天我抽空研究了一下。"

"你研究那个干什么？"

燕绥之心想：有这个工夫，看你的案件资料不好吗？

顾晏转过身靠在玄关处，刚好挡住了进屋的路："为了找到明确的条例把你开除。"

燕绥之："？"

顾晏说完，把另一张房卡插进燕绥之的大衣口袋，随手指向门外，语气格外平静："滚。"

紧接着，房间大门在燕绥之面前关上了。

燕绥之挑了挑眉，心想：好了，这句是我言传身教的没错。

他从口袋边缘抽出摇摇欲坠的房卡，翻看了一眼房间号，就在隔壁，便优哉游哉地刷卡进了屋。

这家旅馆虽然跟德卡马的那些不能比，但还算得上干净舒适，至少屋里没有外头那种流浪汉和酒鬼混杂的味道，甚至还放了一瓶味道清淡的室内香水。

室内有床有沙发，温度不高不低。

这趟出差恰到好处地解决了他的住处问题，虽然住不了多久，但已经很不错了。

那天中午他挂了顾晏的电话，下午就问办公室夜里留不留人，就算是傻瓜，恐怕也能根据那两句话猜出个大概，更何况顾晏还知道他全部身家只有可怜巴巴的 5022 西。

所以，这趟临时的出差顾晏是出于什么心理安排的，也就不难猜了。

看来他这个脾气不怎么样的学生仅仅是脾气不怎么样，心还挺软的。

燕大教授难得良心发现，站在落地窗边自省了一会儿，给几分钟前存的那个通信号发了一条信息：房间不错，谢谢。

在他意料之中，对方一个字都没回。

燕绥之嗤笑了一声，摇了摇头，心想：看在床的分上，我就不跟你小子计较了。

不过床有了，换洗衣服还没有呢，毕竟他来的时候两手空空。

倒不是出差的通知来得太突然，燕绥之来不及带行李，而是他本来就有这个习惯。他不爱手里拎太多东西，智能机、光脑、律师袍，除此以外，有什么需要的东西他都是到地方直接买。

燕绥之略微整理了一下东西，便带着房卡出了门。

酒城这地方他并不陌生，该去哪里更是轻车熟路。他在门口拦了一辆车，报了目的地，便自顾自地倚在靠背上闭目养神。

没几秒，他的指环振动了一下。

燕绥之皱了皱眉，睁开眼，全息屏上有一条新信息。

姓名：坏脾气学生

内容：你出门了？

这么多年，燕大教授要干什么要去哪里全凭自己决定，放浪不羁，从没有给人报备一声的习惯。冷不丁收到这么一条信息，他还有些莫名其妙。

愣了两秒，他才"啧"了一声，耐着性子回道：对，我去买——

他的话还没写完，界面就被一个卡进来的通信切掉了。

燕绥之："？"

通信一接通，对方道："我是顾晏。"

燕绥之心想：我知道，我存你号码了。

"你在哪儿？"

"黑车里。"

前座司机："……"

顾晏沉默了两秒，道："你要去哪里？"

燕绥之道："双月街，我去买点儿换洗衣服，这才刚上车，你的信息就来了。"

"你出门不知道说一声？"

燕绥之有点儿想笑："我说了你回吗？"

顾晏："……"

顾晏似乎被他堵了一下，片刻后又道："我过一会儿过去。"

"不用，我买东西快得很，要不了十分钟。"燕绥之道。

"带实习生出差，你出任何问题我都得负全责。"顾晏说道，"你是不是忘了酒城是什么地方？"

燕绥之心想：我当然没忘，然而我来酒城的次数恐怕是你的两倍，比起我的安全，我可能还比较担心你。

但是这次他的嘴巴多了一个把门的，没有把这话秃噜出来。

燕大教授憋了两秒，想不出更有说服力又不暴露身份的话，只能点头道："行吧，那我到了等你。"

"你先把车牌号发过来。"

燕绥之："干什么？"

"万一你出了意外，还能有一条线索收尸。"

燕绥之："……"

顾晏讲完恐怖故事就挂断了电话。

燕绥之瞪了半天全息屏，最终还是认命地敲过去一串车牌：EM1033。

双月街是一个很奇特的地方，它是附近唯一的"富人商业区"，偏偏坐落在大片斑驳低矮的"贫民窟"里，像一块不小心黏错了地方的口香糖，在黑漆漆的脏乱色块里打了一块黄白色的突兀补丁。

黑车司机是矮胖的中年男人,他在双月街的街头停了车,冲燕绥之打了个招呼:"对不起啊先生,只能将你停在这里了,我得赶回家一趟,前面就是双月街,祝你玩得愉快。"

"谢谢。"燕绥之难得在酒城碰见一个正常点儿的司机,付车费后便下了车。

谁知道司机自己从驾驶座上下来了,一边用老旧的通信机跟人说话,一边撑着车门朝燕绥之点头笑笑。

"你到了吗?"周围环境嘈杂,司机不得不朝通信机那头的人嚷嚷,"我?我已经在路口了,没看到你啊。你快过来接一下手,半个小时前我就跟你说了,非得拖拖拉拉到现在,你是不是又去——好好好,我不说,但是你快点儿!"

即便燕绥之不想听,这咋咋呼呼的声音也钻进了他的耳朵里。

他挑了挑眉,朝司机笑笑,抬脚朝双月街走去。

逛街这种事情,燕绥之没什么兴趣,他买起东西来总是目标明确,速战速决。他半点儿没犹豫就直奔一家店面,以往他来酒城,都在那里买更换用的衣物。

他刚进店,手上的指环就是连环振动,差点儿把手指振断了。

这是干什么呢?

燕绥之原以为是某个坏脾气学生来捉人了,结果一看不是。

搞事的是实习生洛克,这个热心过头的二傻子不知出于什么心理,将所有实习生拉进了一个通信联络小组。

两分钟前,安娜小姐在里面发了一则通知截图,图上说所有实习生一周后要参与一场考核,考核结果会作为初期成绩登记下来,等到实习期结束,跟末期成绩一起得出综合分,决定实习生去留。

洛克:一人挑一个案子做模拟庭辩。

安娜:你也看到通知了?

洛克:两个小时前,老师告诉我了,让我好好准备,别丢他的脸。

菲莉达:我怎么没收到通知?

燕绥之心想:巧了,我也没收到通知。

洛克:可能他还没来得及通知?反正最晚明天也该知道了。不如我们先商量一下各自挑什么案子吧。

菲莉达:我看看。

燕绥之看了眼截图里列举的案子,一共五个,涉案类型各不相同。他对这个无所谓,想着让这些学生们先挑,剩下哪个他就接哪个。

几秒后,指环又振动起来。

洛克:我挑好了,就抢劫案吧。

菲莉达：我挑绑架案。

安娜：那我挑故意杀人案好了。

亨利：非法拘禁。

燕绥之动了动指头，发了一条消息。

阮野：那我只能把你们全部抓起来了。

众人：？

考核内容就这么内部分配了，燕绥之笑了笑，正准备关掉界面，却见有人冒了头。

亨利：提前恭喜安娜和洛克了。

洛克：？

安娜：？

亨利：你们没听说过吗？初期考核看老师身份的，因为负责组织考核的是霍布斯和陈两名律师，所以基本上他们的学生不用担心分数，不是第一就是第二。

菲莉达：你从哪儿听来的？没有证据还是别这么说比较好。

亨利：到时候可以看看。不过我其实无所谓，需要担心的应该是阮野。

燕绥之反应了一会儿，才意识到亨利在说自己，他想了想，回了一个字：哦。

亨利：你都不问问为什么吗？

这有什么好问的。

燕绥之看着全息屏，心想：年轻人，你对真相一无所知。如果连这种实习生之间模拟的庭辩我都需要担心，那我可以收拾收拾准备退休养老了。

况且他不是真来给这倒霉律所打工当壮丁的，爆炸案资料一到手，他就可以把离职申请拍到顾同学桌上走人了，担心什么啊。

亨利见他半天没回复，又憋不住了。

亨利：你是不是不好意思打听太多？没关系，我没有别的意思，就是怕你没有心理准备。

阮野：谢谢。

亨利：我从几个学姐学长那里打听来的，他们说顾律师打分很恐怖的，丝毫不讲情面，而且关系跟他越近，他的要求就越高，高得能让你怀疑人生。听说曾经有一个学生跟他有些沾亲带故，本以为来这里能有人罩着，谁知他不收实习生，这就经受了一波打击。后来那人初期考核准备得有些马虎，在模拟庭辩上感受了一番震撼教育，抬着下巴上去，哭着下来了。你们试着想象一下，如果是他自己的学生……

众人：害怕。

洛克：这风格让我想到了一个人。

安娜：我也……

亨利：院长……

亨利：前院长。

安娜：顾律师不就是院长教出来的？

一声没吭还被迫出镜的燕绥之觉得很冤枉：你们顾律师这脾气绝对是天生的，别往我身上赖。他对我都敢这样，我会教他这个？

安娜：还是有区别的，非审查考核期间，前院长至少会笑，而且总带着笑，看起来是一个非常亲切优雅的人。顾律师笑过？没有。

亨利：你去看看前两年的审查成绩，再说院长亲不亲切。其实我一直很纳闷，为什么每次评分院长都那么高。

安娜：怎么？你以前给他多少分？

亨利：一百。

安娜：呵呵。

菲莉达：好一个学院的受虐狂。

洛克：阮野，你怎么不说话？

亨利：吓哭了？

燕绥之心想：两个二百五一唱一和还挺默契。

不过这样的群组聊天内容对于燕绥之来说还挺新鲜的，这种纯粹的学生式聊天他有很多年没参与了，上一次搅和在里头还是他刚毕业的时候。

他没有加入群聊，只是用看戏剧的心态扬着嘴角旁观了一会儿，便收起了全息屏。

"这位先生，有什么需要的吗？"妆容精致的店员恰到好处地掐着时间走到他身边。

燕绥之熟门熟路地挑了两件衬衫，正要转身，就听见一个低沉的不含情绪的声音在身后响起："你怎么在这里？"

他猛一回头，看见了顾晏的脸，没好气道："你鬼鬼祟祟站在后面干什么？吓我一跳！"

光明正大走进店里的顾大律师："你在这儿做贼？"

燕绥之："……"

"你不做贼这么害怕干什么？"顾晏淡淡道。

燕绥之差点儿翻白眼，他抬了抬下巴："我没给你定位，你怎么找到我的？"

"我在对面下车刚巧看见你。"顾晏瞥了眼他手里的两件衬衫，语气古怪地问道，"你确定没走错店？"

"当然没有。"燕绥之心想，我的衬衫大半是这个牌子，怎么可能走错店？

"你是不是不知道这家店衬衫的价位？"顾晏不咸不淡地道，"我建议你先看一下自己的资产卡。"

047

燕绥之周身一僵。

顾晏毫不客气地给他"插了一刀"："5022西，记得吗？"

燕绥之："……"

他忘了。

"我有必要提醒一句，出差报销不包括这种东西。"顾晏又道，"你不至于这样异想天开吧？"

燕绥之手抵鼻尖缓解尴尬，打算把两件衬衫放回去。结果他的手还没伸出去，就被顾晏半道截和了。

他将衬衫拎在手里简略翻看了一下，又撩起眼皮看向燕绥之："我通知出差的时候给你预留了收拾行李的时间，你却两手空空，能跟我说说你究竟是怎么想的吗？"

燕绥之干笑了一声："怎么想的？我穷得没别的衣服，上哪儿收拾行李去？"

顾晏："……"

"之前我倒了血霉，住的地方被偷了。"燕绥之开始胡扯，"那个小偷缺德到了极点，就差把我也偷走卖了换钱，要不然我至于穷成这样？5022西，嗬！"

他说着还自嘲地笑了一声，别的不说，情绪很到位。毕竟他一觉醒来就成了穷光蛋，和被偷也差不多。

顾晏皱着眉上下打量了燕绥之好几回，似乎没找到表情上的破绽，最终他收回目光，也不知想了些什么。

燕绥之主动建议："走吧，换一家。想在酒城找一家便宜的衬衫店还是不难的，我刚才就看见了一家，就在前面那条街上。"

"如果我没理解错的话，你指的应该是拐角那家门牌都快要倒了的店。"顾晏道，"你确定穿着那家的衬衫有勇气站上法庭？"

还真有。燕绥之心想：我混了那么多年，哪里还用得着靠衣服撑气势，但是这答案显然不符合一个正常实习生的心理。

他有些无奈："这也不行那也不行，怎么办？"

顾晏掀起眼皮看了他一眼，一声不吭拿着两件衬衫兀自走了。

燕绥之瞪着他的背影，心想：你拿着衬衫要干什么？总不至于吃错药了替我付钱吧？

两秒钟后，他的表情仿佛见了鬼，因为顾晏真的吃错药付钱去了。

又一个小时后，回到旅馆的燕绥之站在顾晏房间里，看着床边打开的一个行李箱，略微提高了声调："你说什么？"

"你别看那两件新衬衫，跟你没关系。"顾晏道。

燕绥之："……"

顾晏指了指行李箱里的一件黑色长袍："明天你把这个穿上。"

这种黑色长袍对燕绥之来说实在太熟悉了，是高级定制店里手工剪裁制作的律师袍，衣摆和袖口都绣着彰显低调稳重的花纹，花纹的内容是全联盟统一的，代表着法律至高无上的地位。

这种律师袍可不是什么有钱人就能买到的，得拿着联盟盖章的定制单，才有资格去量尺寸预约。当然，还是要钱的，而且非常昂贵。

这样的律师袍燕绥之有三件，每晋升一个级别就多一件，最终的那件跟顾晏的看起来有些区别，多了一个烟丝金色的勋章——一级律师专有。

不过这不是重点，重点是……

"明天？你是说保释听审？我为什么要穿这个？"燕绥之觉得莫名其妙，"我又不上辩护席。"

他一个实习律师，难道不是只要坐在后面安安分分旁听就行了？

谁知顾晏盯着他的眼睛看了一会儿，又转移目光，一边收好新买的衬衫，一边轻描淡写地说："错了。你上辩护席，我坐在后面。"

第五章　听审

燕绥之听后吓了一跳，看着顾晏的侧脸问道："你这话是什么意思？"

顾晏把律师袍拿出来，合上行李箱，才转过头来看燕绥之："让你上辩护席的意思。"

"为什么让我上辩护席？"

顾晏站直了身体，皱着眉道："你真是来实习的？"

他的情绪总不表现在脸上，除了冷还是冷，也看不出别的什么。

燕绥之一时也摸不透他问这话的目的，于是看着他的眼睛，用最理所当然的语气道："当然啊，你这问题可真有意思，我不是来实习的，我来干吗？"

顾晏不冷不热地"哦"了一声："至今我没在你身上看到半点儿实习生该有的态度。"

"什么态度？"

"你试想一下，我跟其他几个实习生说，让他们上辩护席，你觉得他们会有什么反应？"

什么反应？

"两眼放光，瑟瑟发抖。"燕绥之随口回答。

顾晏："……"

什么鬼形容。

顾晏："你呢，你是什么语气？我几乎要怀疑我不是在给你锻炼的机会，而是要把你送去枪毙了。"

"锻炼的机会？"燕绥之认为自己捕捉了关键词，心里倏然一松，失笑道，"这可不能怪我，你整天绷着一张脸，说不上三句话就要刺我一针，我当然会反应过度，以为你又在讥讽我抢你的活儿，就像之前在看守所里一样。"

顾晏快被燕绥之的反击气笑了，他把手里的律师袍丢在床上，指着房间门说："滚。"

燕绥之一听见这个字就笑了。

能请人滚，说明情况还正常。看来顾晏没发现什么，也许有点儿怀疑，但至少没能确认什么。

等他笑完再看向顾晏，就发现他这个学生的脸色更不好了。

"你还有脸笑？"

燕绥之非但没滚，还干脆地拉了一张沙发椅坐下来，笑道："实习生该有的态度我还是有的，就是反应迟钝了点儿。你真让我明天上辩护席？"

顾晏一脸刻薄道："不，我改主意了，滚。"

燕绥之："……顾大律师？"

顾晏："……"

燕绥之："顾老师？"

顾晏："……"

燕绥之心想：差不多行了啊，我还没这么跟谁说过话呢，我只知道怎么气人，并不知道怎么让人消气。

他倚在靠背上，抬眼跟顾晏对峙了片刻，突然轻轻"啊"了一声，咕哝道："我想起来了，还有这个。"说着，他从大衣口袋里摸出一样东西，强行塞进顾晏的手里，"给，别气了，顾老师。"

顾晏蹙着眉垂眼一看，手心里多了一颗糖。

顾大律师："……"

他那张俊脸看起来快要冻裂了。

"你究竟带了多少糖在身上？"

燕绥之坦然道："本来没糖了，刚才我吃完晚饭出餐厅的时候，前台小姑娘给的，她没给你吗？那一定是你不苟言笑太吓人了。"

顾晏："……"

这种放浪不羁的哄人方式简直再损不过，然而两分钟后，顾晏和燕绥之面对面坐在了硕大的落地窗边，光脑搁在玻璃桌面上，一张张全息页面摞了厚厚一沓。

"这是约书亚·达勒入室抢劫案的现有资料，你两天内仔细看完。"顾晏冷着脸道。

燕绥之大致翻看了一下资料："你什么时候接的这个案子？"

"我来的那天上午接到的委任，快中午拿到的资料。"

燕绥之想起来了，那天他们几个实习生上楼的时候，顾晏正接着通信。后来他们跟菲兹在办公室大眼瞪小眼的时候，顾晏的光脑吐了一个小时的资料，应该就是这个案子了。

虽然顾晏还没有拿到一级律师勋章，但他在年轻律师中算是佼佼者，名声不小，身价自然不低。行业法规订立过一套收费标准，依照那个标准，想要请顾晏这样的律师，花费委实不少，并不是什么人都请得起的。

因此，联盟设有专门的法律援助机构，所有执业律师都在援助机构的名单上。

如果有嫌疑人请不起律师，机构会从执业律师中抽选一名来为他辩护，费用由机构代为支付，当然就是意思一下，与那些律师平时的收入相比，完全不值一提。

这事儿说白了就是做义工，但这义工还必须做。

一名律师如果接到机构的委任，基本得答应下来，因为拒绝委任的记录会影响律师级别的晋升审核。

对于这种委任，有一部分人的态度十分敷衍，虽然他们不会拒绝，但也不会认真去准备。

因为律师手里总有好几个案子同时进行，在这一个上面花费更多时间，就意味着其他案子的准备时间会减少，所以很多人会选择性价比更高的精力分配方式。

单以钱论，孰轻孰重一目了然。

委任案输多胜少，这几乎成了行业内的一种共识。为了平衡这种情况，嫌疑人如果觉得委任的律师太过敷衍，有权要求更换，最多可以更换三位。

约书亚就是这种情况。以他的脾气，就算把他卖了也是血亏，换来的钱都付不起一个律师一小时的费用。机构帮他委任过两个律师，显然那两个废物律师对这案子敷衍至极，搞得约书亚逮谁咬谁，一个不剩都被轰走了。

顾晏是第三个律师。

约书亚的更换权已经用完，轰无可轰，而且就这顾大律师的脾气来说，谁把谁轰走还不一定呢。

"没有监护人……有个妹妹……"燕绥之大致扫了一眼资料上的照片，"哟，这照片乍一看都认不出来他，洗头和不洗头区别这么大？"

动态照片上的约书亚虽然瘦，但不至于像看守所里那样两颊凹陷，眼下青黑，眸子还是明亮的，不会一见到人就目眦欲裂，眼里满是血丝。

两者的精神状态相差太大，真看不出是同一个人，即便是照片，也能看出这小子脾气不好，面相上就透着一股不耐烦。

顾晏："你的关注点都是什么乱七八糟的，盯着照片能看出花儿来？"

他们这些人对于如何快速浏览成山的案件资料是很有经验的，这种嫌疑人背景资料重点都在文字中，很多介绍性的照片他们都是一扫而过，根本不会细看。

但是燕绥之的习惯不同，他对照片总是很在意。

"我随便看看。"燕绥之随口应了一句，目光却转向了后一页的照片。

那是约书亚妹妹的照片。

"罗希·达勒，那小子的妹妹，资料上写她八岁。"燕绥之弯起食指敲了敲照片，"这孩子顶多五岁吧，又是从哪一年的登记资料里扒出来敷衍咱们——哎，顾——呃，老师你来看，这小姑娘的长相眼熟吗？"

顾晏瞥了一眼照片，又凑过来仔细看了一下，皱起了眉："在哪儿见过？"

"墙角那个小丫头。"燕绥之想起来了。

跟约书亚的照片一样，他妹妹的照片也跟真人相差甚远，年龄不统一，而且照片上的小姑娘脸颊有肉，皮肤虽然说不上白里透红，但还是健康的，绝不是一片蜡黄。照片上的小姑娘两只大眼睛乌溜溜的，透出一股童真。

两人略一沉吟，都想到了一些东西。

燕绥之身体朝后靠在椅背上，跷着二郎腿，脚尖轻踢了顾晏一下，抬了抬下巴，话语带笑："这照片有用吗？"

顾晏公事公办，一边在照片下面画了一条线做标记，一边应道："嗯。"

"你说说看，我的关注点有问题吗？"

顾晏头也不抬，在照片旁标注了简单的几个字："暂时没有。"

"你有这样不添乱还能帮忙的实习生，还让滚吗？"

顾晏终于抬起了眼："该滚一样滚。"

燕绥之："……"

他嗤笑了一声，没跟顾同学一般见识，又大致翻了一些受害者的资料："我刚才看了一下，约书亚的保释本身不难，甚至可以说很简单。"

简单是什么意思呢？就是只需要陈述出他满足保释条件的地方，不出意外，法官会同意保释的。

"只要交一笔保释金，或者有保证人签字就行。"燕绥之道，"但是……"

但是这倒霉孩子既没钱，也没人。

这天晚上，两个人都没怎么睡，只在沙发椅上简单休息了一会儿。等他们翻完所有案件资料画完重点，天已经蒙蒙亮了。

"我觉得你其实可以不订酒店。"燕绥之回自己房间洗漱前，对顾晏说道，"咱们现在跟睡大街也没什么区别，哦，有暖气。"

顾晏："……"

早上九点半，燕绥之和顾晏在治安法庭门口下了车。

"请两位先生过一下安检。"法庭门口,人高马大的安保员说道,"智能机、光脑、包都需要过一下安检。"

这是进法庭的必经程序,为了防止某些过于激动的人往口袋里藏炸弹,在法庭上送法官、律师、嫌疑人一起上天。

九点四十分,七号庭上一波听审结束,燕绥之和顾晏逆着三三两两的人群进了法庭。

坐在上面的法官掀起眼皮朝这边看了一眼,脸顿时瘫了。他扶了扶眼镜,将穿着律师袍的燕绥之上上下下打量了一番,咕哝道:"现在没毕业的学生也敢上辩护席了,开什么玩笑。"

燕绥之心想:这位老年朋友,你压低声音我就听不见了?

十点整,约书亚被带上了法庭,他所坐的地方跟其他人不一样,防弹玻璃像一个方正的透明笼子,将他罩在里头。

这不是他第一次坐在这个席位上,这个案子已经持续了一段时间,庭审断断续续进行了几次,而他依然弄不明白这些法律程序。

"陪审团呢?为什么没有陪审团?"

约书亚扫视了周围整整一圈,这大概是他现在仅有的对庭审的了解了。

他的身后站了两个看守所的管教,都板着脸,目不斜视地看着前方,显出浓重的压迫感。

其中一个闻言,短暂地嗤笑了一声,从唇缝里吐出一句话:"这哪用得着陪审团。"保释这种事,法官决定就行了。

约书亚的脸色变得难看起来,这对他来说不是一个好消息,因为法官显然不会喜欢他。很多人都不喜欢他,他看起来阴沉刻薄,脾气又很差,一点儿也不讨人喜欢,但如果是陪审团的话,也许他还能有那么一点点希望。

"保释很难,非常难。"约书亚喃喃。

他身后的两个管教对视了一眼。

这是一个重大的误会,事实上保释很简单,只是之前的律师对他并不上心,甚至不乐意往酒城这个地方跑,谁管他?

而在酒城这种地方,没有人管你,就不要指望审核官会主动给你适用保释了,他们巴不得你一辈子老老实实待在看守所或者监狱,少给他们惹麻烦。

不过两个管教并不打算对约书亚解释这点,只是耸了耸肩膀,由他去误会。

约书亚极其不甘心地看着辩护席:"我就知道!骗子!又是一个骗子……"

他看见那个信誓旦旦说要将他弄出来的顾律师居然打算袖手旁观,坐在辩护席上的是那个跟在顾律师身边的年轻律师。

天知道他毕业没毕业,约书亚刻薄又绝望地想。

他看见年轻律师的嘴唇张张合合，正在对法官陈述什么观点，但他一个字也没有听进去。

接着控方那边又说了什么，他依然没有听进去。

他紧张又愤怒，几乎快要吐出来了。

"我要出不去了是吗？"约书亚脸色惨白。

这种问题，两个管教倒是很乐意回答："是啊，当然。"

约书亚垂下眼皮，将头深埋在手臂里，他不再抱希望了。

而他不知道的是，正站在辩护席上的燕绥之一点儿不觉得这次保释有什么麻烦，甚至打算速战速决，不过现在是控方时间。

"他没有监护人，没有谁能够对他的行为有所约束，也没有谁能够对他可能会造成的危险负责。过往的行为记录表明他有中度狂躁症，附件材料第十八页的医学鉴定书可以证明这一点，我想这名律师已经阅读过所有证据材料，并对此非常清楚。"

控方将医学鉴定书抽出来，朝前一递。

全息页面自动在法官面前展开，像一块竖直的屏幕，足以让法庭上的其他人都看见。

灰白头发的法官点了点头，表示自己已经看见了医学鉴定书内容，同时目光从眼镜上方瞥向燕绥之。

燕绥之坦然地点了点头，表示自己确实看过医学鉴定书。

控方又道："视频材料一到四是看守所的监控，同样能体现这一点。另外——"

他按下席位上的播放控制器，两侧屏幕再次播放今早看守所工作人员将约书亚·达勒送审的监控，车内车外都有。

他将播放页面定格在车内监控中的某个瞬间，画面中约书亚正在挣扎，表情狰狞，身体正倾向一边车窗。他看起来像要将身体探出车外，被管教一边一个摁住了。

"即便是在今早送审的过程中，他也表现出了极不稳定的情绪。"

控方律师停顿了一下，让众人足以领悟他的意思，接着面露遗憾道："辩方当事人约书亚·达勒有一个妹妹，八岁，毫无反抗能力。如果对他保释，就意味着一名被指控入室抢劫，同时有着中度狂躁症以及多次斗殴记录的嫌疑人，将要和一个手无缚鸡之力的小女孩长时间共处。"

控方律师正视法官："这绝不是一个好主意，所有人都明白。"说完，他朝法官点头示意发言完毕。

法官再度从眼镜上方瞥了一眼燕绥之："辩方律师阮先生？"

燕绥之冲"老年朋友"一笑："刚才控方律师提到了约束力，法官大人，恕我冒昧问一句，您认为一个人对另一个人产生约束，本质是因为什么？或者说一个人因为另一个人而自我约束，本质是出于什么？"

"害怕。出于本能或者受其他牵制。"法官停了一下，又补充了另外两个答案，"尊敬，还有爱。"

燕绥之又转头看向控方律师："同意吗？"

控方：废话，法官说的我能不同意？

而且他确实也是这么认为的。

燕绥之满意地点了点头，他干脆利落地将案件资料中约书亚的身份信息那两页单独拎出来。

全息页面展现在众人眼前。

"这份资料内容全面清晰，唯一的缺陷是照片对不上年龄。"

法官："……"

控方律师："……"

"但是没关系，信息足够了。资料上显示我的当事人约书亚·达勒一周岁时失去了父母，七周岁时最后一个长辈外祖母过世。这时候，他外祖母收留了另一个孩子，也就是他妹妹罗希·达勒，她一周岁。"

"这份资料上罗希·达勒的照片具体是她几周岁拍的我不知道，但我知道肯定不止一岁，也许四岁或者五岁？我再问法官和控方律师一个很小的问题，照片上的罗希·达勒胖吗？"

法官："……"

控方律师："……"

"有一点儿吧，但一般孩子不都这样脸上有肉吗？不算胖。"法官回答完，瞪了眼燕绥之，"这和本次庭审有什么关系？我希望你给一个合理的解释，否则再这样胡乱问问题，我就要给你警告了。"

燕绥之对此毫不在意，笑了笑道："照片上的罗希·达勒脸颊微胖，两眼有神，状态非常健康，正如法官大人所说，和一般孩子一样。"他顿了一下，"但这恰恰是最不正常的，因为她并不是一般的孩子。她没有父母，是被我当事人的外祖母捡来的，而在她一岁到照片上五岁的这段时间里，善良的外祖母已经过世了，养着她的正是我的当事人。"

"第三个问题，一个连自己肚子都填不饱的人，把另一个人养得健康圆润，是出于什么情感？恨还是讨厌？"

控方律师："……"

法官默默摸了一把手边的槌子，对这种有话不好好讲的人，真的好想狠狠敲一下法槌，但是法官摸了摸良心，认为燕绥之的话确实让他无法反驳——嫌疑人还能出于什么情感？显然是爱。

约束力产生的本质原因有三种，害怕，尊敬，还有爱。

所以有人能约束约书亚吗？有的。

法官："……"

话都是他自己说的，没毛病。

"至于中度狂躁症。"燕绥之又开口了，"那份医学鉴定书写得非常清楚，我的当事人有这毛病很久了，不少于三年。"

"今年罗希·达勒八岁，三年前她五岁，该记事了吧？如果我的当事人因为中度狂躁症对她有过威胁，打骂过她，或者就像控方律师所说的，他具有极不稳定的危险性，她应该会对我的当事人产生惧怕心理。"

燕绥之也按了一下席位上的播放控制器键——还是那两块屏幕，还是控方律师几分钟前用过的送审监控，只不过他的重点在车外监控。

"感谢这份车外监控拍摄了看守所对面的墙角，同样感谢现有技术能将远处画面无损放大。"燕绥之把墙角处放大到整个屏幕，"各位看见这个蹲在墙角的小女孩了吗？皮肤蜡黄，双眼无神，瘦得不成人形。但我相信各位还是能从她的五官上认出来，这是罗希·达勒，她在眼巴巴地等一个会虐打她的人回家？"

控方律师："……"

法官瞪着燕绥之，后者回以一个微笑，然后开始总结陈词："我的当事人约书亚·达勒十四周岁，未成年，有固定住处，有能够对他产生行为约束并殷切盼望他回去的家人。他在看守所的表现虽然有点儿情绪不定，但这表明他有急于证明自身清白的欲求，所以他绝不会缺席后续庭审，完全符合保释条件。"

法官瘫着脸沉默片刻，突然道："可是仍然有一个问题，约书亚·达勒既交不出保证金，也找不到保证人。"

要想顺利保释当事人，必须得在保证金和保证人中二选一，总得有一样。

燕绥之不动声色地转了一下指环，一脸坦然道："既然我站在这里了，保证金会成问题吗？"

法官想了想，摇头道："在酒城，我们并不提倡律师替当事人交纳保证金或者做保证人。"

燕绥之挑眉："联盟法律明文禁止了吗？"

法官："联盟倒是没有。"

燕绥之："难道酒城要造反，自己一声不吭颁布新的规定？"

法官：好大一顶帽子，谁敢接！

燕绥之："一切依照法律行事，所以有什么问题？"

法官抹了一把脸。

两分钟后，法官终于拿起他摸了半天的法槌，"嘭"地敲了一声。

"全体起立。"

燕绥之原本就站着,只是轻轻理了理律师袍,抬起了头。

"关于约书亚·达勒的保释争议,本庭宣布——"法庭在这种时候显得最为安静,也最为肃穆,法官停顿了一下,目光扫了一圈,在控方律师和燕绥之身上都停留了片刻,最终沉声道,"准予保释。"

众人收拾着面前的东西,陆续往门外走。燕绥之转过身,顾晏正倚靠在椅背上等他整理资料。

燕绥之想了想,决定表现一下自己作为一个正常的实习生应有的情绪,于是拍了拍心口,深呼吸一下,道:"我好紧张,还好没有结巴。"

顾晏:"……"

走下来的法官:"……"

路过正要出门的控方律师:"……"

"阮先生?"年轻的法官助理让光脑吐出一份文件,送了过来,"缴纳保释金的话,需要在保释手续文件上签个字。"

燕绥之点了点头,接过文件和电子笔:"好的。"然后转头递给顾晏,"顾老师,签字给钱。"

顾晏:"……"

这一步其实是昨晚他们商量好的,也是顾晏选择让燕绥之上辩护席的本质原因,有些法官很介意律师做当事人的保证人或者代为缴纳保证金。顾晏不上辩护席,不直接在法庭上进行对抗,也许能让法官的介意少一点儿。

这本来是比较稳妥保险的做法,谁知道某人上了辩护席就开始无法无天,该委婉的一点儿没委婉。

"顾老师,你牙疼?"燕绥之笑眯眯地看着他。

"我哪里都疼。"顾晏不咸不淡地回了一句,然后在保释手续文件上龙飞凤舞地签好了名字。

燕绥之看着顾晏的签名,回想了一下刚才的庭辩过程。他觉得自己虽然略有收敛,但还不够,如果过程当中再结巴两下可能会更合身份。

但是第一次上法庭就淡定自若的实习生也不是没有,顾晏自己可能就是一个。而且顾晏现在也没什么特别的反应,至少刚才的目光里没有任何怀疑的成分,这说明基本没问题?

燕大教授给自己刚才的表现很不要脸地打了九十分,除了演技略欠火候,没毛病。

有时候人越是遮遮掩掩、战战兢兢,越容易被人怀疑有猫腻,不如干脆坦然一点儿，理直气壮到某种程度，对方可能怀疑了都不好意思提。

燕绥之和顾晏两人一前一后出了七号庭，在特殊通道的出口处碰上了约书亚。

他的状态很差，始终低着头，有些过度恍惚。在他身后，两名管教正和法院的司法警察说着什么。

"醒醒，到站了。"燕绥之冲他道。

过了好半天，直到身后的管教猛地拍了一下他的肩膀，他才惊醒一般抬起头来，翠绿色的眼睛瞪着燕绥之看了一会儿："听审结束了？"

燕绥之没好气地对顾晏说："看来他真在梦游呢。"

"结束很久了，你怎么走得这么慢？"顾晏瞥了一眼两个管教。

约书亚看起来依然颓丧，他自嘲一笑，哑着嗓子低声说："好吧，又结束了，我又要回那个该死的地方了。"

燕绥之和顾晏对视一眼。

"你刚才是真在庭上睡着了吧？"燕绥之没好气道，"保释被准许了，你回什么看守所。"

约书亚哼了一声算是应答："我就知道我不——什么？"他说了一半，突然意识到了什么，猛地抬起头来，"等等，你刚才说什么？"

"保释被准许了。"也许其他事情燕绥之会常开玩笑，但这种时候他突然严肃不少，连耐性都变好了一些。

约书亚像听不懂话一样看着燕绥之，耷拉着肩膀弓着背，似乎已经很久没站直过了。他一点儿也不像十四岁的少年，更像一个垂暮的老人。

"我说保释被准许了，你可以回家了。"燕绥之重复了一遍，说得很慢很清晰。

约书亚翠绿色的眼睛突然变红，布满了血丝，像有万般情绪要冲撞出来，但又被压住了。

他死死盯着燕绥之，看得很用力，又猛地回头看向管教和司法警察。

"确实如此，刚才我带你出法庭的时候已经跟你说过了，你没有听见吗？"其中一个管教说道。

管教朝燕绥之和顾晏这边瞥了一眼，补充道："是的，没错，你可以回家了。你没发现我们已经没有再架着你了吗？"

管教和几个司法警察说完了他们该说的话，对两名律师点了点头，就先行离开了。

直到这时，约书亚才真正相信燕绥之的话。

他在原地低着头站了一会儿，突然抬手捂住了眼睛。

又过了片刻，燕绥之才听见他低低的、难以压抑的哭声。

"你先别忙着哭啊。"燕绥之像完全没有受到情绪感染，居然还开了一句玩笑，

"之前谁说的来着？保释成功喊我们爷爷？"

约书亚咬着牙根，把哭声压了回去，捂着眼睛的手却没有撤开："嗯。"他的声音带着浓重的鼻音，胡乱地点了点头。

燕绥之又道："唉，算了，你还是别喊了，我们没有这么馊的孙子。"

顾晏："……"

约书亚："……"

他梗着脖子朝后退了一步，以免自己的馊味熏着律师。

"你别捂眼睛了，回去洗个澡，给你妹妹弄点儿吃的吧，一个比一个瘦得吓人。"

"妹妹"这个词戳到了约书亚的神经，他狠狠揉了一把眼睛，转身就要朝庭外冲。

"今天好好休息，明天我去找你。"顾晏这话还没有说完，那个粗鲁莽撞的少年已经没了影子。

"他也不说一声谢谢。"燕绥之看着他背影消失，耸了耸肩，冲顾晏一笑，"为庆祝一下阶段性胜利，走，我请你吃饭。"

顾晏用一种见鬼的目光看着他："就你那 5022 西？"

"怎么，你歧视穷困潦倒的我？"

顾晏面无表情地说："直觉告诉我，无事献殷勤，非奸即盗。"

看守所的送审车就停在治安法院前面的停车坪上，杰克和李两个管教爬上了车，刚坐稳，就看见一个人影从车门边飞奔而过，"嗖"的一声，活像一枚刚被炸出去的迫击炮。

"这是谁呀？"李拉上车门，嘀咕着扣好安全带。

杰克盯着"迫击炮"远去的背影，辨认了片刻，突然叫道："约书亚·达勒！"

"谁？"

"刚从咱们手里放出去的约书亚·达勒啊！"

"怪不得我闻见一阵馊味儿，我还以为我也沾上了那股味道呢。"

坐在驾驶座上的同事一踩油门，车身猛地朝前一窜，喷着尾气就朝那个背影追了过去。

出于职业病和某种条件反射，他们看见人跑就想追。

两条腿毕竟跑不过四个轮子，没过一会儿，看守所的车就追上了那个疯跑的身影。

车身与达勒保持着并行的速度，李摇下车窗喊道："达勒！"

约书亚一看见他们就满肚子火，边跑边吼："我都已经获准保释了，你们还追我干吗？"

李一脸怀疑地看着他："你刚出法院就跑这么凶，你说你又想干什么？潜逃还是投胎啊？"

不过他刚说完就反应过来，他们所走的这条路只通往一个方向——冷湖看守所。

这个五大三粗的管教扒着车窗茫然了三秒，突然回头冲杰克道："这小子不会有病吧，刚出法院就往看守所跑？"

他还没有听到杰克的回答，就听到车外约书亚闷声闷气的一句话："我去接我妹妹回家。"

有那么一瞬间，李的心里产生了一丝微妙的触动。他盯着约书亚瘦削的身影看了片刻，突然想开口说"你干脆上车得了，我们把你顺路带过去，只要你小子别再乱骂人"，可最终他一声没吭，摇上了车窗。

"你干什么了，怎么这副表情？"杰克有些纳闷。

李摇摇头，展开腿伸了个懒腰："没什么，我突然吃错药，心软了一下。"

"软什么呀，你知道他是真无辜还是装无辜，万一最后审判又确认有罪呢？"杰克抱着后脑勺闭目养神，嗤笑了一声，"你只需要凶一点儿、硬一点儿，让那帮家伙看见你就腿软。"

他们还是比约书亚先到达看守所，车子开进大门前，他们朝远处的墙角看了一眼，那个瘦小的身影还蜷在那里，快跟墙长为一体了。

"走吧，过一会儿那小子就来了。"杰克咕哝了一句，车子便开进大院里。

看守所钢铁门开合的声音引起了墙角孩子的注意。

罗希蜷缩着手脚盯着那扇门，眼睛一眨不眨，生怕错过某个熟悉的身影。

可惜她只看见一辆黑色的大车开进了里面。

她在这个墙角已经蹲了五天。五天前，她追着哥哥来到这里，再也没挪过窝，她靠着口袋里的两块干面包和墙角管子上淌下来的水撑到现在。

其实，她从昨天开始就没东西吃了，最后一样食物是那个陌生人给她的一块巧克力。

她觉得很冷，头很晕，但是不敢在白天睡觉，她还没有等到哥哥从里面走出来。

"你怎么蹲在这种地方？"一个声音突然出现在头顶。

过了一会儿，罗希才抬起头。她饿得难受，两眼发花，看不清男人的脸，只看见脸边有一道疤。

这道疤对她来说有些眼熟，男人应该是她认识的人。

"老天，你几天没吃东西了？"

罗希晕乎乎地垂下头，小声道："不知道。"

"我带你先去吃点儿东西吧？"男人说道，"旁边就是一家面包店，你先吃点儿东西，否则你会晕在这里的。"他说着，抓了一下罗希的手臂，用的力道不大。

罗希抽回手，又朝墙角缩了缩："我在等哥哥。"

"可是你的脸色太令人害怕了，我认得你哥哥，我跟你们住在一条巷子里，你记得吗？你哥哥一定不希望看见你晕倒在这里。"

"不，我要等他。"罗希又挣扎了一下。

男人轻轻叹了一口气："唉。"

第六章　医院

燕绥之和顾晏又站在了双月街上，不过没办法，谁让酒城就这么一块能伸脚的地呢。

既然他放话说要请人吃饭，总不能带去太寒酸的地方，即便他现在真的很穷。

顾晏还算得上有点儿良心，他扫了整条街一眼，冲燕绥之道："你确定要在这里请我吃饭？看在今天你在庭上表现还不错的分上，我可以替你省一点儿钱，偶尔吃一顿三明治面包。"

燕大教授不要脸的时候是真不要脸，他瞥了顾晏一眼道："劳驾你不要乱提建议，我真干得出来。"

顾晏："……"

说着，燕绥之居然真的看了一眼对面的面包店，认真思考了几秒，最终摇了摇头道："算了，我受不了，吃点儿正经的吧。"

顾大律师冷冷地说："被请客的似乎是我。"哪有完全不考虑客人口味只管自己的人？

燕绥之朝上指了指："从这边上去四楼有一家餐厅，那儿的灰骨羊排和浓汤味道很好，适合这个季节。"

他已经换下了律师袍，重新穿上了大衣，戴了黑色的皮质手套。

"你很冷？"顾晏问。

"有点儿，可能是之前你那件律师袍太薄了。"燕绥之随口抱怨了一句，带头往楼里走，"所以让我们吃点儿热的暖和一下吧。"

餐厅里温度适宜，燕绥之终于舍得摘下手套，脱下大衣，还下意识朝瘦削的手指呵了一口气。

他们在里间靠窗的位置坐下,服务生拿来菜单时,燕绥之把菜单推到顾晏面前,顺口道:"你想吃什么,随便点。"

顾晏:"以前的习惯?"

"什么?"

"这样递上菜单让别人随便点的习惯,以前养成的?"顾晏垂着目光翻看菜单,不经意地问了一句。

燕绥之一愣,接着抱怨道:"是啊,没被偷之前,我还算挺有钱的。"

他不仅有钱,花起钱来也慷慨得过分。

"那我点餐了?"

"点吧,钱得有出才有进。"燕绥之心想,我相信顾大律师你还是有点儿分寸的。

结果就见顾晏一脸淡然地扫完一页菜单,手指点了三下:"这三样。"然后又翻开一页,"这两样。"接着翻开第三页,"还有这个和这个。"

当燕绥之看他要翻开第四页菜单的时候,感觉自己的笑容要裂开了。

"还有一份羊排和浓汤。"顾晏最后补充了一句,把菜单还给了服务生。

他两手交握搁在膝盖上,沉静地欣赏了一会儿燕绥之的脸色,冷淡地评价了一句:"脸色很绿。"

燕绥之:"……"

"我很怕欠下莫名其妙的人情,"顾晏道,"所以这顿不用你请。羊排和浓汤是你的,其他归我,你看着。"

燕绥之:"……"

顾大律师端起杯子喝了一口清水,道:"说吧,你请我吃饭是想干什么?"

燕绥之转了两下面前的杯子,干脆单刀直入:"没什么,我一想问你有没有便宜舒适的住处可以介绍,二想问你有没有外快能让我赚一把。就这两件事,不急,我们可以边吃边商量。"

顾晏:"……"

顾晏想了想,放下了水杯。他回忆了一下某人刚才的问题顺序,平静地道:"我不是中介,没有。你别吃了,先走吧。"

燕绥之:"……"

燕大教授在心里气得倒下了。

这种时候,他又希望顾晏能认出他来,他想让这个学生看着他敬爱的老师的脸,有胆把话再说一遍。

不过,他还没来得及顶回去,顾大忙人的智能机又振动了起来。

燕绥之没有偷听的习惯,出于教养,他转头看向了窗外,让顾晏自在地去接通信。

这家餐厅楼下的景色一点儿也不美丽，因为坐落在双月街边缘，紧邻着贫民窟，所以一眼望下去全是矮矮的棚屋，夹杂着歪七扭八的巷子。

他看见一辆出租车匆匆拐进巷子里，在一处拐角急刹停下，接着从车里出来两个人，其中一个还挺眼熟。

那一头没洗的头发，不是约书亚·馊·达勒是谁？

燕绥之想起案件资料上写着，约书亚的住址是金叶区94号，入室抢劫案的受害人则住在93号，就在约书亚家隔壁。

然而这破地方房子挤着房子，没有一条直线，一间房子恨不得有东南西北四面隔壁，根本看不出受害人家是哪一个。如果不实地找一下，连案子都理解不了。

怪不得顾晏接了委托后，第一时间就买了飞梭票。

"我推荐？"顾晏的声音不高，也没有刻意压低，所以即便燕绥之没打算听，有些语句还是在他走神的间隙钻进了耳朵里。

"今天是怎么了？一个两个都把我当中介。"顾晏的语气很淡，"这种事你应该去找事务官，他可以给你挑到合适人选，我这儿只有实习生。"

因为听见了"实习生"这个词，燕绥之转头看向顾晏，然而对方连眼皮都没抬一下，好像面前这个实习生是死的。

对面不知说了什么，顾晏又不咸不淡地回了一句："你还真是不挑。"

燕大教授通过这几句话进行了一个合理猜测——通信那头的人似乎要找一个合适的律师咨询问题或是接案子，也许因为时间紧或者别的什么原因，连实习生都不介意。

燕绥之的眼睛弯了起来，他以舒服的姿态倚靠在椅背上，心想：老天还是很照顾我的，刚说着缺钱要赚外快，财路就来了。

然而……

顾晏略一思索，干脆冲对方道："你去找亚当斯吧。"

燕绥之保持微笑，重新别过头，心想：去你的吧，气死我了。

"你在看什么？"顾晏切断通信后，顺着他的视线看向窗外，却一时没找到目标。

"你的当事人。"燕绥之嘴角含着笑，却没正眼看这断人财路的混账玩意儿一眼。看得出来他的心情不怎么样，因为张嘴就开始损人，"约书亚就在那条巷子里，大概正要回家，背后还背了一个麻袋，麻袋口上有一团乱七八糟的毛……"

他说着眯了眯眼，顿了一下又纠正道："好吧，我看错了，背的是一个人。"

根据燕绥之的描述，顾晏在杂乱的巷子里找到了那个身影："他背的是罗希，至于后面跟着的那个男人……"

"司机。"燕绥之道，"刚才我看着他从那辆出租车的驾驶座上下来的。不过

065

我很惊讶，约书亚居然会坐车回家。"

　　酒城遍地黑车，价格并不便宜，这实在不像一个饭都快吃不起的人会选择的交通工具。

　　顾晏皱起了眉，冲燕绥之道："我们吃完去看看他。"

　　"不是说明天？"

　　"既然我们已经到这里了，提前一点儿也无所谓。"

　　这家餐厅的羊排火候刚好，肉质酥烂，分量其实不多，搭配一例热腾腾的浓汤，对燕绥之来说慢慢吃完正合适。

　　顾晏看着他的食量，难得说了一句人话："你还要不要点餐？"

　　燕绥之有些讶异，心想：这人居然会口头上关心人吃没吃饱。

　　他摇了摇头，道："我一顿也就吃这么多。"

　　"我建议你最好吃饱一点儿，"顾晏一脸冷漠道，"不要指望我会陪你一天出来吃五顿饭。"

　　燕绥之："……"

　　这么会说话的学生，自己当初是怎么让他进门的？燕绥之想了两秒，面带微笑道："不劳大驾，我自己有腿。"

　　当他们两人走进拥挤的矮房区时，这一片的住户刚好到了饭点，油烟从各个打开的窗户里散出来。穿插在房屋中间的巷子很窄，几乎被油烟填满了，有些呛人。

　　先前他们在楼上俯瞰的时候，好歹还能看出一点儿依稀的纹理，现在身在其中，燕绥之才发现，这哪里是居住区啊，分明是迷宫，三两下就分不清东西南北了。

　　燕大教授心想：还好我不是一个人来，否则进了这迷宫，大半辈子就交代在这儿了。

　　顾晏在这片乱房中找到了排号规律，带着燕绥之拐了几道弯，就站在了94号危房门外。

　　它是没有往外散发油烟的屋子，另一个冷锅冷灶的屋子就紧挨着它。

　　燕绥之嘀咕："那间没有开伙的房子不会就是93号吧？"

　　顾晏已经先他一步找到了门牌号："嗯，吉蒂·贝尔的家。"

　　吉蒂·贝尔女士是一个七十多岁的老太太，在遭受抢劫的过程中后脑受了撞击，如今还躺在医院里。如果她能醒过来指认嫌疑人，那么这件案子的审判会变得容易许多。可惜她还没睁眼，而且近期也没有要睁眼的趋势。

　　现在约书亚需要极力证明自己的清白，而控方则在收集更多证据，以便将他送进监狱。

　　顾晏低头避开矮矮的屋檐，敲响约书亚家的门。

　　燕绥之站在旁边，同样低着头避开屋檐，给自己不算太好的颈椎默念悼词。

"谁？"里面的人显然不好客，一惊一乍的像一只刺猬。

"你的律师。"

片刻后，那扇老旧的门被人从里面拉开，"吱呀"一声，令人牙酸。

约书亚露出半张脸，看清了外面的人："你不是说明天见吗？"

燕绥之一点儿也不客气："进屋说吧。"

约书亚："……"

"你保释获准了，怎么也能高兴两天吧？你这孩子怎么还是一副上坟脸？"燕绥之进门的时候开了一个玩笑。

约书亚收起了初见时的敌意，闷声道："我妹妹病了。"他说着眼睛又红了一圈，硬是咬了咬牙根，才把情绪收回去，没带哭音，"她一直蹲在看守所门外等我，现在病了。"

燕绥之走进狭小的卧室，看了一眼裹在被子里的小姑娘，用手指碰了一下她的额头："她高烧着呢，这是蹲了多久？"

约书亚："应该有五天了，她等不到我不会回家的。"

"有药吗？"顾晏扫了一圈屋子，在桌上看到了拆开的药盒。

"我给她喂过药，也不知道管不管用。"约书亚有些烦躁地抓了抓头发，在卧室转了一圈后，又拿了一件老旧的棉衣压在罗希的被子外面，"我希望她能快点儿出汗。"

燕绥之瞥了眼落灰的灶台，问道："她吃药前吃过东西吗？"

约书亚摇了摇头："没有，她吃不进东西，只说晕得难受。"

"那不行，她得去医院，这是连冻带饿积压出来的病，光吃药没用。"

被褥加上棉衣格外厚重，显得压在下面的小姑娘越发瘦小，只有小小一团，嘴唇裂得发白。

约书亚揪了一下头发，转头开始在屋里翻找。

他着急的时候有些吓人，重手重脚的，像跟柜子有仇。

"你拆房子呢？"燕绥之有些纳闷。

约书亚："找钱。"

顾晏摇了摇头，拎起床上那件棉衣，一把将被子里的小姑娘裹起来，冲燕绥之道："叫车。"

约书亚蹲在柜子前愣了一下，捏紧了手指，梗着脖子道："我能找到钱，还剩一点儿，够去一次医院。"

"知道了，你回来还我们。"燕绥之丢了一句话给他，转头就出了门。

这句话奇迹般地让约书亚好受了一点儿。他收起了犟脾气，急匆匆跟在两人身后，叫道："有车，巷子里就有车。"

他一出门就跑进旁边的巷子里,冲里面一间黑漆漆的屋子喊了一声:"费克斯!"

约书亚所说的车,就是燕绥之在楼上看到的那辆。

那个司机就住在这个巷子里,被约书亚喊了两嗓子,便抹了嘴跑出来,拉开驾驶室的门坐进车里。

"去医院?"名叫费克斯的司机发动车子,问了一句。

他的声音极为粗哑,旁人听了不大舒服。

燕绥之坐在后座,一听这声音便朝后视镜里看了一眼。这司机还是一个面熟的,脸上有道疤,之前载过他和顾晏。

"对,越快越好!"约书亚焦急地催促。

费克斯没再说话,脚踩油门车子就冲了出去。

"我之前在那边楼上的餐厅吃饭,刚好看见你们的车开进巷子。"燕绥之说,"我还纳闷你身上哪来的钱叫车,原来是认识的人。"

"嗯。"约书亚一心盯着妹妹,回答得有点儿心不在焉,"屋子离得很近,我们经常会在巷子里碰见。上午我去看守所找罗希的时候,刚好看见他在跟罗希说话。"

费克斯在前面接话道:"我刚好从那里经过,看见她蹲在那里快要晕过去了,大家毕竟住在一个巷子里,我总不能不管。"

约书亚粗鲁惯了,听见这话没吭声,过了一会儿,才补充了一句:"谢谢。"

费克斯在后视镜里瞥了他一眼:"别这么客气。"

他们去的是春藤医院,是离金叶区最近的一家医院。

这家医院倒是很有名,在众多星球都有分院,背后有财团支撑,半慈善性质,收费不高,对约书亚来说非常友好……哦,对目前的燕绥之来说也是。

这也意味着这里异常繁忙,来来回回的人活像在打仗。

等到把罗希安顿在输液室,已经是一个半小时后了。

约书亚在输液室帮妹妹按摩手臂,燕绥之则等在外面。

等候区的大屏幕上一直在放通知,说是春藤医院本部的专家今天在这边坐诊一天,一共十位。当严肃至极的照片放出来的时候,活似通缉令。

燕绥之靠着窗子欣赏了一番要多丑有多丑的证件照,余光瞥到了屏幕旁边的医院守则,里面明晃晃列明了目前能做基因微调手术的分院名称及地址。

"基因微调……"燕绥之眯了眯眼。

"你说什么?"顾晏怕当事人兄妹俩活活饿死在医院,出去买了点儿吃的,结果刚回来就听见燕绥之在嘀咕什么。

"没什么。"燕绥之瞥了眼他手里打包的食物,"这么多?你确定那两个饿疯了的小鬼胃能承受得住？饿久了不能一下子吃太多。"

顾晏没理他，兀自进了输液室，没过片刻又出来了，手里的东西少了大半，但还留了一点儿。

他走到窗边，自己拿了一杯咖啡，把剩下的递给了燕绥之，正绷着脸想说点儿什么，大门里又呼啦拥进来一大拨人，惊叫的，哭的，喊"让一让"的，乱成了一团。

当两张推床从面前呼啸而过的时候，燕绥之隐约听见人群里有人提了一句管道爆炸。

他眉心一动，用手肘拱了拱顾晏，道："哎，说到爆炸，我想起来你给我的卷宗里爆炸案好像格外多。"

顾晏的手肘架在窗台上，喝了一口咖啡，"嗯"了一声。

燕绥之问道："你接那么多爆炸案干什么？"

过了一会儿，顾晏咽下咖啡，道："我有一位老师半年前死在了爆炸案里。"

这一句话他说得平平静静，却听得燕绥之心头一跳。

几乎全世界都相信那场爆炸是一个意外，有人感慨他的倒霉，有人唏嘘他的"过世"，法学院会把他请进已故名人堂，金毛洛克他们会在谈论起他的时候把称呼纠正成"前院长"。

等到再过几年，那些为他的"死"感到难过的人会慢慢不再难过，聊起他的人会越来越少，甚至偶尔还能拿他调侃两句开个玩笑。

这是一条再正常不过的变化轨迹，也是燕绥之心里预料到的，他对此适应良好，看得很开。

反倒是顾晏这种反应，完全在他意料之外。

他没想到除了自己，还有其他人在关注那件爆炸案，会额外花心思去探究它的真相。

最令他感到意外的是，这个人居然是顾晏。

难不成这个同学毕业后兜兜转转好几年，突然又回归初心，重新敬爱起他这个老师了？

燕大教授这么猜测着，心里突然浮上了一丁点儿歉疚：当年我应该少气这学生几回，对他稍微好点儿的。

燕绥之这短暂的愣神引来了顾晏打量的目光："你也是梅兹大学的，难道没听说过？"

"嗯？"燕绥之回过神来，点头应道，"如果你说的是前院长碰到的那次意外，我当然听说过。我刚才发愣，是没想到你接爆炸案是这个原因。怎么，你觉得那次意外有蹊跷？"

顾晏斟酌了片刻，道："我仅仅是怀疑，没什么实证。"

"没有实证？那你为什么会怀疑？"燕绥之看向他。

顾晏："看人。"

燕绥之："？"

这话说得太简单，以至于燕大教授不得不做一下延展理解。一般而言，"看人"就是指这事儿发生在这个人身上和发生在其他人身上，对待的态度不一样。

"看人？"燕绥之打趣道，"难不成是因为你特别敬重那个老师，所以格外上心想知道真相？"

得亏燕大教授披了另一张人皮，可以肆无忌惮地不要脸，这话说出来他自己都想嘲讽两句。

顾晏闻言，用一种"你在开什么鬼玩笑"的眼神瞥了他一眼，然后不紧不慢地喝了一口咖啡，淡淡道："恰恰相反，你如果知道每年教授评分季我给他多少分，就不会做出这么见鬼的猜测了。"

燕绥之："多少分？"

顾晏："不到五十分。"

燕绥之："啧。"

顾晏看了他一眼。

燕绥之："你也就仗着是匿名的吧。"

顾晏："不匿名的话，也许我就给二十分了。"

燕绥之："……"

同学，你怕是想不到自己在跟谁说老师的坏话。

不过燕绥之略微设想了一下，就当年顾晏气急了要么滚要么呛回去的脾气，当着他的面说不定真能打二十分。

所以，还是让师生情见鬼去吧。

燕绥之挑了挑眉："那你说的看人是什么意思？"

顾晏把喝完的咖啡杯捏紧，扔进了回收箱，才回道："没什么意思。"

燕绥之正想翻白眼呢，顾晏突然没头没尾地来了一句："那天我听见几个实习生说你长得跟他有点儿像。"

"什么？"燕绥之愣了一下才反应过来，扬起嘴角笑了一声，状似随意道，"你说那个倒霉的前院长？以前也有人说过，我自己倒没发现。你呢？你觉得我们像吗？"

关于这点，燕绥之其实并不担心，因为有那么一个说法，说陌生人看某个人的长相看的是整体，乍一看很容易觉得两个人长得相像，但是越熟悉的人，看的是五官细节，下意识注意的是差别，反而不会觉得相像。

就好像总会有人感叹："哇，你跟你父母简直长得一模一样。"

而被感叹的人常会讶异道："像吗？还好吧"。

比起洛克他们，顾晏对他的脸实在太熟悉了，况且就算像又怎么样，世界上长得像双胞胎的陌生人也不少。

即便这样，顾晏突然微微躬身盯着他五官细看的时候，他也吓了一跳。

他朝后让开一点儿，忍了两秒还是没忍住，没好气道："你怎么不举一个显微镜呢？"

顾晏重新站直身体，平静道："不像。"

果然。

"你如果真的跟他长得那么像，第一天就会被我请出办公室。"顾晏说完也不等他反应，转身便走了。

燕绥之哭笑不得："那天你是没请我出办公室，但请我直接回家了，这壮举你是不是已经忘了？"

顾晏走在前面，一声不吭，也不知是真没听见还是装聋，抑或只是单纯懒得理人。

两人一前一后走到了电梯这边，然而周围的人有些多，顾晏脚尖一转，干脆拐到了楼梯口。

"上楼干什么？"燕绥之一头雾水地跟在他身后，上了三楼。

"刚才我们说话的时候，我们的当事人约书亚先生进了电梯。"

"他上楼干什么？"燕绥之回忆了片刻，突然想起来，入室抢劫案的受害人吉蒂·贝尔就住在这家春藤医院。

B座三楼是春藤医院的特别病房，提供给身份特殊的病人住，比如某些保外就医的罪犯，比如像吉蒂·贝尔这样案件尚未了结的受害人等。

病房核查严格，只有这条连廊供医生和陪护家属进出。

吉蒂·贝尔的房门口还守着警队的人，他们穿着制服坐在两边的休息椅上，其中两个正靠着墙小憩，看脸色已经好几天没好好休息了。

顾晏和燕绥之刚进走廊，就看见约书亚正靠在走廊这一端，远远地看着那间病房。不过从他的角度只能透过敞开的病房门看见一个白色的床角。

约书亚站了没一会儿，就引起了警员们的注意。他们皱着眉刚要起身，约书亚已经转身往回走了。

他闷着头也不看路，差点儿跟燕绥之撞个满怀："你们怎么也来了？"

"我们刚刚在楼下看到你进了电梯。"燕绥之道。

约书亚的脸色变了变，有一瞬间显得非常难看且非常愤慨："我上来怎么了？难道你们还怕我冲进病房？"

071

燕绥之挑了挑眉，心想：这小子还真是浑身都是炸点，随便一句话都能让他蹦三蹦。

燕绥之按住约书亚的肩膀，把他不轻不重地推了一下："得了吧，我们真怕你冲进病房就不会上来了，门口守着的那些警员捉你还不跟捉小鸡一样？"

约书亚："……"

他扭了扭肩，挣开了燕绥之的手，粗声粗气道："那你们跟过来干什么？"

"我们怕你被吉蒂·贝尔的家属撞见，吊起来打。"燕绥之随口道。

约书亚一脸愤怒道："不是我干的，他们为什么会打我？"

"你说呢？"燕绥之道，"在没找到可以替代你的真凶前，人家总要有个仇恨的对象。况且法院一天不判你无罪，人家就默认你依然有罪，这很正常。"

约书亚瞪圆了眼睛要嚷嚷，刚张口，燕绥之就道："闭嘴，别喊，你们这些年轻小鬼就是脾气大，别总这么激动。"

约书亚气得扭头喘了好几下。

顾晏一直没开口，在旁边看戏似的看着他们。

"别呼哧了，你是风箱投胎的吗？"燕绥之笑了笑，道，"你可以这么想，也不止你一个人这么倒霉，还有被牵连的我们呢。一般来说，他们不仅恨你，还恨帮你脱罪的我们，你应该庆幸进法院有安检，否则来一个跟你一样瞎激动的家属，挑两桶浓硫酸，泼你一桶，泼我一桶，余下的倒他头上，也不是不可能。"

他说这话的时候笑眯眯的，约书亚听着心却凉了。

吓唬完人，他还安抚道："以前还真有过这类事发生，你看我就不喘。"

约书亚："……"

顾晏在旁边不着痕迹地蹙了一下眉。

燕大教授吓唬小孩正在兴头上，全然忘了自己还有个特别技能，叫乌鸦嘴。

说话间，三人正要走出连廊，拐角处却转过来一个人。

来人是一个棕色短发的少年，看着比约书亚大不了两岁，顶多十七岁。他正提着一桶不知从哪儿弄来的热水，看那热气滚滚的样子，很可能刚沸腾没多久。

病房这边供给的大多是可以直接饮用的冷水或者温水，这样滚烫的水得另外找地方烧。

燕绥之觉得这个少年有些眼熟，没细想就下意识给对方让开了路。谁知少年瞪着他们看了两秒，突然骂了一句："是你们！人渣！"

他说着，一只手托着水桶底部，将整桶开水泼了过来。

变故陡生，燕绥之只来得及抬手挡住脸。他感觉自己腿上一痛，又被某个温热的躯体护了一下，接着便响起某个小护士的尖叫声。

十分钟后，燕绥之坐在一间诊室里，老老实实让医生看小腿到脚踝处的烫伤。

这还是顾晏的大衣替他挡下大部分水的结果。约书亚比较幸运，只伤到了左手的手背。

　　医生给他们紧急处理了一下伤口，打了一张药单，让顾晏帮他们去缴费。

　　春藤医院的半慈善性质决定了每次诊疗都要从身份档案上走，缴费拿药的时候需要填一份身份证明单。

　　顾晏将湿了的大衣挂在手肘上，径自去了收费处。

　　桌台边的小护士道："病人是第一次在这边就诊吗？是的话需要填一下身份证明单。"

　　顾晏垂着眼皮扫了眼填单格式，在光脑上点出了一张新表单。

　　患者姓名：_____

　　顾晏握着电子笔，下意识写了一个字，又顿了一下。

　　小护士伸头过来，关切地问道："怎么啦？有什么问题吗？"

　　顾晏淡声道："没事，我写错字了。"

　　小护士笑了笑，顺带瞥了眼姓名栏。

　　就见那里有一个写好的"燕"字，不过下一秒，就被顾晏点了删除。

　　小护士心想：字写得很好看啊，没看出哪里错了。

　　患者姓名那一栏重新一片空白，顾晏握着笔填上了"阮野"两个字。

　　小护士横看竖看也没弄明白，这两个字怎么会跟"燕"弄混，不过她没多嘴，只是保持漂亮明媚的微笑在一旁等着。

　　顾晏很快填好单子，点了提交。小护士手指灵活地在光脑上操作着，没过片刻，便显示春藤医院诊疗记录跟阮野的身份绑定成功。只不过"阮野"这个身份下，医疗记录界面干干净净，一条诊疗记录都没有。

　　没有春藤医院的诊疗记录，也没有其他医院的，这显然不太正常。

　　"呃……"小护士看着这个界面一愣，下意识按了几下刷新，咕哝道，"界面卡了吗？怎么什么都没刷出来？"

　　顾晏扫了一眼屏幕，脸上没多少惊讶。

　　顾晏手指上的智能机突然振动起来，他从大衣口袋里摸出一只耳扣，一边接通通信，一边冲小护士道："绑定好了吗？"

　　小护士见他似乎正忙，也不纠结那一片空白的诊疗记录了，点点头退出了界面，微笑道："绑定好了，你可以去付费处交费了。"

　　"谢谢。"顾晏说着，手指在耳扣上敲了一下激活语音，"喂，乔？"

　　"哟，顾大忙人居然还有空理我！"通信那头的人哈哈大笑着。

　　顾晏"嗯"了一声："我没看来电人名字。"

073

乔："你这话什么意思，要是看到来电人的名字呢？"

顾晏道："拒接。"

乔："好好好，你忙你第一。我打给你就是再确认一下，五号那天，你真不来亚巴岛吗？"

顾晏点开全息屏，看了眼不同星区的时间换算，道："不去了，我要出庭。"

乔还有些不死心："我难得开一次庆祝会啊，对我来说那么重要的日子，你忍心不来？五号不行，四号来露个面也行啊！我都多久没看见你了！我们再不见面，你就要失去我这个朋友了。"

"四号？"顾晏又看了眼日程表，还没来得及回答，对方又开了口。

"我的天，你旁边人很多吗？好吵，你在哪儿呢？"

顾晏答道："酒城。"

"你去酒城干什么？呼吸新鲜空气吗？"

顾晏："……"

他想了想，回答道："我接了一个案子在这边，顺便看戏剧。"

鉴于顾大律师一年三百六十五天都在说案子，乔对此并没有什么兴趣，他更好奇后半句："看戏剧？你还有空看戏剧，我没听错吧？酒城那地方有正常人待的剧院？你看的什么剧？"

"'皇帝的新衣'。"

乔："？"

顾晏走到收费处把钱交了，提示音一响，手边的窗口哗哗吐出来一堆药。

"您的药品已出库，请检验有无遗漏。"

乔更茫然了："药品？你不是在看戏剧吗？我怎么听见了医院的声音，你去春藤了？"

"嗯。"顾晏平静地道，"皇帝被烫了脚，我给他拿点儿药。"

乔："？"

顾晏拿了药，收起了智能机不同星系时间换算的界面："三号到四号下午我有时间，你都在亚巴岛？"

乔一听，立刻道："在！我当然在！我在亚巴岛住一个月再回去！那就这么说定了，五号有那么多人，我知道你懒得见，三号你来，吃住不用管，人来就行。"

当顾晏回到诊室的时候，燕绥之已经跟那个医生聊起天了。燕绥之烫伤的腿涂了药裹着纱布，不太方便踩地，只能跷着二郎腿，但这丝毫不妨碍燕大教授从容淡定地跟人谈笑风生，好像这条腿不是他的似的。

医生笑着说："我母亲也姓阮，没准儿跟你八百年前是一家。"

顾晏八百年没听见有人这么套近乎了。

顾晏进了门，把药搁在燕绥之的腿上，垂眼看向医生手边的光脑界面。

燕绥之正翻看着药，就听医生道："稍等，护士那边刚把你的信息界面传过来，我录入一下诊疗记录。"

约书亚是一个哪壶不开提哪壶的棒槌，他托着包扎过的爪子"咦"了一声，又说："你这人看着一点儿不禁打，身体倒是好得出奇啊，居然没有过诊疗记录。"

他说着，用一种"难以置信"的目光将燕绥之上下打量了一番，噘了噘嘴："真是见鬼了，我以为我的诊疗记录已经够少了。"

原本医生没有注意到这点，被约书亚一提醒，输入的手指一顿："呦——对啊，我才发现你居然没有过往医疗记录。"

燕绥之心想：如果他有绳子，已经把约书亚这倒霉孩子吊起来打了。

他下意识瞥了顾晏一眼，就见顾大律师也正皱着眉看向他。

燕绥之迅速调整了表情，干笑一声："别提了，前几天我被小偷盯上了，偷了我一大堆东西不说，可能是怕被追踪吧，还把我的各种身份绑定信息都注销了。我重新办理手续后还是有很多空白，也不知道是不是同步的时候出了故障。"

医生毕竟不是搞调查的，他听了燕绥之的话，注意力显然被引到了"小偷"身上，唏嘘道："临近年底，确实到小偷出来活动的季节了，你还是要当心点儿。我看你是学生吧？毕业了挑安全点儿的街区住。"

燕绥之笑笑，余光中瞟到顾晏收回了目光，似乎也接受了他的说法。

医生看着一片空白的界面大概有些不适应，写诊疗结果的时候，硬是把一个烫伤分成三份写，占了三条记录，看起来总算没那么碍眼了。

燕绥之笑着冲他点了点头，心想：您值得拥有一枚医德勋章，急患者之所急，想患者之所想，太会体谅人了。

医生填完诊疗结果，指着燕绥之腿上那堆药叮嘱顾晏："先涂这支红色的药膏。手伤的这孩子伤口不算大，涂两天就行了，腿伤的这位得涂四天。之后涂这支蓝色的药膏，涂到伤口看不出痕迹就行了。一周后回来复诊一下，不过到时候应该是其他医生在这里。我只是今天从本部过来坐个诊，明早就回去了。"

燕绥之心想：你看着我说就行了，这位医生。

医生交代完，冲他们笑笑，按了一下铃，外面排队的号码跳到了下一个数字。

三人拿着药准备出门。燕绥之撑着桌子站起身，伤了的那只脚略微用点儿力便针扎似的痛。他只在那一瞬间蹙了一下眉，脸色便恢复如常，就想这么走出去。结果他还没迈脚，就被顾晏抓住了手腕。

"怎么？"燕绥之一愣，摆了摆手道，"没事，破皮而已，又不是断腿，还用扶？"

"这条腿难使力，你是打算蹦着出去，还是瘸着出去？"

燕绥之想象了一下那个场面，确实不大美观，很难走得优雅有气质，只得抓着顾晏的手借力朝外走。

院长是一个讲究的院长,腿都快烫熟了还要在意不能走得太丑,于是他每步都挺稳,就是速度很慢。

他们刚走到门口,就见一个鬈发医生匆匆过来,走路带风,白大褂下摆都飘了起来。鬈发医生在门口被燕绥之他们挡了一下,侧着身子钻进诊室:"林,在忙?"

鬈发医生说着,又想起什么似的回头看了燕绥之一眼,目光从燕绥之伤了的腿上扫过,又在他脸上停留了片刻。

最终,他收回了目光,冲给燕绥之看伤的林医生道:"这是刚才在三楼被开水烫到的人?"

林医生点了点头:"你怎么一副急匆匆的样子?"

"哦,没,刚才本部……"

燕绥之走到春藤医院输液室花了五分钟,约书亚差点儿给他跪下:"我爬都能爬两个来回了。"

燕大教授云淡风轻地道:"是吗?那你爬给我看看。"

约书亚:"……"

他扭头就进了输液室,把输完液的妹妹罗希接了出来,绿着脸跟着燕绥之继续爬向医院大门。

走出门的时候,顾晏先去拦了车。

燕绥之在等司机掉头开车过来的时候,回头朝大楼看了一眼。

人的目光也许真的有实质,反正他一眼就看到了三楼某个窗户边站着的人——那个泼了他们开水的少年。

他后来想起来,那个少年是被害人吉蒂·贝尔唯一的家人,泼完开水后被警队的人拉走了,这会儿也许刚受完教育,正在目送他心中的"人渣"离去。

燕绥之转回头,就见约书亚也正从那处收回目光,刚才挤对人的那点儿火气又从他身上消失了。他耷拉着脑袋,垂着眼,脸色很难看,有些阴沉又有些委屈。

"你刚才为什么跟警队的人说是他脚滑?"约书亚沉着嗓子道。

"因为案子还没审完,不适合让受害者的家人积聚更多怒气,这对审判不利。"燕绥之语气轻松,显得满不在意,目光却沉静地看着远处虚空中的一点儿,像是出神,"这样的事情我见过很多,知道怎么处理更好,你还小,下回别添乱,闭嘴就好。"

约书亚:还有下回?

第七章　监控视频

　　因为伤了一只手，约书亚的生活变得很不便利，如果只有他一个人也就将就对付了，偏偏还有一个身体尚未恢复的妹妹罗希，这就有些捉襟见肘了。

　　为了防止发生兄妹双双饿死在旧屋的人间惨剧，这两天他们都暂住在燕绥之和顾晏下榻的酒店。

　　保释期间，约书亚会受到诸多限制，比如不能随便离开居住的市区，不能会见受害者、证人，以防串供。甚至包括受害者吉蒂·贝尔老太太的亲属，比如那天泼开水的少年，他也不能擅自去会见，但他和律师之间的联系是不受限制的。

　　嘭嘭嘭，燕绥之的房间门响了起来。

　　这么粗鲁且吵闹的敲门声，一听就知道来人是约书亚。

　　燕绥之坐在窗边的沙发椅上，放松着受伤的那条腿，正支着下巴，面容沉静地翻看案件资料。

　　他头也不抬地说："进来。"这状态跟他当初在院长办公室的时候几乎一模一样。

　　坐在他对面的顾晏正在回一封邮件，听见这话手指一顿，掀起眼皮。

　　燕绥之又翻了一页资料，才注意到顾晏的眼神："怎么？"他说完这话终于反应过来，干笑一声，拿起桌面上的遥控按下开门键，补充了一句，"我以为自己还在德卡马呢，忘了这里的酒店房间不是声控了。"

　　顾晏冷冷地收回目光，继续将手中的邮件处理完。

　　燕大教授内心庆幸不已，还好自己的解释很自然。

　　"你喊我来干什么？"约书亚一进门就开始抱怨，抓着头发烦躁道，"又要问那天夜里的经过？"

他没有智能机这种高级玩意儿，幸好酒店房间有内部通信机，所以燕绥之"提审"这小子只需要动动手指头。

"你说呢，不然我还能问你什么？"燕绥之关闭了手中的全息页面。

"就这么一个经过，这两天你们已经颠来倒去问了八百多遍了。"约书亚很不情愿，连走路的步子都重了几分。

"来吧，你别垂死挣扎了，没用的。"燕绥之扬起嘴角拍了拍第三把椅子，示意他乖乖坐下。

向约书亚询问案发经过以及他当时的动向，是顾晏这两天一直做的事。

根据联盟律师行业的规定，出庭律师会见当事人的时候，一定要有第三者在场，第三者的身份并无限制，可以是助理，可以是实习生，也可以是事务律师。设立这个规定的初衷，是谨防有些律师为了胜诉运用一些不太合法的手段。

当然，实际上什么用也没有。

因为燕绥之有腿伤，移动不太方便，顾晏也不想看他龟速移动，所以询问约书亚的地点干脆定在了燕绥之的房间。

顾晏干脆利落地处理完三份工作邮件，抬眸盯着约书亚道："即便已经问过八百遍，我也需要你向我保证，你说的一切都是真话。"

约书亚哼了一声，翻着白眼举起手："我说的当然是真话，我骗你干什么？我没抢人家东西，说了不是我干的，就不是我干的。"

燕绥之想了想补充道："我还是有必要提醒你一句，依照行业规定，律师是有保密责任的，我们有权利也有义务对你所说的内容保密。"

保密到什么程度呢？就比如当事人被指控故意杀人，警方迟迟找不到犯案凶器，哪怕当事人对律师坦白了凶器是怎么处理的，律师也不能把这些告知警方。

燕绥之以前跟人开玩笑时说过，这是一条魔鬼法则，黑色，阴暗，违背最朴素的道德，令人厌恶。但现实就是，只有在这种法则框架下，魔鬼们才会说出真相。

燕绥之第八百次给约书亚喂定心丸，缓缓道："所以——"

"所以希望我不要有顾忌，有什么说什么，即便涉及一些很浑蛋的内容，也会得到保密。"约书亚用背书式的语气毫无起伏地替他说完，咕哝道，"我知道了，耳朵都听出老茧了。"

燕绥之和顾晏一个比一个淡定，对于他这种不耐烦的态度司空见惯。

"所以二十一号下午到晚上，你都做了哪些事？"燕绥之对照着案件的已有资料问道。

"那天我打工的时候跟人起了冲突，被打伤了颧骨，得到了100西的额外补偿，还能提前收工离开工地，得到了半天假期……"

他肿着脸，捏着钱，心情微妙。他说不上来是颓丧烦躁更多，还是多一笔钱的惊喜更多，又或者这种矛盾本身就令人难过。

他摸着颧骨舔着一嘴血，回家补了一个觉，又揣着钱上了街。他去了巷子里那家首饰批发小店，花 68 西买了一对珍珠耳环，然后带着那对廉价但还算漂亮的珍珠耳环爬上了吉蒂·贝尔家的围墙。

"你为什么花 68 西去买那副耳环？"顾晏问。

虽然这个问题已经对答过很多次，但约书亚每次回答前还是会沉默几秒。

"因为下午我睡囫囵觉的时候梦到了外祖母。"约书亚说。

"为什么你会梦到外祖母？"

"谁知道呢。"

也许被打的颧骨突然比以往的每处伤口都疼，或是那 100 西的补偿突然让他觉得委屈又没意思，他就那么梦见了过世好几年的外祖母。

他梦见自己站在狭小的厨房里，给妹妹熬着菜叶粥，外面大雨瓢泼，屋檐的水滴成了帘子。

外祖母站在厨房窗外的屋檐下躲雨，一脸慈祥地看着他。

他推开窗，对外祖母道："外面雨大，屋檐挡不住雨，你怎么站在这里？赶紧进屋呀。"

外祖母摸了摸潮湿的衣角，又朝屋里看了两眼，温和地笑笑说："我不进去了，只是想看看你。"

约书亚有点儿急："你进来吧，快进来，雨要打在你身上了。"

外祖母还是笑笑，没进门。

梦里的他不知道为什么那么焦急地想让外祖母进屋，也不知道为什么那么难过。

他在浓烈的悲伤中惊醒过来，瞪着红通通的眼睛在床上躺了好一会儿，然后突然想去买一对珍珠耳环。

外祖母还没过世的时候说过，她一直想要一对珍珠耳环。

"为什么你会翻上吉蒂·贝尔家的围墙？"依然是燕绥之和顾晏轮番提问。

"因为她坐在扶手椅上凑着灯光织围巾的样子和外祖母很像……"约书亚道，"老花镜很像，动作很像，整个侧面都很像。"

有时候他想外祖母了，就会蹲在围墙上，借着夜色和窗户上水汽的掩护，一声不吭地看上一会儿吉蒂·贝尔。

那天，他一时冲动买完珍珠耳环，走回家门口才意识到，他这对耳环没有外祖母可送了。

于是他借着夜色爬上了吉蒂·贝尔家的围墙，这次不只是看着，而是悄悄跳进了院子里，把装着珍珠耳环的黑色天鹅绒小布兜挂在了门边。

谁知道好死不死地，那天晚上，吉蒂·贝尔家发生了抢劫，偏偏装着耳环的绒布兜被风吹落在地上。

在没有其他确凿身份线索的前提下，那个绒布兜刚好成了重要罪证。巷子里杂乱老旧，没有可用的摄像头，但警方追踪到了卖珍珠耳环的商店，调出了商店的监控，约书亚买耳环的过程在监控中清清楚楚。

后来，警方又通过约书亚鞋底残存的泥迹，确定他进过吉蒂·贝尔家。

总之，证据一条一条全部指向约书亚。

"我再确认一遍，你什么时候出的院子？"顾晏道。

约书亚："七点半不到。"

抢劫案发生的时间在七点五十分到八点十分，只要能证明约书亚提前出了院子就好了，这也是他们最好的突破口，然而糟糕的是，巷子里没有安装摄像头，当时也没有人经过，同样没有人能给约书亚做那段时间的不在场证明。

"如果有监控就好了。"燕绥之交握的手指一下一下点着指尖，有些微遗憾，"可惜……"

约书亚一脸绝望道："所以你们问了八百遍，还是没办法是吗？"

燕绥之："有的。"

约书亚的嗓门猛地提高："真的？"

"只是需要你先帮一个忙。"

"什么忙？"

"你看见床边那个黑色床头柜了吗？"燕绥之问。

约书亚点了点头："当然，我又不瞎。"

"你现在走过去。"

约书亚闻言，有些摸不着头脑，他挠了挠头发，绕过大床走到了床头柜那儿，用脚踢了踢柜子："然后呢？你干吗这么神神秘秘的，直说不就行了？这里面难不成装着你的办法？"

燕绥之笑着点头："对，你现在把抽屉拉开。"

约书亚："你能不能一次性说完，然后呢？"

他皱着眉嘀嘀咕咕个不停，看起来很不耐烦，但还是照做了。

燕绥之："你能看见里面有什么东西吗？"

约书亚："有一卷胶布。"

燕绥之笑得更优雅了："这就对了，你只要撕下两截胶布，把自己的嘴巴封上，我们就有办法了。"

约书亚："……"

有那么一瞬间，约书亚的手都伸出去了。

燕绥之微笑着说："你掀了床头柜，就没有律师了。"

约书亚："……"

约书亚黑着脸把手缩回来，又动了动腿。

"你踢一下床沿，后果一样。"

约书亚："……"

他硬生生止住了自己的大腿，差点儿扭了筋，然后又习惯性地张开嘴想骂人，刚起了个头，燕绥之又笑了起来。

这回不用他再说话，约书亚已经自动闭上嘴，把后面的音节吞了回去。

"举一反三，你挺聪明的嘛。"燕大教授夸了约书亚一句。

被夸的人看脸色是不大想活了。

约书亚气成了一个黑脸棒槌，重重地走回椅子边，一屁股坐下来。他的嘴巴张张合合好几回，终于憋出一句话："我知道你们有规定的，律师应该为当事人的利益着想，你不能这样气我。"

燕绥之道："你居然还知道这个？"

约书亚："……"

约书亚觉得这话可以算作人身攻击了。

他瞪着燕绥之，过了一会儿，又偃旗息鼓地垂下头，有些烦躁地踢了踢自己的脚，却没弄出太大的动静。

燕绥之看着他，还想张口，就听顾晏冷不丁扔过来一句话："你再气下去，我恐怕就没有当事人了。"

约书亚："……"

是，当事人马上要活活气死了。

"不会的。"燕绥之笑了一声，看进约书亚的眼睛里，带着一点儿笑意道，"你其实并没有真的生气，否则你不会像一条河豚一样坐在这里，早就该掀的掀，该踢的踢，根本不会管我说了什么。你没有真的生气，是因为能分辨出谁在逗你，谁是真的带着恶意针对你。"

燕绥之顿了一下，又道："你其实很聪明，就是脾气比脑子跑得快。如果你少骂两句人，发脾气前先用一用脑子，好比现在这样，还是挺容易讨人喜欢的。况且真想气人不用靠脏话，你看我刚才骂你了吗？你不是照样脸都憋绿了。"

约书亚："……"

顾晏："……"

燕绥之前面还挺正经的，说了人话，最后这是在教人家什么乌七八糟的东西？但是约书亚对着他还真发不出什么脾气，只能翻个白眼算回应。

"办法会有的。" 燕绥之道，"只要你不骗我们，我们就不会骗你。你先回去吧，我跟顾老师再研究研究。"

"嗯。"约书亚这次没再多说什么，老老实实点了点头，起身朝门外走。

他拉开房门的时候，有些犹豫地回头，想说点儿什么，但最终没开口，闷着头就要出门。

倒是临关门前，顾晏突然淡淡地说了一句："以后你别去爬别人的围墙，不是什么好事。"

约书亚："嗯。"

关门声响起，约书亚离开了，房间里的两个人却没有立刻说话。

漫长的一分钟后，顾大律师撩起眼皮看向酒店房间的电子时钟："从约书亚进门到他刚才出门，一共一小时三十九分钟，你说话的时间大概占了百分之八十，只给我留了百分之二十的补充空间。"他眼眸一动，看向燕绥之，不冷不热地道，"要不我们换换，我给你当实习生吧。"

燕绥之："……"

习惯真可怕，燕大教授差点儿笑着回答"行啊，我没什么意见"，还好及时把笑容憋回了嘴角以下。

他咳了一声，觉得有必要想个话题过渡一下，于是习惯性端起圆形玻璃茶几上的咖啡杯说："我头一回直接参与案子，有点儿兴奋。对了，顾老师，关于约书亚描述八百回的事件经过，你怎么看？"

他用尊称给足对方面子，用正事转移对方注意力，完美。

然而他那口咖啡还没喝进嘴里，就被顾晏伸手抽走了："我给你一个建议，转移话题可以，但不要喝别人的咖啡。"

燕绥之："……"

"至于当事人所说的事情经过——"顾晏喝了一口咖啡，翻着证据资料说，"我以前的老师虽然很少说正经话，但有一句还是可以听听的。"

燕绥之心想：好，你又说我一句坏话，等你以后知道真相，恐怕会哭泣。

他保持着得体温和的笑，问："哪句话？"他当然知道是哪句，事实上他根本不想问这种傻兮兮的问题，但是他得装成没什么经验的实习生。

顾晏放下咖啡杯，道："关于当事人说的话，他随便说说，你随便听听。"

燕大教授继续维持着演技："所以老师你认为约书亚说的不是真话？"

顾晏看了他一眼，目光重新落回证据资料上，道："刚才那句话说的是通常情况，我告诉你只是防止你以后再问这种问题。"

燕绥之依然微笑，他本来也不需要问。

顾晏把几页证据资料铺在两人之间，手指按着页面转了一个方向，让它们朝向燕绥之："你看过这几个证据吗？如果约书亚说的是真的，那么这几页内容就是假的,如果这几页内容是真的,那他就说了假话。"

这几页内容燕绥之当然看过,里面的东西足以填补整条证据链,能证明约书亚不仅在吉蒂·贝尔屋门外停留,还进过屋内,碰过作案工具……这些证据均来自警方。

依据这些内容,那天发生的事则是另一个样子——七点十五分左右,约书亚翻墙进了吉蒂·贝尔家,他对这位老太太的作息情况观察已久,非常熟悉。他趁老太太在里间做编织的时候,拿着外间沙发上的靠枕和一座铜饰悄悄走进了里间。

吉蒂·贝尔的扶手椅椅背总是背对着门,因为这样方便她面朝着暖气,手指能灵活些。约书亚进门后,利用靠枕掩盖声音,用铜饰打了老太太的后脑勺。

八点左右,照顾老太太起居的侄孙切斯特回来了。约书亚躲在院子暗处,等到切斯特进屋后,翻越围墙回到了自己家,匆忙间遗漏了那对耳环。

如果约书亚说的是真话,那么警方就作了假。

顾晏:"这看你相信这边的警方,还是相信他,或者你希望相信哪一方?"

这话很耳熟,听得燕绥之有些唏嘘。

那是很多年前的一场讲座,地点并不在梅兹大学,而是在天琴星系另一所老牌大学,从德卡马去那儿要坐两天的飞梭。

燕绥之带着法学院几个教授过去做主讲人。

那场讲座是开放式的,对听众不做限制,掺杂了不同星系不同星球的人,男女老少都有,偌大的礼堂坐得满满当当。

他带过去的几个教授都讲得不错,带了一点儿科普的性质,还挺幽默的。唯独一个老教授水土不服生了病,显得没什么精神,语速也慢。

那恰好是一个春日的下午,礼堂里人又多,容易懒散困倦。于是等那个老教授讲完,一个礼堂的人几乎睡死过去,只剩前两排的人还在撑着眼皮垂死挣扎。

而燕绥之最后一个开讲,运气喜人,刚好排在老教授后面。

他两手扶着发言台,扫了眼全场就笑了起来,心想:好一片盛世江山。

不过他没有强迫别人听自己长篇大论的习惯,对这种睡成一片的状况毫不在意,甚至还对近处某个半睡不醒的学生开了句玩笑说:"我一句话还没说呢,你就对着我点了十二下头。"

于是那一片学生笑了起来,当即笑醒了一拨人。

那片听众里,有一个年轻学生没跟着笑,只是掀起眼皮朝那些睡过去的人瞥了一眼。他的身体有一半坐在春日的阳光里,却依然显得冷冷的,像泡在玻璃杯里的薄荷,使得他在那群人中格外突出。

他收回目光后,又波澜不惊地看向台上,刚好和燕绥之的目光对上。

燕大教授当时的注意力当然不会在某一个听众身上,所以只是弯着眼笑了一下,便正式讲起了后面的内容。

当他讲到第一个案例的时候,礼堂的人醒得差不多了,但是很巧,第一个抬手示意要提问的学生,刚好是坐在"薄荷"旁边的。

"教授,像这种案子,当事人所说的和控方给出的证据背道而驰,我们该相信谁?"

燕绥之嘴角带着笑意,问她:"你希望相信哪一方?"

女生张了张口,似乎觉得这是一个很好回答的问题,但她迟疑了一会儿后,反而开始纠结,最终摇了摇头说:"我不知道。"

那些学生在最初选择法学院的时候,总是抱着维护正义的初衷。

相信自己的当事人,就意味着要去质疑控方的正义性,如果连最能体现正义的公安检察院都开始歪斜,制造谎言,那无疑会让很多人感到灰心和动摇。

相信控方,就意味着自己的当事人确实有罪,而自己要站在有罪的人这边,为他出谋划策。

燕绥之当然知道那个女生在犹豫什么:"事实上,这种问题对于一部分律师来说其实并没有意义,相信谁或者不相信谁对他们来说太单纯了,因为他们每天都在和各种谎言打交道。"

有些当事人会编织形形色色的理由来否认自己的罪行,即便承认有罪,也会想尽办法让自己显得不那么坏,以博取一点儿谅解。

有些控方为了将某个他认为是罪犯的人送进监狱,不惜利用非法方式制造证据,确保对方罪有应得。

"当然,还有些律师自己就常说谎话。很多人知道自己的当事人是有罪的,但是辩护到最后,他们常常会忘记这一点。"燕绥之冲那个女生道,"久而久之,他们就不会再想你说的这类问题了,因为这让他们很难快乐地享受胜利,而这个圈子总是信奉胜者为王。"

那个女生长什么样子,燕绥之早就不记得了,但是他记得她当时的脸色有些沮丧和迷茫。

于是他又浅笑着说了最后一句:"不过我很高兴你提出这个问题,也希望你能记住这个问题,偶尔去想一下,你很可能没有答案,想的过程也并不愉悦,但这代表你学生时代单纯的初衷,我希望你们能保持得久一些。"

这么一段情景是燕绥之对那场讲座唯一的记忆,其他的细节他早就忘得一干二净了。

之后没多久,就到了梅兹大学一年级学生选直系教授的时候,讲座上的那片薄荷成了他的学生——正是顾晏。

后来顾晏又问过一次同样的问题,只不过比那个女生问得更有深度。

那应该是燕绥之和学生之间的一次小小酒会，是他的生日还是圣诞节他已经记不清了，只记得是冬天，外面下着小雪。他让学生放开来玩儿，自己则拿着一杯酒去了阳台。

　　他原本是去享受阳台外黑色的街景的，却没想到那里已经有人了，占了那块风水宝地的学生就是顾晏。

　　他不记得是什么话题引出了那句话，只记得平时寡言少语冷冷淡淡的学生问他："你也常会想谁值得相信这类问题？"

　　燕绥之当时带了一点儿醉意，话比平日少，调子都比平日慵懒，他转着手中的玻璃杯说："不。"

　　顾晏："……"

　　"为什么？你不是希望学生以后都能偶尔去想一下这个问题，保持初衷吗？"顾晏问这话的时候是皱着眉的。

　　燕绥之记得那时候的顾晏不像后来那样总被他气走，还能好好说两句话，那大概是顾晏第一次当着自己老师的面皱眉。

　　"那是给好人的建议。"燕绥之懒洋洋的，又有些漫不经心。他说着转头冲顾晏笑了一声，道，"我又不是。"

　　其实这些片段，燕绥之很多年都没有想起来过，还以为自己早就忘记了。

　　直到今天顾晏突然提起这话，他才发现自己居然还记得。

　　你希望相信哪一方？

　　燕绥之这次打起了十二分精神，没有再习惯性地脱口而出"我一般不想这种问题"，他试着模拟了一下那些学生的思维，琢磨了几个答案，准备好好发挥，演一回像的。

　　谁知顾晏根本没等他回答，就收拾起证据资料，道："你自己想吧，我出去一趟。"

　　燕绥之很气：我好不容易有耐心演一回，你又不看了？

　　顾大律师说话做事总是干脆利落，说走就走，没一会儿房间里就只剩燕绥之一个人。他的腿其实不怎么痛了，但是走起路来依然不那么自如，于是顾晏出门没打算带他。

　　当一个实习生没有活儿干时，那真的会闲得长出蘑菇。

　　如果在南十字律所，他还能找出爆炸案看看始末，在这里他想找都没地方找，只能无所事事地靠在椅子上晒一会儿太阳。

　　不过这种无所事事的感觉对他来说其实非常难得，于是没过片刻，他就心安理得地支着头看起书来。

只不过在看书的过程中，他的注意力并不集中，那几页证据资料还时不时在他脑中晃两下，这已经是职业病了。

这个案子其实不算很难，至少没有他在约书亚面前表现得那么麻烦。如果证据真的有伪造的，那么细致整理一遍后，一定能找到许多可突破的漏洞。

燕绥之对约书亚说这个案子打赢难，只是因为如果律师表现得太轻松，当事人就会觉得"即便我少说一些细节和真相，他也一样能搞定"。

而他想听真话，尽量多的真话。

他这么想着便有些出神，目光穿过窗户玻璃，落在外面大片的低矮房屋上。

他看了没一会儿，突然冒出了一个想法。

约书亚正坐在酒店房间的地毯上，垂着头发呆。妹妹罗希已经恢复了大半生气，正盘腿坐在他对面，乌溜溜的眼珠子一转不转地看他。

过了一会儿，她拍了一下约书亚的腿，小声说："哥哥，我饿了。"刚说完，她的肚子就配合着叫了一声。

约书亚从颓丧中抬起头来，冲她挤出一个笑："饿了啊，行，你等着，我下去买点儿吃的。"

"今天除了面包，我能多要一颗糖吗？"罗希问道。

约书亚想也不想就答应："好。面包有，糖也有，你放心。"他说着，有些疲惫地站起来，顺手揉了一把妹妹的头发。

罗希从口袋里掏出一张被抹平的包装纸："我能要这样的糖吗？"

约书亚捏着这张糖纸，看着上面的字："巧克力？这牌子我没听过，你哪儿来的？"

他们正说着话呢，房间门就被人敲响了。

约书亚笨拙地用遥控开了门，就见燕绥之靠在门边冲兄妹俩一笑："罗希？漂亮小丫头，告诉我，你饿吗？"

罗希立刻指着他，冲约书亚道："糖，这个哥哥给的。"

约书亚："……"

罗希又转头冲燕绥之道："饿了！"

燕绥之抬了抬下巴："你把外套穿上，我带你吃羊排。"

罗希一骨碌站起来，舔了舔嘴唇："好吃吗？"

约书亚："……"

他摸了摸遥控器，特别想关门。他很纳闷，这个实习律师吃错药了吗，突然要带他们出去吃羊排？

而且这才下午三点，吃的哪门子羊排？

"你怎么突然要拉我们出去吃东西？我没那么多钱，吃不起那个。"约书亚拍了拍自己的口袋，他没有智能机这种高级玩意儿，也没有资产卡，用的是德卡马几乎见不到的现金。

谁知燕绥之摇了摇头，笑眯眯地道："只有你妹妹罗希，没有你。"

约书亚："……"

他的脸都涨红了，说不清是尴尬还是气的。他憋了半天挤出一句话："那你不能说清楚吗？况且我为什么要让你单独带我妹妹出去？"

燕绥之道："我说了啊，一进门就直接问的她，你脸红什么？哎……你这小鬼，我不是故意气你，我要去办的事情你不适合在场。"

约书亚脸上的红色慢慢褪了下去，"哦"了一声，点头道："那你直接去，拉上我妹妹干什么？我……"他顿了一下，低声道，"我也没有给她买羊排的钱，还不了你。"

燕绥之倚在门口看了他一会儿，突然问了一个很奇怪的问题："你妹妹罗希认识自己家的房子吗？"

约书亚："她八岁了。"你不要对我进行人身攻击后又来攻击我妹妹好吗？

燕绥之笑了："我知道，我的意思是如果从非正常角度去看，她能认出你家的房子吗？"

"能，她认地方很厉害。"约书亚挺自豪地说。

"那就行了，我带她出去是希望她能帮我一点儿忙。"燕绥之道，"至于羊排，那是帮忙的报酬。"

约书亚犹豫了一下，拍了拍罗希的头："那你去吧。"

罗希揪着手指还有点儿迟疑，小声咕哝："你不吃羊排吗？"

"我的手伤着，不方便吃羊排。"约书亚晃了晃自己的手，手背上烫出来的泡已经瘪下去了，只是颜色看着很吓人。

"那我也不饿了。"罗希说。

刚说完，她的肚子就十分不配合地叫了一声。

罗希默默低头，捂住了自己的肚子，好像这样能把声音捂住似的。

约书亚："……"

燕绥之："你家这小姑娘真有意思。"

他走进屋，在罗希面前弯下腰来，弯着眼睛道："我需要你帮我一个忙，你愿意吗？晚上一定回来。"

小姑娘罗希仰脸看着他的眼睛，意志开始动摇。

约书亚看不下去了："行了，你去吧，帮他的忙也是帮我的忙。"

罗希眼睛一亮："真的吗？"

"对，没错。"

没过多久，燕绥之带着罗希来到了双月街。

街上热闹得很，但大部分人都是匆匆而过，并不会在这里停留。他们总是沿着街边快速地穿过这条街，拐进两头低矮的棚户区里。

明明两地离得很近，却像全然割裂的两个世界。棚户区里发生的纠葛对这条街没有产生丝毫的影响，甚至连谈论的人都没有。

燕绥之带着罗希进了边上的一栋楼，径直去了顶楼的餐厅。上回他跟顾晏就是在这里吃的羊排和浓汤。

哦，不对，是他自己吃的羊排和浓汤，顾晏则点了一大堆美食来馋他。

他这次依然挑了一个靠窗的位置坐下，刚坐好，一个服务生就端着托盘过来了。

"抱歉先生，点餐可能需要再等十分钟。"

燕绥之点了点头："没关系。"

毕竟三点钟不尴不尬的，能点餐就已经很不错了。

服务生把两杯水放在燕绥之和罗希面前，又放下两小份甜点和一碟糖，大概是看到有小孩："这是免费赠送的。"

燕绥之："谢谢。"

他说是有事来这里，但实际是真的有点儿饿了。他在酒店点什么都要从顾晏眼皮子底下过，自从腿上多了一大片烫伤后，顾同学就开始插手他的菜单了。

每回他让酒店送餐，拿到手总会发现内容被换过，换出来的往往比原本的贵，然而淡得出奇。

他吃了两天半的草，决定趁着顾晏不在，出来给自己一点儿补偿。

"我可以吃吗？"罗希指了指桌上的东西。

燕绥之："当然可以。"

她在甜点和糖之间犹豫了半天，然后伸手摸了一颗糖。

这种糖显然是用来哄孩子的，每一颗都包装得特别漂亮。成年人也许看着会觉得浮夸，而且可能只是看着好看并不那么好吃，但是小鬼们总是很喜欢。

罗希挑了一颗蓝色的糖塞进嘴里，鼓着一边腮帮子问燕绥之："你也饿了？"

燕绥之喝了一杯水暖胃，这才吃了一口甜点："嗯。"

"哥哥说，大人不饿。"罗希又道。

燕绥之发现这小姑娘说话似乎有点儿问题，句子之间不太连贯，断断续续的，跟他以前见过的七八岁的小鬼不大一样。也许是因为那些小鬼在上学，有人教，而罗希只有约书亚。

燕绥之对她笑了笑："我容易饿，也喜欢吃糖。"

他现在每顿都吃得很少，把一天需要的食量分在了五段时间里，还得偶尔吃点儿甜的以免头晕。

罗希一听这大人跟自己一样，顿时跟他亲近了一些，觉得自己有了伴儿。她在碟子里也挑了一枚蓝色的糖，递给了燕绥之。

"谢谢。"燕绥之说着，转头透过窗子朝成片的低矮房屋扫了一眼，那些房子乍一看都差不多，很难分辨出都是谁家，"罗希，你来帮我看看，你家在哪儿？"

罗希趴在窗户上看了一会儿，指着其中一个道："那个。"

"那个是哪个？"

"有个桶。"罗希道。

燕绥之顺着她的手指方向辨认了半天，终于在一堆拥挤的屋子里找到了那间房，一侧的斜顶上倒扣着一个灰扑扑的桶。

罗希能认出约书亚那间屋子，吉蒂·贝尔家自然也不难找了。

从他们坐着的位置看过去，能看见吉蒂·贝尔家的屋顶，下面的部分都被前面那户人家的防风墙以及竖着堆放的一些长木板挡住了。

燕绥之又站起身，从他站着的角度也只能看见吉蒂·贝尔家的上半个屋顶，看不见对着里间的那扇窗子。

不过……

他抬头看向餐厅顶上的几个摄像头，有一个离这边的落地窗很近，如果是环形摄像，那么窗外的情景也能被录进去，只不过餐厅应该不会在意那部分。

但是这个餐厅的天花板不算高，从那个摄像头的角度不知道能不能拍到吉蒂·贝尔的窗子。

"怎么了，先生？"服务生瞥见他站着，问了一句。

"哦，没事，我能点餐了吗？"燕绥之道。

"抱歉，可能需要再等三分钟左右，机子出了点故障，很快就好。"

"好的。"

在这里，律师查找新的证据前需要提交一个申请，走个流程，只不过这个流程很快，一般当天就能通过。律师找到新的证据也不能随随便便自己处理，得叫上公证人。

燕绥之琢磨了一下，调出智能机的全息屏，然而他还没干什么呢，先收到了一条通知信息。

他点开信息——

您申请的卷宗复制外借已进入流程，如果通过，会开通您其他设备的阅卷权限。

借阅人：阮野

代申请人：顾晏

燕绥之一脸疑惑，他想了想，直接截了一张图用内部联络方式发给顾晏。

顾晏虽然外出办事，但是回复倒是很快，没几秒，燕绥之的指环就振动了一下。

顾晏：这是需要你整理的五年卷宗，申请通过就能调到你的智能机上，免得你在酒店无所事事，白拿补贴。

燕绥之："……"

他说谁白拿补贴？自己一分钱都没看到呢。

不过顾晏这个举动倒是深得他心，如果申请通过，那爆炸案的卷宗岂不是随时随地随他翻阅？这真是再好不过了。

很快，顾晏的消息又发来了：这两天不用你出门，继续整理卷宗就行。

看在这点上，燕绥之难得老实地回复：没问题，我会端端正正坐在酒店等着卷宗传过来。

顾晏：嗯。

谁知这段对话刚过去没两分钟，餐厅大门又开了，一个身影进了门。

服务生条件反射道："欢迎光临，先生里面请。"

还有同样三点来吃饭的奇葩？燕绥之不经意朝那边瞥了一眼，当即抬手捂住了半边脸。

真巧啊，顾同学。

罗希舔着腮帮子，把糖挪了一个位置，乌黑的眼睛看着燕绥之眨了两下，低声道："干吗？"

燕绥之的声音比她还低："脸疼。"

罗希弯着眼睛嘻嘻嘻嘻地笑起来。

燕绥之：你可真是一个小天使。

罗希小天使的笑声成功引起了某人的注意，燕绥之捂着半张脸默默看向落地窗的时候，顾晏的声音在一旁响了起来："你捂着脸我就看不见了？"

燕绥之的脸色几经变换，最终咳了一声，放下了手。

罗希主动朝里面挪了挪，留出大半个沙发。这小姑娘怕生，但是上回的那颗巧克力和这两天的相处，让她对两人熟悉不少，几乎算得上亲近了。

"谢谢。"顾大律师对小姑娘倒是很有礼貌。

他在沙发上坐下，抬眼看向燕绥之："端端正正坐在酒店等卷宗，你打算今晚改住这里？"

燕绥之："……"

顾晏一来就毒舌，真是一个尊师重道的好学生。

燕大教授不要脸地道："至少有一半是真话。"

顾晏拧着眉："……"

"端端正正坐。"燕绥之道,"到这里都是真的,只是地点胡扯了一下。"

顾晏回了一声冷笑。

燕绥之挑了挑眉没说话,毕竟才说了谎就被拆穿,有点儿理亏。

他手指一动,刚好捏到自己手心里那颗糖,刚才罗希塞给他的,他还没来得及吃。

于是,特别会哄人的燕大教授灵机一动,把那颗蓝色包装的糖塞进了顾大律师手里:"你先吃颗糖,甜一甜再说话。"

顾晏:"……"

"行了,你别冷着脸了。"燕绥之道,"我只是来这里找点儿重要证据,顺便吃点儿东西,实在饿得头晕。"他说着又剥开一颗糖,顺口问了罗希一句,"这糖好吃吗?"

罗希点了点头,然后冲他伸出了舌头——一条蓝莹莹的舌头。

燕绥之:"……"

这糖染色有点儿厉害啊……

他把剥开的糖重新包好,在顾晏面前犹豫了一下,最终还是把糖塞给了罗希:"回去跟你哥分享一下。"

顾晏:"……"

"你怎么会来这里?"燕绥之喝了一口温水。

顾晏:"我找点儿重要证据。"

这跟刚才燕绥之说的理由一字不差,虽然这肯定是真话,但是从顾晏的嘴里说出来就莫名有点儿挤对人的意思,还好燕绥之完全承受得住。

他扬起嘴角:"那看来我们想到一起了,你要找的是什么?"

顾晏朝顶上的摄像头看了一眼。

燕绥之点了点头,笑着道:"刚好,也省得我再找你了。所以你之前出门是去提交申请?"

"有人盯着他们,流程走得更快。"顾晏道,"申请已经拿到了,我约了公证人,他把手里另一件事处理完就过来。"

顾晏看了眼餐厅吧台墙上挂着的一排星区钟,接着道:"我和他约了四点,现在还有四十分钟。"

服务生掐准了时间,抱着菜单走过来:"久等了,现在可以点餐了,三位想吃什么?"

顾晏看向燕绥之。

燕绥之:我想吃灰骨羊排。

顾晏不用听也知道他在想什么,当即一脸冷漠地道:"低头看一眼你的腿再点。"

燕绥之："灰骨羊排，酥皮浓汤，两份，谢谢。"

顾晏："……"

"有两天半的草打底，吃这一点点羊排不至于发炎。"燕绥之笑着道，"明天我就继续乖乖吃草，行了吧？"

这回当着自己的面点的菜，顾晏也不好驳人面子，于是燕绥之得逞了。

服务生应了一声，抱着菜单又走了。

等人回到吧台后，顾晏才说了一句："你腿肿了别叫唤。"

燕绥之："放心吧。"

酒城的物价对以前的燕大教授来说并不高，跟德卡马完全不能比，但这两份羊排浓汤还是花了他不少钱。

资产卡的余额一下子垮塌了一截，但因为摆脱了吃草的阴影心情好，燕绥之看到数字也只是抽了一下嘴角。

他收起全息屏，一抬头就撞上了顾晏的目光。

"余额好看吗？"

燕绥之笑了："挺丑的，不过及时行乐嘛。"

他说着，随意抬起下巴指向餐厅外，就开始胡扯："人生这东西很难预料，万一我等一会儿下楼在路上碰到意外突然过世了呢？那现在我吃的就是最后一餐，想吃羊排却没有吃到，岂不是万分遗憾？"

罗希小姑娘涉世未深，当即被他这段"给乱吃东西乱花钱找理由"的瞎扯震撼了，含着糖半天没说话，沉思许久后，赶紧把甜点吃下了肚。

燕绥之本以为顾晏听完这段话会挤对他两句，谁知顾晏只是在听他胡扯的过程中眯着眼出神了几秒，直到他胡扯完都没反驳。

"吃饱了？"顾晏垂着目光喝了两口温水，这才开口问了一句。

燕大教授难得没被挤对，居然有些不适应。他心想：这位同学，你喝的是水还是迷幻药？两口下去这么大效果？

他愣了一下，才点头道："嗯。"

当服务生过来收拾盘子的时候，公证人刚好踩着点进门，代表酒城的星区时钟刚好指向四点，不早不晚。

"你好，顾律师，我是朱利安·高尔。"

"你好。"顾晏指了一下燕绥之，"这是我的实习律师，阮野。"

餐厅老板很快被服务生请了出来，跟几人寒暄之后，他明白了燕绥之他们的来意。

"摄像头？确实是环形拍摄的。"老板说道，"那个抢劫案我听说过，好像就在那片棚户区是吧？如果能帮上忙，我当然乐意之至。"

"之前有警方来过吗？"顾晏问。

老板带着他们进了监控室："没有，当然没有，否则我刚才也不会那么惊讶了。"

监控室里有个年轻小伙子，见老板进来便站起了身，又被燕绥之笑着按回座椅上："不用这么客气。"

"你给他们调一下二十三号那天晚上的录像。"老板交代着。

小伙子的操作很利索，监控很快调了出来，一时间房间里多块屏幕同时出现了不同角度的录像，众人一眼便找到了对着窗外的那块屏幕。

进度条被直接拉到了晚上七点左右，那块屏幕顿时成了一片黑。

众人："……"

老板干笑两声："这摄像头年代有点儿久了，画面有点儿暗。"

你这是有点儿暗吗？这简直暗得像故障黑屏啊。

不过主要是因为酒城冬天夜晚天黑得太早，棚户区的巷子里连路灯都很少，坏掉的占了绝大部分，剩余能用的那些也暗淡至极，能照清直径一米以内的路就不错了。

不巧的是，约书亚和吉蒂·贝尔两家附近还真没有一盏能用的路灯。

几人忍受了一会儿黑屏似的录像。

老板问监控室的小伙子："你平时注意过这块区域吗？真的这么黑？"

小伙子有些尴尬："呃，那边因为这块区域不在店里，我没怎么看。"

其实就是店里的录像他也不是总盯着的，虽说录像是为了防止一些麻烦事儿，但这家餐厅毕竟价位摆在那里，能过来就餐的大多是比较讲脸面的人，也不太会在这里搞什么小动作。

到了七点三十四分，吉蒂·贝尔家的位置突然出现了灯光。

只不过灯光一晃一晃的，看起来像随着人的脚步缓缓移动。

"这是应急手电筒吧？"小伙子动了动手指，把画面放大。

摄像头能拍到吉蒂·贝尔家里间的窗子，但只有上半部分，下面的大半依然被近处的院墙和堆放的木板挡住了。透过放大的画面，众人勉强可以看到一个人影拿着应急手电筒，慢慢地从房间远一些的地方走到窗边。

从动作和形态来看，应该是吉蒂·贝尔老太太本人。

她站得远一点时，众人还能透过那上半个窗子看见她的轮廓和手电筒。先是腿脚，然后是上半身，然后是肩膀……

当她真正走到窗边的时候，众人反而看不见了。

"这院墙和木板真碍事！"小伙子比律师还激动。

燕绥之拍了拍他的肩膀："你淡定点儿。"

这种关键时刻掉链子的证据他见得多了，能有这画面已经算不错了，哪有那么多刚好能清楚证明一切的东西。

虽然他们看不见人，但是透过光影的晃动能大致猜测老太太似乎把手电筒放低了一些，做了点儿什么，然后屋子里的灯打开了。

"有灯啊？我还以为她家线路出了故障或者灯坏了呢，"这回说话的是老板，"毕竟那片屋子的年纪比我还大一轮呢。"

公证人朱利安·高尔每天接触的事情比老板多多了，他说："这里有很多人为了省能源费，天不黑到一定程度都不开灯的。不过这位老太太是怎么个习惯我就不知道了，只是猜测。"

又过了一会儿，那片玻璃蒙上了一层薄薄的水汽。

"老太太开了暖气。"

案件资料里说过，吉蒂·贝尔老太太喜欢编织，白天有太阳的时候，她会坐在靠太阳的窗边，晚上则坐在靠着暖气的地方，一边暖着手指，一边做编织。

暖气对老太太来说是一个好东西，能让她的手指灵活，但是对看录像的几人来说可就太不友好了。

因为玻璃上蒙了水汽后，屋里的东西就看不清了，只能看见模糊的光和轮廓。

那片矮屋区的人总是很省能源，大多数的灯光都黄而暗淡。老太太家的灯光也一样，录像前的几人看久了眼睛都有些酸胀，而且盯着一块昏黄的玻璃看二十分钟真的无聊至极，万分考验耐性。

录像中，晚上七点五十五分，让众人精神振奋的东西出现了。

"哎哎哎，这是不是头发？一撮头发过来了！"昏昏欲睡的小伙子猛地坐直身体，手指都快戳穿屏幕了，指着窗户中出现的一小块黑影大喊。

那应该是一个人，正从老太太后方悄悄靠近她。

依然是因为院墙和木板的遮挡，只能看见一点儿头顶。

但众人依然屏住了呼吸，紧接着，透过蒙着水汽的那一点儿玻璃，众人看见有个黑影在那人的头顶一抢而过，又落了下去。

即便他们听不见声音，也看不见更清晰完整的画面，还是可以想象那个人正拿着某个硬物把老太太敲晕。

看录像的小伙子这次没抢着说话了，而是两手捂着嘴，愣了好一会儿，才默默抽了一口凉气。

老板叹了一口气："要是老太太提前听见动静就好了，这些老屋里都有警报铃的，一般就在灯的开关附近。"

公证人想了想道:"其实这些老屋里的警报铃坏了很多,不一定能用。而且如果不是怕警报铃,也不用把老太太先敲晕了。"

当他们有一句没一句地讨论时,真正需要录像的燕绥之和顾晏却始终没开口,依然目不转睛地看着屏幕。

坐在位置上的小伙子感觉背后的人朝前倾了一些,下意识回头看了眼。

之前这些人进门的时候,他听老板提了一嘴,知道站在他正后方的这个人是一个实习律师。他对这个实习律师的第一印象是学生气很重,也许是因为他脸上带着微笑,显得温和好亲近。

可现在,这个实习律师看着屏幕时,脸上几乎毫无表情,笑意没了,温和感也没了,眼睛里映着墙上的屏幕,星星点点,像极为透亮的玻璃,漂亮却冷淡。

一个人笑或不笑,气质差别这么大的吗?

小伙子又瞥了一眼正牌律师,他一只手撑在桌上,面无表情地看着屏幕,整个人冷冰冰的。

被两座冰山压着,小伙子缩了缩脖子,默默把头转了过去,又朝前挪了挪椅子。

当他重新看向屏幕的时候,吉蒂·贝尔家那块映着昏黄灯光的玻璃突然一黑。

"嗯?怎么黑了?"小伙子诧异道。

"里面那人把灯关了。"公证人朱利安·高尔道。

当小伙子瞪着屏幕的时候,他感觉自己的肩膀被人轻拍了两下。

燕绥之:"劳驾,你把画面再放大一点儿。"

小伙子又把画面调整了一下。

那一片漆黑的窗户几乎占了半个屏幕。燕绥之又朝前靠近了一些,身体重心前倾,他左手扶了一下桌子,目光和注意力却一点儿没从屏幕上挪开,甚至没发觉手掌压着的"桌面"有什么不同。

又过了片刻,"桌面"突然一动,从他手掌下抽走。

燕绥之分神瞥了一眼,刚好看见顾晏收回去插进西裤口袋的手。

那片漆黑放大后,众人依然什么也看不见。

又过了一会儿,录像显示时间晚上八点五分,屋子里重新亮了起来。紧接着是一个人影匆匆跑到窗边,忙上忙下。

这应该是老太太的侄孙切斯特回来了。

这段内容极为有限的录像被要求来回放了三遍,然后在公证人朱利安·高尔的见证下取了视频原件。

老板搓着手道:"唉——我们好像没能帮上什么大忙,要是没那么多遮挡物就好了,或者那巷子里有个路灯也行啊,哪知道那么不巧!"

小伙子也跟着站起来,挠了挠头:"我平时不怎么看窗外这块,如果当时看了,说不定还能起点儿什么作用。"

"谢谢。"燕绥之道，"这段录像非常有用。"

当他跟人说话的时候，那种笑容又露出来了，好像之前的冷都是幻象一样。

老板也跟他讲着客套话："客气客气，时间也差不多了，你们干脆在这里用个晚餐？"

顾晏摆了一下手："不了，我们还有事。"

"是吗？好吧。"拉客没成功，老板一脸遗憾。

燕绥之、顾晏以及朱利安·高尔从这家餐厅出来后，又去了周围几家餐厅，同样跟老板协商调出了二十三号的监控录像。

不过很遗憾，这当中能拍到窗外的摄像头一个红外的都没有，而且不是角度更偏，就是高度不够，没能提供更多有用的信息。

唯一例外的是第六家餐厅。

这家的监控录像拍不到吉蒂·贝尔家的那面窗，但是负责看监控的职员却说了一句话。他指着院墙不远处的一个角落说："咦——我记得那里原本没这么黑，这边或者再靠这边一点儿……呃，差不多这个位置上应该有个路灯。"

"你确定？"

"确定，我记得那里没这么黑。"

如果那里有一盏路灯，也许能在吉蒂·贝尔家的围墙投下一点儿亮光，那么哪个人或者哪几个人在案发前翻过这面围墙，就能被拍下来。

为了证实他的话，他主动翻了几天前的录像。

果然，十五号那天夜里，那条路的墙角有一盏路灯，不亮，照射范围也不算大，还有些接触不良，活像吊着一口气一碰就断的将死之人。

但是不管怎么说，这盏路灯确实可以照到吉蒂·贝尔家的围墙。

这是刚巧出故障了？还是有人故意弄坏了？

职员又把十五号夜里到十六号夜里的录像加速放了一遍。

"暂停一下。"顾晏盯着屏幕出声道，"把这里改成原速。"

录像很快恢复成原始速度，就见有两个少年站在路灯附近，正在说着什么。那两个人对燕绥之来说都不陌生，一个是老太太的侄孙切斯特，一个是约书亚。

两人说话间不知怎么起了口角，相互推搡着，一副要打起来的样子。

拉拉扯扯间，约书亚拽着切斯特朝灯柱上甩了一下，切斯特的后背猛地撞上了灯柱。紧接着他又扯住了约书亚，一个翻转，把他也抵在了灯柱上。

两下重创，那气若游丝又接触不良的路灯彻底坏了。

就这样，他们还不放过它，又打了两三分钟，旁边总算来了一个劝架的，三人扭成一团，画面特别美丽。

燕绥之脸都看瘫了,他转头冲顾晏一笑,特别慈爱地道:"你知道吗,我现在特想把约书亚那孩子的头拧下来挂到路灯顶上去。"

顾晏掀了掀眼皮,任由他笑了一会儿,突然伸手捏着他的下巴,把他的脸转了回去,冷淡道:"你对约书亚说去,别对着我。"

燕大教授从没被人这么对待过,被顾晏捏得一愣,心想:你真是反了天了。

第八章　羊排的代价

等到一批录像大致看完，已经是晚上七点多了。

燕绥之和顾晏在公证人的公证下取好所有录像视频证据，又复制了一份留在自己手里，然后依照流程把新证据都提交了上去。

"行了，那我就回去了。"朱利安·高尔跟两人告别，径自离开了。

"你饿了吗？"燕绥之看了看时间，在双月街边扫了一眼，研究有什么可吃的。

顾晏瞥了他一眼："不饿。"

燕绥之"啧"了一声："那看来你的胃已经饿麻了，咱们吃点儿什么？"

顾晏："……"

两人说话间，燕绥之发现罗希正盯着远处。

"你在看什么？"燕绥之弯腰问了她一句。

罗希朝他身后缩了缩，又仰脸冲他不好意思地笑了笑，咕哝道："认识的。"说着，她的手指朝某个方向戳了戳。

"她说什么？"

燕绥之刚直起身就听见顾晏问了这么一句，他的嗓音很低沉，冷不丁在耳边响起来，弄得人耳根痒痒的。

燕绥之几不可察地偏了一下头，这才冲不远处抬下巴："没什么，她说看见了认识的人。"

就见罗希所指的双月街头停着一辆出租车，两个人正在车门边交谈。其中一个是略有些发福的中年男人，另一个燕绥之他们也认识，是那天开车送罗希去医院的费克斯。

这一幕看着有些眼熟。

燕绥之突然想起来，他第一天来双月街的时候，载他的黑车司机就是在那边把他放下来，然后拨着通信找人接班。发福的中年男人正是那个黑车司机，只是没想到居然这么巧，他找来接班的人就是费克斯？

燕绥之又瞥了一眼车牌号：EM1033。

没错了。

上一回司机跟费克斯联络的时候语气就不怎么样，这回看两人脸色似乎也不怎么愉快。

看这种氛围就没必要去打招呼了，燕绥之和顾晏都不是什么热络的人。于是他们只是瞥了一眼，便带着罗希朝反方向走去。

按照南十字律所的规定，出庭大律师带着实习生出差，食宿是全包的，当然，实习生自己非要请别人吃饭不算在内。但是人家规定上说的是"一日三餐"，像燕绥之这样一天五餐的，稍微抠门儿点的律师心都痛，好在顾晏一点儿也不抠门。

于是他带着燕绥之和罗希去了一家特别特别贵的素食餐厅。

燕绥之的心很痛。

这个素食餐厅也不是全素，只是主打素食。

顾晏点了一桌子素菜，中间掺杂了一份甜虾和一份帝王蟹冻。在燕绥之的印象里，顾晏对这种生食是没什么热情的。

甜虾的分量很少，大碟上面搁着三个袖珍小碟，每个小碟上只有一只甜虾凹造型。蟹冻更是只有小小两块。

顾晏把这两份食物搁在了罗希面前，而罗希坐在燕绥之旁边，这两碟菜就一直在燕绥之眼皮子底下晃荡。

于是燕绥之合理怀疑，这浑蛋东西点这两样菜是故意给他看的，因为他挺喜欢吃。

燕教授的心更痛了。

一顿饭吃得他如丧考妣，最后他抱着胳膊靠在椅子上，欣赏了一下晶莹剔透的甜虾，觉得越发清苦。

罗希吃了一只虾，似乎很喜欢，当即把碟子往燕绥之面前推了推，像小动物似的露出一脸期待的表情："你吃。"

燕大教授装了一下大尾巴狼，风度翩翩地笑了："谢谢，不过我已经很饱了。"

罗希"哦"了一声，又把盘子朝顾晏面前推："你吃。"

燕绥之：丫头，你都不坚持一下？

顾晏对罗希道："谢谢，不过这是点给你吃的，我们不用。"

罗希摸了摸肚皮："可是我也饱了。"

说完，她干脆把甜虾分了，一个小碟放在燕绥之面前，一个小碟放在顾晏面前，然后自顾自低着头数起了口袋里的糖。小孩说话总是这么有一搭没一搭的，一会儿的工夫就已经自己玩起来了，确实没了继续吃东西的意思。

燕绥之低头拨了拨那个小碟，冲顾晏道："盛情难却，而且我确实有必要吃一只甜虾。"

顾晏："必要在哪里？"

燕绥之指了指自己的脸："你看见了吗？跟草一个色了，我吃点儿别的颜色中和一下。"

顾晏八风不动："甜虾是透明的，没这个作用。"

燕绥之："我怎么会教……"

顾晏抬起头。

燕绥之："叫你这种人老师。"

顾晏看了过来，有那么一瞬间，他的表情看起来有些怪，似乎想说些什么。

"行吧，那我要一份熟虾。"为了掩饰自己刚才的秃噜嘴，燕绥之避开顾晏的目光，随口补了一句岔开话题。

顾晏又看了他一会儿，最终什么也没说，也不知是被噎的还是怎么的。

顾大律师收回目光后，在自己的指环智能机上抹了一下，点了一个音频出来。

紧接着，燕绥之的声音从他尾戒似的智能机里缓缓放了出来："我就继续乖乖吃草，行了吧？"

燕绥之："？"

这是他之前吃羊排说的话，万万没想到，居然被顾晏录了下来！

燕绥之："我没记错的话，我说的是明天开始乖乖吃草，现在还是今天。"

顾晏："证据呢？"

燕绥之："……"

好，你翅膀硬了你厉害。

一顿饭，燕大教授被喂了草又灌了气，可以说非常丰盛。

他们回到酒店的时候，已经将近九点了，罗希兜着一口袋的外带食物还有一把蓝莹莹的糖，献宝似的回了房间。

"路灯的事先别急着问。"燕绥之道，"晚上我们先把监控录像仔细地翻一遍。"

顾晏"嗯"了一声，也没多说什么，就进了自己房间。

燕绥之回房间的第一件事就是洗澡放松一下。

他腿上的伤口依然很大，看起来有些吓人，但实际上已经好很多了。顾晏之前不让他出门是有原因的，一是伤口被布料摩擦还是会疼，时间长了会影响愈合；二是酒城这一带的季节几乎跟德卡马同步，也是冬天，病患带着创口在外面冻着，很容易把伤口冻坏，那就有得罪受了。

不过这晚燕绥之主要还是在室内活动，来回都是坐车，实际也没走多少路，所以伤口只是有点儿刺痛，并没有那么令人难以忍受。

至少对燕绥之来说，这点儿刺痛就像不存在一样。

热水澡泡得人身心舒坦，也不知道是心理作用还是什么，他洗完澡出来，腿上的伤口还发着热。

他照着医嘱又涂了一层药膏，用医生给他的纱布不松不紧地裹了一层。

房间里温度合适，他连头发也懒得吹，用瘦长的手指梳了两下，就接了一杯温水坐到落地窗边的扶手椅上。

落地窗外面是酒城昏暗的民居，像一个个巢穴趴在漫无边际的地面上，路灯星星点点，亮着黄白色的光芒。

燕绥之喝了一口温水，看着窗外微微出神，沐浴后沾着水汽的眼睫格外黑，半遮着眼，让人很难看清他在想些什么，带着什么情绪。

嗡——

手指上的智能机突然振动了一下。

燕绥之放下玻璃杯，调出屏幕。

又是一条新消息，消息来源不陌生，是南十字律所的办公室号码——您所提交的卷宗外借申请出现问题，暂不予通过。

处理人还是老熟人——菲兹小姐。

燕绥之想了想，起身去隔壁敲门。

顾晏来开门的时候，衬衫扣子刚解了一半，骨节分明的手指还放在领口。他正跟人连着通信，可能是因为房间隔音不错，他连耳扣都懒得戴，声音是放出来的。

于是燕绥之刚进门，耳朵就被菲兹小姐的声音占满了："有好几个Ⅰ级案件在里面，怎么可能随随便便让实习生外借，你别开玩笑了。你以前不是最反对把重要卷宗到处乱传的吗？顾，你怎么收一个实习生就变了？虽然那个学生是很讨人喜欢，如果我是他老师，也想给他创造最好最方便的学习条件，但是规定就是规定，不能看着脸改。"

顾晏："……"

燕绥之："……"

菲兹小姐这一段话随便拎一句出来都是槽点，搞得房间内的两个人瘫着脸对视了好几秒，说不清楚谁更尴尬。

事实证明，菲兹小姐最尴尬。

燕绥之适当地"咳"了一声，以示自己的存在。

菲兹倒抽一口气，"哎呀"叫了一声："阮？"

燕绥之道："是我，菲兹小姐。"

菲兹："顾，你……"

"他刚进门。"顾晏说着，手指离开了领口。

燕绥之瞥了一眼顾晏，发现他居然把刚解开的扣子重新系上了一颗。

以前燕绥之就发现，只要有其他人在场，顾晏永远是一丝不苟的严谨模样，从不会显露特别私人的一面。

"那你都听见啦？"菲兹也是爽快，尴尬了几秒就直接问出来。

燕绥之笑了一下："我听见你夸我讨人喜欢，谢谢。"

这么一说菲兹倒不尴尬了，当即笑着道："这是实话，不用谢。不过规定在那里，我确实很为难。"

顾晏对她所说的规定倒是有些讶异："我代他递交申请也不行？"

菲兹无奈地叹了一口气，活像老了四十岁："所以我说你们这帮大律师偶尔也看一下守则啊，虽然平时用不着，但那也不是一个摆设。像这种涉及Ⅰ级案子的卷宗外借申请，按照规定还得往上面报呢，有一堆手续要办。"

顾晏皱了皱眉，似乎想说什么。

菲兹的语速却快得像倒豆子："不过我知道你们有多嫌弃那些手续，就没把这次的申请报上去。"

顾晏的眉心又松开来："那先这样吧，等回律所再让他整理。"

菲兹好像一点儿都没怀疑外借卷宗的动机："你们不要把这些实习生逼得那么紧，这几年律师协会整理出来的过劳死名单已经长得吓人了，别让它蔓延到实习生身上。"

"不过——"她想了想又道，"好像时间确实有点儿紧，你们哪天回来？我估计还得要个两三天？回来之后，很快就到实习生初期考核了，阮既要整理卷宗，又要准备考核，太难为人了，要不卷宗先放放？"

"不行。"

"不好吧。"

顾晏和燕绥之几乎同时开了口。

菲兹："阮，你别跟着凑热闹，给自己留一条活路。我以过来人的经验告诉你，两个一起弄你会哭的，有卷宗分心，考核肯定过不了。更可怕的是，你看看站在你旁边的顾，对，你看着他，他是每年初期考核打分最严格最可怕的人，别人还有老师护着，你没有，醒醒吧。"

燕绥之要笑不笑地说：“我醒着呢。”

菲兹：“醒着就好。”

顾晏：“……”

他算是看出来了，就不能让燕绥之和菲兹碰上，两人一唱一和令人头疼。

顾晏切断菲兹的通信后，吵吵嚷嚷的房间一下子安静下来。

对比过于强烈，以至于燕绥之觉得房间太安静了，想张口说点儿什么，却被顾晏抢了先。

"你找我有事？"顾晏问。

燕绥之这才想起来意，晃了晃智能机："刚才我收到了申请没通过的通知，本来想来跟你说一声，现在没必要了。你是准备洗澡睡觉了？那我先回去了。"他说着开了门，一边往外走，一边很随意地摆了摆手，"明天见。"

身后的顾晏似乎想说什么："你……"

燕绥之一愣，转头看向他："还有什么事？"

顾晏皱了皱眉，最终沉声道："算了，没事，卷宗等回去再整理吧，你洗澡是不是没避开伤口？"

燕绥之低头看了眼自己的腿，透过浴袍下摆可以看到靠近脚踝的纱布边缘皮肤有些发红。

燕绥之洗澡确实没避开伤口，被抓包的燕大教授关门就走。

等他回到房间，重新在落地窗边坐下，又喝了一口凉透的水，才突然有些哭笑不得：伤口长我腿上，我心虚个什么劲。

燕绥之一个人鬼混多年，因为地位声望高，没人管他也没人敢管，冷不丁有一个人这么盯着他，感觉还挺新奇。

他喝完那杯凉了的水，把今天从几家店里拷贝的录像调了出来。

这东西他和顾晏一人一份，顾晏的在光脑里，他的在智能机里。

他把耳扣和电子笔拿出来，新建了几张纸页，开始从头到尾细看那些录像。之前在店里因为时间有限，他只看了几个重要的节点，现在时间充裕，足够他把案子前后几天的录像都看一遍。

他用的是倍速播放，偶尔会放慢几个镜头，记录几笔。

他记东西很跳跃，不是一字一句规规矩矩地写全，往往是写一个时间点，旁边简写两三个字词，有时候不同的时间节点不同的字词之间，还会被他大笔画两道弧线连上。

大半录像看下来，纸页上的字并不多，但分布在纸张的不同位置，长长短短的弧线把它们勾连起来，乍一看居然不乱，甚至还有点儿艺术性。

至于纸页上的具体内容，除了他自己，没人能看懂。

录像中，这片棚户区的生活跟双月街全然不同。

这里的灯光总是昏暗的，巷道狭窄，房屋拥挤，即便是白天，也显得死气沉沉，影子总是多于光。这里藏污纳垢，总给人一种混乱无序的感觉，可又有一些规律。

燕绥之前半页纸上所记的大多是这些东西——

比如每天早上九点、晚上七点左右，住在约书亚家斜对面的女人会出门扔垃圾。垃圾处理箱旁的机器孔洞里会散出一些热气，所以常会有一个醉鬼靠着这点儿热源过夜。

这个女人扔完垃圾总会跟醉鬼发生争吵，一吵就是十分钟。而醉鬼一般会在争吵之后慢慢清醒过来，在周围晃一圈，然后揉着脑袋往家走。他住在吉蒂·贝尔家后侧方的小屋里。

比如每天中午、晚上两个饭点，那个中年发福的黑车司机会在巷子外的路口停下车，然后把出租车交接给费克斯。费克斯总会把车开进巷子里，去吃个饭或是抽一根烟，休息半个小时，再把车从巷子另一头开出去。

他接替司机的时间一般不超过一个半小时，就会单独回来，有时候会在家待很久，有时候待一会儿又叼着烟出去了。

燕绥之看到这里的时候，原本想起身去隔壁跟顾晏讨论讨论。他都站起来了，又觉得腿上的伤口有点儿胀痛，太麻烦了，干脆用智能机给顾晏发了一条消息：明天去找一下费克斯吧。

顾晏的消息很快回了过来：你在看录像？

燕绥之：嗯。那辆车停的位置角度不错，去问问他装没装行车记录仪，装的是哪种，能不能拍锁车后的视频。

顾晏：你别抱太大希望。

燕绥之：万一咱们运气不错呢。

燕绥之发完这条消息，想了想又摇头补了一条：我的运气似乎不怎么样，这得看你。

这回顾晏不知干什么去了，很久没动静。

又过了半天，他终于回了一条消息：嗯。

你"嗯"个啥，客气一下都不会。

燕绥之没好气地把消息界面关了，继续看录像。

他纸页后半段所记的东西大多围绕约书亚——

比如约书亚每天早上六点多出门，十有八九会跟吉蒂·贝尔家的切斯特碰上，冤家路窄，要么一人走在巷子一边，从头到尾一句话也不说，偶尔说上两句总会呛起声来，一副要干架的模样。

每天上午十一点，罗希小姑娘会拖着一张方凳，坐在屋门口充当石狮子。

十一点半左右，切斯特会回家。

神奇的是，他跟约书亚水火不容，却似乎对罗希不错。有两回他经过门口的时候，给了罗希东西，似乎是小礼物什么的。还有一回，那个醉鬼在罗希附近转悠，他一直在墙边威慑似的站着，直到醉鬼走远了他才回家。

而约书亚一般十二点左右才回家，罗希看到他回来，就会乖乖地拖着方凳跟他一起进门。

切斯特吃完午饭就会离开，固定晚上八点左右到家。但是约书亚下午的动向并不固定，有时候两三点才离开，有时候早早走了，到六七点才回家。

案子发生后，巷子倒是安静很多，没了约书亚和罗希的身影，切斯特也几乎待在医院，只有入夜才会回来。

就连那个醉鬼都消停了几天，没睡垃圾桶，有两天甚至大早上在巷子里慢跑兜圈，拉着途经的好几个人聊天，包括那个倒垃圾的女人。

费克斯的出租车依然在那两个时段停过来，然后开走。

燕绥之把录像反复看了几遍，便开始靠着椅子看自己写好的几页纸，在几个人身上各画了一个圈。他又结合之前看过的案件资料，来回做了仔细的对比。

对于以前的他来说，因为工作需要，忙起来的时候这样过一夜很正常，有时候会小睡一会儿，醒了再喝一杯咖啡提个神。他每天会保证一小时的锻炼量，所以身体算不上太好，也还能负荷，很少会有看着案子不知不觉睡过去的情况，不过今天是一个例外。

他真的不太记得自己是什么时候犯困的，什么时候挪了位置。总之，当他眯着眼半醒过来的时候，发现自己已经睡在了床上，被子只搭了一角。

之前不清醒的时候他觉得很热，烧得难受，这会儿突然醒了，又莫名觉得很冷，而且头脑依然昏沉。

当顾晏找酒店的人强行刷开房门时，燕绥之正裹着白色的被子睡得很不踏实。

他的眉头皱得很紧，听见有人进门的动静后，下意识把脸往枕头里埋了几分，然后不动了。

过了两秒，他强撑着不清醒的意识说："谁？出去……"他的语气非常不耐烦，跟平日里带着笑的感觉相差甚远，而且嗓音嘶哑，听着就感觉人烧得不轻。

顾晏大步走到床边，伸手贴了一下燕绥之的额头。大概是他的手有些凉，冰得燕绥之的眉心皱得更紧了，人倒是略微清醒了一些。

"你怎么进来了？"燕绥之适应了好一会儿，才半睁开眼睛。

可能是他烧得难受，而顾晏的手掌凉凉的很舒服，所以当顾晏准备收回手时，他闭着眼朝前压了一下额头，这动作幅度极小，有点儿像主动朝顾晏的手靠近的

105

意思。

以至于顾晏的手抽到一半，又顿了一会儿。

"人怎么样？"跟上来开门的是前台那个满耳银钉的年轻人。

两分钟前，当顾晏跟他要副卡开门的时候，他的心脏就像下水的蛤蟆似的，扑通个没完。小毛病就算了，万一客人有个三长两短，他这酒店的生意基本完了。

"发烧。"顾晏收回了贴着燕绥之额头的手，略微犹豫了一下，把燕绥之的下半截被子掀开一角。

他看了眼又重新盖上，转头问"银钉"："你这儿有消炎药吗？"

"银钉"也不知道想到了什么乌七八糟的东西，脸色顿时变得特别精彩。他缓了缓，才摸着脖子道："有，消炎药、退烧药都有，你等着啊。"说完，他眉飞色舞地跑出了房间。

顾晏："……"

顾晏觉得这人八成有病。

被这两人的声音一吵，燕绥之又蹙着眉眯起了眼。他这次微微抬了头，盯着顾晏看了好一会儿，又倒回枕头上含糊道："非法侵入住宅啊，顾晏，叫你出去还不出去，三年以下……"

顾晏："……"

他还能认得人记得法条已经不错了，不过好像没搞清楚自己身在哪里。

顾晏由着燕绥之又睡过去，没再吵他，径自去接了一杯温水搁在床头柜上。

"银钉"再上来的时候抱了一个医药箱，箱子里堆着七八种消炎药和十来种退烧药，还有两支家用消炎针剂，活像一台人形贩药机："按理说酒城这边的药跟你们那边差不多，但是产地可能有点儿差别，也不知道有没有你们吃得惯的。"

顾晏在里面挑了两盒副作用比较小的药，又拿了一支针剂："谢谢。"

"还有需要我帮忙的吗？""银钉"问了一句，"我以前学过两年护理，至少打针没问题。"

其实这种家用针剂操作很方便，就算没有护理知识也一样能打，不过顾晏还是让他帮了一把。

当燕绥之被烫伤的小腿和脚踝露出来的时候，"银钉"才知道自己之前误会大了。他扭头咳了一声，又低头看了眼这明显发炎的伤口，道："这可真够受罪的。"

"银钉"拆了针剂包装，在燕绥之的腿边比画了两下："这位还真是不把自己的腿当腿啊，你帮我按一下他的膝盖，我怕等会儿他半梦半醒一缩腿，再把针头撅进去。"

燕绥之真正意义上清醒就是这时候，毕竟被人冷不丁握着膝盖后弯是一种非常奇怪的感觉。

他本能地收了一下腿，然后一脸不耐烦地坐起来，结果就跟按着他腿部的顾晏来了一次对视。

"你居然醒了？""银钉"及时出声，冲他晃了晃手里的针，"你这发炎了啊，等会儿得沿着伤口打几针，可能有点儿疼。呃，实际上可能非常疼，你忍着点儿。"

燕绥之垂下眼睫，懒懒地"嗯"了一声。

这种消炎针"银钉"自己也打过，一针下去足以让人鬼哭狼嚎，不开玩笑。谁知他按着这位客人的伤口打了一圈针，除了能感觉到对方的肌肉绷紧了几下，就再没别的反应了。

"你不疼吗？""银钉"把一次性针头收入垃圾处理箱。

燕绥之很敷衍地说："还行吧。"

顾晏握着他膝盖的手松开了，燕绥之也跟着悄悄松了一口气。

"银钉"把药抹在纱布上，顾晏接了过来。

燕绥之动了动腿："刚才我睡迷糊了，你们帮我弄就算了，现在我既然醒了，就自己来吧。"

顾晏瞥了他一眼，也没有坚持，把纱布递给他。

燕绥之这才彻底自在下来，他给自己缠纱布的时候，才发现伤口红肿得厉害，忍不住哑着嗓子自嘲道："睡一觉换了一条腿。"

顾晏："去问你昨天的羊排。"

"见效够快的。"

顾晏："今天再来一根？"

燕绥之："……"

他自知理亏，乖乖闭嘴不提，缠好纱布就用被子把腿盖得严严实实，眼不见为净。

"银钉"收拾好东西，打了声招呼："那我先下楼了。你这腿可别再沾水了啊，好歹是自己身上长出来的，又不是抽奖中的，珍惜点儿吧。"

燕绥之："……"

"银钉"一走，房间内又只剩下他和顾晏两人。

燕绥之本以为这个学生肯定要开始大肆吐槽，谁知顾晏只是坐在床边帮他把退烧药和消炎药的盒子拆了。

"手。"

燕绥之烧得人有些迷糊，心里却有点儿想笑，听着顾晏的话伸出了手掌。

顾晏把两枚胶囊倒在他掌心里，又把倒好的温水递给他："你先把药吃了。"

燕绥之的喉咙很难受，敷衍地喝了两口水，就把杯子往顾晏手里塞："我之前有没有跟你说什么？"

顾晏掀起眼皮看他。

燕绥之笑了一下："我怕当着你的面说你坏话。"

顾晏看了他片刻，又收回视线："坏话不至于，只是威胁我非法入侵住宅要判我刑而已。"

燕绥之："……"

他觉得有些好笑："那你为什么强行刷开我的房门？"

顾晏："我建议你看一眼你的智能机。"

燕绥之有些纳闷，调出屏幕一看，三十八个未接通信。

顾晏起身去水池边把玻璃杯冲洗了一下，重新接了一杯温水。他的声音在哗哗的水流中有些模糊不清："我敲门你没回音，通信没人接，整个上午没有任何动静……"

"偏偏又是酒店。"他抬头看了眼镜子，飞快地蹙了一下眉又松开。

他再回到床边的时候，已经一脸平静。

"偏偏什么？"燕绥之下意识接过玻璃杯，缓缓地喝温水润喉咙，"水声太大我没听清。"

"没什么。"顾晏道，"早上我接到了通知，后天开庭。"

"几点？"燕绥之把昨晚写好的纸页传给顾晏，"昨天我记了点东西，传给你了。这次辩护谁上？"

这话他显然不是认真问的，说完自己先笑了。

顾晏也有些无语："你还记得自己是一个实习生吗？还是你打算当着法官的面一只脚蹦上辩护席？"

律师一天的行程总是异常忙碌，真正坐下来的时间十分有限。南十字律所里就流传着这么一句话，说每接待一个新的客户，一定要告诉他们，有事务必提前跟律师约时间，千万不要冒冒失失直奔律所，因为他们要找的律师有可能在任何地方，除了办公室。

一般情况下，顾晏也是这样，不过今天却打破了定律。

他除了清早出了一趟门，几乎一整天待在酒店里了，沉静地坐在窗边办公。

面前的全息屏幕上放着早上新取回来的视频录像，他戴着白色耳扣靠在椅子上，手里握着一杯咖啡。

他的膝盖上放着几张近乎空白的纸，上面只零星地写着几个词，看起来格外整洁。

很早之前，他还在念书的时候，性格就有些傲。什么东西看完学完都在他脑子里，不喜欢再浪费时间用笔去写，一来他觉得写的速度跟不上思维运转的速度，二来他喜欢极致整洁的东西，写出来的字总归不如规格统一的电子字整齐清爽，一目了然。

后来，他在某个院长办公的时候，瞥见了对方记录的东西，好几页纸，东一块西一块地写着关键词，有些重点的东西字写得很大，有些则像注脚，甚至还有随手勾画出来的圆和线。

照理说，那应该是非常凌乱的，可是一眼扫下来却半点儿不让人觉得烦躁，反而算得上赏心悦目。

那位算是顾晏直系老师的年轻院长还给顾晏提过建议。他坐在办公桌后，带着一丝笑意说："我建议你看资料有思路时也用笔写一写，因为每个人记录的内容详略、摆列布局、标记方式都是不一样的，是用光标选取关键词复制粘贴体现不出来的，这代表一个人思考时最立体的状态，区别于其他任何人，独一无二。"

当时顾晏觉得这话有几分道理，后来便试着用笔写一写，有意识地培养这种习惯，一写就写到了现在。

全息屏幕上的视频录像再一次放到了结尾，顾晏按了一下暂停，活动了一下脖颈。在这短暂的空闲里，他点了几下屏幕，调出了某人发给他的纸页，纸页上是对方看了一夜录像所记下的东西。

直到今天，他依然承认某人的话很有道理——笔记确实能代表一个人最立体的思维状态，独一无二。

他面前这几页纸上记录的东西，字体虽然刻意变化过，但骨子里的气质依然掩盖不住，一看就不守规矩，放浪不羁，跟当年一模一样。

顾晏一声不吭地看完几页纸，又捏着眉心把页面全部关掉。

怎么说呢，他能记得改一改字体，大概都难为他了。

虽然顾晏挑选的消炎药和退烧药是副作用最小的，但还是让燕绥之陷入了昏睡中。

他从临近上午十一点捂着被子睡，一直睡到了晚上八点。他这一觉睡得实在，连一个梦都没有，以至于他睁眼的时候简直不知今夕何夕。

他醒的时候，房间里很安静。

房间的顶灯开了柔光模式，暖黄色，不太明亮，甚至不用眯眼就能适应。柔软的被子一直盖到了下巴，不阻碍他呼吸，但也没让一丝冷风钻进去。

房间里并不是鸦雀无声的，在听觉随着意识一起清醒后，他就听见几声布料摩擦的声音，非常轻，不至于打扰睡眠，又让房间显得没那么空寂。

燕绥之顺着细微的声音转过头，就看见顾晏正坐在窗边的沙发椅上，膝盖上放着虚拟纸页，手里松松地握着一支电子笔，面容沉静。

也许是睡了太久，有那么几分钟，燕绥之都处在一种介于发呆和懒得开口的状态里。

直到顾晏无意间朝这边瞥了一眼……

"你醒了？"顾晏摘下耳扣，丢在玻璃茶几上，起身走了过来。

燕绥之这才懒洋洋地应了一声："嗯。"

又过了片刻，他才问道："你一直在我这里？"

因为太过懒散，所以他连尾调都没有上扬，而是很轻地落下去，像一个陈述句。

"不然呢？"顾晏走到床边，语气冷淡地回了一句，手背却极为自然地在燕绥之的额头上贴了一下，"你如果在这里烧出什么问题，负责的是我。"

燕绥之敷衍地挑了挑眉，提醒道："一般酒店床头柜里都备着体温计，我觉得比手背准确点儿。"

顾晏："我习惯先有一个心理预判。"他淡淡说完，当真打开床头柜看了一眼，里面确实放着一个电子体温计。

"我看你是忘了。"燕绥之哑着嗓子，声音很轻语速也很慢，透着一股睡得很饱的气息，"上午你们也没用这个。"

"恕我直言，以你上午足够把我手背烫伤的体温，根本用不着借助体温计来判断。"顾晏握着体温计，用测量的那一头随意在燕绥之的脸上触碰了一下。

温度计"嘀"地响了一声，自动显出读数。

"恕我直言，我头一回见到温度计往脸上戳的测法。"浑身上下只露出一个脑袋的燕大教授如是说。

他这么有精神，看来高烧退得差不多了。

顾晏扫了眼温度计后，又将数值重新归零，垂着眼皮冲燕绥之道："手。"

燕大教授纡尊降贵，从被窝里伸出一只爪子。顾晏用温度计在他的手心点了一下。

嘀——

燕绥之："怎么样？高烧退了吗？"

顾晏点了点头："嗯。"

燕绥之："我觉得你给我挑的药很有问题，吃得我不太想动。"

"我有催你动吗？"顾晏有些没好气。

燕绥之笑了一下，浑身的懒劲总算过去了，他撑着身体坐起来，一副要下床的架势。

顾晏大概是被他作怕了，对他的一举一动都很敏感，当即皱了眉问道："你要干什么？"

"洗澡。"燕绥之。

顾晏："然后再给伤口泼点儿水，再发一轮烧？你可以放过那条腿吗？"

燕绥之坐在床边，顺着他的话低头看了看伤腿，"啧"了一声："我在被子里焐了一天，我觉得我出了一点儿汗，不洗会馊的，你能够忍受一个馊馊的实习生？"

顾晏："……"

他面无表情地看着燕绥之，情绪很收敛，一时间看不出来他是在做艰难的抉择还是单纯表示无语。

几秒后，他说道："你馊着吧。"

燕绥之："……"

实际上他身上并没有什么味道，不过他总觉得很不舒坦，于是找了一点儿借口，把顾大律师这尊专门气人的大佛请出房间，然后用湿毛巾擦了一遍身体。

这次他终于老实避开伤口，没再去折腾它。

顾晏再次被他迎进门已经是晚上九点半了。

一起进门的还有酒店的送餐车，他又是发烧又是发炎，折腾了一天，到这个点饿是很饿，但是并没有特别好的胃口。就算这回顾晏真把什么甜虾、蟹冻、羊排铺在他面前，他也不大想吃，就只让酒店给他熬了一锅粥。

"银钉"小哥大概被他的伤口吓到了，送上来的粥里混了不少大补的东西，还特别细心地筛除了各种发物。

这家酒店别的一般，粥倒是熬得很不错，加了那么多东西在里面味道也不腻。

燕绥之喝了两盅粥，顾晏也跟着分了一半。

"你居然会吃夜宵？"燕绥之有些惊奇，毕竟他只见过顾晏忙起来干脆省一餐的样子，很少看他在不合适的时间添一顿。

"你不会到现在还没吃晚饭吧？"燕绥之瞥了一眼房间角落的垃圾收纳箱，一脸疑惑道。

"我吃了晚饭。"顾晏把碗盅收拾好，按铃叫了服务，顺便回了他一句。

燕绥之将信将疑，不过很快，他的注意力被转移到了正事上。

在客房服务员推着餐车离开后，顾晏在燕绥之对面坐下，把光脑里的几段录像调出来给燕绥之看："上午，我去找了费克斯。"

"怎么样？"燕绥之一边问，一边点开了视频播放。

"一个好消息和一个坏消息。"顾晏说。

燕绥之："先说哪个？随意吧，也不是没听过坏消息。"

顾晏指了指全息屏："那辆出租车的车主不是费克斯，他是车主杰米·布莱克雇用的，就是咱们见过的那个中年人。车主每天中午、晚上两个饭点没法出门拉客，就由费克斯接手。"

"好消息是，杰米·布莱克并不抠门，装了行车记录仪，并且是锁车后也能拍摄的那种，还带红外模式。"

燕绥之挑起了眉，差不多有了猜测："所以，坏消息是行车记录仪拍到了对约书亚不利的东西？"

顾晏点了点头："算是吧。"

燕绥之粗略翻看了一下录像，里面刚好拍到了约书亚翻人家院墙的画面，而且不止一次。

他拖着进度条问顾晏："你已经看过录像了？"

"我看了几遍。"

"记笔记了？"

顾晏："记了。你不觉得这种话不该由实习生来说？"

燕绥之："我只是问问。"

他立刻岔开话题："对了，昨天我记的那些东西传给你了，你看了吗？"

顾晏靠上了椅背，表情有些一言难尽："我扫了一眼。"

燕绥之："没细看？为什么？"

顾晏："我给你一个建议，以后再把那种天书一样的东西给别人看，记得聘一个翻译。"

燕绥之："……"

老师的良言不看，小心你出庭的时候哭出来。

第九章　约书亚·达勒案

开庭这天，约书亚辗转一夜没睡着，凌晨五点就顶着青黑的眼圈起了床。妹妹罗希蜷缩在另一张床上，宽大的被子把她裹得像一只虾米。

酒店的环境比他们那间旧屋好了不知多少倍，甚至还有安眠定神的香薰。他家的小姑娘睡得很沉。准确地说，这几天她都睡得很沉，没有半夜受冻，没有因为老鼠蟑螂的动静感到害怕，也没有被骂街的醉鬼惊醒，有着前所未有的踏实感。

他多希望她能一直过得这么踏实，但他无法给予任何保证。

今天，他要接受一场审判，他很忐忑，很抗拒，悲观又消极。

酒店的房间空气很好，至少比大街上清新得多，但是他觉得自己没法在这种密闭的安静空间里待下去，心里压抑得快要吐了。

于是他给罗希把被子掖好，裹紧外套出了门。

五点的清晨，天还没亮，云层厚重，是一个阴天。

约书亚站在酒店楼下，吸了一口寒冷的空气，冷风从鼻腔一直灌进心脏。他现在不算完全自由的人，以后更是难说。在诸多限制下，他有很多人不能见，很多地方不能去。

而且他的律师提醒过他，不要乱跑。

于是他在黑森森的巷子里漫无目的地来回穿行，像一个临死之人，毫无章法地想要抓住末梢那一点儿人生。

他常年混在各种工地，接过各种活计，不知不觉练就了两条耐力超强的腿。银茶酒店到双月街的距离，对他来说不过是跑上半个小时。

于是当他回神的时候，已经站在了自己家门前。

很久以前，外祖母还在的时候，屋子里总会有一盏手提灯亮一整夜，为了节省能源，亮度调得很暗。如果有谁夜里起来，不至于两眼一黑，磕磕碰碰。

那时候不论他在外面怎么淘气，回来都能看到那盏手提灯的光安静地映在窗户上，跟扶手椅上的外祖母一起等他回家。

约书亚盯着黑漆漆的窗口发了一会儿呆，插在口袋里的手抓了一下，却抓了个空。

大门钥匙没带，还在酒店里，压在罗希的枕头边。

他又盯着这扇门看了一会儿，也不知是出于什么心理，突然抬手迟疑着拍了三下屋门。

他低着头在门外等了很久很久，却始终没有听到外祖母熟悉的脚步声。

这世上再没有人会给他打开门，拽着他絮叨"冷不冷？是不是遇到不开心的事了？你怎么不笑？"。

他倚着家门坐在地上，像一个无家可归的人，发呆了很久很久。

双月街的标志时钟早晚各敲响一次，早上八点，晚上七点，分毫不差。钟声响了八下，约书亚惊醒一般站起来，搓了搓自己冻麻的手，然后缓缓地往酒店的方向跑。

"你去了哪里？"燕绥之和顾晏在酒店走廊上说话，看见他回来问了一句。

约书亚闷闷地道："晨跑。"

晨跑能跑出奔丧的效果？

燕绥之没有戳穿他，也没有多问，只点了点头。

"今天天气很糟糕，阴天，看起来随时要下雨。"约书亚耷拉着眼皮，说道，"我觉得这不是一个好兆头。"

燕绥之："你这话把我们俩一起兜进去了。"

约书亚扯了扯嘴角，却没有笑，他实在提不起一点儿精神："我不知道，我就是很难过，就好像没有人会相信我。"

一般而言，这种时候总该有人应他一句："我相信你。"不管真假。

但是燕绥之没说什么，他经历过很多事，也自认不是什么好人，也许有些时候会心软，但更多的时候心会硬得惊人。很遗憾，他无法对着约书亚说一句安慰的话，在他这里，律师和当事人之间的关系就是如此。

他需要当事人尽可能地信任他，对他说出所有实话。而事实上在很多时候，他确实是当事人唯一可以信任的救命稻草，但是他无法完全相信当事人，他对他们说的话始终持保留态度。

最终，燕绥之只是拍了拍约书亚的肩膀，反倒是顾晏问了一句："开庭前，我再向你确认一次，是你干的吗？"

燕绥之瞥了他一眼。

他问得非常平淡，语气和往常一样冷，就像例行公事一样。

这时候约书亚却觉得，哪怕顾晏只是问他一句，愿意认真地听他说一回答案，都能让他心里舒服一点儿，于是他看着顾晏的眼睛，摇了摇头认真道："不是。"

这句话说出来，他灌满了冷风的心脏突然找到了一点儿暖意。

上午九点十五分，约书亚和他的辩护律师顾晏到达了法庭，一起过来的还有拖着一条伤腿死活不肯表现出来、身残志坚的燕绥之。

酒城这边的审前会议非常不正规，组织得匆忙且混乱。顾晏和燕绥之也不是第一次在这种地方出庭，对此早已见怪不怪。许多在其他地方通行的规则，在这里都不能很好地执行，所以他们总会尽可能收集更多的证据，找到尽可能多的漏洞，保证在这种混乱的地方立住脚。

顾晏和控方律师相互展示了各自的证据，很快走完了流程。

上午十点，一号庭，法官就位。

顾晏及控方律师跟法官点头示意，燕绥之坐在顾晏身后的席位上，在桌子的遮挡下跷着二郎腿，避免依然肿着的伤腿着地。他看着法官下垂的眼睛和紧抿的嘴角，手指间的电子笔"嗒"的一声响，在桌面上轻轻敲了一下。

"看来今天约书亚的预感也不算不准。"燕绥之在顾晏坐下后，冲着他的后脑勺小声道，"这么阴的天，确实不是什么好兆头，碰上莫瑞·刘法官……"

顾晏没回头，只低咳了一声，示意他不要仗着声音低就这么放肆。

但凡跟这个垂眼法官打过交道的人都知道，他是一个有倾向性的法官，常常做不到全然公正地对待被告，想在他手里做无罪辩护，成功率低得吓人。

控辩双方就座，被告人约书亚也被两名法警带到了他的位置。

他坐下后深吸了一口气，便死死盯着右侧方的一处入口。陪审团的人正从那里陆续进庭，一一在陪审席站定。

那是能决定他命运的人——一群从各个地方挑选出来的陌生人。

所有人确认到庭，法官莫瑞·刘垂下眼睛，他的手边放着一本厚重的典籍，上面列着法官在庭上应该使用的某些标准句式。

其实那些句子法官使用过无数回，早就能脱口而出，但依然要例行公事一般看一眼摊开的典籍，这代表法庭的严谨和一丝不苟。

陪审团到场后做的第一件事是宣誓。

莫瑞·刘看着陪审团，用沉稳的声线问："庄严的法庭需要你们的正式宣誓，对于即将审理的这个案件，你们能用忠实尽责的态度，给予最为公正的判决吗？"

"我以名誉起誓，将秉持公正，如果谁人沉冤得雪，我将为其欣慰，如果谁人蒙受不公，我将愧疚终生。我会以最理性的态度，让法律行使权能。"

115

约书亚缓缓吐出一口气，微微发颤的手指按在膝盖上，慢慢攥紧。

他太过紧张，以至于当法官念出他的名字，确认他的身份时，他甚至听不明白那些简单的字句是什么意思。他盯着法官看了将近五秒，才慢慢消化完这些话，点了点头，梦游般地道："是我。"

他又花了很长时间，才想起来自己可以坐下了。

等他坐下看向法庭正中，才发现控方律师已经开始做开场陈述了，对方的声音像越过两座山传进他耳朵里。

"辩方当事人约书亚·达勒利用吉蒂·贝尔家西南角壁橱上放着的一枚装饰铜雕和外间沙发上的一只粗布抱枕，在掩盖了声音的前提下，敲击吉蒂·贝尔后脑，致使贝尔陷入昏迷，防止她按响警报，并拿走了她的一个首饰盒，内有首饰若干以及一份未绑定的资产兑票。约书亚·达勒对她及其侄孙切斯特·贝尔的作息时间极为熟悉，所以能精准地在切斯特·贝尔回家的时候离开房间，躲藏在院内，并利用切斯特·贝尔进屋的时间差，翻墙回到自己住处。以上一切事实均有物证、人证以及约书亚·达勒本人的口供支撑……"

控方律师洋洋洒洒、条理清晰地将证据列举了一番，最后看向法官莫瑞·刘，冲他点了点头。

"对于吉蒂·贝尔女士所遭受的一切，我表示遗憾。"莫瑞·刘点了点头。

他转头看向顾晏的时候，嘴角绷得很紧，面容瞬间刻薄了三分："辩方律师，你可以开始开场陈述了。"

一般而言，开场陈述是先由控方简述一下指控罪名、案件经过以及他们已经掌握的证据，再由辩护律师陈述主要辩护点，强调一番己方的立场。

约书亚攥着手指盯着顾晏，燕绥之也抬起眼看着顾同学……英俊的后脑勺。

当法庭众人安静等待他开口的时候，他抬手冲法官莫瑞·刘做了一个手势。

那个手势代表的意思是——辩方放弃开场陈述。

莫瑞·刘紧绷的表情一松，有些愕然，燕绥之却朝后靠着椅背，嘴角扬了起来。

坐在被告席上的约书亚并没有立刻理解那个手势的意思，他有些弄不明白是怎么回事，茫然而忐忑地看着顾晏。

直到法官莫瑞·刘开口："顾，你确定要放弃开场陈述？"

约书亚感觉自己拴在裤腰带上的心脏"啪"的一声掉在了地上，还被人狠狠地踩了几下。他缓缓张开了嘴，脑子已经炸了。

放弃开场陈述？开什么玩笑！

他不明白什么深奥的东西，只知道法庭上向来是你来我往，你说五分，我驳五分，才能有继续争论下去的底气，结果他的律师一上来就直接放弃一轮！

法庭后面揣着证件来旁听审判的人们保持了五秒钟的寂静，而后突然响起"嗡嗡"的议论声。

开场陈述不是不能放弃，但在这些人有限的旁听经历里，实在是没见过这种做法。毕竟放弃一轮辩护，就少一次说服陪审团和法官的机会。

"肃静！"莫瑞·刘敲了一下法槌。

法庭再度恢复安静，莫瑞·刘垂着眼看向辩护席。

顾晏点了一下头："确定。"

在全场的诧异目光中，只有燕绥之是放松且带着赞许的。

很久以前，他给过学生们一些建议。他说："当法官或者陪审团成员本身具有倾向性的时候，演讲似的把观点一条条往他们身上砸是没有意义的，也许你说得慷慨激昂，但效果往往适得其反。有的人一旦在心里预设了一个结果，就很难去接受相反的言论，尤其不喜欢被说服，即便你说得有道理，他们也会在脑中一条一条地反驳你。怎么说呢，这大概是一种说来就来的叛逆心理。"

所以，你与其用结论把对方砸到接受，不如抛出一根引线，让他们自己得出那个结论。自己想到的东西，哪还用别人劝说？

就像眼下，有莫瑞·刘这样的法官，在酒城这种不可控的地方，放弃开场陈述就是一种绝佳的辩护策略。甚至在某种程度上会引起一部分人的逆反心理——你越是不说，我倒越想听听。

这就是以退为进，以守为攻。

也许顾晏这一招并非是受燕绥之当年那番话的影响，但是燕大教授还是很欣慰的。

这位跷着一条肿腿听政的"皇帝"转了一下手中的电子笔，在面前随手新建的空白纸页上写了一个"A"。

因为顾晏放弃了开场陈述，所以庭审的进程转瞬进入了下一步。

控方律师根据证据线索，开始逐一传唤对应的证人。

第一个站上证人席的人，在燕绥之和顾晏看来并不陌生。

那是一个体型算得上高大的男人，脸上有一道疤，这使得他的模样看起来有些凶。

被告席上的约书亚瞪大了眼睛，他以为自己看错了，用手背揉了两下眼睛，证人席上的男人面目依然没有什么变化。

"证人费克斯·戈尔先生。"莫瑞·刘念出对方的名字，"47岁，身份号为W11992661882。"

费克斯点了点头："是我，法官大人。"

"你站上证人席，就意味着你同样需要先宣誓。"莫瑞·刘缓声说道，"这个

117

法庭需要你发誓，你将尽其所知，所述之言纯属实言，毫无隐瞒。"

费克斯颔首："我发誓。"

对于费克斯的出现，虽然约书亚感到万分诧异，但是顾晏和燕绥之并不意外，毕竟他们在审前会议上看过控方展示的证据。事实证明，他们在忙着收集新证据的时候，控方也没有完全闲着，他们又补充了几项对约书亚不利的证据，其中就包括费克斯那辆出租车上行车记录仪录下的画面。

"卢。"法官莫瑞·刘对控方律师说，"你可以开始询问了。"

控方律师点了点头，而后转向费克斯。这一轮他是直接询问，是让证人在回答问题的过程中展现他希望展现的事实，当然，目标听众就是陪审团。

"费克斯·戈尔？"卢冲他点头示意，"你是被告人约书亚·达勒的邻居？"

费克斯："是的，准确地说，我是约书亚和吉蒂共同的邻居。"

卢在法庭巨大的全息屏上调出一张俯瞰地图，在三间屋子上做了标记："这是约书亚·达勒家，这是吉蒂·贝尔家，这是你住的地方？"

"是的，没错。"

卢："你见到约书亚·达勒的频率是怎样的？"

费克斯："每天我都能见到他一两回。"

"你们熟悉吗？"

"熟悉。"

"关系怎么样？"

"我们偶尔会帮点儿小忙。"

"他帮你还是你帮他？"

费克斯迟疑了一下："他还小。"潜台词就是"我帮他多一些，毕竟他还是一个孩子"。

卢余光朝陪审团瞥了一眼，继续问道："这些视频是你的行车记录仪拍到的吗？"他说着，在全息屏上调出几段视频，视频自动分块播放，每一段录像的日期都不一样，但内容差不多，要么是约书亚正在翻围墙，要么是已经蹲在围墙上面了。

"这是吉蒂·贝尔家的围墙？"

费克斯点了点头："是。"

"你的车为什么会拍到这些？"

"这其实不是我的车，我替车主开车，只在中午和晚上两个饭点时段开。他会把车开到这个巷子口，和我交接。"费克斯道，"车子在那段巷子很难掉头，所以我总会从里面这条路绕一个弯，从另一端拐出去。我常常会在约书亚和吉蒂门口那块空地上停一会儿，把没吃完的饭吃完，或者抽一根烟清醒一下，再把车开出去。"

卢想了想，问："你这样开车多久了？"

"不到一年吧。"

"所以这些仅仅是这一年，刚好中午和晚饭时段被车子行车记录仪拍到的画面？"

费克斯思索了一下："我想是的。"

这就意味着除此以外，或许还有更多这样的情况。

卢又问了一些和视频相关的细节，费克斯一一作答，而后卢突然道："约书亚·达勒和吉蒂·贝尔的侄孙切斯特·贝尔的关系怎么样？"

费克斯道："不是很好。"

"你见过他们争吵吗？"

"事实上，我还拉过架。"费克斯想了想道，"这两个孩子不太适合待在一起，见面总会有冲突，但不在一起时都不错。"

"切斯特·贝尔有因为约书亚·达勒翻自家院墙和他发生争执吗？"

费克斯："我没有见过，我觉得约书亚会避开切斯特在家的时间段。"

"所以你的意思是，约书亚·达勒对吉蒂·贝尔和她侄孙的作息时间比较了解？"卢试探着说出这句话。

顾晏突然冲法官抬了一下手指，淡声道："反对。"

律师询问的时候不能提诱导性的问题，一旦提了，另一方有权反对，而法官也应当判定反对有效，制止证人回答这种问题。

然而莫瑞·刘的"屁股"是歪的："反对无效。"

顾晏一脸平静，连眼皮都没抬一下。

坐在后面的燕绥之手里的电子笔转了一圈，又用指尖抵住。对于这种判定，他毫不意外，毕竟莫瑞·老浑蛋·刘不是第一次干这种事了。

"二十三号当晚，约书亚翻越围墙的时候你看到了吗？"卢问。

"没有，我当时不在车里。"费克斯道，"我接了车把它停在老地方，就先回自己屋里，把吃了一半的晚饭吃完，没有看到那个过程，这段录像是锁车后记录仪自己拍的。"

卢："为什么拍摄十分钟后录像就戛然而止了？"

费克斯道："能源用完了。"

卢又问了一些零散的问题，足以让陪审团从费克斯的所有回答中提炼出几条信息——约书亚对贝尔一家的作息非常熟悉，足以精准地把握时机作案；约书亚和切斯特关系很差，二十三号当晚，约书亚在案发时间翻进了吉蒂·贝尔家的院子。

一般而言，律师问问题的时候，就能预料到证人的答案。一个足够优秀的律师，完全可以把证人的回答控制在自己想要的效果范围内，一点儿不会少问，也一点儿不会多问。

"我询问完了。"卢把陪审团的反应看在眼里，冲法官莫瑞·刘点了点头。

莫瑞·刘转向顾晏："顾，你可以开始询问这位证人了。"

结果顾晏抬了一下手，冷冷淡淡道："我没有问题。"

莫瑞·刘："……"

法庭众人："……"

约书亚："……"

我请了一个假律师吗？这场官司还打不打了？

之后控方律师又申请传唤了两名证人，包括燕绥之他们在录像中看到的那个倒垃圾的女人和另一个老人，都是约书亚和吉蒂·贝尔的邻居。

这些人所说的内容给控方律师主张的某些事实提供了依据，比如吉蒂·贝尔一直独居，而她有个哥哥之前居住在星球另一端。她哥哥去世后，唯一的孙子切斯特·贝尔前来找她。

原本吉蒂·贝尔不算穷困，只是节省惯了，又在老屋住久了不愿意挪动，再加上切斯特又是带着祖父的一笔资产来的，虽然只是一小笔，但也足以让某些人眼红。

关于这些，知道的人不算多，只有跟吉蒂·贝尔家常往来的几个邻里知道。

再比如约书亚那阵子表现反常等等……

控方律师不急不躁地提了许多计划内的问题，足以让陪审团的人顺着他希望的方向去了解约书亚这个人。

对于这两名证人，顾晏倒是没有直接放弃提问，但也没有多少区别。他问了两个听起来似乎无关紧要的问题，而证人的回答更有些偏离主题。那个倒垃圾的女人在回答的过程中甚至把重点转移到"抱怨那个整天在巷子里晃悠的酒鬼"上面，然后被法官莫瑞·刘敲了法槌。

顾晏脸上一派平静，问完就坐下来，自顾自翻看了两页证据资料。

控方律师最初还有些疑惑，后来就一副胜券在握的样子，显然把他当成了那种典型的"敷衍派"律师。

唯一要崩溃的人是约书亚，现在给他一根绳子，他能把自己吊死在辩护席前。

他想起自己昨天夜里哄了罗希很久，说服她今天乖乖待在酒店里，不要跟来法院。等到诉讼结束，他就带她回家。当然，他这一番说辞纯粹是为了不让妹妹担心害怕。

现在的他万分后悔，三轮询问结束，他觉得自己一只脚已经跨进了监狱大门。

早知道他就让罗希来了，好歹还能再看他两眼。

当他快要把自己的头发揪秃的时候，控方律师对第四名证人的询问开始了。

"吉姆·卡明。"控方律师卢说。

站在证人席上的是一个中等身材的男人，眼珠发黄，带着血丝，脸上的皮肤却泛着偏紫的红，有些轻微的浮肿。看得出他为了能好好站在证人席上，刻意收拾过门面，头上甚至还打了发蜡，但看起来依然有些精神不足。

吉姆·卡明挺了挺胸："是我。"

卢："二十三号晚上七点到八点，你在哪里？"

"巷子里。"吉姆·卡明道，"准确地说，我是买了小菜，正在往巷子里走。我的房子在吉蒂·贝尔女士家后面，所以我当时正经过约书亚·达勒和吉蒂·贝尔家的屋子，往自己家里走。"

卢点了点头："你看见了什么？"

吉姆·卡明："我看见了约书亚·达勒在吉蒂·贝尔女士家里。我回家路上有一面围墙有个缺角，我经过的时候，刚好看见吉蒂·贝尔里间的窗户，约书亚·达勒就在那里。"

"那是几点？"

"七点五十多吧。"

卢前前后后问了吉姆·卡明不少问题，但大多围绕那个敏感的时间点。他一遍又一遍地借证人的嘴，向陪审团强调一点——案发的时候，约书亚就在吉蒂·贝尔的房间里。

"我问完了，法官大人。"卢点头示意，然后坐了下去，朝顾晏的方向瞥来。

莫瑞·刘："顾，你可以开始你的询问了。"

被告席上的约书亚已经心如死灰，脸拉得比驴还长。他不抱希望了，甚至可以预想到顾晏会怎么对法官抬手，示意自己依然没有任何问题。

旁听席上的许多人甚至没有抬头，所想的显然和约书亚相差无几。

然而这次，顾晏却冲法官点了点头。

他转向吉姆·卡明，看了眼资料，平静道："吉姆·卡明。"

"对，是我。"吉姆没有表现出任何的不耐烦，每被点一次名，他都下意识挺一挺胸。

顾晏按了一下播放控制键，全息屏上马上投放出俯瞰图，他在其中一间屋子上随手一圈，淡淡道："这是你的住处？"

吉姆·卡明点头："是的，你可以看见我家离吉蒂·贝尔家很近，只隔着她家的围墙和我家的围墙而已。"

"五分钟前，洛根女士站在你现在站的证人席上，提过一件事——她几乎每天扔垃圾时都会和一个醉酒的邻居发生争吵。"顾晏道，"你知道那个邻居是谁吗？"

吉姆·卡明有一瞬间尴尬，发黄的眼珠转了一下，瞥了一眼控方律师，又收

121

回目光。

顾晏不急，一脸平静地等着他开口。

吉姆·卡明硬着头皮道："是我。"

旁听席上的人们议论起来，许多百无聊赖的人开始坐直身体，重新看向辩护席。

"你几乎每天会醉倒在这个垃圾处理箱旁边，睡到凌晨甚至清晨才回家？"顾晏在俯瞰图上准确地圈出那个垃圾处理箱的位置。

这倒不是洛根说的，这是他跟燕绥之在录像中看到的，而是看得清清楚楚。

吉姆·卡明张口结舌了。

旁听席上有人小声议论起来，毕竟一个陈年醉鬼很难给人好印象，也很难树立一个条理清晰的理性形象，而事实上，吉姆·卡明充满血丝的眼珠和浮肿的脸证明了这一点，这对证人身份会有些微的影响。

顾晏这回没有等他回答："二十三号那天晚上，你喝酒了？"

吉姆·卡明疯狂摇头："没有，二十三号那天我真的没喝酒！你也说了，是几乎每天，并不是真的每天。事实上，这些天我都没有醉倒在巷子里，我改了。而且……"

他努力想了想，突然抓住了一根浮木："二十三号那天晚上，我在稻草便利店买了东西，那家店的店员包括店里的录像都能证明这一点。"他又得意起来，"我非常清醒，那天一点儿酒也没喝。"

顾晏垂下目光，翻了一页记录，又抬眼问道："你路过吉蒂·贝尔家，透过窗子看见约书亚·达勒，是晚上七点五十到八点？"

吉姆·卡明点头。

顾晏："为什么你对时间这么肯定？"

吉姆·卡明："我在稻草便利店结账的时候，恰好看过墙上的时间，我记得很清楚，当时是七点四十五分。因为从稻草便利店到我家步行需要七分钟左右，所以我在看见吉蒂·贝尔家的窗子时，应该是七点五十后。而且我进家门后，又看了一眼时间，同样记得很清楚，差两分钟八点。"

这段话他说得非常清晰，甚至间接证明了他那天确实是清醒的，并没有喝断片。

"你是在开自己家门时，透过一处缺口看到了吉蒂·贝尔女士家的窗户？"顾晏又问。

"是的。"

"你家的门距离贝尔家的窗户多远？"

"七米左右。"

"正对着？"

"有一点儿斜，只是一点儿。"吉姆·卡明强调。

顾晏看着他浑浊的眼珠："你的视力怎么样？"

"很好，非常好，没有任何问题。"吉姆·卡明指着自己的眼睛，"现在我的眼睛发黄充血，只是因为之前喝多了酒。"

顾晏目光随意一扫，估量了一下证人席到身后旁听席的距离，想要挑一个参照物。结果他就瞥见燕绥之面前摊开的纸页上，批考卷似的写着一个潇洒的"A"。

顾晏："……"

他默然片刻，随手指了一个旁听生，问吉姆·卡明："这位先生外套左胸口的数字，你能看得清吗？"

吉姆·卡明立刻道："68！"

众人跟着转头看过去，确实是68没错。如果这个距离能看见这样大小的数字，隔着七米看清人脸根本不成问题。

这一番问题问下来，旁听的人们都有些纳闷，他们有点儿摸不准顾晏这个辩护律师的目的，只觉得他问的问题所引出的答案非但对约书亚没有好处，甚至还在给对方加重可信度。

顾晏依然一脸冷静："所以你能确定，当时在吉蒂·贝尔里间的人是约书亚·达勒？你看见了他的脸？"

吉姆·卡明："对，我看见了！非常清楚！多亏我看见了，我很庆幸当时朝那边张望了一眼，提供了这么重要的证据，不是吗？"

"你只是张望了一眼？"

"对。"

"你有走到窗边吗？"

"没有，我怎么可能走到窗边，那不就进别人家院子了吗？"吉姆·卡明道。

"你看清了对方的五官？有没有可能是跟约书亚相像的其他人？"

"不会的，"吉姆·卡明道，"我连他眼角下的痣都看清了，绝对不会错。"

"你张望了那一眼就回家了？"

吉姆·卡明看起来有点儿遗憾："是的，我看到的时候，约书亚·达勒刚走过来，我以为他只是来做客，没想到后面会发生那样的事。我只看了一眼就回屋了，毕竟外面太冷了，零下十几度呢。"

顾晏点了点头，垂下目光翻看桌面上的纸页，从里面抽取一张出来，点了一下播放控制器。

他抽取的纸页内容顿时被展示在法庭的全息屏幕上，足以让所有人看见，那是控方律师提供的对案发现场以及前后状态的描述。

顾晏道："现场还原资料十二页第十行，二十三号晚上七点三十分左右，吉蒂·贝尔坐在窗边打开暖气做编织。第十四行，案发时吉蒂·贝尔被击中后脑，歪倒在座椅左侧,头发蹭到了窗户玻璃底边的水汽。"

"暖气在窗边,外面零下十几度,以当时吉蒂·贝尔设定的暖气温度,最多只需要五分钟,窗户玻璃就会蒙上一层厚重的水雾——"他说着,撩起眼皮看向吉姆·卡明,沉声道,"请问你如何在不靠近窗户的前提下,隔着七米,穿透那层雾气,清晰地看见屋子里约书亚的五官以及他眼角的痣?"

全场鸦雀无声。

吉姆·卡明浑身僵硬,从头皮冷到了脚底。

他像一只被掐住脖子的鹅,张着嘴,呼哧呼哧喘着气,却半天没能说出一个字。就连他打过发蜡的头发都耷拉下来,显出一种劣质的油腻光泽。

坐在席位上的控方律师卢同样一脸茫然,盯着顾晏看了一会儿,又将目光转向了证人席。

他突然万分后悔,为什么自己没有事先跟证人把所有细节核对一遍,或者换一句话说,他在开庭前跟证人接触的时候,交代了那么多大大小小的注意事项,为什么偏偏没有想到这一点?

整个法庭的死寂维持了四五秒,然后沸腾起来。

旁听席上的人们终于回过神来,看着证人席开始议论纷纷,声音无孔不入地钻进吉姆·卡明的耳朵里,他却听不清完整的字句。

他的脸涨得通红,因为常年过度酗酒,两颊甚至有点发紫。

"我……"他张了张嘴,目光四下乱瞥,显然已经站不住阵脚了,"可是……"

顾晏等了片刻,没有等到更多的解释。对于这种状况,他显得毫不意外,只是顺手把那张纸页丢回了桌上,电子页面瞬间回归原位。

"很遗憾,我没能听到一个合理的解释。那么,我是不是可以怀疑你的动机?"

这句话他说得非常平静。

事实上,整场庭辩他都表现得非常平静,没有慷慨激昂,没有特意提高或者压低音调,没有任何煽动性的语气,从头到尾,他都是一副冷冰冰的模样,跟他略带冷感的音色倒是非常相配。

对于吉姆·卡明的动机,他可以做出各种分析,任何一种都足以让他彻底崩溃在证人席上,但是他没必要费这个口舌。

就像曾经有人说过的那个道理——对于陪审团或是其他有倾向的人来说,给一条引线让他们自己得出结论,比其他任何方式都管用。

旁听席上的人们已经有了各种猜测,比如吉姆·卡明才是凶手,作伪证是为了掩盖自己行凶的真相,将罪行嫁祸他人。

再比如一个常年醉醺醺的酒鬼,没有人把他放在眼里,总认为他满口吹嘘和醉话。好不容易有一天,他的话突然有了存在感,重要到可以决定一个人的人生,他站在证人席上，所有人都会安静下来，把目光投注在他身上，仔细聆听他说的每一个字，这种咸鱼翻身般的差异足以让他得到虚荣和满足。

旁听者会有的想法，陪审团同样会有。

控方律师卢忍不住转头看了眼高席上的陪审团，那些女士们先生们也在偏头简略地交谈，面容或严肃或嫌恶。

卢又默默转回头来，只觉得这场庭审己方头上突然刷了一片大写的"要完"。

吉姆·卡明在无数或猜忌或鄙夷的目光中，从天堂掉进地狱，这种跳楼一般的体验让他难以招架，几乎站立不住。

偏巧这时候法官莫瑞·刘"嘭"地敲了一下法槌，沉声道："肃静！"

法槌声落，证人席上的吉姆·卡明浑身一颤，两眼一翻当场要晕过去。

一般而言，在德卡马那一带的法庭上，这种重要的证人证言出现巨大瑕疵，由顾晏代表的辩方提出的直接裁决，十有八九会被接受，并得到一个比较理想的效果。

然而法官莫瑞·刘的"屁股"依然很歪，所以动议裁决遭到了拒绝。

他只是让法警把吉姆·卡明带出去，留待后续查问，而庭审这边居然全然不受影响继续进行。

这个老家伙敲着法槌的时候，坐在顾晏后面的燕绥之又不甘寂寞地动起了笔。

堂堂法学院前院长，曾经的一级律师，跷着二郎腿，挑着眉，在纸页上画了一只鳖，笔触抽象，潇洒不羁。

最受煎熬的莫过于被告席上的约书亚。

他觉得自己像一只被拎着脖子的野鸡崽子，十分钟前还被人按在砧板上，用菜刀比画着要剁他的脑袋。他眼看就要死了，又被另一个人夺刀救下，死里逃生。

然而他刚提着爪子跑了没两步，气还没喘两口呢，就又被人捉住了。

他再一次生无可恋，把脑袋搁在了砧板上，都这样了法官还不放过他，那他基本没有指望了。

这回，他觉得他脖子以下都进监狱了，就剩脑袋还在垂死挣扎。

对于这种情况，顾晏和燕绥之早有心理准备。

直接裁决遭到拒绝后，庭审会进入辩方举证的阶段。顾晏临危不乱地站在辩护席上，伸手抹了一下播放控制键，法庭巨大的全息屏幕瞬间切换了内容，展现的是警方痕检部门递交的现场足迹鉴定记录表。

经过申请，痕检官站在了证人席位上，回答顾晏所提出的问题。

"痕检官陈？"

"是的。"

"这份足迹鉴定记录表是经由你手提交的？"

陈点了点头："是的。"

"内容非常清楚，"顾晏道，"但是为了避免不必要的问题，我仍然需要跟你确认一些细节。"

"好的，没问题。"

"记录表第二页第三行，鞋印全长二十七点五厘米，前掌十四点五厘米，宽九点三厘米，弓长六点三厘米，宽六厘米，后跟长六点六厘米，宽六厘米。根据前述磨损状况等现场痕迹估算，跟厚约一点五厘米。"

顾晏用控制灯在全息屏上画了一条线，方便所有人找到这句话。

"这部分数据会有误差吗？"

陈摇了摇头："不会，控方提供给痕检部的足迹信息非常清晰，不会有误差，唯一可能有误差的是鞋跟厚度。"

"误差值是多少？"

"上下浮动零点零五厘米。"陈说着，又补充了一句，"这个误差值并不足以影响鞋印的分析结果，毕竟误差太小了。"

顾晏："你确定只有这点儿误差？"

"非常确定。"

顾晏点了点头。

控方律师卢："……"

不知道为什么，顾晏一点头，他就开始莫名心慌。一般而言，把足迹单独拎出来说时，询问的内容大多会集中在根据足迹判断的嫌疑人身高上。如果顾晏真的询问这一点，他倒没什么好担心的，因为身高本就存在一个误差范围，不管陪审团还是法官，对这点早就知道了，所以在庭上绕着这一点做文章并不会产生什么冲击性，也很难让人动摇。

结果辩护律师只问了鞋跟？这是什么鬼问题？

顾晏又一脸平静地抹了一下播放控制器，这回全息屏幕上终于显示了他和燕绥之在这几天里收集的新证据。他在众多监控录像视频中挑取了第一个，也就是羊排店的录像，直接将进度条拉到了二十三号晚上七点五十五分的位置。

整个法庭的人都仰着头，看着录像上一个人的头顶出现在吉蒂·贝尔家的窗户上，因为水汽的遮挡模糊不清。

顾晏按下暂停键，然后将这个录像直接植入旧城区立体地图中。

他把地图调成横截面模式，途中，羊排店中的红点代表摄像头的位置，吉蒂·贝尔家的红点代表案发时嫌疑人露出的头顶。

"感谢现代科技。"顾晏依然一脸平静，"地图上所有距离都有标注，痕检官，我想你完全可以根据图上的这些数据计算出来，这个嫌疑人的身高需要多高，才会在这几个障碍物遮挡的前提下露出这部分头发。"

事实上根本不用人工去计算，在地图界面下，只要选取那一点，轻轻敲下按键，就会自动得出那个数值。

陈下意识伸手抹了一下证人席上的播放控制键，屏幕上代表嫌疑人的红点一跳，旁边多出一个标注数值：“一百八十二点三厘米，误差值上下浮动零点二厘米。"

顾晏垂下目光，挑出约书亚的身份资料，以及他被羁押在看守所的登记信息。

"我的当事人约书亚·达勒，净身高一百七十六厘米，这是看守所的测量数值。"顾晏抖了抖仿真纸页，冷冷地道，"即便加上足迹鉴定表推断的鞋跟高度，他的身高也远不到一百八十二点三厘米。"

"请问，是看守所的数据作了假，还是足迹鉴定表作了假？"

陈："……"

他还能说什么？什么也说不了，一切能想到的诸如误差之类的话，全部在之前的询问里被顾晏堵死了。

全场再一次陷入寂静。

五秒钟后，法庭上爆发了比之前更大的哗然。

被逼仄的玻璃罩着的约书亚闷了两秒，腾地坐直了身体，茫然地看着顾晏，他简直不敢相信自己听到了什么。

他在这种茫然中飘荡了很久，等到心脏找到着落，五感终于回神的时候，法官已经绷着脸敲了法槌，不得不在事实和压力的推动下，请陪审团给出裁决。

"所以，女士们先生们，你们有答案了吗？"

莫瑞·刘看着陪审团，沉声问出这句话。

全场的目光都落在了陪审席上，约书亚感觉自己周身都凝固了，这辈子从没有这样紧张过，他的整个人生都压在这个答案上了。

陪审团团长在寂静中点了点头："是的，我们有了决定。"

莫瑞·刘："有罪，还是无罪？"

在众人的屏息中，团长沉稳的声音在庭上响起，足以让法庭上的每一个人听见："无罪。"

约书亚被当庭释放。

第十章 归程

当庭释放这四个字像附了魔咒，一锤子将约书亚的灵魂砸飞了。

他从天灵盖蒙到脚趾，瞪着眼睛在被告席上站了很久。

等他回过神来，发现自己一身被汗湿了。他就像一个背着厚重石碑匍匐前行的苦旅之人，在掀掉负重的瞬间，突然精疲力竭。

他很高兴，特别高兴，高兴得恨不得冲过去抱住自己的律师吼两声，但是他忘了该怎么说话。

走完所有程序，签完所有的字，顾晏便回到辩护席边收拾东西，顺便把肿着腿的某位皇帝架回宫。

皇帝桌前摊着的纸页还没收，顾晏不经意间又瞥了一眼，发现纸页上多了一只鳖，鳖壳上龙飞凤舞地标着法官的大名——莫瑞·刘。

顾晏："……"

这人演实习生演得一塌糊涂，在法庭上给自己的"老师"乱评分，还拐弯抹角地骂人家法官"老鳖"。

什么叫大写的肆无忌惮，这就是了。

燕大教授以前也是这个德行，平日在外人面前总是风度翩翩、优雅从容，装大尾巴狼，到了直系学生面前，那层皮就兜得不那么严实了。

比如同样糟糕的成果论文在他手里过最后一道关卡，其他学生批的是"已阅，格式欠妥"，到几个直系学生这里就成了"放屁，狗哨的格式"。

这在学生口中流传为"又一种表达亲近的方式"，见鬼的是不但很多人信，还有很多人真情实感地羡慕顾晏他们几个"院长亲近的学生"。

那时候的顾晏觉得他们大概有病。

现在……

现在顾大律师打算找时间给这个"实习生"加强一下素质教育。

"你站得起来吗？"顾晏收好光脑，头也不回地问了一句。

燕绥之收拾好东西，把鬼画符一样的纸页就地删除，扶着桌子边沿站了起来："还行，我坐久了腿有点儿麻。现在我有点儿庆幸跟的律师是你了。"

"嗯？"顾晏随口应了一句。

"你不说废话，速战速决。"燕绥之冲他晃了晃脚，"换一个喜欢长篇大论搞演讲的，我出了法庭就可以去医院截肢了，比如对方律师那样的。"

顾晏："……"

好，一场庭审从法官到双方律师，一个不落都被他点评了一遍。

"别展览你的脚了，我去叫车。"顾晏一脸冷漠地收回目光。

酒城这边叫车不太方便，法院就更不方便了。虽然律师被允许带光脑和智能机进法庭，但是信号和网络方面都有限制。顾晏翻了一会儿智能机的全息屏，冲燕绥之交代："你在这边等一会儿。"

燕绥之当然不会真的老老实实待在座位上，那太傻了。

他的脚还不至于到完全没法走路的程度，等那股麻劲儿缓过去，他便不紧不慢地穿过三五成群纷杂的人，走到被告席旁敲了敲玻璃。

"雕像小朋友，你打算在这里展览多久？"

约书亚·木雕·达勒终于从发呆中回过神来，这才发现全场只剩他一个人还保持着"起立"的肃然状态，整个法庭都空了一半。

"大家都走了？"约书亚问道。

燕绥之点了点头："你可以从这个防弹玻璃罩里出来了，顾晏去叫车了。"

约书亚从专门的通道兜了一个大圈，跟燕绥之一起走到了法院大厅。

当约书亚站在台阶前等顾晏的时候，终于从梦游的状态中脱离出来，他两只手垂在身侧，拇指不自觉地捏着其他几处关节，发出咔咔的响声。

他犹豫了一会儿，冲燕绥之道："嗯，谢谢。"

燕绥之笑了笑："你在这儿酝酿半天，一副欲言又止的模样，就是为了憋出一句谢谢？我倒是不知道这两个字这么让人难以启齿。"

约书亚的脸涨得通红，辩解道："我不常说这个。"

"你还很骄傲？"

约书亚："……"

他被燕绥之堵了两句，又涨红了脸，开始酝酿下一句话。

这回他憋了一分钟，终于道："还有当初在看守所，我对你们骂的那些话，对不起。"

燕绥之点了点头:"行了,我听出来了,这三个字你也不常说。"

约书亚:"……"

不远处,顾晏叫好了车,转身正要往回走,结果一抬眼就看见了他们。

燕绥之隔着马路冲顾晏抬了一下手。

约书亚跟着他一起慢慢朝马路那边走,看着顾晏的方向,感叹道:"他很厉害,比我见过的所有人都厉害。"

任何人经历过类似"命悬一线"的状态,又被人力挽狂澜救回来,都会对那个人产生极度的感激和崇拜。这种事,不论是燕绥之还是顾晏都见过不少。

燕绥之看着顾晏的方向,笑了一下:"嗯,他是很优秀。其实你刚才憋了半天的两句话,更应该去跟他说。"

约书亚这根棒槌居然认真地点了点头:"我知道,我就是在你这里练习一下。"

燕绥之:"……"

好在这根棒槌很快意识到自己的话很让人手痒,又及时补了一句:"而且你成功帮我办了保释,我也应该对你说那些话。"

燕绥之不轻不重地在他的后脑勺拍了一下,没好气道:"你别补充了,我不听。"

他有一搭没一搭地逗着小鬼,走到了顾晏叫的车边,结果就见顾晏冲旁边的墙角抬了抬下巴。

"怎么了?"燕绥之跟着看过去,这才发现有一个瘦削的身影正插着兜站在墙角,低头踢着脚下的碎石子,然后假装不经意地朝这边瞄一眼。

这不是别人,正是吉蒂·贝尔的侄孙切斯特·贝尔,燕绥之这一条肿腿就是拜他所赐。

约书亚一看见切斯特就浑身紧绷,矛盾的情绪被他明晃晃摆在了脸上。

约书亚看起来想给切斯特两脚,又想拽着他解释一句"不是我干的",还想问问他,吉蒂·贝尔老奶奶怎么样了,最终却什么也没说。约书亚就站在那里,跟他隔着几步的距离对峙着。

两人剑拔弩张了好一会儿,然后年长几岁的切斯特抓了一下头发,放弃似的走过来,憋了好半天才憋出一句:"对不起。"说完,他就像猛火烧了屁股一样,扭头就走。

他走了没两步,又想起什么似的转回来,有些狼狈地抓了一下头发,又对着燕绥之挤出一句:"对不起。"

看他难以启齿的模样,说"对不起"活像要了他的命。

燕绥之哭笑不得,心想:不管是十四岁还是十七岁,这帮叛逆少年果然是猫嫌狗不待见。

切斯特对燕绥之说的这句对不起意思单一，很好理解，就是在给泼水的事道歉，而他对约书亚说的对不起，则要复杂很多——

对不起，我不该泼水伤害你。

对不起，我不该误解你。

对不起，我没有选择相信你。

……

约书亚没听见道歉的时候还好，听见这句"对不起"，他反而后知后觉地感到了莫大的委屈，有种沉冤昭雪、如释重负，再也压不住难过的委屈。

他攥着手指，梗着脖子瞪着切斯特，眼圈却瞬间红了，硬是咬死了后槽牙才绷住了表情。

"哎，你别……"切斯特有点儿蒙，又有点儿急，最后只能重复道，"对不起。"

约书亚咬了咬牙，冲大马路一指，对切斯特说："滚。"说完，他便闷头钻进了顾晏叫好的车里。

燕绥之耸了耸肩，也没多说什么。他冲切斯特随意一摆手，也跟着上了车。

顾晏坐进了副驾驶座，很快车子发动，缓缓上了马路。切斯特渐渐变成了路边的一个小黑点，却一直没有挪动过。

约书亚上了车后，就把背后的兜帽罩在了脸上，拉着边沿一直挡到鼻尖，抱着手臂缩在后座上。

燕绥之瞥了他一眼，评价道："刚才你的气势不错，就是'滚'字太激动，有点儿破音。"

至此，约书亚终于被气哭了。

顾晏："……"

酒城的事情办完了，吉蒂·贝尔的案子往后该怎么查那是警方的事情，顾晏手里还有其他工作，不可能在这边逗留太久。他跟燕绥之在第二天登上了回德卡马的飞梭机，约书亚和罗希特地起了个大早来送他们。

小姑娘跟他们相处的时间虽然不长，但很喜欢他们，送别的时候显得特别没有精神，乌黑的眼睛盯着他们，手指揪着燕绥之的衣角不松。

燕绥之连哄带骗逗了罗希半个多小时，才让小姑娘撒了手。

进验证口的时候，燕绥之回头看了一眼，兄妹俩正站在角落目送他们，远远看去，约书亚显得特别瘦削，个头也不算很高。这种时候他才让人意识到，其实他只有十四岁，还是一个小鬼。

在飞梭上坐定后，燕绥之向乘务员要了一杯咖啡。他刚将咖啡凑到唇边，就被另一只手截了和。

"干什么？"

顾晏一脸无动于衷，冲乘务员道："劳驾，给他一杯牛奶。"

燕绥之："……"

这日子没法过了。

然而治腿伤的药盒摊在他面前，注意事项上明晃晃地写着：忌烟酒咖啡及辛辣刺激性食物。

两分钟后，燕绥之喝着乘务员送来的牛奶，内心满是感慨。

在燕绥之的印象里，顾晏很少会插手别人的事情、置喙别人的决定。当然，如果有人向顾晏提出请求，他会帮得很干脆，但总的来说，他不会主动去干扰别人的想法。

燕绥之抱着牛奶一脸遗憾。从前顾晏的性格多好啊，怎么收了一个实习生就变了呢？

不过换完牛奶后，顾晏就真的不管他了，兀自戴着耳扣闭目养神，大概是眼不见为净。

"对了，刚才进验证口前，约书亚鬼鬼祟祟抓着你说什么了？我就听见他说要你的通信号。"燕绥之突然想到这事儿，好奇地问了一句。

顾晏连眼睛都没睁，只是用戴着智能机指环的手指叩了一下桌板，智能机应声跳出来一个全息屏，界面显示的是一张电子账单。

"借条？"燕绥之看清了界面上面的字。

这是约书亚非要签下的借条，认认真真算了月份，打算分期把那几天在医院和酒店的花费还给顾晏。底下的签名像狗爬的一样，显出一点儿稚气。

燕绥之挑了挑眉："他居然没算错账，不错了。"

顾晏又敲了一下手指，全息屏就收了起来，他继续闭目养神了。

飞梭机上的氛围很适合补眠，连燕绥之都有些犯困了。闭眼前，他想起自己折腾了一天都没顾得上看智能机，便顺手翻了一下，结果还真让他翻到了两条新消息。从时间上看，新信息是他上飞梭的时候收到的。

第一条信息来自他的资产卡提醒——

收到金额：1000 西

附加说明：出差补贴

第二条信息还是来自他的资产卡提醒——

收到金额：10,000 西

附加说明：无

燕绥之一脸疑惑，他看了眼来源账户，是顾晏。

好端端的，顾晏突然多转一万西给他干什么？看他太穷了？

燕大教授活这么多年，头一回体验到这种事，一时间感慨万千。

他转头想问一声，却发现顾晏已经睡着了。

在酒城的几天，燕绥之因为发烧睡过一天，顾晏却始终没有好好休息过，这会儿他在飞梭上补起眠来，燕绥之便没忍心把他弄醒。

前半程，他一边看书，一边等顾晏醒。后半程，顾晏还没醒呢，他自己又犯困阖上了眼。

当两人真正对上话时，飞梭已经在德卡马靠港了。

"你好端端给我转一万西干什么？"燕绥之把大衣穿上，围上围巾，跟着人流出了飞梭，在等候区陪顾晏等行李箱。

至于他自己，除了在酒城临时买的一套简单换洗衣物，什么行李也没有，一身轻松。

顾晏确认着行李箱上的标牌，头也不抬道："工伤补偿。实习手册上写得很清楚，因公事受伤，视严重程度给予不同金额的补偿。"

当他提上行李箱朝出站口走的时候，朝燕绥之的脚不咸不淡地瞥了一眼，补充道："按照标准，你这条腿值一万西。"

从他们身边经过的旅客闻言，朝燕绥之看了好几回，大概想知道一万西的腿长什么样子。

燕绥之："……"

他"啧"了一声，道："实习手册上还有这一条？你怎么不早说？"

顾晏脸都瘫了："什么叫不早说？我早说了你打算干什么？"

"没什么。"

鬼都不信他的话，顾晏冷哼了一声。

他们出港口的时候，德卡马夜色正好。

不同星球的四季日月有所区别，这段时间，酒城虽然在季节上跟德卡马同步，但时间快慢还是有差别的。酒城的每一天都要短很多，时间走得很快。他们重新回到德卡马，才觉得步调节奏归于正常。

"出差补贴和工伤补偿都到你账上了。约书亚这个案子的律师费大概明后天会到账，保释那一场是你上的，明天我会找菲兹走一遍流程，让她按规定把那一场的费用抽给你。"顾晏说。

"是吗？多少？"燕绥之问。

"我不记得规定比例。"顾晏随口给了一个数字，"到你手里应该有一万西吧。"

133

这种援助机构的指定委托费用总是很有限，能拨给实习生一万西已经相当高了。

燕绥之点了点头。

顾晏看了眼时间，道："你在这里等着，我把车开过来。"

德卡马这个港口有个专门的长期停车场，因为很多人会把车停在这边，登飞梭或者舰船出行，十天半个月才回，所以收费方式不大一样。

像燕绥之这种常年飞来飞去的，在这种港口都有专门的车位，一包就是一年。

当然，现在他的身份换了，那个车位应该已经被注销了。

没过片刻，一辆哑光黑的飞梭车停在了燕绥之面前。这辆车跟飞梭机一个公司出品，性能、外观、安全性都无可挑剔，除了贵，毫无缺点。燕绥之自己就有一辆类似的车。

"我能坐副驾驶座吗？有没有什么专人专供的说法？"燕绥之扶着车门，冲驾驶座上的顾晏弯眼一笑。

燕绥之会问这问题，是因为一件闻名梅兹大学法学院的案子。其中一个当事人是某一届法学院的学生，那位小姐当年有个疑心病重到扭曲的男朋友，三个月内弄残了四位先生的腿，就因为他们不小心坐过那位小姐的副驾驶座。

这事儿当时震惊学院，代代相传，于是法学院的师生们便有了一个习惯，坐别人的副驾驶座前都会下意识问一句，以免惹了对方的男朋友或女朋友。

"没有。"顾晏冷冷地回了一句，"你打算抱着车门站多久？"

燕绥之挑了挑眉，上车关了门。

"你去哪儿？我先把你带过去。"车驶出港口广场，顾晏问了一句。

"蝴蝶大道吧。"燕绥之道。

顾晏一愣："你去蝴蝶大道干什么？"

"买点儿东西。"燕绥之说。

很显然，这人资产卡里就不能有钱，一旦有一笔进账他就开始不安分了。

顾晏忍不住讥讽了一句："余额多了会咬你？"

燕大教授无言以对。

好像还真会。

半小时后，顾晏的飞梭车稳稳停在蝴蝶大道繁华的商场门口。

燕绥之解了安全带，一只脚都出车门了，就听见顾晏不经意问了一句："住处托人找了？买完东西去哪儿落脚？"

"洛克帮我问了几处地方，还没定。"燕绥之从车里出来，一只手搭着车门，弯腰冲他道，"我提前订了酒店，凑合两晚，明天去看一下他找的地方再决定。"

顾晏皱着眉："酒店？"

"你这是什么表情，酒店讹过你的钱？"燕绥之笑着摆了一下手，说，"行了，我进去了，回见。"

从酒城登上飞梭到现在，对燕绥之和顾晏而言已经过去了两天，但对酒城当地的人而言，已经过去了五天。

自洗清罪名当庭释放后，约书亚就恢复了以往的生活。他很快找到了几份新的活计，从凌晨五点到夜里十点排得满满当当，一方面是为了尽快还清顾晏的钱，另一方面是为了躲人。

他觉得自己的邻居切斯特·贝尔病得不轻。

那天在法庭门口，他都直愣愣让对方"滚"了，这要是以往，两人得当街打起来。就算当时没打成，以后他们见面恐怕也不会有好脸色。

谁知道从那天起，切斯特像吃错了药一样，一会儿在他们家窗台上塞两份甜面包，一会儿放一串冻葡萄。

约书亚不想收他的东西，本打算找一个筐装东西还给他，结果被自家妹妹罗希拖了后腿。

当他找到干净的筐的时候，罗希已经吃了半串冻葡萄，吃一颗就对院外的切斯特"嘿嘿"笑一声。约书亚怀疑那混账玩意儿在葡萄上下了毒，要不罗希怎么会傻成这样？

第一天，他关起门和罗希讲了两个小时不许乱吃东西的道理，然后忍痛掏钱买了一串冻葡萄，连同其他东西一起退了回去。

第二天，切斯特又试图用水果糖和巧克力来求原谅，约书亚门都没开。

第三天，约书亚干脆逃荒似的出门打工去了，眼不见为净。

不过这一天，切斯特也没顾得上送东西，他去医院接吉蒂·贝尔了。

老太太昏睡好多天，终于在那天清早醒了过来。她在医院做了各种检查，回答了警方的询问，然后在侄孙切斯特的陪伴下回到了自家小院里。

警方的目光主要集中在作伪证的酒鬼吉姆身上，他们盘问了他很久，案件的进展依然有限。遗憾的是，醒来的受害人贝尔老太太也没能给他们提供更多信息。

"我没能看见他的脸，而且他全程没有出声。"老太太翻来覆去，也只说得出这句话，"很抱歉……"

吉蒂·贝尔回家后，日子并没有发生什么变化，她像没受过伤害一样，依然会睡一个午觉，起来后吃着切斯特做的土豆汤，笑眯眯地夸奖他的手艺进步了。

她甚至还想打开暖气继续做编织，只不过她家的暖气管好几天没用，被冻出了一点儿问题，刚巧费克斯从院子前经过，顺便进来帮她修了一下暖气管。

"谢谢，你来得太及时了，亲爱的。"贝尔老太太摸了摸暖气管，热度合适。

她抬头冲费克斯笑了笑："你要喝点儿土豆汤再走吗？"

费克斯摆了摆手："不用了，我回去了，等会儿还得替人出车。"他说完收起了工具，跟切斯特打了声招呼便出了门。竖着的短发刚好从门顶蹭过，搞得切斯特老担心他会撞上门框。

费克斯离开后，切斯特一边收拾碗碟，一边冲吉蒂·贝尔感叹道："这么冷的晚上他还得出去，幸好是在车里。"

吉蒂·贝尔在暖气管边烘了烘手："之前他不是说不打算干了吗？我只昏睡了几天，他又勤劳起来了？"

切斯特耸了耸肩："是啊，他说打赌赢了一笔钱，可以买一辆二手车——"

切斯特说着，突然皱起了眉，转头看向屋门："吉蒂祖母，这扇门有多高？"

老太太噘着嘴道："喏，我的毛线筐里有卷尺，你自己量一下。你为什么突然问这个？"

"没什么。"切斯特抽出卷尺，走到门边伸手一拉，而后看着刻度变了脸色——一百八十二点五厘米。

"怎么了，你吃到虫子了？"老太太看着他的脸色开了一个玩笑，说完自己咯咯笑起来。

"是啊，我吃到苍蝇了。"

费克斯是第五天中午被警方带走调查的，约书亚直到晚上打完工回来才听说这件事。

他回来的时候，已经是夜里十点，从罗希嘴里听到了一点儿颠三倒四的传言，不知道是不是切斯特告诉她的。

约书亚听见这话的时候，腾地站了起来。等他回过神来，却发现自己已经走到了吉蒂·贝尔家院子的门口。

这几天去看望吉蒂·贝尔的邻居不少，唯独没有他。之前他一直没弄明白自己是什么心理，还以为只是单纯觉得被误解了很委屈，所以不想见贝尔家的人，不论是切斯特，还是吉蒂老太太。

直到这时候，他站在了老太太家门口，才突然明白自己只是有点儿怯懦。

他怕老太太受过一次伤害，就开始防备周围的人。其他人他管不着，但他不想看见老太太对他流露出警惕和戒备。这样，他就可以看着老人家映在窗户玻璃上的剪影，或是友善温和的笑意，假装那个疼他的外祖母还在。这样，当他受了苦的时候，他就可以站在老太太院外看两眼，然后回来做一做外祖母给他织围巾的美梦……

约书亚在院外呆呆地站了一会儿，直到被敲窗声拉回现实。

他看见蒙着水汽的玻璃被人抹开了一块，那个跟外祖母肖似的人凑近了窗户玻璃,朝他看了一眼。接着那个弓着背的身影站了起来,朝外间的方向走。

约书亚像一只受惊的野猫,下意识想回自己屋里,然而他浑身的毛都炸起来了,脚却僵在那里一动没动。

过了片刻,那扇关闭的屋门被人从里面拉开,发出吱呀一声响。

温黄色的暖光投射出来,映照在约书亚身上。老太太慢慢走出屋来,冲约书亚招了招手,面露慈爱的表情,担忧道:"你怎么这个点在外面傻站着,冷不冷?"

当她张口说话的时候,呵出的雾气模糊了五官,跟约书亚梦里的老人慢慢重合。

当约书亚的手被那双老迈的手握住的时候,他捂住眼睛蹲了下来。过了很久很久,他才哑着嗓子道:"不太冷。"

"你怎么哭了?"

约书亚哑着嗓音说:"没什么。"

我就是想你了,特别特别想。

酒城老区低矮的房屋一间挨着一间,透着星星点点的光芒。在夜色里,这儿像一大片静伏的蚁巢,和远在数光年外的德卡马全然不同。买完东西的燕绥之在结账的时候朝落地窗外看了一眼,不知怎么突然想起了酒城灯火稀落的夜。

他平静地收回目光,冲收银的姑娘微笑了一下,拎着几个纸袋往商场外走。

他的腿还没完全恢复,所以走得有点儿慢。当天站在商场门口的时候,已经是夜里十点了。

街上的人比之前略微少了一些,因为夜里寒冷,他们显得行色匆匆。

而在匆匆往来的人流里,那辆眼熟的哑光黑飞梭车安静地停在路边,映着满街黄白交织的灯光,车里的人好像在等他。

燕绥之下台阶的步子一顿,目光有些讶然。

他看了一会儿,又重新迈开步子,不紧不慢地朝车走过去。

车窗缓缓降下,露出顾晏英俊却冷淡的侧脸,车内暖气这么足,都没能把他焐热一点儿。

"你在等人?"燕绥之拎着纸袋在车门边站定。

周围并没有出现其他熟人,他其实知道顾晏停车在这里十有八九等的是他,但他还是礼节性地询问一句。

顾晏偏头道:"上车。"

燕绥之并没有立刻开车门,而是透过敞开的车窗冲顾晏晃了晃手指,指环形的智能机在路灯映照下发出素色的光:"我刚才——"

说话间,一辆黑色的出租车缓缓停在顾晏的车后,专用司机低头看了眼定位,也打开了车窗，朝燕绥之打了一个手势："您叫的车？"

燕绥之："对。"

这个司机到得可真是时候。

顾晏从后视镜看了那辆车一眼，本来就冷的表情直降十几度，似乎不大高兴，可能觉得自己做了一件很多余的事。

不过鉴于他每天都不高兴，燕绥之一时间很难判断他只是习惯性绷着脸，还是真的不太爽。

燕绥之轻轻拍了一下车门，就像在拍人的肩膀："你等我一下。"说完，他走到那辆出租车边，冲司机笑了笑，"抱歉，行程可能得取消了，我临时有点儿事情。"

"好的，没关系。"还好司机人好，只是熟练地交代道，"麻烦您改一下约车状态，可能得交一点儿补偿金。"

燕绥之点了点头，又说了一声抱歉。那司机按了一下驾驶键，把车掉头开走了。他在智能机上交了补偿金，拉开顾晏的车门上了车。

"我没想到你会一直等在这边。"燕大教授在车子启动的间隙瞥了一眼顾同学，开口试图缓和一下气氛。

顾晏动了动嘴唇，冷冷地道："我也没想到。"

燕绥之："……"

这还怎么聊？

也许是意识到自己把话堵死了，过了片刻，顾晏问道："你还有余额约车？"

燕绥之说："除去酒店的费用还剩一点儿吧，不太多，所以我约的是简版车，不是无人智能车。"多么节省啊。

顾晏的手肘架在车窗内侧，目光平静地看着前面的路，评价是一句冷笑。

"所以你打算先捎我去酒店再回家？"燕绥之问。

顾晏没应声，看不出是懒得回答还是什么，只是眉心轻微地蹙了一下，有点儿出神。

又过了片刻，他才出声问道："你订的什么酒店？"

车都开出去两公里了，他才想起来问。

燕绥之："山松酒店。"

"钟楼广场那家？"顾晏问了大概位置。

燕绥之点了点头："对。"

"订金交了？"

"还没。"燕绥之回答的时候没想太多。

二十分钟后，飞梭车从钟楼广场旁疾驰而过，一丁点儿要减速的意思都没有。

燕绥之靠在副驾驶座上，瘫着脸提醒："山松酒店被你远远甩在了后面。"

顾晏瞥了眼后视镜："那家酒店四个月前发生过一次凶案。"

燕绥之点了点头："我略有耳闻。"

事实上，他是订酒店时看到新闻的，不过他的临时身份信用记录太少，过往历史又多是空白，正常的酒店大多订不了，太远太偏的又不方便，也就这家酒店是一个例外。

山松本身算是高级酒店，纯属倒霉摊上了那么一件案子。那件凶案跟安保系统无关，就是住在同一间套房里的朋友，其中一个早有准备蓄意谋杀。

案发现场有点儿惨烈，以至于这几个月内山松酒店生意受挫，客源直降。

要不然，燕绥之连这家酒店都订不了。

"为什么不让我帮忙订酒店？"当车子开进法旺区的时候，顾晏突然问了一句。

车内只有两个人，说话的时候不用费什么力气，所以他的声音很低沉。那时候燕绥之正看着车窗外飞速退去的灯火出神，一时间没有反应过来："什么？"

"我说……"顾晏说完这两个字便停了一下，似乎在想什么。过了片刻，他继续开口，"你余额太少影响信用，很多酒店订不了，为什么不找我帮忙？"

他依然是懒得费力气的状态，嗓音很低，但是因为车里十分安静，声音显得异常清晰。

燕绥之愣了一下。

因为他自主惯了，凡事总想着自己解决，不太想让别人插手，也不习惯求助于人，所以根本没想过这一茬。不过他要是真这么回答，顾晏的脸估计又能冷十几度。

他想开玩笑说"你别忘了，最初你可是嚷着要把我轰回家的，我哪敢找你帮忙"，但话到嘴边就变了样："我忘了，下次再碰到这种事，我会记得给你找麻烦。"说着，他对顾晏弯眼笑了笑，以表真诚。

其实，类似的话燕大教授没说过几百回也有几十回了，但从来没有他所谓的"下次"，这基本是一句客套话，说完就忘，听着诚恳，实则根本没放在心上。下回他真碰到麻烦，依然不会找任何人帮忙。

顾晏深知他这德行，闻言连眼皮都没抬一下。

"那现在我们去哪儿？"燕绥之看了眼车外，"新酒店？这边公园比较多，没什么酒店吧。"

顾晏不咸不淡地回了一句："去什么酒店，我找一张公园长椅让你凑合一晚。"

十分钟后，顾晏的飞梭车还真开进了法旺区的一片城中花园。

当然，这不是纯粹的花园，穿过层叠树影就能看见一片安静的别墅区，一幢幢小楼简约好看，不过价格也特别好看。

这片居住区离中心商业街区很近，南十字律所也在那边，开车过去不到五分钟，

139

所以深受那一带精英男女们的青睐。

"你住的地方？"燕绥之问道。

顾晏"嗯"了一声，这回总算说了一句人话："阁楼借你待两天。"

"住宿费？"

"照你住酒店的价格算。"

燕绥之放心了。

如果说顾晏完全不收钱，他大概明早就得想办法搬出去。既然顾晏愿意收住宿费，那他可以心安理得多待两天了，毕竟想要找到合他胃口的公寓不是半天就能实现的。

冲着这点，他突然觉得顾晏很对他的脾气。

燕绥之拎着几个纸袋下车，顾晏倒车入库。

身后的花园区里忽然又开进一辆车，是非常明艳的红色。车灯太亮，燕绥之看不清驾驶座上的人，朝后让开了几步，站在了顾晏门前的花圃路牙边，看着红色的车拐弯进了别墅区大门，从他面前驶过。

然后车子又倒了回来。

燕绥之："？"

燕绥之正纳闷呢，红色车子一个急刹停在了他面前，接着车窗缓缓降下，一张比燕绥之还要困惑的脸探了出来："我还以为看错了，阮，你怎么会在这里？"

"菲兹小姐？你也住这儿？"

"是啊，我很穷，只住得起半套。"菲兹随口答了一句，"你不会是来找顾的吧？你跟他提前说过吗？但愿你是预约过的，不然就惨了。他从来不在私人住处接待客人的，有几次客户冒冒失失找到这里来，又被他另外约了地方见面。而且这个点了……"

燕绥之想了想，先避开这个话题，问了另一件事。从菲兹放下车窗开始，她就一直用一种非常奇怪的目光上上下下打量他。

"我脸上沾什么脏东西了吗，你为什么这么看着我？"他笑着问道，顺便借菲兹的后视镜看了一眼自己。

"那倒不是。"菲兹道，"我就是觉得你去了一趟酒城，也没几天吧，好像变帅了，比之前更好看了。酒城那边还有这种功效？我怎么每去一回都是一脸痘？"

燕绥之愣了一下，微微皱了一下眉，不过他很快抬手遮掩了一下，假装揉了揉眉心，笑道："恐怕是这路灯光线把人美化了，你现在就显得比平时还要漂亮。"

还要漂亮就说明平时已经非常漂亮了，菲兹听后特别满意，扒着车窗笑了起来。结果她刚笑两声就噎住了，因为她看见顾晏的车库门打开又合上，那个所谓"从不在私人住处接待人"的顾律师走过来，一脸平静地冲她点了点头，又对燕绥之道："明天我有事不去律所，你可以问问菲兹，乐不乐意让你搭一次顺风车。"

菲兹："？"

她上半身几乎要从车窗爬出来了，像一条刚出洞的美女蛇："我觉得我的耳朵似乎出了毛病，你说什么？"

燕绥之维持着嘴角的微笑，不动声色地朝后让了让，因为张牙舞爪的美女蛇的蛇信子都快吐到他脸上了。

顾晏似乎不能理解她如此夸张的反应，也可能是理解了，但故意把话题往别处带："我没记错的话，我只是让他明早搭一下你的顺风车，而不是砸你的车，你大可不必这么焦急。"

菲兹："……"

他看了眼菲兹的姿势和表情，提醒道："车门要坏了。"

美女蛇翻了一个白眼，默默缩回了洞里，老实开门下车："所以你们这是什么情况？当然，我不是在打听什么私人方面的事情，只是……"菲兹小姐飞快地朝某个方向瞥了一眼，"毕竟老古板霍布斯也住在这里。"

她口中的老古板霍布斯，指的应该是洛克的那位老师，银发鹰眼，看上去严肃又精明，不像好说话的人。

她递给顾晏一个心照不宣的眼神。

燕绥之站在旁边假装懵懂新人，但事实上他对菲兹话里的意思非常清楚。

每年实习季，律所常会出现一个比较尴尬的问题——某些私生活比较放浪的律师很容易跟自己的实习生搞到一起去。

这种现象在德卡马尤为严重，也许是因为这里的氛围产生的。

燕绥之以前就碰到过主动亲近他的实习生，还不少，大多来自其他学校，真正梅兹大学毕业的根本没那个胆子。这种现象搞得他一度只带那种目中无人的刺头实习生，这种实习生大多不屑放低姿态，但保不齐有几个中途变异的，三番两次后，他干脆拒收任何实习生了。

不知道顾晏是不是也因为这一点才不收实习生。

燕绥之适当地装傻了几秒，然后恍然大悟般看向菲兹："菲兹小姐，你不会误以为……"他顿了一下，哭笑不得地继续说，"我租住的公寓到期了，一下飞梭就成了无家可归的状态。刚才我软磨硬泡了半个小时，顾老师才勉强同意我在这里借住两天。"

"是吧，顾老师？"燕绥之看向顾晏。

顾大律师却别开了脸，大概是不忍心听这番瞎话。

又过了两秒，顾大律师才绷着脸转过头，"嗯"了一声。

看起来他真是一身正气。

菲兹听得一愣一愣的："我就说嘛，顾怎么可能……阮你看看也不像……虽然单看长相……呸，我究竟在说什么胡话。"

她兀自叨叨了一通，反正燕绥之和顾晏都没听清。

最后，她又正色提醒："阮只住几天的话应该没什么问题，但最好还是别被霍布斯看见。今年所里够格提交一级律师申请的只有你和他，按照案子质量和表现来看，你的优势比他大，但是他的年纪几乎是你的两倍，资历上总要占点儿优势。唔……你明白的。"

一级律师勋章代表全联盟律师最高荣誉，每年各大律所都会为杰出律师提交申请，但真正能获封的少之又少。

全联盟大大小小的律所数以万计，即便是南十字这样盛名远播的律所，也得三五年才出一个。两名申请者同时获封的情况简直想都不要想，这就意味着顾晏和霍布斯之间，最多只有一个能成功。

一个能力略胜一筹，一个资历略高一点儿，两人总体上是打平的。如果这时候其中一个被曝出一些风评方面的问题，不管真假，肯定对评级有所影响。

燕绥之朝顾晏瞥了一眼，他正跟菲兹道谢，但看得出来，他并不是特别在意这种事。

"行了，我就是提醒一句，我要回去睡美容觉了。"菲兹钻回车里，又对燕绥之道，"对了，我早上八点三十分出门，欢迎来搭顺风车。"

"谢谢。"

临进门前，燕绥之朝远处张望了一眼，问道："霍布斯的房子是哪一栋？指给我看看。"

顾晏："你又不是跟他借宿，有必要知道吗？"

"我认识一下这两天好避开，免得给你招惹麻烦。毕竟那种误会也不是什么好事。"

顾晏冷冷地说："误会什么？我看上去像喜欢给自己找罪受的人？"

燕绥之："？"

最终燕绥之也没能知道霍布斯住哪里，因为顾晏根本懒得回答，他这毫不在意的态度如果让竞争对手知道了，恐怕得气个半死。

顾晏的房子布置风格非常简洁，以黑白灰为主，极致整洁，好看是很好看，就是没有什么烟火气，但是鉴于燕绥之自己的房子也没什么烟火气，所以对这种风格适应良好。

一楼主要是客厅和看上去就没用过几回的厨房，有一处敞开式的玻璃房，一半在地下，一半在地上，地下部分放着健身器械。

顾晏自己的卧室书房等都在二层，借给燕绥之住的阁楼在三层。

说是阁楼，其实区域很大，带单独的盥洗室。

之前听菲兹说，顾大律师从不带人进入自己的私人住宅，燕绥之以为只是夸张，结果看见阁楼他才发现，那真不是说说而已。

顾大律师家里的客房和阁楼就是一个摆设，他能记得在里面放一张床已经是极限了。

"你是打算让我睡床垫盖大衣吗？"燕绥之站在阁楼楼梯口问道。

那张床一副从未被染指过的模样，罩上防尘布就能再卖一回。

顾大律师上楼的步子一顿，向来没有表情的脸上露出一丝微妙的尴尬。从那一点儿尴尬判断，让燕绥之进门大概真的是他一时冲动。

"你跟我来。"

燕绥之一脸纳闷地跟他下楼，走进其中一间客房。

顾晏打开衣柜："这里有被子，你挑一床顺眼的拿去盖。"

燕绥之从上到下扫了一眼，绿的、橘的、纯黑的……真没一床顺眼的。

顾晏靠着柜门，抱着手臂等他挑被子。

燕绥之："看不出，你的口味挺独特。"

顾晏的脸比他还瘫："当初买客房和阁楼用品时，我抽不出时间，托了某个朋友帮我操办，这就是教训。"

怪不得这些房间连被子都不摆，原来是因为主人嫌丑，统统束之高阁了。

燕绥之撑着柜门，再次欣赏了一番被子，又瞄了眼顾大律师的脸色，没忍住笑了起来。

"交友需谨慎。"燕绥之眼里含着笑意。

顾晏看了他两秒，站直身体敲了一下柜门："你随便拿一床被子吧。"说完，他便移开目光，头也不回地出了门，"我去给你拿一套洗漱用品。"

燕绥之捏着鼻子，在那三床口味独特的被子里挑了一床纯黑的，虽然有点儿……但总比花花绿绿的素一点儿。

当顾晏拆了一套全新的洗漱用品拿上来的时候，燕绥之刚铺好纯黑的床单，正在把被子罩上去。

"你别拿这套床单。"顾晏的声音突兀地在房间里响起。

燕绥之回头："什么？"

"别拿这套。"他皱着眉，似乎不太高兴，"我拿回来之后就没洗过，换一床。"

他把那套床单扔回客房的床上，随手抽了一套墨绿色的拿上阁楼。

143

燕绥之："没有别的选择了？"

顾晏放下被子，撩起眼皮看他，鬼使神差扔出一句："你可以试着软磨硬泡一下。"

燕绥之："？"

下个楼的工夫，他吃耗子药了？

耗子药的药效时间很短，顾晏说完沉默了两秒，可能也觉得自己这话有点儿怪异，捏着眉心道："你先这样盖着吧，我下去了。"

燕绥之看向他的时候，他已经转身下了楼。他挺拔的背影转过拐角，接着楼梯处的灯忽地熄灭，很轻的沙沙声往二层那头的卧室去了。

没过片刻，咔嗒一声轻响，顾晏卧室的门关上了。

说是住在一幢房子里，但是房门一关互不干扰，还真和住酒店差不多。

燕绥之又打量了一眼整张床，如果把纯黑色的床单被子铺好，人再躺下去，丑倒不丑，但确实有点儿不入眼，太像丧葬现场了。

他想了想顾晏刚才的反应，哑然失笑。

很多人对这种事情很敏感，他在这方面却迟钝得令人发指。

当然，他也不是真的想不到，而是确实不太在意。毕竟他从业多年，碰到的直接威胁数不胜数，早就百炼成钢了，更别说这种口头或是习惯上的忌讳。

不过这种有人帮他介意的感觉倒是不赖，尤其对方还是顾晏，那个对什么都冷冷淡淡不入眼的学生。

这让他觉得新奇，自打重逢以来，顾同学似乎总让他觉得新奇。

第二卷 酒池

第一章　扫墓

　　跨星球出差完，需要倒一下时差，不只是晨昏不同步的差别，还包括日月长短快慢的差别。普通人彻底缓过来可能得十多天，但燕绥之和顾晏调整得很快。
　　第二天早上七点，燕绥之换好衣服，赤脚站在洗手台边洗漱。
　　顾晏的房子很多地方都铺着地毯，和他的办公室一样，这使得屋里的脚步声很小，格外安静，很适合他们这种清早听见大动静就头疼的人。
　　燕绥之往脸上泼了几捧冷水，然后抬头看了一会儿镜子，自从做过基因调整后，他照镜子的次数屈指可数。
　　基因上的微调，反射到实际长相上其实变化很大。也许洛克那种对五官细节不敏感的人会觉得他现在的脸跟以前有点儿像，但在他自己看来，半点儿相似都没有，所以至今看不习惯。
　　不过，昨晚菲兹的话让他上了心。他的长相是真的有了细微变化，还是受了光线和夜晚的影响？顾晏跟他抬头不见低头见，很难觉察到细微改变，那别人呢？他身上基因调整的时效还能维持多久？
　　十分钟后，燕绥之挽着衬衫袖口下了楼，刚巧碰上打开卧室门的顾晏。
　　"早。"燕绥之抬头冲他打了声招呼。
　　顾晏扣着衬衫纽扣的手指一顿，从栏杆边看下来。
　　不知道顾大律师是有起床气一时反应不过来，还是单纯不习惯一出卧室就有人打招呼，他垂着目光看了燕绥之好一会儿，才应了一声："早。"
　　"房东先生。"燕绥之开玩笑道，"厨房借不借？"
　　顾晏扣着衬衫袖口，眼也不抬地下楼梯："只要你不把自己毒死在这里。"

燕绥之嗤笑一声，打开了冰箱门。

像他们这种三天两头出差，动辄十天半个月的人，冰箱都挑保鲜级别最高的买，以免一回来东西馊一窝。

这种冰箱，东西放进去什么样，隔个百八十天还是什么样，可以毫无负担地填满它。

然而……

燕绥之扶着冰箱门上上下下看了一遍，没好气地说："看来你连放毒的机会都不想给我，这里的空地足够放两个成年人进去，你觉得呢？"

顾晏："……"

某些人自己嘲讽不过瘾，还要被嘲讽的人附和一句，要不要脸？

好在顾晏师出名门，他从燕绥之身后走过，拿起定时热好的咖啡壶倒了一杯咖啡，不咸不淡地回道："我觉得？我觉得昨天可以省去阁楼，直接让你睡冰箱里，要不今晚你换换？"

燕绥之"啧"了一声，对这个学生表现出了极大程度的不满。

顾晏在燕绥之企图伸手的时候，给咖啡机开了清洗模式，一点儿渣都没有留给他，然后自己端着杯子靠在琉璃台边，表情冷淡地看着他动自己的厨房。

"你这样很像一个刻薄的监工。"燕绥之瞄了他一眼，"好像你稍一走神，我就会把你这厨房炸了似的。"

"你如果把自己毒死在这里，我就是第一嫌疑人。"

"蛮不讲理。"燕大教授点评道。

燕绥之留给人的印象属于十指不沾阳春水，比如饿了就给自己煮一杯咖啡或是倒一杯红白葡萄酒，而不是拿起锅铲。

这种格外胡扯的误解不知从何传起，甚至流传很广。

相较不愿分享咖啡的顾同学，燕教授展现了他广阔的胸襟。他从冰箱不多的食材里挑出几样，在给自己做了一份早餐的同时，给顾晏也做了一份。

他微笑着对顾晏说："我给你煎了蛋，溏心单面熟。"作为顾晏不给他留一口咖啡的回报。

顾·不爱吃生食·包括溏心蛋·晏："……"

不过，当他端过餐盘时却发现，煎蛋并不像燕绥之说的那样，而是刚好全熟。

燕绥之难得老实地热了一杯牛奶。在等牛奶的过程中，他一直没听见餐桌那边有刀叉餐盘碰撞的声音。

顾晏真怕他下毒吗？

他有些纳闷地转头看过去，却见顾晏的智能机刚好嗡嗡振动起来。

顾晏的目光像刚从他身上收回去，戴上耳扣垂眸接了通信："说。"

"嗯。"

"我就到。"

他难得回了对方几个字，然后安静地吃完了面前的早餐。

燕绥之坐到餐桌边的时候，他站起身拿起了大衣。

"你这就要走了？"

"嗯，我已经迟到了。"顾晏说。

燕绥之有点儿诧异，严格遵守黄金十分钟的人还有迟到的时候？

"见当事人？"

"不是，以前的同学。"顾晏答得很简洁，没有要多说的意思。

燕绥之对别人没什么探究心，也没多问，点头喝了一口牛奶。

"对了。"

"嗯？"燕绥之闻声看过去。

顾晏已经走到玄关，准备开门出去了，他指了一下洗碗机里装过煎蛋的空盘："谢谢。"

这也用得着谢？燕大教授挑眉笑了一下，开玩笑道："对我来说，这就算软磨硬泡了，能起点儿作用吗？"

顾晏的脸色精彩纷呈，几秒后重新冻上了。他没有搭理这明显的揶揄，转身就走，干脆地关上了门。

菲兹的车出来得很准时，燕绥之一分不差地站在门口，她也一分不差地停了车。

搭菲兹小姐的顺风车有利有弊，好处是一路上可以从她口中听到无数新鲜信息，当然，不该让你知道的她一个字也不会提，其他则一聊就收不住话匣。

从律所内部的案件等级划分标准，到今天德卡马某某商场打折，有用的没用的信息，燕绥之都听了个遍，甚至包括顾晏以及那件爆炸案。

"顾严格来说算你的学长，他比你早毕业很多年，所以你可能没听说过。"菲兹语速总是很快，像精力旺盛的精灵，"他是那位燕院长的学生，当年跟他同届的学生都说他跟燕院长关系非常糟糕，毕业之后毫无联系。"

"我略有耳闻。"燕绥之说。

他何止耳闻，明明是亲身经历。

不过燕大教授不要脸地认为，所谓的关系糟糕，主要是指顾晏单方面的表现，跟他没什么关系。其实这个学生身上有他很欣赏的品质，所以他对待顾晏跟其他学生略有不同。这在他的字典里，已经可以定义为"显而易见的偏心"了。

如果特别喜欢逗人生气算偏心的话……

菲兹继续说："我倒觉得并不是这样。"

燕绥之莫名有了兴趣："是吗？"

"那场爆炸案发生的时候，顾正在出差，案子由所里派给了霍布斯。顾听到消息立刻赶了回来，但是事情已经成定局了。他找了高级事务官，破例要走了案子卷宗，看了很久，后来还接了很多相关或者类似的案子。那两个月的工作量，快抵得上他以往半年的了。"

菲兹说："我觉得吧，不管他们在学校的时候关系怎么样，顾对那位院长总是有一点儿师生感情的。"

燕绥之清亮的眸光投向车窗外，沉默了片刻，然后笑着附和："应该是的吧。"

当菲兹在南十字地下停车场泊车的时候，他不经意问了一句："那个爆炸案撒除涉及的人，本质没什么特殊的，为什么会被所里定为一级卷宗？"

一级卷宗意味着翻阅都会受到一定限制。

菲兹愣了一下，摇头道："我不知道啊，定级有一套标准，这个就不归我管了。"

他点了点头没多问，又过了一会儿，他才从车窗外收回目光。

燕绥之原本以为回律所的第一天会好好在顾晏办公室里待着，毕竟今天顾晏不在所里，出去办事又没带上他，这就意味着他没有别的任务，整理整理卷宗就行。

事实证明，想清净是不可能的。

上午十点不到，找事的来了。初期考核的正式题目下来了。之前他们自己挑的什么抢劫杀人之类的，并不是完全独立的，而是一个综合的大案子。

为了让他们全面体验一番，搞得跟真的一样，所有的当事人证人等等都得由这帮实习生自己去接触约见。

于是这天上午，他们得去第一个地方会见与案子相关的人。

那几个实习生很兴奋，和燕绥之形成了鲜明对比："我们去哪儿？"

"墓园。"洛克道。

燕绥之说："谁安排的？"

"我老师霍布斯。"洛克一提他老师的名字就像小鸡见了鹰。

"必须得去？"

"那肯定啊，不然你考核想得零分吗？想想你那位老师。"洛克趁顾晏不在，狗胆包天地用下巴指了指他的办公桌，"你恐怕连鼓励分都没有，形势很严峻啊。"

"哪个墓园？"燕绥之问。

洛克："紫兰湖。"

紫兰湖墓园位于一片静谧幽深的湿地西侧，背靠蓝山面朝紫兰湖，距离繁华的法旺区只有不到一小时的车程。

那儿是一个长眠的好地方，也是距离市中心最近的一片墓园。

"这里面积特别大，据说足够让周遭三大区所有人都睡在这儿。"洛克在车上这么介绍。

众人纷纷表示并不想睡这儿。

"不过在此之前，我还真没有来过这里。"洛克的语气听起来有一点儿遗憾，不知道他在遗憾个什么鬼。

"我怀疑今天早上你是不是喝酒了，"安娜没好气地说，"没来过这里难道不是好事吗？"

"我知道，我是说这里还安葬着许多名人，我们可以顺道去看看他们。"洛克想了想，又补充道，"他们的遗容。"

那几个年轻实习生叽叽喳喳聊个不停，这种在工作时间集体外出的经历对他们来说有些新奇，所以很亢奋。

燕绥之除了他们看过来的时候适当地笑一下，全程没有参与进去。

他对这种外出并没有多大兴趣，事实上，他的注意力还停留在上午看到的卷宗里。

上一回他用搜索的方式找寻过爆炸案，这次才发现其实并不需要那样找。和他相关的那件爆炸案上做了特殊标记，还额外插入了书签。

特殊标记是律所里统一的，所有一级案件都会有。书签应该是顾晏加的，也许是为了方便翻查。

他简单翻了一下卷宗，里面包含的东西还挺齐全，委托书、背景资料、证据目录、各位相关证人证言、口供、文字版的庭审记录、判决书等等全部有。

他粗略一看，自己所需要了解的东西似乎都在里头了。

在出律所之前，他一目十行地看了最上面的案件简述，和他之前在新闻报道上看到的相差不多。

制造爆炸的是一名叫卡尔·理查德的中年男人，曾经遭遇过重度烧伤，精神有些问题，有时清醒有时癫狂。但是他不管清醒还是癫狂，都极度仇恨致使他被烧伤又将他解雇的公司以及部门主管。这几年，他的生活彻底没了保障，公司承诺的后续补偿始终没有到位，他的疯病日渐严重，妻子又带着孩子离开了他。

爆炸发生那天，公司老板带着几个管理人员下榻在那家酒店，刚好和燕绥之住在同一层。那一层有单独的电梯，不是所有人都能进去。卡尔·理查德干脆在楼下找了一个房间，两个炸弹把上下一共三层楼炸掉了。那个公司老板，几个管理人员，加上和燕绥之相似的倒霉客人一起交代在里面了。

因为精神问题，卡尔·理查德最终被送进了专门的精神病院，从某种程度上说避免了牢狱之灾。

"对了，紫兰湖墓园是不是……"实习生亨利突然开口，表情有些迟疑。

除了燕绥之，所有人都看着他，等他把后半句说完。

"我不知道我有没有记错，但是好像……"亨利说了一半便看着大家，好像所有人都能立刻领会他的意思。

众人一头雾水，片刻后，菲莉达最先反应过来，一拍大腿。

"噢——你拍我的腿干什么？"亨利崩溃道。

"我是说我想起来了，燕院长是不是也住在这里？"菲莉达恍然大悟。

燕绥之一惊："嗯？"

"我是说燕院长的墓碑就在这里！"菲莉达说，"报道上提过吧？我没记错吧？"

燕绥之轻轻"啊"了一声，像才想起来一样低声道："好像是提过一句。"

他有一瞬间出神，漂亮的眸子微微眯了一下，很快便看向了车窗外面。紫兰湖墓园巨大的标志，安静地竖立在松林环绕的湖边。

所有人的注意力都集中在"居然要看见燕院长的墓碑"这件事上，没人发现他神情有异。

正因为提起了这件事，所以在最后十来分钟的车程里，所有人都换上了一张上坟脸，整个车厢里充满了哀悼的氛围。

回过神的燕绥之靠在椅背上，默默欣赏了一路风景，感觉自己的脸都变成黑白遗照了。

"曾先生吗？我们已经到墓园门口了。"下车后，洛克翻出霍布斯给他的联系方式，给所谓的案件相关人拨了通信。

对方是紫兰湖墓园的工作人员之一，是霍布斯的一个朋友。

"南十字律所的小朋友是吗？"

"呃，我们不小了，对。"

洛克开了外音，对方的声音足以让所有人听见。

曾先生说："你们来了解案子？稍等一下，这边有几个客人，我接待一下，完事就去找你们。你们可以在办公区域会客室先等一下，或者可以去看看有没有什么人可以祭拜？"

众人：你们墓园的待客方式真特别。

像南十字律所这种实习生的初级考核，找的都是各个律师的朋友们，尽职尽责地帮他们扮演各种案件相关人。当中一些人非常享受演戏的过程，影帝影后上身，演得不亦乐乎，好像那些案子是真的似的。

"居然还有客人？"洛克切断通信后咕哝了一句。

墓园平时其实没有什么人，为了不影响曾先生的工作，霍布斯帮他们约的这一天其实算这个月的闭园日。

"那我们先转转吧。"菲莉达道。

感谢曾先生别出心裁的提议,十分钟后,燕绥之跟在其他几个实习生身后,穿过墓园长长的石阶和繁茂的树木,与自己的墓碑来了一个面对面接触,手里还拿着两枝菲莉达硬塞给他的白色安息花。

遗照上的燕绥之:"……"

拿着花的燕绥之:"……"

墓地应该是梅兹大学挑选的,燕绥之的遗照跟名人堂的那张照片一样——他戴着眼镜,优雅地坐在扶手沙发里,膝盖上放着一本厚重的法典,眼里含着浅淡的笑意,无论是容貌还是气质都无可挑剔。

当这样的照片出现在墓碑上的时候,便格外让人惋惜。

他事先没有留过什么话,所以墓志铭非常官方——一个高洁的灵魂沉睡于此,他拯救过许多人,也教授过许多人,紫兰湖温柔的月色和花香带着祝福,愿他安息。

燕绥之:"……"

老实说,他并不太想安息。

当他将手里的安息花别在隔壁墓碑上的时候,安娜她们两个比较感性的女孩儿已经叹息着红了眼圈。

他能活生生站在这里看着别人怀念自己,心情真是复杂又奇妙。

他正想对那两个小姑娘说些什么,身后不远处的石阶上突然传来了说话声。

"哎,有人抢了先,也是同学?"一个女声说道。

燕绥之闻声转过头,隔着二十多米安静的小路,看见了顾晏的脸。

燕绥之:"……"

怎么哪儿都有他?

顾晏并不是一个人来的,同行的还有几个跟他差不多年纪的男男女女,粗略一数,七八个人。

那些面孔燕绥之并不陌生,都是他曾经的学生。其中三个学生跟顾晏一样是直接跟着他的,另外几个因为一些课程研究被他带过小半年。

他没有太多时间去了解学生私下的事情,但在他的印象里,这一群人私交不错。

燕绥之之所以会知道这点,是这当中的几个活跃分子时不时会提到他们在聚会,然后展示一些照片。在大多数聚会的照片中,都有顾晏的身影。

顾同学总是那些喧闹氛围中独特的一道风景线,要么握着酒杯靠坐在一旁欣赏群魔乱舞,要么垂着目光听旁人聊得天花乱坠。

这么一个不活泼的棒槌还回回被他们拽上,可见他们的关系非常不错。

大多数学生在毕业后也一直跟燕绥之保持着联系,有工作上的,也有生活上的,逢年过节总会给他发来一些问候。

唯独两个人例外，其中一个叫柯谨，孤儿院出生，非常努力，是一个对生活极度认真的人。因为当初他各门课程表现都很突出，所以燕绥之做院长的时候非常乐意把奖助学金批给他，偶尔也会给他一些学业和工作上的建议。

柯谨非常尊敬燕绥之，最初两人保持着联系。后来因为一些意外，他生了一场大病，精神状况又出了问题，两人这才断了联系。

而另一个例外是顾晏。

没想到几年一过，顾晏居然成了他联系最紧密的人，抬头不见低头见，只能说世事无常，特别见鬼。

两拨人距离不近，燕绥之看不见顾晏脸上的表情，但是不知道为什么，他就是觉得对方好像比他还觉得见鬼。

没一会儿，那一行人走到了近处。

"不是同学啊，我看着像刚毕业的学生。"打头那个年轻的金发女人面露讶异，目光扫过他们的时候，在燕绥之脸上多停留了两秒。

不过她很快意识到这样盯着人看不合适，于是冲燕绥之笑了笑道："你们也是来看教授的？"

说话的这个女士名叫劳拉·斯蒂芬，当年是一个非常活泼爱笑的姑娘，燕绥之上一回见到她还是年初的一场诉讼，她比上学时要成熟许多，但依然爱笑。

不过今天在墓园，她的笑很浅，一闪即逝，看得出来她只是为了表达友好和善意。

她这话说完的时候，顾晏刚好走上最后一级台阶。他的目光先是落在墓碑上，接着落到燕绥之的脸上，最后落在燕绥之手上。

燕绥之顺着顾晏的目光一看，才发现洛克那个二傻子容不得他手里空着，又给他塞了一枝安息花。

燕绥之："……"

顾晏的脸色一言难尽，场面也万分尴尬。两人都还没有开口，那种莫名的氛围就已经很明显了。其他人觉察到了一丝异样，满脸疑惑地看过来。

"这个时间点，你似乎应该在办公室里老老实实看着卷宗。"顾晏说。

燕绥之没好气道："是啊，我也这么认为，但是显然出了意外。"

他说话的时候，洛克借着遮挡拼命用手指捅他的背，似乎想提醒他别这么直愣愣地跟老师说话，但是那力道快把他的大衣戳出洞了。

安娜他们几个也睁大眼睛看着他，像在问："你是不是不想干了？"

"顾，你认识他？"跟顾晏同行的众人一愣，纷纷问道。

顾晏淡淡道："这是我新收的实习生。"

这回轮到那些人见鬼了。

"实习生？你收的？"顾晏的朋友们当然深知他的脾气，"你居然会收实习生？真的假的？"

那些人的目光瞬间全部集中在燕绥之身上，有几个恨不得把眼珠子抠出来黏在燕绥之这里研究。

"他是咱们学校的？"

"特别出色？"

"做过什么惊人之举？"

"哐，他和老师长得倒是有点儿像。"

顾晏及时把这帮朋友的好奇心扼杀在了萌芽阶段："你们别研究了，他没什么特别的，原本应该分配给另一个律师，但对方碰上事故接不了，就暂时让我代管。"

这个理由平淡至极，听起来比"顾晏主动收实习生"好接受很多。

他那帮朋友似乎很遗憾没听见什么惊人的回答，"哦"了一声便没了兴趣。

这个过程中，只有一个人始终没有说过话。

他走在最后面，面容苍白，略带病态，他的眸光很淡，视线落在哪里都显得有点儿散，像游离在众人之外的另一个世界。即便如此，旁人也能从他脸上看出几分清秀俊气来，如果他的精神很好的话，一定是一个年轻有为的斯文青年。

在他前面，有两个同学始终低头看着他的脚步，生怕他一时恍惚踩错台阶。

这人就是柯谨。

从燕绥之所知道的情况来看，这大概算是柯谨精神状态比较好的时候了。

"所以你们都是南十字律所的实习生？"劳拉又问道。

"对。"菲莉达点了点头，接话道，"最近律所要办初期考核，搞真实模拟，需要来这边找一位先生了解那件案子的情况。"

这话说完，人群中有一个陌生人突然抬手示意："哦，你们是霍布斯安排过来的？刚刚给我拨通信的就是你们？"

洛克探出头来："您是曾先生？我是霍布斯先生的实习生洛克。所以您刚才说要陪的客人就是……"

"对，就是我们。"劳拉道，"以前每年冬天，教授都会办一场生日酒会，今年的时间也差不多了，趁着一个生病的朋友状态还不错，我们过来看看教授。"

"生日？"洛克看了眼墓碑上的出生年月，"呃，不是还有一个月吗？"

顾晏的那几个朋友看向墓碑，沉默了片刻，道："是啊。"

以前，燕绥之为了避免别人以生日礼物为由送他太多东西，一直没有明确提过自己的生日。

他确实办过几场师生内部的小型酒会，但每次时间都是随机挑，并不是生日当天。

所以即便是他的直系学生，也不知道他生日的日期。

每当有人预备要给送他生日礼物时，他就可以说"还没到"来谢绝好意。

可能这些学生也没想到，第一次知道教授确切的生日时间，居然是从墓碑上。

"不过我们习惯了十一月底或者十二月初，相信教授也很乐意我们早点儿来。"劳拉笑了笑。

洛克他们点了点头，匆忙让开了位置。

劳拉他们走到墓碑前，每人手里都拿着一小捧白色的安息花，气氛越来越哀婉。

燕绥之的脸也越来越瘫。他默默走到一旁，觉得还是眼不见为净的好。悼词听多了，他有种黄土埋到脸的错觉。

就在这时，劳拉低声开口道："顾，你真的不拿花？几枝也行，总好过空手吧。"

燕绥之转头看过去，这才发现顾晏两手空空。

"不用了。"顾晏的脸更瘫，他浑身上下都透着"不情愿"三个字，似乎连扫墓这种事都是被朋友们硬拉过来的。

燕大教授抱着胳膊靠在一株雪松上，看着顾晏推拒了劳拉两回，心想：顾同学，亏我还是你的直系教授，我死了你连一朵花都不给我，我都看着呢。

也许是他的目光太深邃，顾晏正打算第三次推拒劳拉时，突然朝燕绥之这边看了一眼，然后推拒的手就顿住了。

有那么一瞬间，顾大律师似乎在做生死抉择，仿佛劳拉手里的不是安息花，而是炸药引线。

当顾大律师思索人生的时候，有人突然低低叫了一声："柯谨，你怎么了？"

燕绥之闻声看过去，就看见柯谨抱着的安息花散了一地，他跪在地上，先用手敲自己的太阳穴说"头疼"，接着又突然用头一下一下磕着墓碑，缩在那里不断地低声念着："错了，不是这样……不是这样……"

柯谨这状况发生得太过突然，洛克他们几个实习生头一次看到，一时间都愣住了，傻在原地不知道该怎么办。

顾晏他们却反应很快，显然不是头一回应对这种情况。

几个人抱的抱，拉的拉，还有一个直接捂住了柯谨的头，将他跟墓碑隔绝开来。然而他却毫无意识，全然沉浸在自己的世界里，继续用头撞着那个同学的手掌，口中魔咒般的念叨没有停过。

"哎，没事了没事了。"劳拉不断地轻拍着柯谨的背，一边安慰道，"都过去了，没事了，跟你无关。"

洛克他们一脸茫然："这是什么情况？"

"啊。"菲莉达低低叫了一声，"我想起来了，之前听说有一个比我们大好多届的学长因为一个案子精神出了问题……"

当初柯谨的事情在圈内其实流传得很广，毕竟在那之前，他在一众年轻律师中表现突出，名气不小。

同行对他的评价并不一致。一部分人觉得他非常敬业，性格温和，是一个不错的朋友，也是值得重视的对手。另一部分人则觉得他"入戏太深"，认为他太过感性，对当事人和案子中的受害者都抱有极深的同理心，其实并不适合干这行。

那时候的柯谨刚入学不久，还带着学生特有的青涩和迷茫，他因为这样的评价找燕绥之聊过。

当时燕绥之目光沉静地看着他说："这其实是非常珍贵的品质。"

"你很善良。如果有一天，你因为善良跟其他人起了冲突或是惹上了什么麻烦，永远不会是善良有错。"

"但是教授……"柯谨坐在院长办公室柔软的会客沙发上，有些拘谨地喝了一口燕绥之递给他的红茶，"您看过那句话吗，印在《法外》扉页上的，说干这一行，很多时候是在地狱里跟魔鬼打交道。"

"我当然看过，但那并不意味着你要把自己变成魔鬼。"燕绥之把茶匙搁在杯盘里，"你需要熟悉他们的思维方式，但你没必要成为他们。日子久了，你可能会看起来不那么像好人，但你知道，你永远不会是他们。"

年轻人很容易沮丧，但也很容易感受到鼓励。

那时候的柯谨看起来如释重负，他默默喝了几口红茶，最后又问了一句："那您觉得我适合干这一行吗？"

燕绥之没有直接回答，而是问他："你想干这一行吗？"

柯谨："想。"

"你做这一行抱有某种初衷吗？"

"有。"

燕绥之笑着说："那就去实现它。"

柯谨端着杯盘，放松地笑了。

当那场聊天进行到尾声的时候，顾晏刚好来办公室找燕绥之审批一份研究文件。那时候柯谨的性格还有些腼腆，不太喜欢把内心的想法暴露在其他人面前，所以顾晏到了之后，他只简单说了两句便离开了。

但是旁人能看出来，柯谨从那之后便坚定了许多，没再自我怀疑过。

那段谈话可能是他毕业后坚持成为律师的重要动力，但是有些事情聊起来容易，真正做起来其实困难重重，有太多难以控制的因素，尤其是情绪和心理。

像柯谨这样善良、柔软、"入戏太深"的人，初衷或目标但凡有一瞬间动摇了，就容易陷入极端矛盾和撕扯的境地。

他在两年前碰上了一件案子，搜集到的诸多漏洞和部分证据让他对自己的当事人抱有极大的信任，相信对方无罪，而对方也表现得像一个不小心跌入沼泽的无辜者，只有他这么一根救命稻草。

他为对方做了无罪辩护，而陪审团最终跟他做了一样的选择。

又一位无辜者得以沉冤昭雪，这样的事情让性格温柔的柯谨高兴了很多天。

结果三个月后，他无意间发现了一些新的痕迹，足以证明他的判断出现了重大失误，那个当事人一点儿也不无辜，甚至比控方所指控的更加危险恶毒。而那时候他重新提交证据报警，那个当事人已经逍遥法外了，至今没有被找到。

如果是"能跟魔鬼谈笑风生"的老油条，对于这种事可能会懊恼片刻，然后想办法公关处理，以避免自己的名声受损。那些影响很快会消失，而他们也会重新投入更高费用的案子和更豪华的酒会里，甚至会把这种事装裱成某种谈资，一笑而过。

但是柯谨不是这样的人。

他的性格注定他会长久纠结在自己的误判里，自责懊恼，在矛盾中不断挣扎。事实甚至比这还糟糕——他在极端的自我怀疑和自我厌弃中度过了压抑的两个月，最终精神出了问题。

最初他的状态还不至于糟糕至此，后来某一天陡然变得严重起来。

很难说清究竟是什么加重了他的病情，最广泛的传言是那个逍遥法外的当事人李·康纳突然给他寄了一封"感谢信"，成了压死骆驼的最后一根稻草。

柯谨在医院住了一周，然后被朋友带走了，很久没再出现，最近这半年他状态略好一点儿，才偶尔能出来一趟。

那个朋友燕绥之也知道，是顾晏、柯谨大学时期的死党，只不过对方不是法学院的，而是隔壁商学院的，一个著名的享乐主义二世祖，叫乔。

很多人疑惑顾晏怎么会跟那样的人成为朋友，太不搭了。

燕绥之也挺意外的，就不多的几次接触来看，那个二世祖也列在"小傻瓜"的词条里。

菲莉达这么一提醒，其他几个实习生都想起来了。

不过他们几个不是那种不顾场合瞎聊的人，只是三两句交流了一下柯谨的事，便唏嘘着跑过去帮忙。

燕绥之也不再倚着树，而是大步走了过去，脸上的笑意都没了。

事实上，在听闻柯谨出事后的很长一段时间里，他时不时会想起当初聊天的那个场景。他并不后悔对柯谨说了那些话，但是有些遗憾当时只想到了鼓励，而没有多提醒柯谨一句。

对于柯谨，他始终抱有微妙而浅淡的歉意。

"需要帮忙吗？"

"没事，不用，我们有经验。"顾晏的那些同学将柯谨围住，不断安抚，也确实没有燕绥之他们这些生人插手的机会。

只是除了他们，还有一个人也站在人群之外，不是别人，正是顾晏。

顾晏显然不是一个擅长安慰别人的人，但他站在一旁并没有袖手旁观，而是干脆地拨出了一个通信。

对方似乎很快接通了通信，顾晏瞥了眼人群中的柯谨，几乎没给对方开口的机会，直接道："柯谨情绪不稳定，我给你开全息通信。"

下一秒，顾晏智能机的全息屏幕展开来，透过屏幕，可以看见一个年轻男人的脸。男人留着金色的短发，前额略长，抹了发蜡，都不用看清五官，单凭这风格就能认出来，正是二世祖乔。

顾晏把全息屏幕调在柯谨面前，乔的声音透过屏幕传过来，对着柯谨安抚道："嘘，嘘，看我，柯谨，看着我。没事，什么事都没有。我就说不让你单独走，结果你一声不吭瞒着我偷偷回德卡马，你看，我两天不在，你心情就好不起来了，是不是？我就说你也是，顾也是，闷罐子就得有个人在旁边给你们撬一撬缝。"

乔的安抚方式跟其他人不一样，完全没有那种小心翼翼的感觉，而是像聊天一样用最放松自然的语气跟柯谨说话，甚至还带了一点儿半真不假的抱怨，好像对方在听似的。

他说了差不多一分钟，柯谨才慢半拍地听见了他的话，撞着别人手掌的额头慢慢停了下来，抬眼看向了全息屏。

又过了片刻，他的目光终于专注起来。

全息屏里的乔一看他有反应了，知道这一次安抚又有了效果，他在恢复正常。于是乔松了一口气，又冲顾晏递了一个眼神。

顾晏把全息屏调得离柯谨更近一些，几个拉着他的同学试着慢慢松开手。

"另外我再给你报备一件事，我现在飞梭上，还有二十分钟在德卡马的港口落地。"

柯谨安静了好半天，眼珠子跟着乔的动作转了一下。

顾晏："你这时候冲到德卡马来干什么？"

乔并没有急着回他，而是仔仔细细地看着柯谨，确认柯谨已经彻底放松下来了，才一边逗柯谨一边回复他："你时间紧，柯谨又跑了，劳拉他们几个是同伙。我一个要办聚会的被你们撇在亚巴岛无人问津，还能来干什么？当然是把你们请回去。"

四十分钟后，说风就是雨的二世祖从德卡马的私人港口直奔墓园。这位少爷也不知道从哪儿掳来了医生，护着柯谨上了房车，同时还一个不落地把那帮同学都拽了上去,包括顾晏。

毕竟顾晏答应过他,要把三号空出来赴约。

柯谨窝在车厢里,愣愣地望着车外发呆,窗户没有关,封闭的环境容易让他恐慌。他的眼珠转得有点儿慢,缓缓扫过墓园大门、青藤,最终落在了路边的燕绥之身上。

燕绥之看着柯谨,过了片刻,他才从半块车窗里发现自己微微皱着眉。

他松了一下眉心,正想转移视线,结果一抬头就对上了顾晏的目光。

顾晏正要上车的动作一顿,有些迟疑。没过两秒,他拍了拍乔的肩膀说:"有事商量一下。"

乔很纳闷,同时也有点儿受宠若惊。以顾晏的性格,他很少会突然对某个朋友提出一些要求,所以这种"商量一下"太难得了。

"你等一下!"乔做了一个暂停的手势,"你等一下再开口,先让我记住这一刻,你居然要跟我商量,这太稀罕了,让我回味回味。"

顾晏:"……"

神经病。

乔透过车窗看见了柯谨的脸,虽然柯谨正在出神,可能根本看不到他,但他还是冲那边咧嘴一笑,这才把顾晏拉到一边:"好了,我做好了充分的心理准备,说吧,什么事能劳驾你动嘴?"

"我多带一个人。"顾晏道。

乔眨了眨眼睛,他的眼睛是明蓝色的,颜色比很多人都浅,纯净又漂亮,就是配上他的表情显得有点儿傻:"你说什么?多带一个人?"

"对。"

乔有点儿茫然:"通缉犯?争议政客?还是什么有着惊天背景的人?或者是我的仇敌?"

"你每天都在想些什么乱七八糟的东西?"顾晏面无表情,"只是一名实习生。"

乔更茫然了:"你就带一名实习生,这么郑重其事地跟我商量干什么?我还供不起多一个人的食物吗?"

顾晏:"……"

他跟这二世祖就不能讲什么"出于礼貌问一句",对方根本理解不了这种东西。

顾晏:"当我没说。"

他都转身准备叫上燕绥之了,乔才慢三拍地反应过来,惊奇地叫道:"等等——"

等个屁。

"你居然要带一个人！我的天，你居然要主动带一个人！"乔的表情活像自己坐飞梭机飞一半被炸了。

顾晏嘲弄道："下回我一定记得带一个鬼。"他说着拨通了律所的通信。

"喂，顾？"菲兹小姐的声音毫不意外地出现在通信另一头。

顾晏从远处的燕绥之身上收回目光，"嗯"了一声，开门见山："你给阮野记一下，今明两天他跟我出去，算出差。"

"又出差？"菲兹小姐的语气听起来想要顺着通信信号爬过来，"人家刚毕业还没适应工作，就天天被拎着出差，这会对工作产生阴影的，你知道吗？"

顾晏心想：人家出过的差大概是你我的两倍，阴影根本没有。

"你冷笑干什么？"菲兹大受伤害。

"没有。"顾晏平静地道，"我不是对你冷笑。劳驾你记一下，谢了。"

菲兹还在尽职尽责地保护"脆弱的实习生"免受摧残："他不是刚出完差吗？这样跑来跑去不好吧？况且这样一来，他怎么参加初期考核？"

顾晏："……"

人家一级律师的勋章都拿着玩儿了，参加什么初期考核。

顾晏完全没被说服："晚上我给你发一个视频，初期考核按照那个视频记成绩。"

菲兹："什么视频？"

"酒城的庭审记录视频。"顾晏道。

菲兹这才想起来，顾大律师不走寻常路，实习生刚到岗两天，就让人家直接上法庭实战去了。

实战和模拟考核哪个含金量高？

这是一个傻问题，所以菲兹选择不问，默默"哦"了一声："这个也不是我说了算，我问问事务官他们，还得跟其他带实习生的律师统一一下意见。这好麻烦，你得给一个理由说服我。"

顾晏："他是我的实习生，不是你的，也不是其他律师的。"

好，一击毙命。

菲兹负隅顽抗了几秒，终于放弃："行吧行吧，我给他记，现在就记。你们出去注意安全，别又弄伤一条腿，那你就没有实习生了。"说完，菲兹小姐自己思索了一下，又道，"好的，我知道你巴不得呢。"

顾晏直接略过其他话，点头道："谢谢。"

乔在旁边听了全程。

顾晏切断通信后，他高挑着眉毛问道："申请好像很麻烦啊？"

"你哪只眼睛看出来的？"

"两只。"乔一点儿也不怕被挤对，显然已经习惯了并且乐在其中，"申请这么麻烦你还要带着他，为什么啊？"

虽然乔努力让自己正经起来，但是语气出卖了他。

顾晏根本不想理他。

乔深知顾晏的个性，嘴上过个瘾就算了。当乔以为自己压根儿不会得到任何答案的时候，顾晏突然开口道："为了其他人着想，带上他比较好。"

乔："什么意思？"

意思就是你根本不知道某人能干出什么事来，一天不看着于心难安。毕竟全世界也找不出几个会拿着花给自己上坟的人，不是吗？

顾晏想想刚才的两难境地，这才发现自己另一只手里还拿着劳拉情急之下整个儿塞给他的安息花，整整一捧啊。

柯谨的事情一发生，顾晏倒不用考虑送不送花了，直接把花放进乔的手里，拍了拍乔的肩膀："我记得你的祖父也在这里，代我问候他。"

乔："……"

燕绥之原本的注意力都在柯谨那边，后来乔探究的目光实在太强烈，以至于他不得不再次朝那边看过去。

结果他看见顾晏冲他动了动手指，异常敷衍地招他过去。

不知道尊师重道的东西，恐怕是不想活了。

燕绥之从鼻腔里哼了一声，跟顾晏保持着对视的姿态。几秒后，他大度地容忍了顾同学的无理，不紧不慢地穿过墓园里的小路，走到对面的车边。

其他几个实习生有点搞不清状况，顾晏对他们来说是一个相当威严的老师。燕绥之一个人过去，另外几个就下意识像鹌鹑似的跟过去了。

顾晏："……"

他招一个却来了一群，天知道他的动作已经够小了。

"怎么啦？"菲莉达偷偷问了一句，样子很怂。她恐怕已经不记得当初企图跟燕绥之换老师的事了。

洛克摇摇头，声音比她还小："不知道，我跟着阮的。"

"他跟我出去两天，你们自便。"顾晏带着一贯的冷淡。

"啊……"刚才很怂的菲莉达和安娜有一点点遗憾，说不上来是因为顾晏要走，还是燕绥之要走，又或者两者都有。

她们遗憾了片刻，突然想起什么般道："那明天下午的初期考核，阮能赶得上吗？"

162

"他不参加初期考核。"顾晏说得平静又干脆。

所有实习生齐刷刷转头看向燕绥之，燕大教授一脸无辜："你们别这样看着我，我也是刚知道。"

"那他的考核分数……"菲莉达神色迟疑。

"再看，需要的话由我来给分。"顾晏道。

几个实习生面面相觑，然后同时向燕绥之投去了极为同情的目光，好像他上半身已经被轰出了南十字律所的大门。

燕绥之倒觉得这个决定很不错，他本来还想多问两句，现在决定先安分一会儿。

"你……嗯，保重。"洛克悄悄给燕绥之递了一个眼神，好像顾晏瞎了看不见似的。

二世祖乔是一个风风火火的行动派，说要把几人请走，就真的半点儿没耽搁。

半小时后，燕绥之已经跟顾晏一起坐在了乔的私人飞梭里。

这个二世祖背后有一个很庞大的家族，在星系各处都有它的身影。诸如政府各种基础设施，各地的春藤医院，等等……

虽然现在他的家族开始走下坡路了，但是瘦死的骆驼比马大，至少够两代人醉生梦死了。

"所以我们现在是？"燕绥之坐在顾晏旁边问道。

在他问话的间隙，飞梭缓缓驶离了私人港口。

"出差。"顾晏回得一本正经。

燕绥之挑了挑眉，见到乔之后他就想起来了，之前从通信里听到的略有些耳熟的声音，都来自这个二世祖。

"我没记错的话，你似乎要去参加一个私人聚会。"燕绥之毫不犹豫地揭穿他。

顾晏淡淡道："扫墓还是领出差补助，你选一个。"

燕绥之："……"

什么叫打蛇打七寸，这就是。

燕绥之干脆道："出差。"

"那你就安静。"

燕绥之乖乖闭上了嘴。

他们原本已经打算闭目养神了，一个身影突然走了过来，安安静静地在他们身边坐下了，准确地说，是在燕绥之身边坐下了。

来人是柯谨。

燕绥之和顾晏都愣了一下，转眼看向他。

"怎么了？"燕绥之低声问他。

然而柯谨好像只是找一个空位待着一样,并没有立刻开口,他甚至没有看两人一眼,只是低垂着头。

没过多久,乔便跟了过来。

"顾,你们看见——"乔的话说了一半,便住了嘴,因为他已经看见了坐下的柯谨。

他长长地舒了一口气:"啊,你怎么跑来这边了?"

柯谨依然没有反应。

乔却并不在意,干脆在这边坐了下来。

他的私人飞梭上是分不同舱位的,没有等级的差别,只是有的朋友喜欢安静,有的朋友喜欢热闹,就为了迎合他们的习惯。

乔:"你不去隔壁跟他们玩《德州扑克》?"

顾晏摇了摇头:"我在这边歇一会儿,还有一个案子的后续事情需要处理一下。"

"你呢?"乔又问燕绥之,"你是他的实习生?他严格起来是不是根本不是人?"

燕绥之笑了。要说严格,燕大教授本身比谁都有话语权,比起顾晏有过之而无不及。

乔跟着道:"他完全继承了他们那位院长的做派,哦,不对,应该说是你们前院长。我不是法学院的都见识过,每次学院研究审查都是哀鸿遍野,非常惨烈。"

燕绥之:"……"

顾晏:"……"

乔显然没有理解顾晏和"实习生"目光中的深层含义,他见燕绥之没说话,还以为对方第一次参加这种全是陌生人的聚会太过拘谨。

于是热情的乔大少爷毫不客气地挤对顾晏,想借此让实习生放松下来:"关键是你们那位燕院长平时风度翩翩还带笑,不容易引人反感。顾就不同了,他是一个住在冰箱冷冻柜里的人,留下的只有凶名。"

"你不是来带柯谨去隔壁的吗?"顾大律师冷漠地开始轰人。

乔摇了摇头:"就在这边待一会儿吧,我看他很喜欢这边的氛围。"

能从一个没有表情也不说话的人身上看出喜欢或不喜欢,没有一定的了解是做不到的。

"你不是说医生让他多接触热闹吗?"

"其实也不是热闹,医生说他适合待在轻松的氛围里。"乔说。

说话间,柯谨的目光无声无息地转了地方,落在燕绥之面前的咖啡上,也不知他看了多久。

"你想喝这个？"燕绥之问他。

依然没有任何回答，柯谨甚至连眼珠都没有动一下。

"他很久没有开口说过话了。"乔给燕绥之解释了一句，然后直接按了沙发座椅上的铃，"常叔，让人往这边送一杯咖啡，柯谨喝的。"

给柯谨的食物都是特别的，比如说咖啡，一杯几乎都是奶，比拿铁淡得多。

他看了一会儿柯谨，见对方一如往常，便收回目光，继续对燕绥之说："不论是谁，说什么话，他给过的最大反馈就是看着对方的眼睛。"

燕绥之其实曾经去看望过柯谨，但那是柯谨状态最差的时候，他整个人憔悴至极，整夜整夜睡不着觉，骨瘦如柴，像一只惊弓之鸟。后来他被乔接出医院，探望就没那么方便了。

燕绥之并不清楚他的病情是如何发展的，只觉得现在的他看上去比最初好很多，可见被照顾得很不错。

"最初他连发病的时候都不说话，没办法知道他崩溃的根源在哪一点。这半年他开始重复说一些简单的词。"乔说，"医生认为这是进步，但是他不发病的时候总是非常安静。"

"他说哪些词，像今天那样？"燕绥之问。

乔没有具体说，只笼统道："差不多吧，一些否认类型的词，或是重复地道歉，都是当初那件案子。"

那个逍遥法外的当事人至今没有找到，普遍的说法是他应该做了基因调整。

联盟的基因调整都是受到管制的，只有有授权的医院可以做这方面的手术，春藤医院就是其中之一。

对这方面的手术进行管治，就是防止这种罪犯脱逃隐瞒身份之类的问题。但是理想很丰满，现实却瘦成鸡仔，有人的地方就有黑市。如果罪犯有心要做基因调整，总能找到某些灰色渠道。

有一些方式能够检测到基因调整的痕迹，但是非常麻烦，而且存在一定误差，成本又很高，不可能全民普及，这就给那些人提供了机会。

二世祖一想到那个人有可能换了一个身份，换了一个名字，以另一种模样自由自在地生活在这个世界上，心情也变坏了："算了，不提这个，我总要找到那个人的。"

第二章　基因检测门

亚巴岛距离德卡马比酒城还要再远一些,但是乔的飞梭速度比普通飞梭要快不少。

12小时后,众人在天琴星最大的度假胜地亚巴岛落地。

这里有着最漂亮的海和面积最大的灯松林,乔安排的住处就坐落在灯松林旁的小山坡上,是整个岛屿视野最好的地方。

亚巴岛这边跟德卡马的季节是相反的,正值初夏,又是中午,他们几个穿着线衫大衣过来,差点儿热死在走往别墅区的路上。

有两位个性比较随意的先生一边走一边脱,大衣羊毛背心都扒了下来,只剩衬衫长裤。

"要了我这么怕热的人的命了。"其中一个人拎着衬衫衣领抖了抖,"衬衫还是冬款的,我要是光膀子走过去,你们介意吗?"

另一个人说:"我们肯定不介意,你就是浑身光着过去都没问题,但你得照顾一下劳拉和艾琳娜的感受。你确定要让两位女士看见你的肚腩吗?"

劳拉自己也脱了外套,一边用手扇着风,一边跟艾琳娜笑着扭过头去:"那我们得拿顾洗眼睛。"

顾晏拎着大衣的手顿了一下,撩起眼皮看向她们。

"不不不,我们没说话。"劳拉笑嘻嘻在嘴巴上做了一个拉拉链的姿势,"你继续,别管我们。"

燕绥之就在一旁看着她们逗顾晏,撩一下又连忙缩回去,过一会儿再撩一下,不知道是受虐狂还是什么。

顾晏没搭理她们，把脱下的大衣搭在手肘上，转头瞥见燕绥之，低沉地问了一句："你笑什么？"

顾同学难得好好说句话，燕绥之当然不会堵回去。他借用旁边的玻璃墙照了一下自己："我在笑？你从哪儿看出来的？"

顾晏用手指点了点自己的眼角："这里。"他说得非常随意，嗓音还有点儿嘶哑，不知道是热的还是受这里的环境影响。

燕绥之愣了一下，没再说话。

一直到住处都没有看到其他游客，四处静谧又安逸，这在亚巴岛是根本不可能的景象。很显然，这个二世祖把岛都包下来了。

住处是一小片别墅，不同于其他地方的是，这些别墅之间都有玻璃廊相互连接。亚巴岛天气多变，时常有暴雨，有连廊就避免了在不同小楼间穿行成落汤鸡的悲剧。因为这些连廊的存在，这些别墅小楼又组成了一个整体，乍一看像现代式的城堡。

"你以前见过灯松吗？"乔安排住处的时候，问了燕绥之一句。

他一点儿也没有二世祖的架子，又或许他对顾晏带来的人会热情许多。

燕绥之笑了笑，挑了一个符合身份的回答："只见过电子版的。"

乔："哦，那也正常，毕竟这是亚巴岛独有的一种松树，别的地方据说种不了。"

这种松树到了夜晚会散发出一种特别的香味，幽静浅淡，闻着还有点儿冷，总之对大多数人来说算得上非常好闻，对一种昆虫来说则是人间至爱。

那种昆虫叫灯虫，有点儿像古早星球曾经出现过的萤火虫，只不过体积稍大一点儿，而且灯囊数量不定，多的有三个，少的只有小小一个。

每当夜里灯松发出那种香味的时候，灯虫们像凭空从林子里冒出来的一样，绕着灯松飞舞。

一株灯松远远近近能吸引三四十只灯虫，如果有一片灯松林，那就太漂亮了。

而亚巴岛有着星系内最大的灯松林，到了晴天夜里，美得能震撼全世界。

这种景色燕绥之当然见过，他曾经在这里度过一个很短的假期，非常喜欢这片灯松林。后来他回到德卡马，心血来潮想搞两棵灯松种在自己别墅前院门口当门神，还托人弄了不少树种回来。

灯松这种东西在德卡马很难成活，必须小心照料，然而燕大教授并没有那个时间。起初几天，他还慢条斯理地按时按点给灯松浇水剪枝，后来出差半个月，等他再回来的时候，灯松已经驾鹤归西了。

他前后糟蹋了三批树种，终于老老实实收了手，给那些灯松留条活路。

托顾同学和二世祖的福，他这次能再来一趟这儿，心情还是很不错的。

"那你们住三号楼吧，那边也安静。"乔拍了拍顾晏的肩膀，指着最靠近灯松林的小楼，那幢楼距离其他小楼要稍远一些，玻璃廊也长一些。

"这两天只有你们，其他人还没到，房子很空，完全足够两人住一栋楼。等明天其他人到了，可能就得三四个人一栋楼了。"

"没事。"顾晏点了点头。

反正明天晚上他们已经在返程的飞梭上了，合住跟他们一点儿关系也没有，但是顾大律师依然答得脸不红气不喘。

"你们饿吗？还要吃点儿什么？"乔问。

"半小时前刚吃完东西。"劳拉没好气道，"我觉得以后不能乱坐你的飞梭了，一路像喂猪一样，十二小时吃了十二顿，一小时一顿，坐一趟飞梭重了五斤，我一个半月的运动量就这么搭进去了。"

乔："你可以选择不吃，顾和他的实习生就只吃了三顿。"

顾晏毫不客气地纠正："我的实习生吃了五顿。"

燕绥之：你这时候话又多起来了。

"既然你们都不饿，那就各自回房子换衣服，上次谁嚷嚷着要潜钓来着？潜水用具我都准备好了。"乔吆喝着。

众人散去，燕绥之跟在顾晏身后进了三号楼。

说是小楼，实际上面积不算小，楼上楼下的房间足够他们所有人住进来。

燕绥之把胳膊上搭的大衣挂在了衣帽间。他发现衣帽间里居然备好了换洗衣物，全新的，适合夏季。

"还挺细心。"燕绥之咕哝了一句。

顾晏道："每个季度，他都会差人在这里备好新的衣服，方便随时随地拉人过来。"

最初乔往这儿放的夏装都是花衬衫大裤衩，不怀好意地想看顾晏穿成那样，然后整个衣帽间就被顾大律师拉黑了。

再这么搞下去，顾大律师下一步拉黑的就是乔少爷本人。

两次之后，乔老老实实把衣服换成了正常的。

"你住哪间？"燕绥之问道。

顾晏道："很想看灯松林？"

燕绥之："还行吧。"其实如果能够住在三楼，正对着灯松林，他还是非常乐意的，但是燕大教授很矜持，不直说，全看面前这个学生的领悟能力能不能及格。

顾晏点了点头，一副了然的样子。他大致扫了一眼房间的分布，指着三楼正对灯松林的那个房间："我住那间。"

燕大教授："……"

滚吧，零分。

燕大教授笑着点了点头，心想自己记账了。

众人稍作休整后，换上了乔大少爷事先准备好的夏季衣裤，陆陆续续去了海滩。

从别墅正门出来的时候，劳拉他们才注意到别墅区院门两边竖着两扇检验门，看起来不太起眼，而且暂时没有启用。

"这里还要安检门？"众人一脸疑惑。

顾晏跟乔打交道比其他人多一些，知道的也多了不少："不是单纯的安检门。"

众人一愣："那是干什么的？"

又过了几秒，劳拉最先反应过来："哦，我知道了，是那个对不对？可以检测基因调整痕迹的？"

"从春藤医院那边搞来的？"

"我上次来还没有呢。"

这些同学全部对当时的事情非常清楚，也知道乔大少爷对这东西极其敏感。

人家查危险品，他查基因变动。

燕绥之朝那边瞥了一眼，又淡淡地收回目光，好像那东西跟他毫无关系一样。

"怎么不开呢？"劳拉又道。

"闲着没事开那个测什么呀？"

"没测过，我想试试。"

众人嘻嘻哈哈聊着。

乔刚好跟着柯谨从另一边往海滩走，听见他们的对话，道："测不了，刚搞回来就被我弄出了故障，下午有人过来修理。况且修好了也不会放在这里，是放在进岛口的，我自己的朋友有什么好测的。"

潜水工具乔都准备好了，众人嬉闹着换好装备，又在乔专门请的教练陪护下下了水。

柯谨安静地在海滩边坐下，这种生机勃勃又安逸的景象似乎真的能让他放松心情。两个陪护人员不远不近地跟着他，给他足够的自由，又能方便照顾。

"潜水吗？"乔安顿好柯谨后，过来问了燕绥之一句，"你在海滩边干坐着不嫌无聊吗？年纪轻轻的需要多运动。"

燕绥之冲顾晏抬了抬下巴，笑着说："你怎么不问他？"

乔："我已经放弃他了，他潜水水平高得很，就是不愿意跟我一起潜，你说这种朋友要他有什么用？"

燕绥之朝后靠上舒适的躺椅："是啊，那别要了。"

乔哈哈笑了起来："顾，你这实习生真有意思。"

顾晏在海边坐下，也不忘用智能机处理公事，根本懒得理那两个人。他正给对方传语音信息："可以，我看一下，晚上给你反馈。"

"你之前潜过水吗？"乔问。

燕绥之道："我热衷过一阵子，上学时候的事了。"

他很少谈论自己过去的事情，所以当他说完这句话的时候，顾晏居然纡尊降贵地把视线从自己的智能机上移开，抬起了头。

乔："听起来是过去时，现在你不热衷潜水了？"

燕绥之："现在我变懒了。"

事实上是因为他潜水碰到过一次事故，之后他就不常下水了。

"好吧。"

乔也没在他们这边多逗留。当他换好装备准备下水的时候，跟着他的管家常叔突然跑了过来。

"先生，有几位新客人提前到达了。"

"提前来了？"乔愣了一下。

提前来的客人是乔小时候认识的一帮朋友，父辈之间也有往来，算得上是发小。

虽然乔依然热情，嘻嘻哈哈，但是看得出来，他对这一行人不如顾晏他们上心。他们只是简单介绍了一下，相互喝了一杯酒就相继下了水。

不知道为什么，燕绥之坐在岸上看着人影一个个消失在海面的时候，莫名有点儿不舒服。

"每个人下去的时候都带着潜伴？"燕绥之看着重新恢复平静的海面，突然出声问道。

"嗯，没有单独下去的。"顾晏回答道，"他们不是第一次潜水，况且乔给他们都安排了教练。"

他一直在敲着全息投影键盘，回复各种工作邮件，其间，他甚至都没抬过几次头，却注意到了各种事情。

有教练的陪同总是安全很多，燕绥之放了心："我刚才其实很想说，杰森·查理斯更适合待在岸上，但那样太扫兴了。"

杰森·查理斯是之前那个嚷着太热要光膀子，又因为肚腩被其他人开玩笑的男人。

顾晏敲着键盘的手指一顿，撩起眼皮："如果我没记错的话，似乎并没有给你介绍过他的名字。"

结果燕绥之一点儿磕巴都没打，非常自然地耸了耸肩："杰出的人有被熟知的权利，他的庭辩风格很棒，我很欣赏他。"

顾晏:"……"

"我只是没想到他跟你的关系这么不错。"燕大教授说起瞎话来连眼睛都不眨,也不会有任何的负担。结果他说完一抬头,就见顾律师连键盘都不敲了,就这么看着他,一副"我就静静听你夸"的模样。

"怎么了?"燕绥之弯了弯眼睛。

顾晏看了他两秒,收回目光继续敲键盘,用一种非常平静的语气说道:"没什么,我会替你转告杰森的。"

燕绥之眼睛里的笑意更盛了,这就像在学校里,教授夸了某一个学生,其他没能得到赞赏的学生就会有一丁点儿失落,他把这定义为年轻学生间的小心思。

他觉得现在的顾晏可能也有点这种情绪,不知道为什么,这种情绪出现在顾晏身上就会让他觉得非常有意思,可能是这种心思跟一贯沉稳冷漠的顾同学特别不搭。

燕绥之欣赏了顾晏片刻,安抚道:"你也很棒,能成为你的实习生荣幸之至。"

他的瞎话张嘴就来。

顾晏听完后脸更僵了。

这话对于顾大律师来说有点儿消化不良,他沉默了好一会儿,才接着之前的话题道:"杰森这两年有些发胖,不过乔给杰森换了合适的装备,下水潜一会儿问题不大。"

什么"欣赏崇拜你很棒"之类的鬼话,都被他选择性遗忘了。

下午两点左右,常叔按照吩咐,让人送来了酒和甜点,大部分放在海滩边准备好的白色餐桌上,供潜水上来的人随时享用,还有单独的两份送到了顾晏和燕绥之的手边。

柯谨的那份依然是特别的,没有酒,只有新鲜果汁和牛奶。

下午茶刚送上来,海面上哗啦几声水响,四五个人浮了上来,陆陆续续上了岸。

"不玩了?"常叔远远地冲他们打了个招呼,指着餐桌道,"这边有吃的。"

那些人边朝岸边走,边吐出调节器,摘下脸上罩着的装备,冲燕绥之和顾晏笑道:"你们真不下去玩玩?很爽!"

燕绥之扫了一眼人群,杰森·查理斯的体形在其中非常显眼,潜水服非常好,勾勒出了他浑身上下各种不该有的曲线。不过看得出来,乔给他准备的装备尺寸确实适合他,不至于紧得难受。

顾晏扫了一眼杰森·查理斯"傲人"的身材,道:"如果你继续放任下去,明年劳拉他们潜水的时候,你会被摁在岸上。"

杰森没好气地挥了挥调节器咬嘴的管子:"你放心,我不会再胖下去了。"

另外两个上岸的则是乔的发小,一个叫乔治·曼森,一个叫赵择木。前者一看

171

就是一个爱运动的，身上的肌肉线条流畅但不过分粗犷，后者则是一个典型的商务人士。还有一个上岸的，是负责陪潜的教练。

这帮人仗着岸上暂时没有女士，边走边费力地脱身上的装备以及紧身连体服，脱到只剩一条贴身泳裤，大摇大摆地去前面的小楼冲洗身体。

那些潜水服和装备分成不同的小堆，堆在柯谨休息的那块岸边。柯谨的反应有点儿慢，隔了很久才缓缓低头，看着不远处的装备，似乎有点儿兴趣，又或许只是找另一个定点发呆。

"我回别墅一趟。"顾晏处理完智能机上的邮件，和燕绥之打了声招呼便起身往回走。

下午的太阳移了方向，没多久就移到了正对燕绥之双眼的角度。他眯着眼抬手挡了挡，决定回去找一副墨镜。

他往回走了几步，就碰到了常叔。

"你需要墨镜是吗？跟我来。"常叔带着他去挑了一副墨镜。临走前，他想了想，替顾晏也拿了一副墨镜。

常叔则干脆把整个盒子抱了出来，跟着燕绥之一起回到海滩边。

去冲澡的杰森·查理斯几人已经回到了海岸边，正端着冰酒围着餐桌闲聊。

"先生们，太阳很刺眼，我把墨镜都拿来了。"常叔说。

"谢谢，你真是太贴心了。"杰森·查理斯道，"不过我们过一会儿还要下水，所以暂时用不上。"

赵择木干脆开起了玩笑："我也不用了，我夜盲。"

乔治·曼森哼笑了一声："这笑话真是冻死我了。"

其他几人都笑了起来，赵择木喝着冰酒，无辜地耸了耸肩："刚好给你们降降温，不过我确实夜盲嘛。"

燕绥之从他们旁边走过的时候，乔治·曼森端着杯子突然朝他这边看了一眼，目光带了一丝探究的意味。

"我是不是在哪儿见过你？"乔治·曼森冲他举了举酒杯。

燕绥之也遥遥冲他回举了一下酒杯："是的，十分钟前你上岸的时候，咱们刚见过。"

其他人哄然大笑。

乔治·曼森也笑了一下，道："你真有意思。我是说我们以前是不是见过？"他干脆端着杯子走过来，"刚才你背对着海滩和太阳站的时候，我觉得你有点儿似曾相识。"

燕绥之："那就很遗憾了，我很少去海滩。"

乔治·曼森耸了耸肩："算了，你不用在意。也只是刚才那一瞬间，我怀疑我眼熟的只是那个场景，现在走近看你就不觉得了。"

他们休息了一会儿，很快走到各自脱下的装备前，重新穿上了潜水装备。

"潜水装备脱了再穿比之前艰难多了。"杰森·查理斯抱怨着。

"那是你身上汗太多了吧。"乔治·曼森道，"我觉得还好。"

杰森·查理斯穿上装备就已经热出了一头汗，蒸得脸色有点儿发红。燕绥之吃完一片乳酪饼干，转头看见他的脸色就皱了眉。

他正想喊查理斯一声，却见对方一头扎进了海水里，一边往嘴里塞调节器的咬嘴，一边往浮在远处的潜水船游去，看起来状态还不错。

燕绥之皱着眉看那些人上了船，潜水教练对查理斯说了什么，顺便替他稍微调整了一下装备，然后相继下了水。

有教练帮忙调整，他应该不用再担心什么了。

他收回目光，趁着顾晏的躺椅还空着，伸手从旁边的台子上拿了一杯冰酒，在这种环境下喝一点儿应该非常惬意。

然而他的手指刚握住杯壁，顾晏的手便从天而降，把冰酒从他手里拎了出来，搁到了一边，又顺手拿了一块奶酪饼干，塞进了他空空如也的手中。

燕绥之："……"

他嘴角一抽，转过头，就见顾晏不知什么时候站在了他的身后，正居高临下地睨着他，冷冷地说："我有责任看着我的实习生不在出差期间酗酒。"

燕绥之："……"

两人对峙间，乔的声音随着水声传了过来。

"你怎么也开始管人了？"

燕绥之和顾晏循声望去，乔大少爷将脱下的装备丢在软沙上，甩掉了头发上的水珠，冲顾晏道："你以前不是从来不管别人的事吗，怎么转性了？我一上岸就听见你不让实习生喝酒。"

顾晏根本没搭理他，只是抬手朝柯谨的方向指了指。

乔大少爷顺着他的手指看过去。

其实柯谨什么也没做，连声音都没发出，只是看着这个方向，乔就像被扔出去的飞盘一样大步跑了过去，把问顾晏的话抛到了脑后。

顾大律师不战而屈人之兵，轻描淡写把自己摘出去了。

当岸上一片和谐的时候，海里有一个人正在惊慌挣扎。

杰森·查理斯原本觉得自己这次下水不会有问题，谁知潜到深处，身上的压力就越来越大，胸口越来越闷，紧得他肢体不协调甚至难以顺畅地呼吸。

他在这时候做了第一件错事——下意识快速换了好几口气，过快的呼吸是大忌，并不会减轻窒闷。

接着他开始挣扎，揪着胸口的潜水服，试图缓解那种挤压感，但是过度激烈的动作同样是大忌。

直到这时，他有点儿缺氧的大脑才模模糊糊反应过来，他的潜水服型号似乎不太对，不是适合他的那一身。

乔弯腰跟柯谨说了两句话，然后跟燕绥之他们打了一声招呼，带着柯谨先回别墅去了。那两名护理人员也跟着离开。这片海滩上，除了燕绥之和顾晏，只剩下在整理多余潜水服的常叔，以及一个来送新茶点的姑娘。

"刚才接到——"顾晏的话刚开了个头，就发现燕绥之有点儿心不在焉，"你在张望些什么？"

燕绥之："我还是有点儿担心。"

"担心什么？"

"刚才查理斯的状态看起来不怎么样。"燕绥之道，"穿衣服费了一番劲，那样子真的不太适合再下水。"

"教练跟下去了吗？"顾晏也皱起了眉。

"跟了，但是在水下总是不好说。"

"如果碰到状况，他应该会打信号灯。"顾晏刚说完，目光扫过不远处的软沙，突然瞥见一个黑色的东西，"那是什么？"

两人走过去一看，脸色突然一变。

说什么来什么，躺在软沙里的还真是一枚潜水信号灯。

不论这是不是杰森·查理斯的潜水信号灯，都让人心里咯噔了一下。

燕绥之抬起头，跟顾晏面面相觑。

"常叔！"

"有什么需要？"常叔抬起头。

"你会潜水吗？"燕绥之表情严肃。

常叔一脸蒙，摇了摇头："上面没说要学这个技能。"

"行吧。"燕绥之捏着鼻梁，有些无奈，"潜水服别收了。"

常叔："啊？"

燕绥之仔细检查了潜水服调节器O型圈的密封状况，这才扔了一套给顾晏，自己拿了一套。

杰森·查理斯在海水中挣扎着。

其实原本不至于如此的，潜水服紧一些松一些影响并没有这么大，但是他这一年来体重增长实在不少，他这个体形在潜水过程中很容易有一些反应。两相加成，

174

致使他碰到麻烦时格外惊慌。

虽然他潜水前听过很多注意事项，也知道碰到某些状况时应该用什么方式对应，但是真正身处危险的时候，他根本没有办法想那么多，一切行为都遵从本能。

他下意识想让自己快点儿上浮，好探出水面，然而过快的上升速度让他肺里的空气迅速膨胀……

信号灯似乎在潜水过程中丢了，而那个教练连个影子都没见着。

他就要死在这里了。

杰森·查理斯在极度的绝望中胡乱想着。

在他意识抽离前的最后一刻，他觉得自己身上的锁带被人抓住了，还不止一只手。

好像有好几只手在抓他。

幻觉？八爪章鱼？还是终于有人发现他快要死了？

这是杰森·查理斯几近晕厥前最后的想法。

下午四点不到，亚巴岛的海滩上一片忙乱。

先前下去潜水的人陆陆续续上了岸，劳拉他们已经换上了常服，不顾身上大片的水迹和湿漉漉的头发，跟着救护担架忙前忙后。

乔拉着一张驴脸，安排岛上的医务人员将担架抬进救护中心。

"怎么回事？"艾琳娜淋浴出来就发现世界都变了，一时间有点蒙，搞不清状况，"我上岸的时候不还好好的吗？"

"是杰森。"劳拉语速飞快地解释，"杰森下潜的时候不知道出了什么问题，差点儿死在海里，而且这家伙居然没带信号灯就下去了。谢天谢地，幸好有顾和他的实习生。"

"那为什么有三台担架？"

"还有那位赵先生和教练，他们在水下被海蛇缠住了，医生还在找伤口，但愿没事，不过我听乔说岛上有抗毒血清。"

艾琳娜不禁后怕："我的天，怎么会发生这样的事？"

脸色最差的是乔治·曼森，毕竟跟他一起下水的三个人全倒下了，只剩他好好地上了岸。虽然概率并不是这么算的，但他还是会有种差一点儿也要死在水下的错觉。

他坐在海滩边供人休息的躺椅上，拿了一杯冰酒冰脸，努力让自己冷静下来。

在跟他相隔不远的地方，燕绥之也坐在躺椅上，垂着头摘下特制的救援用的黑色手套。

先前他跟顾晏拉着杰森·查理斯上岸的时候，医护人员恨不得把他也抬上担架去检查一番,但都被他推拒了。

再三确认他确实没事后,那几个医护人员才放心离开。

事实上,他非常累,累得根本不想站起来。

他很久没有潜过水了,而杰森·查理斯又是一个胖子,能抵一个半他。还好有顾晏搭把手,不然自己一个人去捞杰森的结果就是一起死在海里。

其他人累的时候脸会红,气喘吁吁,燕绥之却是越累脸越白,黑色的潜水服又将这种白反衬得更加显眼。

他习惯性地把呼吸克制在一定频率内,这使得他整个人看起来极为冷静,又有点儿恹恹的冷淡感。

燕绥之垂着眼,把摘下的手套卷叠起来。

面前的海滩传来轻微的沙沙细响,听起来像有人朝这边走过来了。

过度的疲累让燕绥之连笑容都懒得扯出来,就这么冷冷淡淡地抬了眼。只见顾晏一只手拎着潜水面罩和调节器,垂着眼皮将另一只手上的手套咬下来。

他湿了的头发向后梳,一根都没有落下来,显露出一种跟平日不同的轻微傲慢感,像古早时候的绅士。

"都送进救护中心了?"

"嗯。"

"那就好。"燕绥之懒懒地应了一声。

"走吧,去把潜水服换了。"顾晏走到燕绥之面前,用手套指了指不远处供人淋浴的别墅楼。

燕大教授懒懒地说:"你先去,我暂时不想起来。"

顾晏垂着目光看了他一会儿,把手套和装备都集中在了左手,然后伸出了右手:"你打算穿着潜水服闷馊了再去?"

他摘去手套的手指居然没有沾上水,也没有任何汗湿的痕迹,看起来修长干燥,非常干净。

燕绥之瞥了顾晏一眼,没好气地把手拍进那只手掌里,顾晏收紧了手指。

他借着力纤尊降贵地站起来,没好气地说:"我要是真闷馊了,一定去你房间静坐一小时当香薰。"

"你可以试试,看有什么后果。"顾晏等他站稳后,松开手冷淡地回了一句。

更衣楼的淋浴房外,忙了半天没停过的劳拉这才找到时间把自己收拾一番。她对着镜子把潜水专用的隐形眼镜取出来,刚弄到一半,就从镜子里看见了进门的燕绥之和顾晏。

她扒着下眼皮的手都没松,眼线和深色眼影顺着脸上的水迹流淌下来,转头冲两人道："还好有你们，不然现在就该打捞杰森了。"

燕绥之一进门就跟这个曾经的学生打了个照面，当即被那模样吓了一跳。

他咳了一声，下意识地朝后退了一步，又踩到了顾晏的脚。

顾晏："……"

还好，潜水上来都没有穿鞋，不然以那钉了绅士钉的皮鞋跟……

呵呵。

"你退什么？"顾晏扶着他的肩膀，以免他再来第二脚。

"他可能看见我的脸了。"劳拉扶着琉璃台笑弯了腰，"顾，你这实习生真有趣，借我带几天吧？"

顾晏挑了挑眉，心想：你恐怕是忘了当初研究审核成绩出来后，去找某院长哭的经历了。

劳拉仗着自己大几岁，依然不放弃调戏"年轻的"实习生："刚才你还被我吓了一跳呢，怎么又开始眨着眼撩我了？"

眯着左眼的燕绥之哭笑不得，他才知道这帮乖乖学生背着他的时候居然是这种风格，解释道："我的左边隐形眼镜跑进去了。"

"好吧，我不逗你了。"劳拉笑着转过去，继续收拾她的脸。

顾晏默不作声，别过头，如果哪天劳拉知道这个实习生是谁，她可能会后悔自己为什么会长舌头。

燕绥之站在洗脸池前，取出其中一枚隐形眼镜，另一枚有些麻烦，可能被他不小心转到里面去了。

这是亚巴岛这边特供的，潜水专用，不论多深，都足以让你在海里看清各种东西，还带一点儿放大功能。

但是人上岸后，如果还不摘掉它就不那么舒服了，会让人对物体距离产生错觉。

燕绥之弄了一会儿，依然没能把那枚隐形眼镜搞出来。

他的左眼红了一圈，还蒙了一层生理性的水汽。他闭上眼睛转了转眼珠，又用手指揉按了一会儿。

他再睁眼时，就见顾晏已经站在了身边。

"怎么，"顾晏问道，"隐形眼镜还没取出来？"

"这眼镜有点儿顽皮，可能被我揉到更里面了。"燕绥之耸了耸肩，倒也不急。这种时候，他的耐心总是非常好的，好像难受的人不是他一样。

"你换衣服去吧，不用等我。"燕绥之干脆在镜子前坐了下来。

然而话音刚落，顾晏已经弯腰用手指关节抬了一下他的下巴："我看看。"

燕绥之抬头的时候，那不听话的隐形眼镜刚巧回了正位。

带着放大效果的镜片一下子把顾晏拉近了不少，视觉冲击效果有点儿强，燕大教授莫名感受到了一丝尴尬和不自在。

顾晏面色很冷淡，伸向他的手却顿了一下，似乎对那种微妙的尴尬有所感应。顾晏悬在半空的拇指微微一勾，像要收回去，又有一点儿说不上来的犹豫。

其实顾晏的手指距离燕绥之还有点儿远，但是受潜水隐形眼镜的影响，在燕绥之眼里，就好像要摩挲过眼角才能落下去。

于是，他朝旁边别过头，看着镜子里的顾晏笑了一下："这隐形眼镜还挺听你的话，你说要找它，它就乖乖出来了。"说着，他低下头用手指一碰，把隐形眼镜取了出来。

"我去换衣服。"顾晏的声音低低地响在耳边。

当燕绥之再抬头的时候，他已经拿着东西进了更衣室。

亚巴岛上的救护中心隶属春藤医院，治疗水平相当不错，设备也非常高端，再加上医生并不建议随意挪动杰森·查理斯，所以他被安顿在了这里。

他的肺部受了损伤，需要在治疗舱里躺上两天，再做一个不算太复杂的手术。幸好顾晏和燕绥之找到他的速度够快，不然他伤到脑部要比现在麻烦许多。

至于赵择木和那位教练……

亚巴岛特产的海蛇咬的伤口非常小，很难发现，但是毒性又极强，发作时间从一个小时到两天不等，之前几乎毫无征兆。所以碰到海蛇，如果没有及时找到血清，是一种异常倒霉又异常危险的情况。

那两条海蛇在缠上赵择木和教练的时候给他们留下了几处咬伤，注入的毒液足以致命。万幸他们曾经注射过抗毒血清，还没有超过一年，对这种毒素有一点儿抵抗力，而救护中心又备有足够的急救血清，否则等待他们的结果就是白布盖头了。

医生对他们的伤口进行了处理，不过两人因为惊吓过度精神不济，始终在昏睡。

救护中心的照料毕竟不如专业的护理人员悉心，乔安排人把他们接回别墅继续照顾，也算尽了地主之谊。

一场混乱刚平息不到半小时，在岛上驻扎的警方就过来了。

"谁喊的警察？"艾琳娜问。

"我。"乔大少爷往沙发上一靠，脸色依然很臭。

众人对此其实是有些惊讶的，毕竟是这位少爷组织的聚会，当他坐庄的时候出了这种事，某种程度上来说其实有点儿打他的脸。

一场聚会弄成这样非常没面子，换成其他人，能不声张就不声张了，像他这样直接叫警察，实在有点儿出人意料。

"你……"劳拉迟疑地开口。

乔撸了一下额前支棱的短发，有点儿烦躁地说："在赵他们三个第二次下海的间隙里，潜水装备都丢在柯谨待着的那块海滩上。"

"所以？"劳拉道，"不会是……"

"我听到有流言说他神——"乔说了一半硬生生顿住，阴着脸把某些词咽回去，"弄混了几套潜水装备。"

虽然他把那个词咽了回去，但是在场的人都心知肚明，跟柯谨有关的只能是"神志不清"。

燕绥之窝在沙发上，微微皱了眉，但凡跟柯谨有关系的人听见这样的话都会不舒服，尤其是见过他曾经意气风发模样的人。

像乔这样全心护着柯谨的朋友，没有破口大骂已经是极度克制的结果了。

"这里学法的人多。"乔大少爷冷着一张脸，"那就用最公正的方式证明柯谨没那么无聊。"

其实如果真是他弄乱了潜水装备，作为一个精神有问题的人，是不用负责任的，但乔显然不能容忍这种猜想的存在。

顾晏他们都是柯谨的同学朋友，所以流言绝不可能出自这几人之口。

而除了他们，在场的只有那几个跟乔的家族有来往的人，流言从何而来，燕绥之他们心知肚明。

这些少爷们之间的关系其实很复杂，跟他们背后代表的财团势力相关，不是单纯的亲或疏能够解释的，牵一发而动全身，所以乔不能因为一两句话就跟他们翻脸。

不仅是乔，在场的这些律师们都跟那些财团有关。劳拉他们这种民商事律师，跟他们牵连很深，就连燕绥之这种刑事律师，都跟其中几人打过交道。

对于不方便直接教训的人，乔打算借警方的手折腾他们。

燕绥之默默看在眼里，心想：这大概是小傻瓜能想到的最"有心机"的方式了。

"因为调查需要，所以在座诸位暂时不能离开这个岛屿，等事情定性或是排除嫌疑，再一切自便。"亚巴岛驻岛警队警长凯恩一进门便如此宣布。

这位警长是一个有名的硬骨头，原本供职德卡马高级警署，因为过于耿直从不徇私，得罪过不少人。

燕绥之与他打过交道，算得上熟悉，甚至还有一两分交情。

上次见面时，凯恩还只是被降了层级，没想到这次再碰面，他已经被远调到亚巴岛来了。这里琐事不少，远离中心，是一个流放的好地方，最适合"明升暗贬"这种把戏。

不过凯恩依然干得很卖力。

"好吧，好吧，我原本也计划要在这里待一周。"

179

"后天能结束吗？我还有个重要的会议。"

"能不能宽限半天？我回去一趟，把事情解决了再来。"

众人七嘴八舌，但凯恩是一个刺头，说封岛就封岛，就算你是天王老子也别想出去。

宾客们原定的计划都被打乱了，乔正式的酒会不得不朝后推延几天，原本打算明天就离开的顾晏和燕绥之也暂时走不了了。

不过这毕竟不是私事，顾晏干脆给要出庭的法院递了一份延期审理的申请。

"谢谢配合。"凯恩依旧面色肃然，"虽然诸位都是响当当的人物，但既然报了警，该走的流程就一样都不能落。"

他伸手朝别墅门外一指："恕我冒犯，我不得不对诸位的身份信息进行一次验证。"

众人抬头一看，他手指的方向，两台十分眼熟的机器正立在那里。数个小时前，它们还差点儿被错认成安检门，可事实上，它们能够检测的东西非常多，甚至包括基因调整的痕迹。

"自从亚巴岛从春藤医院引进这两台设备，身份信息验证程序就跟着同步升级，其他地方可能不是这样，但亚巴岛这里需要大家从这两扇门里走一遍。"

燕绥之看着那门，脸瞬间瘫了。

乔那倒霉玩意儿不是说这两扇门需要修理吗，就不能多修一会儿？

凯恩拿着跟两扇检测门相适配的记录本，有人从那扇门里经过，相关的数据就会自动反映在他的记录本里。

如果身体有异常情况，比如曾经有过基因修改的痕迹，不管是死是活，提示警报都会响起来，指示灯会变成红色。

众目睽睽之下被爆出做过基因修正，那场景想想就刺激。燕大教授担心这些年轻人，尤其是他的学生们心脏受不了。况且爆炸案的原委他还没理出来，他在明敌在暗，这么快宣告"我有隐情，身份不明"不适合，他倒不是惧怕，只是没必要太早给自己招惹麻烦。

但是门都抬到他面前了，凯恩又是一个不讲私情的刺头，该怎么做才能避免尴尬呢？

燕绥之支着下巴，手指关节不紧不慢地虚打着节拍，嘴角还带着一点儿礼貌性的极其浅淡的笑。在或站或坐的众人中，他的姿态是最为从容放松的，一点儿看不出异样。

只要旁人不跟他说话，就绝对看不出他在走神。

这模样在不知情的其他人看来当然是毫无问题，只当他是实习生局外人，心里没有负担。

但顾晏不同，他刚进法学院成为燕绥之学生的时候，真的被院长的气质和笑蒙骗过去，以为燕绥之万事都有所准备，从来不会慌张焦躁。

可但凡是一个能喘气的活人，总会有疏漏的时候，怎么可能真的事事都在意料中？

后来相处久了，顾晏算是明白了——某位院长先生并非神到事事有准备，而是不管有没有准备，他都一副风雨不动的模样，鬼知道他哪儿来的底气。

顾晏看了眼燕绥之轻动的手指，那是燕大教授思考时下意识会有的小动作，不过应该并不为人熟知。

毕竟当年进院长办公室的学生不多，因为课题在里面一待一整个下午的更是少之又少，能见到某位院长出神沉思的，基本就可以称为锦鲤了。

顾晏就是一条锦鲤。

"林，丹尼，来给我搭把手，把这两扇检测门挪进门来。"凯恩指挥着自己的手下，同时还不忘嘱咐别墅内的众人不要随便离开一楼，一会儿就可以测试了。在众人见证下测试，结果更具有公信力。这是凯恩最讲究的方法。

"顾锦鲤"瞥了眼正在忙碌的警员，调出智能机屏幕给一位朋友发去一条消息——像安检门那样的设备，有办法隔空快速干扰结果吗？

作为律师，碰到的案子千奇百怪，其中也会涉及各种各样的专业内容。术业有专攻，所以律师常常会去找各行专家询问案件涉及的专业问题，以确认某些情景发生或是扭转的可能性。顾晏自然不例外。

对方收到这条信息时丝毫不觉得奇怪，以为这又是顾大律师在复原或是猜测某个案件细节，接连回复了两条消息：

——当然可以。

——是指神不知鬼不觉的那种方式吗？

顾大律师看着这两条消息，总觉得自己似乎在干什么见不得人的勾当。

他淡淡地"啧"了一声，朝某个专给他找麻烦的人扫了一眼，又收回目光，面无表情地敲着字：对，可用的工具非常有限，也许只有智能机，时间同样很有限，三分钟之内。

对方很快回道：如果你模拟的犯罪者没有同伙的话，那他得是一个高级黑客，能力或许只比我低一点点。

顾·犯罪者·晏："……"

理论上他是有同伙的，并且对方应该是主犯，他顶多是一个从犯。但是很遗憾，主犯胆太肥，一点儿自觉性都没有，可能还想进监狱。

顾晏的那个朋友可能想展示一下自己的专业能力，当即把想法付诸实践。一分钟后，顾晏收到了一个很小的程序文件。

紧随其后的是对方的信息：收到我发过去的程序文件了吗？你可以现在就尝试模拟一下。你打开这个文件，在第六行输入"搜寻附近信号"，如果你身边刚好有一个安检门之类的玩意儿，你的智能机会跟它自动连接。你在最后一行输入"E"，会让检测结果显示"错误"，输入"R"，会让检测给出一个随机结果，输入空格，会显示和原本相反的结果。

顾晏看着这些异常反动的内容，表情却非常平静——有这种说风就是雨的朋友真的很棒。

对方的信息又过来了：尝试前，请先确认你不会被请去警察局。

顾晏："……"

很抱歉，我就是要在警察眼皮子底下做这种尝试。

顾大律师纹丝不动，打算搞事。

凯恩警长已经带领下属把两扇检测门全部安置好了，记录本也已经准备就绪。

"抱歉，我去趟卫生间可以吗？"乔治·曼森抬了一下手指。

如果真有一些身体上的变动，并不是去一趟卫生间就能够解决的，对于这点，凯恩警长非常放心。所以他只是耸了耸肩道："自便。那么就从这位女士开始吧。"

乔治·曼森开了这个口之后，客厅中其他几个需要去洗手间的人也都站起了身。

"那我也去一下洗手间吧，看来一时半会儿结束不了。"

"我也去。"

"抱歉，我去厨房倒杯水。"在琐碎的人声中，一直淡定地坐着的燕绥之也抬了一下手指。

燕绥之一开口，顾晏就抬起了眼。不能怪他敏感，只怪某人从来不是什么安分守己的人。

这种时候他去厨房干什么？顾晏微微皱起了眉。

燕绥之起身的时候，刚好对上了他的目光，非常坦然地冲他笑了一下，然后朝厨房走去。

事实上，燕大教授突然有了一个想法，一个没有尝试过但很有意思的想法，他也不敢保证有用，但如果成功的话……不好意思了，老实敬业的朋友凯恩。

燕绥之不紧不慢地握着空空的玻璃杯走向厨房，在心里道了一句歉，脸上却半点儿忏悔之意都没有，非常混账。

"这位女士第一个来。"凯恩干脆敲着电子笔，给在场的人排了顺序，他指完劳拉又指向艾琳娜，"这位女士第二位——"

"格伦先生第三位。"对于乔的那些发小，凯恩还是熟知姓氏的，别说凯恩，很多第一次见到他们的人都能叫出他们的姓氏。

他逐一点了几个没去卫生间或是厨房的人，然后转向乔这边："您第六位，这位柯先生第七，顾先生第八……"

在他一个个报顺序的过程中，顾晏的智能机又悄悄振了一下。

那位热情的朋友又发来了一条新信息，他甚至连其他情况都替顾晏考虑到了：对了，如果你模拟的犯罪者在安检门出问题的时候并没有正在使用智能机或者光脑的迹象，那也没关系。这个是可以预设的，在字母前面加上数字和"#"，就代表预设安检门第几次检查会得出什么样的结果，非常简单。

"顾先生的实习生？第九吧。曼森先生第十……"

凯恩把去厨房和卫生间的人依次安排在了末尾。

顾晏略一思忖，打开程序文件，在末尾输入了"9#"，然后敲了一个空格——等到燕绥之检测的时候，检测结果会显示跟实际相反的结果。

"这边单数，这边双数，劳驾各位女士先生来排个队。"凯恩拍了拍手掌，将众人的注意力牢牢吸引在自己身上，"两扇门，速度很快，花费不了几分钟。对了，我需要你们暂时把智能机之类的东西摘下来。"

客厅里，各位少爷的抱怨声此起彼伏。

已经做过预先设定的顾晏闻言，一点儿也不急，异常淡定地把小指上尾戒状的智能机摘下来，搁在一旁的玻璃茶几上。

他起身的时候，不动声色地朝厨房方向望了一眼，就见燕绥之正开着冰箱门，往玻璃杯里加冰块，又淡定地接了一点儿清水。

其他人根本看不出他这个举动有什么问题，但是顾晏觉得问题非常大——虽然很多年轻人喝水的时候喜欢在水里加两块冰，尤其是在亚巴岛的夏季……但这绝不包括燕绥之。

这人喝水从来都是温水，什么时候加过冰块？

某人不会打算给安检门泼水吧？顾晏有点儿头疼。

劳拉和艾琳娜依次从两扇检测门里走过，每过一个人，检测门都启动一回，提示灯是安安静静的绿色，一切运转正常。

这两人通过检测门的时候，燕绥之端着那杯冰水从厨房里出来了。其他人都在忙碌，只有顾晏的目光始终投向他身上，准确地说是落在那杯冰水以及握着玻璃杯的瘦长手指上。

他看见燕绥之走过来的时候，被揉着脖子吊儿郎当去排队的少爷们轻撞了一下，伸手扶了一下检测门的门框。

不过，那杯水并没有被顺势倾倒在检测门链接的端口上。

这既是意料之外，又是意料之中。

那么那杯冰水……

顾晏正想着,不远处的燕绥之喝了两口冰水,又对凯恩点头笑笑,应了一句:"什么?智能机需要摘?好的,没问题。"

紧接着,顾晏就看见他把水杯搁在了茶几上,顺便把手上的指环智能机摘下来。

燕绥之刚直起身,就感觉自己的手腕被人抓了一下。

他一愣,顺着抓他的手看过去,就见顾晏将他上下扫了一遍,然后蹙着眉冲另一扇检测门抬了抬下巴:"你在那边,两边交错进门,水等会儿再喝,别乱插队。"说完,他便松开了手。

燕绥之愣了一下,笑道:"我知道,排第九嘛,怕我插队丢你的脸?"说着,他朝那扇检测门走了过去,两手空空,看起来非常安分守己。

当然,这只是看起来而已。

事实上,燕绥之手里是有东西的——几粒从冰箱某个玻璃盆中拿出来的黑豆。

要说基因变动,亚巴岛上供给的蔬菜水果大多属于这类,否则它们在这边根本种不活。也就是说,满冰箱都是燕绥之可以利用的东西,他只是在夹冰块的时候,随手摸了最小的而已。

刚才他扶住一扇检测门的时候,往夹缝里塞了两粒黑豆。这次经过另一扇检测门的时候,他借着横插过来的乔治·曼森的遮挡,又把剩余两粒黑豆随手塞进了门内侧的缝隙里。

这样一来,只要门启动一次,扫描人的同时,会连带着把黑豆也扫一遍。

燕绥之在队尾站定的时候,排在第三位的格伦刚好走到了检测门里,脚踩对位置的时候,检测门自动启动,扫描灯很快从他脚底到头顶过了一遍。

格伦两只手插在兜里,表情透露着轻微的傲慢和不耐烦,大约觉得自己在配合一件很没必要的事情。

扫描灯刚过头顶,他就已经迈了步子,紧接着检测门顶端的红灯毫无预兆地亮了起来,电子音机械地报着结果:"警告,有基因更改的痕迹!警告,有基因更改的痕迹!"

格伦当即愣在原地,活像一只被掐住脖子的鹅。

他愣住的同时,另一扇检测门里,第四个人的扫描也刚好结束。紧接着红灯也亮了起来,同样的警报声响成了二重奏。

呆头鹅又添一员。

"我什么时候改过基因?我家基因这么好,我脑子得被枪打成筛子才干得出这么傻的事!"格伦见有人作陪,顿时活了过来,张口就开始骂。

问题是他骂归骂,说的内容似乎还挺有道理,听得凯恩一愣一愣的,默默揉了揉太阳穴。

"检测门究竟修好没有啊?"

"没修好急着拖过来是不是胡闹？"

"搞什么？"

凯恩警长是一个很倔的人，就算检测门是坏的，也要全部走一遍证明它坏得彻底才算结束。

于是他咳嗽一声，勒令众人："继续走，不要停。"

于是第五位、第六位、第七位检测者，无一例外"满江红"。

顾大律师已经看醉了。

不用查他也知道究竟是谁搞的鬼，某人一出手就是损招，直接拉上全员同归于尽。

等到他从检测门里走过，扫描灯从脚到头扫描了一遍，然后熟悉的警报声毫不客气又响起来，他的脸已经瘫得不能更瘫了。

顾大律师刚在门那头站定，这边燕绥之也站在了门里，被扫描灯照着。

这两扇门是一个系统，为了方便记录，两边的人又错开了，所以到他这里刚好是第九位，一个不差。

燕大教授本来的预想是，后面的人包括他自己都亮红灯，这样泯然于众，毫不突出，完美。

然而扫描完一遍，他头顶的检测提示灯闪了闪，居然"叮"的一下变绿了。

燕绥之："……"

顾晏："……"

知道原委的顾大律师简直要气笑了，不知道是气自己多一点儿还是气某人更多一点儿。

绿莹莹的灯光映得燕大教授的脸也是绿的。

唯一值得庆幸的是，之前劳拉和艾琳娜检测也亮了绿灯，刚好跟他一头一尾。粗略一看，就好像是检测门发了一回间歇性的瘟病，到他这儿又正常了。

不管怎么说，两扇门的可信度已经降为零，老实的凯恩警长一脸郁闷，冲下属挥了挥手："算了算了，修的什么玩意儿，让他们重修，彻底修好了再说。"

经此一闹，检测被迫取消，警员们老老实实掏出光脑给每人做信息登记，然后是例行询问。

询问得单个进行，以免串通说辞。凯恩划分了一下下属，两人一组，询问地点就在别墅内各个客人的房间里。

这座中心别墅的设计有点儿像圆堡，一层的客厅处于内环，里面包含厨房、餐厅、卫生间，甚至还有健身区和一块圆舞池。客厅外层是一圈走廊，连接着几间宽大的卧室，乔治·曼森就住在一楼的一个套间里。

这一整个下午,他除了去卫生间的时候跟凯恩打了一声招呼,就再也没有开口说过话,状态非常差。

听说要单独询问后,他又神色恹恹地站起身,先于所有人朝自己的卧室走。

负责他的两个警员交换了一个眼神,匆匆跟了上去。

"曼森好像后怕得厉害啊……"叫格伦的人咕哝着。

乔因为柯谨,这一整天都有点儿懒得搭理这帮发小,没有应声。倒是坐在他旁边的劳拉回了一句:"我上岸的时候听他说过一句话,好像那海蛇最初是奔着他去的,后来被赵先生挡了一下,就转移了目标。"

好几个人都露出了诧异的目光。

艾琳娜感慨道:"要真是这样,那他确实会后怕,而且不只是后怕吧,毕竟赵先生还昏睡着呢。"

"不太可能吧?"格伦挑着眉,"还有这种事?"

这些少爷们心知肚明,他们之所以玩得不错,并不是真的感情有多深,更多的是利益牵连、背景地位相似。在这种前提下,居然会有一个人冒着生命危险去给另一个人挡海蛇?根本无法理解嘛。

格伦话语里带着轻微的嘲讽。

乔拿后脑勺对着格伦那边,冲着顾晏使了个眼色,然后翻了一个惊天大白眼。

凯恩警长又拍了拍手,板着脸催促道:"女士们先生们,劳驾动一动,别闲聊了,回你们各自的房间,我的警员会简单询问你们事发当时以及前后的一些情况,希望你们配合一下,知道什么说什么,不过不要过度发散臆测,说事实就可以了。"

客厅里的众人陆陆续续站起身,有几个少爷已经带着警员往旋转楼梯上走,格伦则带着两人去了电梯口。

去电梯口会经过乔治·曼森的房间,燕绥之他们没走几步,就听见格伦的声音从外围走廊传来:"曼森,你的房间遭受过地震吗,乱成这样?"

乔又翻了一个大白眼,对顾晏和燕绥之嘀咕:"我的老天,我真的要考虑下回喊不喊曼森了,每回喊曼森,曼森都要把格伦这个家伙带上,这人整天觉得自己连头发丝都比别人金贵一点儿,其他人都不值钱,就他浑身全是宝,什么毛病!以前曼森被他带得满嘴傻话,这两年估计脑子被洗过了,正常不少。不过他家跟格伦家一天不崩,他就得继续带着那个家伙。这样一来,窒息的人就是我,我真的要考虑一下了。"

他撒豆子似的抱怨了一长串,然后冲两人打了个招呼,带着柯谨往房间走。

"先生,询问必须单个进行。"警员提醒他。

乔道:"我跟他合并一下吧,再加一名医生,放心,串不了说辞。他如果能开口跟我串一句,我能把全联盟的烟花买回来放了。"

那两个警员转头为难地看向凯恩。

凯恩充分发挥了其棒槌的特色，一点儿情面不讲："分开，可以给柯先生配一名医生。"

乔："我考过精神科方面的行医执照。"

凯恩："在职医生？"

乔扭头爆了一句粗话，抹了一把脸，冲凯恩道："你知道你为什么一直升不了职吗，朋友？"

凯恩点了点头："知道。"

乔："……"

事实上，乔和凯恩的私交也不错，但碰到公事时半分情分都看不出来。

两人大眼瞪小眼对峙了半天，乔终于屈服："那你们询问的时候，我能在门口看着吗？不说话就看着，我怕他不小心受刺激了又开始难受。"

凯恩想了想亚巴岛警署书架上的所有相关法律法规，没找到反驳的，总算松口道："可以。"

燕绥之在旁边看了全程，觉得这位少爷也挺神奇的，都说物以类聚人以群分，他从小就跟曼森、格伦那些人混迹在一起，居然长成了现在这种样子。

"走吧。"顾晏从乔那边收回目光，说了一句。

燕绥之和顾晏各带着两名警员朝所住的小楼走去。当经过走廊门时，燕绥之的余光瞥到了乔治·曼森的房间，从他的角度只能看到一小部分，但足以让他明白之前格伦的那声惊呼是什么意思。

乔治·曼森的房间是真的可怕，地上散乱着各种酒瓶酒杯、衣服袜子、雪茄盒……乱得让人揪心。

就这房间，不装警报器都不用担心进贼，因为贼都没有下脚的地方，一个不小心还会踩错东西，叮叮当当惊动人就算了，指不定还会摔一跤。

嘭——

这想法刚从燕绥之的脑海闪过，曼森房里的一个警员就被绊了个跟头，撞到床边。

另一个警员的提醒声中气十足："你看着点儿脚下。"

然而乔治·曼森却一点儿要收拾东西的迹象都没有，只是在窗边坐下，举起玻璃杯，把杯底剩的一点儿红酒喝了。

就他这反常表现，绝对是警署重点关照的对象。

燕绥之摇了摇头，迈步穿过了走廊。

他们住的小楼距离这里远一点儿，但是视野开阔。他的房间和顾晏的房间门对

187

门，阳台外是大片的海滩和浩瀚的海洋。

顾晏领着两个警员进了屋，关房门的时候朝他这边瞥了一眼，冷淡中似乎含着莫名的意味。

燕绥之关上门，琢磨了一下。

他的第一反应是之前过检测门时不合群的绿灯让顾晏注意到了，毕竟律师多少都有点儿职业病，一旦注意到某些事情就会往各种思路发散，拔萝卜带泥，就看对方往哪条逻辑线上发散了。

不过说到那个绿灯，燕绥之的眉心轻微皱了一下。

他明明做了干扰，事实证明干扰也确实有效，怎么其他没做过基因手术的都红了，偏偏他这个做过手术的亮了绿灯？

算下来只有两种可能——

一是他的干扰让检测门真的陷入了紊乱，二是检测门还受到了另一重干扰。

也就是说，除了他之外，还有别的人对检测门动了手脚。

"阮野？"警员突然出声打断了他的思绪。

燕绥之目光一动，笑了一下："抱歉，我刚才有点儿走神。"

"没关系，可以开始询问了吗？"

"当然。"

"曼森先生，曼森先生？"

负责询问的警员接连喊了两声，负责记录的警员再度中气十足地道："曼森先生，请配合我们的工作，把酒杯暂时放下好吗？"

乔治·曼森猛地回神，晃了晃手里已经空了的红酒杯。

警员盯着他的手指，微微皱起了眉，因为这位少爷握着酒杯的手不知道为什么在发颤。

乔治·曼森放下酒杯，搓了搓手指，终于说了进房间后的第一句话："你们别看了，我喝多了酒，手指就有点儿不听使唤。"

地上到处是酒瓶，但他看起来并没有醉，说话的时候既不大舌头，也没有逻辑混乱，更没有莫名的兴奋或是眩晕，可见这位少爷是酒池子里泡大的，这些酒对他来说不算什么。

"你确定现在的状态还好吗？"警员看着他的手指，皱了皱眉，"如果需要的话，可以让医生——"

"不用了。"乔治·曼森打断道，"你们有什么要问的尽快问，问完我想睡一觉。"

"好吧。"警员点了点头，这种配合态度不怎么样的人他们也不是第一次见了，但是职责所在，能忍就忍。

他看了一眼凯恩警长给他们着重标注的问题清单，先挑了几个简单的问了一下，让乔治·曼森适应问答的节奏，然后才转到潜水的主要事件上来。

"杰森·查理斯的潜水服后来被证实穿在了赵择木先生的身上。"警员道，"下水前你们有人注意到吗？"

乔治·曼森："没有。不只是我，我想他们几个也都没注意到。那时候我们只想着赶紧下海爽一爽，衣服都是拿起来就穿，谁能想到会穿错。"

"杰森·查理斯和赵择木先生发生过什么不愉快吗？"

乔治·曼森道："不知道，不过杰森·查理斯是一个很……不像律师的律师，很少有咄咄逼人的一面，有点儿老好人，不容易跟人起冲突，况且这两人交集不多。"

"那柯先生和杰森·查理斯之间呢？"

乔治·曼森用一种一言难尽的目光看着警员："你们要用正常的思维去解释一个病人的行为？"

"好吧。"

警员沉吟了片刻，终于试着聊一下重点："事情发生之后，你的反应始终有点儿反常，情绪很不对劲。"

乔治·曼森垂了一下眼皮，活动了几下手指："我有很反常？"

"对，你虽然一直在配合着回答问题，但是情绪上始终有点儿……"警员斟酌了一下用词，"有点儿过于消极了，能解释一下吗？"

乔治·曼森这次沉默了好一会儿。

当警员以为他要抵触到底的时候，他又恹恹地开了口："其实也没什么，只是我以前碰到过一次潜水事故，这次的事让我又想起当初了。"

"什么样的事故？"警员又深入问道。

乔治·曼森在无人注意的时候，牙关咬了一下，又很快松开了。

什么样的事故呢？那已经是很多年前的事情了。

他觉得自己的记性应该不算差的，但是这么一回想，居然有点儿说不清究竟是几年前了，甚至那次事故的细节他都不记得了，只能想起一些模糊的片段，就好像那些记忆有意识地躲藏着，不让他抓住，又或者他潜意识里更倾向忘掉那件事。

那应该是在德卡马的一个度假海湾，那时候的他应该还在念中学，或者更小？总之他年纪不大，却已经是一个潜水老手了。

他非常自傲，很讨厌潜水的时候有人跟着，认为那都是生手才需要的。每每下水，他都会勒令其他人离远点儿，甚至让人帮忙拦着教练，然后那些保镖就真的没再跟着，放任他单独下了水。

那时候的他甚至很得意，觉得自己的话很有威信，他怎么说其他人就怎么听。

乔治·曼森沉默了一会儿，对警员道："很简单的事故，我忘记检查潜水用具了，调节器有点老化，O形圈变形以至于密封性出了问题。"

当天具体的细节他已经不记得了，只记得自己潜到深处才发现调节器的咬嘴有点漏气，过多的气体毫无章法地往他嘴巴和鼻腔里钻。

警员："我很抱歉，后来你被教练救了？"

乔治·曼森摇了摇头："没有，被一个陌生人救了。"

那人在深渊之下捞住了他，似乎还给他调整了调节器，但是那时候的他惊慌至极，抓到一个人就像抓救命稻草一样拼命扯住，可能也让对方体验了一把濒临溺死的挣扎感。

"混乱中，我根本没有看清他的长相，只记得他抓住我的手指很白……"乔治·曼森陷在回忆中，"非常白，应该是一个年轻人，手指很瘦很长，但是手劲非常大，而且他非常冷静。"他顿了片刻，又重复了一遍，"非常非常冷静。"

他后来试着查过救他的人。那个度假海湾的潜水用具是分区放置的，他每次去潜水，都是从VIP6柜的四套装备里随便拿。而很巧的是，当时救他的那个人也是用的VIP6柜的装备，调节器同样被动了手脚，一样是O形圈变形导致的密封性问题。

也就是说，对方在水下很可能跟他碰到了一样的事，咬嘴漏气，难以正常呼吸，但是对方显然比他沉稳从容得多，不仅能应对突发问题，甚至还救了一个人上岸。

警员听了，赞赏了一句："你碰到好人了。"

乔治·曼森没答话，过了片刻才点了点头道："是啊，好人。"

十来岁的乔治·曼森能力有限，始终没弄清那个救他的人是谁。

等到很多年后，他终于能动用更多力量去查的时候，已经查不到什么有用的信息了。

"所以那次事故只是一场正常的意外？"警员问道。

事实上恰恰相反，那根本不是一场意外。那件事过去半年后，他无意间发现，当初在潜水装备上动手脚的人很大可能来自他自己的家族，他那两个"亲爱的"哥哥。

因为整个VIP6号柜的装备都被破坏过，所以随便取一套都会陷入事故。那个救他的人，应该是受了他的牵连。

这个事实让乔治·曼森一度陷入极端的颓废中，疑神疑鬼，谁也不信。他开始跟着格伦那样的人鬼混度日，过着酒池肉林的生活，一年有三百天是醉着的，好像生命已经不是生命，可以尽情糟蹋，随意挥霍。

所有人都说，那几年他疯得有点厉害。

在那之前，他还是勉强有几个朋友的，比如乔、赵择木，还有圈子外的几个同学。

在那之后，真朋友也慢慢疏远成假朋友了，只剩下利益牵扯和虚假寒暄。

现在其他人再谈论起来，只记得他们是场面上的"朋友"，不记得年纪小的时候也有过两肋插刀的冲动。

"曼森先生？"警员有一点儿郁闷，询问对象总走神还叫不回魂。

"抱歉，我只是习惯性地开始思索那个救我的人会是谁。"乔治·曼森说完，回答了警员刚才问的问题，"你说那是一场意外？是的，当然是，只是我粗心大意而已。"

警员："你一直没找到救你的人吗？"

乔治·曼森点了点头："是啊，不知道为什么，我虽然对他没有具体的印象，但总是笃定他很年轻。能用VIP6号柜的装备，说明他也是一个富家子弟，或者年轻有为？除此以外，我一无所知。"

与此同时，靠近灯松林的那幢小楼三楼的套间里。

警员在问燕绥之相关的问题："你的潜水技术很好，但你一个下午都坐在岸上，始终没下水。你刚才说很多年没潜水了，为什么？"

"没钱。"燕绥之特别坦然地说。

警员："……"

燕绥之为了符合现在的人设，还晃了晃手指上的智能机，含着一抹无奈的笑意道："穷学生，早先还有点儿底子，现在已经没有了。"

警员想了想信息栏里阮野的个人资产，表示万分同情。

这个实习生本来不在他们的重点问询名单上，毕竟他是临时被带来的，跟这里的人交集最少，互不相识。就算杰森·查理斯的潜水服被换是有人蓄意为之，也不会跟他扯上关系，完全找不到动机嘛。

警员低头翻看凯恩警长的问题清单时，燕绥之的目光投向了阳台外的海滩上。

别墅大门外靠近灯松林的海滩尽头，有几个维修人员正光着膀子，翻来覆去地查看那两扇检测门。燕绥之正看着他们所在的地方微微出神。

事实上，整场询问他都在走神，只不过警员没有看出来而已。

他在脑中复原了之前过检测门的场景，又找出了好几处疑点，一个串一个，那些曾经被他满不在意略过的细节最终织成了几条逻辑线。

当问询全部结束的时候，天色早黑透了。

"我们需要整理一下所有人的记录，以便给这次的事件定性。"凯恩道，"在定性结果出来之前，我会派一支小分队在别墅区守着，今明两天进出可能会受到一些限制，但是我保证，最迟明天下午一定给诸位一个答复。"

听说明天就能解决，几个被耽搁时间的客人都松了一口气。

格伦信誓旦旦道："就以往的经验来看，但凡警方一两天就能给出定性的事情，都严重不到哪里去，这说明今天的询问内容并没有什么值得激动的地方。信我吧，这次的事情十有八九只是一场意外，警方肯定也这么认为。"

这个公子哥儿憋了两天，赌瘾上头，在大厅里转悠了一圈，让人下注来一把，不过被大多数人婉言谢绝了，于是噘着嘴咕哝了一句"真无趣，曼森也在犯病，连一个有趣的人都没有"。

"跟他处在一个空间，我不用喝酒就醉了。"乔冲顾晏和燕绥之这边眨了眨眼，然后让厨房把事先准备好的餐点端上了桌。为了配合警署工作，他特地没让仆人上烈酒，只有几瓶甜酒，以免有人喝昏了头。

众人这一天经历的事情有点儿多，一个个显得有点儿精神不济，用餐的时候非常安静。偶尔有人说话，都压低了声音。

当乔将最后一块鸡胸肉放进嘴里的时候，用手肘拱了拱身边的顾晏。

顾晏"嗯"了一声，示意他有屁快放。

"我怎么觉得你家实习生总在看你？"乔小声说道，"你做了什么？还是他想跟你做什么？"

顾晏被牛排呛住了，蹙着眉喝了一点儿酒："你知道你大学辅修心理学为什么连考三次都不合格吗？"

乔揉了揉被"捅刀"的胸口，嘀咕："可他确实从你这儿扫了好几眼，而且你一个从来不插手别人事情的人，光是这一天就管他多少回了，这在我看来真的反常。"

顾晏没答话，他修长的手指捏着玻璃杯，神色冷淡地晃了一下杯里浅琥珀色的酒，垂着的目光投向酒里。

又过了片刻，他喝完最后一口酒，沉声应了一句："是吗？"

他没有立刻去证实乔的话，而是不紧不慢地吃完了晚餐，又擦了嘴角。在餐厅灯光的掩映下，他隔着小半张餐桌朝燕绥之看过去，又在燕绥之抬头前，淡淡地收回了目光。

乔莫名觉得气氛似乎不太对，说不上来哪里不对，反正他坐在中间莫名紧张。

第三章　小心眼的薄荷精

因为用餐时间晚，所以各位客人回自己小楼的时间更晚，晚到灯松林已经飞满了灯虫。

燕绥之把大衣挂在房间的衣架上，穿着简单的衬衫长裤，抱着胳膊倚在阳台门边。海滩上的某一角吊着两盏白灯，那帮维修人员还在跟那两扇检测门较劲。

他看了一会儿，转身敲响了对面顾晏的卧室门。

没过片刻，门开了，顾晏按着门框，目光将他从上到下打量了一番，也没问有什么事，就点了点头，淡声道："进来吧。"

回来有一会儿了，他的衬衫扣子却一颗都没解，并没有要休息的架势，似乎还在琢磨什么东西。

燕绥之一眼看见了阳台外的灯松林，挑了挑眉道："果然还是你这边风景好。"

"你是来借阳台看风景的？"接了一杯清水的顾晏撩起眼皮看他。

"差不多吧。"燕绥之顿了一下，又道，"我顺便来跟你讨论一个问题。"

智能机的振动声应着这句话的尾音响起，顾晏拿了两杯清水出来，没手戴耳扣，便干脆用小指敲了一下杯壁，直接接通通信。

通信连接成功后，全息屏自动跳了出来，对方通信号显示在屏幕上的同时，声音也在房间里响起。

"顾，在忙吗？我看你一天都没回音，就是想问问，之前给你的那个干扰检测门的程序对案件有帮助吗？"

对方语速特别快，情绪非常饱满，咬字格外清晰，想听不明白都不行。

正把清水递给燕绥之的顾大律师闻声手一滑，一个杯子掉了，"哐当"一声，泼了一地凉水。

燕大教授垂着目光，沉默地看着杯子。

顾大律师也垂着眼皮，一言不发地看着杯子。

两人不约而同，面无表情地给满地玻璃碴开"追悼会"。气氛令人窒息，说不清谁比谁尴尬，谁更需要冷静一下。

但是老天总是这么不尽如人意，偏偏安排了一个棒槌在旁边叫魂。

"顾，你在听吗？咦，难不成信号不好？"对方嘀咕了一句，窸窸窣窣也不知道在翻什么，过了两秒又开始说，"我这里信号没问题啊，顾，能听见我说话吗？"

顾晏终于"追悼"不下去了。

他"啧"了一声，瞥了一眼通信屏幕上对方设定的那张傻脸，默默闭了一下眼，道："听见了，我这里有点儿事，稍后给你拨回去。"

"啊？"对方没反应过来，"不是，我也没什么大事，不用回拨，就只是问你一下那个程序软件你试得怎么样，干扰成功了吗？"

顾晏冷着一张俊脸，沉默了两秒，缓缓回道："结果挺刺激，谢谢。"

对方："？"

顾晏没有再说废话，直接切断了通信，房间顿时陷入了寂静中。

装死半天的燕大教授终于撑不下去了，他轻轻吐了一口气，颇有点儿破罐子破摔的意味，然后抬眼对上了顾晏的目光。

两人对视了片刻，好一会儿后，顾晏先别过头，不知是有点儿懊恼，还是单纯表达眼不见为净的意思。

"看来，我原本想跟你讨论的问题已经没有讨论的必要了。"燕绥之缓缓说完，停了一下，又道，"但我又有一个新问题想问你。"

顾晏依然没有看他，只动了动嘴皮，吐出一个字："说。"

"暴露身份的是我，怎么你看起来比我还尴尬？"

顾晏："……"

顾晏简直要气笑了。

"你把我的戏份都抢完了，弄得我反而不好意思尴尬了。"燕大教授说着，还微微笑了一下，显得特别不是东西。

某些人大概天赋异禀，随随便便一句话就能把人气得不知道怎么回他，偏偏又不是什么涉及人品道义的大事，气归气，你还没法跟他较真。

仿佛场景重现……

两人面前如果放上一张院长办公桌，燕绥之身后再放上一把办公椅，就和许多年前院长办公室里时常出现的场景一模一样。如果按照原剧本，下一秒，顾同学就该气不打一处来，冷着脸转身摔门走了。

他一走，燕绥之就更用不着尴尬了，皆大欢喜，非常完美。

然而顾晏只是捏了捏鼻梁，冷着脸冲阳台那边的椅子一指："你过去待着，我先把这一地的玻璃收拾了。"

"你怎么不摔门了？"某人的语气竟然还挺遗憾。

顾晏："……"

他瘫着脸看了燕绥之片刻，冷漠地说："如果没弄错的话，这是我的房间，我为什么要摔门离开？"

顾同学毕业多年，年轻有为，翅膀硬了，早已经不是当年那个气一气就跑的冷脸学生了，还有胆子指挥老师了。

他又冲阳台的方向抬了抬下巴，示意燕绥之赶紧过去老实待着，别站在这里气人。

说话间，卧室门被人"嘭嘭嘭"敲了三下，别墅内安排的服务人员格外有礼貌，问道："顾先生，我刚才听见有东西摔碎的声音，需要清理吗？"

顾晏看了燕绥之一眼，转身打开了房门，对门外的服务生点了点头，淡淡说："碎了一个杯子，劳驾你收拾。"

这些服务人员都训练有素，毕竟在这片别墅区里出入的都是有头有脸的人物，无论发生什么事，他们都不喜欢被人议论猜测。服务生带着两个人上来，目不斜视地直奔碎玻璃，很快把那些玻璃碴和水迹清理干净。为防止有漏网之鱼硌人，他们又在那块地方铺上了一层地毯。

这些人忙碌的时候，全程堵着门，燕绥之也不方便出去，何况他还有一些事要跟顾晏再确认一遍，便老老实实在阳台的木藤椅上坐下了。

当最后一个服务生退出房间的时候，顾晏在门边跟他低声交代了两句，那服务生点了点头，匆匆下楼，没过片刻又上来了，给了顾晏一个白色的小盒。

"谢谢。"

"应该的。"

服务生一撤，顾晏重新关好了门。

他不紧不慢地走到阳台边，把手里的白色小盒丢在了圆桌上。

燕绥之瞥了眼白色小盒，没反应过来那是什么。他本打算问点儿什么，然而站在近处的顾晏太高了，他说话还得仰着头看。于是他没好气地道："你先坐下。"

顾晏垂着眼皮看了他片刻，弯腰把白色小盒打开，从里面抽了一根棉签。

他弯下腰来，压迫感便没那么强，于是燕绥之看着他手上的动作，顺口问了一句："你什么时候看出来的？"

顾晏的手指顿了一下，没抬眼。他在盒中挑了一瓶温和点儿的消毒剂拧开，倒了一点儿在盖子里，轻微的薄荷味浅浅散开："你要听真话还是假话？"

两人距离很近，他说话的嗓音很低，又弯着腰，给人一种格外亲近的错觉。

燕绥之换了一个更放松的姿态，朝后靠在了椅背上："听假话做什么？"

顾晏垂着目光，认真地将棉签一头蘸满消毒剂，顺口答道："谁知道呢，也许你想听一听假话，以便自我安慰一下。"

"你说真话。"

"真话？"顾晏终于抬起眼皮扫了他一眼，"如果说怀疑，就是来律所的第一天。之后的每一天，你都能干出点儿事来加深我的怀疑，我真正确认是在酒城。"

燕绥之略带遗憾地说："我以为最少能坚持一个月。"

顾晏一点儿面子也不给他："恕我直言，我没有从你的行为上看出丝毫'坚持'的迹象，可能你藏得太深了吧。"

被讽刺的燕大教授顺了顺自己的脾气，又道："可是这才多久，有一个礼拜吗？酒城那边的时间过得比德卡马快，满打满算也就六七天吧。"

顾大律师淡淡道："是吗？我以为已经六七年了。"

燕绥之："……"

顾晏拐弯抹角的讽刺使人度日如年，他怎么收了这个倒霉学生？

"虽然我确实没用心演戏，但也还行吧？"燕大教授开始摆例子，"你看劳拉、艾琳娜、杰森他们就没认出我。其实正常人都不会那么快反应过来，毕竟我已经死了。这种普遍的认知一旦形成了，就很难被修正，更别说看见一个略有一点儿相似的人，就猜是做了基因修正……"

这人说话毫不避讳，说完一抬眼，才发现顾晏微微皱了一下眉。

燕绥之蓦地想起之前被扯走的黑色被子、被推拒的白色安息花，还有一些小而又小的细节。当时他没怎么在意，现在再想起来，突然有了一点儿别的滋味。

燕绥之很难形容，但他心里某一角倏然软化了一点儿。

他停顿片刻，又改了口："我是说，在他们的认知里，我已经死了。"

顾晏可能没想到一贯无所谓的燕绥之会改口，微微愣了一下。

灯松林万千灯虫的光从阳台外侧投来，映得燕绥之的眼睛一片清亮，像夜里盛着月色的湖。

"顾同学，我都改口了，眉头就别皱了吧。"燕绥之眼里含着笑意。

有那么一瞬间，顾晏的眉心下意识皱得更紧了一些，不过他自己很快反应过来，倏地松开了眉心。他垂下目光，没答话，而是冲燕绥之的腿抬了抬下巴："你的右脚抬起来一点儿。"

"嗯？"

"你应该是刚才被玻璃溅到了，流血了没看见？"

燕绥之闻言，低头看过去，才发现自己的右脚脚背被飞溅的玻璃划了一道口子，伤口应该不大,但渗出来一片血,他皮肤又白,衬得伤口格外扎眼。

"我还真没注意,小口子而已,破一点儿皮哪里算破,不用管它。"燕大教授本来还跷着二郎腿,放松又优雅,被顾晏这么一指,非但没把右脚抬高点儿,甚至下意识要把右脚放下去。

然而顾晏已经弯下腰,毫不在意地握住了他的脚踝。

"我自己来。"燕绥之吓了一跳,脚背的筋骨都绷起来了。

顾晏不咸不淡地道:"我摔的杯子,玻璃碴伤了人,我当然得善后。"说着,他还蹙了一下眉,"别动。"

混杂了薄荷味的消毒剂落在脚背上,有点儿凉。这是各类消毒剂里最温和的一种,进伤口里也不会疼。

顾晏垂着目光,神色一如既往的冷淡:"你还真被菲兹说中了,出门一趟伤一次脚。"

他说着,棉签不小心按重了一些,一滴多余的消毒剂顺着燕绥之清瘦的脚背往下滑,他顺手用拇指抹了一下。

"这脚说不定要瘸。"当顾晏收拾好白色小盒离开阳台的时候,燕大教授看着脚背上的小口子幽幽地想。

房间里传来哗哗的水流声,顾晏重新拿了两个玻璃杯,洗干净,然后接清水。

燕绥之看着他的背影,在水流声中问了一句:"既然你那么早就看出来了,为什么不告诉我?"

水声没有断,顾晏也没有回答。

不知道是他没听见,还是在思考怎么回答更为合适。

床边的墙角放着单人用的冰箱。顾晏端着两杯清水出来,扶着冰箱门,弯腰在里面翻找了片刻。一阵窸窸窣窣的轻响声后,他在其中一杯清水里放了一片绿色的叶子,又夹了三块冰块。

冰块磕在杯壁上,发出"哐当"两声响,听的人都能感觉到一股沁凉。

顾晏就是在这沁凉的背景声中开了口,非常不经意地答了一句:"看戏,我看看你能演到什么程度。"

燕绥之:"……"

这对话如果其他人听了,保准能气晕几个,剩下的就算不晕,也舒坦不到哪里去,但是燕绥之是一个例外。

"你要是早点显露出这一面,就别指望好好毕业了。"他嘴上这么说,眼里却依然含着一点儿浅淡的笑。

对于顾晏的说话风格,尤其是对他的说话风格,他还是有点儿了解的——说出来的不一定是真的,但一定是最不中听的。

换言之，真话一定比这句好听不少。

其实幸亏顾晏一直没说出来，拖到了今天，如果他确认的时候就摊了牌，可能是另一番结果了。

燕绥之这人远没有看起来那么好亲近，他很随性，什么都不太在意，但想要从他那里获取全然的信赖太难了。

他总是有所保留，可偏偏从面上根本看不出来他对你保留到什么程度，有着什么样的评价，更亲近你还是更相信别人。

如果顾晏刚发现就摊牌，那么之后的很长一段时间里，他可能都没法从燕绥之嘴里听见一句真话了。正是因为多拖了几天，而这几天里发生的诸多事情足以让燕绥之相信，他是帮着自己的，没有其他立场，完完全全跟自己站在一条战线上。这比什么解释和言语说服都有用，至少在燕绥之这里更有用。

顾晏端着两杯水在燕绥之对面的藤椅里坐下，把装着清水的那杯搁在了燕绥之面前，放了叶子和冰块的留在了自己手里。

他行动间带起了微风，裹着那杯冰水的味道飘到了燕绥之的鼻前。

燕绥之闻到了一股清爽又冷淡的薄荷味。

"薄荷叶？"他冲顾晏那杯水抬了抬下巴。

"嗯。"

"泡了薄荷又放冰块……"燕绥之"啧"了一声，"凉性太大了吧，你上火了？"

顾晏淡淡道："还没，但我不保证过一会儿不会上火。"

燕绥之："？"

"我跟你说话前泡一杯这种水比较保险。"顾晏抬起眼，"你要问的都问完了，是不是该我问了？"

燕大教授心想：我当然没有问完，但是问话又不是出考卷，一道一道多死板啊。他喝了一口清水，水温不冷不热刚刚好："你想知道什么？说说看。"

顾晏沉吟片刻，道："你在爆炸前被人救出来了？"

燕绥之愣了一下。

这其实是最无关紧要的一个问题了，毕竟他正好好地坐在这里，这个问题的答案显而易见，根本不用浪费口舌再问。

他们在这一行做久了，聊正事的时候很少会说废话，丢出来的问题都是最关键的，得到一个答案，自己就能把其他部分串联上，不会问多余的东西。

顾晏这句问话就是多余的。

这不像一个问题，更像在通过燕绥之本人之口，再次认真地确认一遍：他还活着，他躲过了那场爆炸。

燕绥之看了他一会儿，一点儿也不介意给这个多余的问题一个答案："对，有人帮了忙，我死里逃生了。"

顾晏点了点头。

至此，问题才开始回归正轨。

"那天晚上发生了什么？"

燕绥之："不知道。"

顾晏皱起了眉。

"你别皱眉了，我真不知道。"燕绥之没好气地说，"报道上的内容有一部分是真的，我确实胃疼，在酒店直接睡过去了。"

顾晏又问："那救你的人说过些什么？"

燕绥之："没有。"

顾晏："……"

"确实没有，只说提前把我弄出来了。"燕大教授心想：我什么时候向人这么解释过一件事啊？还是一个连好听话都不会说的倒霉学生。

顾晏再问："救你的人是谁？"

燕绥之："不知道。"

顾晏："……"

三个问题问完，顾大律师默默端起薄荷水喝了一口。

燕绥之："……"

他放松地靠在椅背上，两只手交握着搁在身前，一声不吭地装了一会儿无辜，然后在顾晏放下玻璃杯的时候开口道："事实上，我从爆炸那晚一直昏睡到了这个月下旬，也就是去律所报到的前几天。我醒过来的时候，身边有这个——"他抬起手指，晃了晃指环智能机，"也只有这个。"

他选择性地挑了重点给顾晏讲了一遍事情原委，然后笑了一声，道："刚才你的通信器接通的时候，我听见那个不知名朋友的话，有一瞬间怀疑过救我的人是你。"

毕竟单程飞梭票和愁死人的余额，还真有点儿像顾晏的风格。

"我？"顾晏一脸冷漠道，"我可绝不会放任你自己处理那张飞梭票，而是直接把你弄到最偏远的星球，确保你翻不了天。"

这话同样不知真假，但听得人想把他吊起来打。

"你可真没有一点儿学生的样子。"燕绥之微笑着说。

顾晏撩起眼皮看了他片刻，不咸不淡地道："彼此彼此。"

"你进南十字律所是为了看卷宗？"

"不然呢？"燕绥之挑起眉，"我还真缺一份实习生的工作吗？"

顾晏一点儿不留情面地揭穿他："你的余额可能有异议。"

"你还有薄荷吗？"燕大教授一脸温和地问道，"我可能也需要来一片。"

顾晏权当没听见，一脸正经道："爆炸案的卷宗我翻过几次，在不知道内情的前提下，确实看不出有什么漏洞，证据链完整，动机清晰，口供也没有问题，庭审记录非常正常，是一个铁闭环。"可以风平浪静结案，连社会争议都不会有。

事实上，那个案子确实没有引起什么争议，报道和议论的焦点永远停留在被牵连的年轻院长有多么倒霉上，还有一部分人则怨愤精神病这块免死金牌。

对于案件本身，所有人都安然接受了，除了燕绥之和顾晏，可能再没有人产生过疑问。

"你这么说的话，那我岂不是不用再浪费时间重翻一遍卷宗了？"燕绥之扬起嘴角。

"我能给你开的权限都已经开了，翻不翻卷宗，翻几遍，你自便。"顾晏说着，停顿了片刻，他转了一下自己面前的玻璃杯，垂头看着那片薄荷叶在水中轻轻晃了两下，然后突然提醒了一句，"你在南十字的时候，别那么毫无顾忌。"

"你觉得南十字律所也有牵连？"燕绥之对他话里隐含的意思理解得很快，准确地说，燕绥之也有过这样的怀疑，刚好跟他的想法不谋而合了。

"几个大律师不用管，有我。"顾晏说完，顿了一下，他可能意识到这个理所当然的语气有点儿不合适，但还是继续说道，"事务官少接触，在菲兹面前不用拘束，怎么自然怎么来。"

菲兹的性格说迟钝也迟钝，说敏感也敏感。像燕绥之那样肆无忌惮，她只会满脑子八卦，一点儿也不会觉得奇怪。如果哪天燕绥之变得规矩而谨慎，她反而会觉察到问题。

她的立场也许跟燕绥之和顾晏并不相对，很大可能她对背后的事情毫不知情，但是她毕竟是南十字律所的信息枢纽，很多人都会通过她了解一些事情。

"不过——"顾晏说着，话锋一转，"我还是建议你尽早离开南十字。"

燕绥之笑了一下，他不紧不慢地喝了一口清水，没有点头也没有摇头，只略微斟酌了一下，道："为什么？我倒觉得这样不错。线索不够的时候，我就自己抖一抖，抖点儿破绽出来，对方起了疑心，一定会主动找上门来，还省得我动腿了。"

顾晏："……"

他就知道，某些人一开始就没有把羊皮披严实的自觉。

顾大律师瘫着脸，又喝了两口加冰的薄荷水，盯着燕绥之看了好半天，说不上来是瞪还是无语。

"挺好的主意，不是吗？"燕大教授随性惯了，毫无自觉。

顾晏喝完半杯薄荷水，用拇指抹了一下嘴角，冲房间门抬了抬下巴，语气特别横:"回你房间去。"

燕绥之:"啧。"

然而"啧"是不管用的,顾同学铁了心不想再跟他废话,要把他扫地出门。

燕绥之也不恼,起身趿拉着黑色拖鞋,从从容容地往门口走。临出门时,他又冒出了一个想法:"既然摊了牌,房间换一下怎么样?"

顾晏嗤了一声,朝阳台外的灯松林看了一眼,冷冷地道:"你别想了。"

不懂尊师重道的东西。

燕绥之"哼"了一声,不再逗他。只不过燕绥之在背手关门前,突然想起什么似的,回头冲他笑了笑:"对了,我好像忘记说了,这些天辛苦了。"说完,燕绥之也不等他有什么反应,就替他关上了房门。

沙沙的拖鞋声一下子被阻隔在外,房间里陡然安静下来。

顾晏站在阳台边,靠着半扇玻璃门看了一会儿夜景,而后手指一动,调出了智能机的信息界面,给乔发过去一条消息:睡了没?帮个忙。

第二天接近傍晚的时候,凯恩警长重新来到别墅区,给众人带来了一个半好消息。

"一个好消息是——"凯恩的目光从或站或坐的先生女士脸上一一扫过,"我们的杰森·查理斯律师成功脱离了危险期,一个小时前睁开了眼,清醒状态维持了二十分钟,并且他用弯曲和摇晃手指的方式为我们解答了一些问题。医生说,多亏了他偏胖的体形,给上升过程中的压力做了一定程度的缓冲……"凯恩警长说到这里,忍不住嘬了嘬嘴,"当然,他会出这样的意外也跟体形有关,所以希望在座各位勤加锻炼,保持健康身材,如果真的超重,就别执着于潜水这样的运动了。你们答应我,让自己活得更安全点儿,让我们少出几次警,好吗?"

客厅里的众人都笑了起来,一天一夜笼罩在海岛上的阴沉氛围总算有所消散。

"我就说杰森那样的老好人会长寿。"劳拉他们明显松了一口气,高兴了许多。

燕绥之心里也轻松几分,不过并不是每个人都如释重负。

他不动声色地注视所有人,却发现至少有两个人神色跟其他人不大一样,似乎是在为其他事情困扰,又或者只是单纯走神。

一个是消沉了一天一夜的乔治·曼森,今天他打开房门出来的时候,还不小心带倒了一个酒瓶,以至于现在他的裤脚上还散发着烈酒的余味。

另一个是当时负责他们的教练陈章,他身材中等,长相普通,私下穿的衣服又总是灰色,在众人之中有些不起眼,之前总被人忽略。但在这时候,他的存在感就高了几分,因为其他人都在庆幸的时候,不知为什么他显得有些心不在焉,左脚一直以一种频率抖动着，很多人走神或是不安的时候，会有这样的表现。

他的动作幅度很小，而且很快意识到并收住了。也许除了燕绥之，没有太多人注意到他。

不过每个人的表现总是复杂的，也许今天看着无辜的人，明天再看就觉得很可疑。这很难说是对方心理变了，还是观察的人心理变了，燕绥之干了这么多年律师，深谙这一点。

比起从细微表现推测对方可疑，他更倾向无证据无事实。

毕竟对律师而言，无罪推定是最不该动摇的准则。

所以他看了片刻，便平静地收回目光，听凯恩警长唾沫横飞地交代第二件事："另外半个好消息是根据杰森·查理斯律师给予的一些信息，再结合我们跟诸位之间的谈话，还有现场勘验的结果，这里绝大多数先生女士都已经解除了嫌疑。"

"那你为什么说是半个好消息？"

"因为我们希望得出的结论是严谨而没有漏洞的，所以有几个跟事件牵扯比较深的朋友，还需要再耐心等待一天。"凯恩警长解释道，"我们需要二次检验，如果能确认今天的结果无误，那么这次的事情就真的是一场意外，只是穿潜水服的时候互相拿错了。"

一般而言，一次检验的结果基本可以定性了，二次检验不过是凯恩作为一个耿直较真的人额外搞出来的而已。在场的大多数人都心知肚明，结论应该不会有什么偏差，也就是说，这次的事情基本是意外了。

这么一来，众人的脸色真正放松下来。

天色渐暗，顾晏跟乔打了声招呼，他和燕绥之已经明确解除嫌疑，打算先走一步。

"行吧，我知道你手里的事情多得要蹦出来了。"乔早就习惯了顾晏的来去匆匆，表示非常理解，"本来我想让你放松一下脑子，没想到这次弄得这么扫兴。"

"这不是你能控制的。"顾晏道，"下回给你补一个聚会。"

"哎哟！"乔乐了，掏了掏耳朵，"你再说一遍？"

"我说，下回给你补一个聚会。"

乔大少爷晃了晃智能机，摇头摆尾地嘚瑟："我跟你们这群讼棍学的，录音了啊，谁不补聚会谁是孙子！"

顾晏平静地看着他。

乔："平辈平辈，都是爷爷，都是爷爷。"

燕绥之心想：有些年轻人厉起来真的令人叹为观止。

"对了,昨晚你让我帮的忙——"乔说了一半，就发现顾晏的表情突然变得古怪，"你的脸怎么了？说绿就绿？"

燕绥之转头看过去。

顾晏按了一下眉心，表情恢复如常："昨天的事回头再说。"

他那模样似乎并不打算再说，如果有可能的话，他看上去想要把昨天说的事情选择性遗忘并且强迫乔也遗忘。

不过乔大少爷是一个棒槌，他对情绪的分析能力大概只在柯谨身上修到了满分，其他时候全是零蛋。他摆了摆手道："没，我就是想说那两件事我都安排人在办了，效率是不是很高？"

顾晏瘫着脸，片刻之后点了点头："行，谢了。"

"这有什么可谢的，都是小事。"乔哈哈一笑，"其他人还要在这里多住几天，我就不特地送你们了，反正我跟你没必要这么客气。"

两人离开主别墅时，走的是西侧的花园小路，会经过主别墅一层西边卧室的窗台。

燕绥之走在顾晏身后，没走几步，余光便瞥见一个人影。那是乔治·曼森，他正坐在卧室的窗台边，弯着一条腿，手里松松地握着一个玻璃杯，琥珀色的酒液在里面微微晃荡。

他看起来有点儿醉，眼睛半睁着，面容疲惫，似乎一直没能好好休息。他隔着一片低矮的花草和五六米的距离，看着燕绥之这边。

他见燕绥之回头，礼节性地举了举杯子："要走了吗？"

他的舌头有点儿大，燕绥之心想：这位少爷不会喝了一天一夜没停吧？

不过出于礼节，他还是笑着回道："是的。"

走在前面的顾晏听见对话，停下步子转头看过来，目光在燕绥之的侧影上停留了片刻，又看向了乔治·曼森。

照理说，乔治·曼森跟他总比跟实习生状态的燕绥之熟，但是花丛挡着，这位少爷似乎没看见他，只看见了燕绥之。

"下回一起喝酒。"乔治·曼森对着燕绥之说道。

他显然是真醉了，都不管熟不熟就随口发邀请。

燕绥之依然保持着浅淡的笑意，点了点头应付醉鬼："好，有机会。"

话刚说完，他发现顾晏往这边走了两步。

"醉得不轻。"燕绥之冲他耸了耸肩，低声道。

刚说完，就听见那个醉鬼少爷又说了一句胡话："你的皮肤很白。"

燕绥之："……"

顾晏："……"

燕大教授很多年没听见过这么直接莽撞的评价了，他朝乔治·曼森看过去，却见这位少爷正盯着他的手。

燕绥之动了动手指，有点哭笑不得地回道："谢谢……嗯？你走回来干什么？"

他应付醉鬼的时候，顾晏不知为什么从原路返回来了，可能想看看曼森少爷还能说出什么鬼话。

不过小少爷没能继续他的表演，因为他盯着燕绥之的手太久，重心有点儿失衡，朝前侧歪了一下，差点儿掉下窗台。手忙脚乱间，他杯子里的酒泼了出来，也就没工夫再胡言乱语了。

回去的路上，乔又给顾晏发了几条语音信息，还是在说帮忙的事情，而顾晏的脸始终很僵。

燕大教授本来没什么兴趣的，也被他勾出了罕见的好奇心，笑眯眯地问道："你让他帮了什么忙，这一路上如丧考妣的？"

这人胡说八道逗起人来，用词总是很夸张，顾晏选择性地忽略了一半："没什么。"

"敷衍。"燕绥之挑起一边眉毛，"你这样遮遮掩掩的，很容易让人怀疑你的动机。"

"'你可以嗅觉敏锐，但不能妄自把某个人钉在嫌疑席上'，你以前说的话，我原样还给你。"顾晏道。他希望某位院长能有点儿以身作则的自觉。

可惜燕大院长没有自觉，说："哦？我还说过这个？"

顾晏："……"

当两人登上回德卡马的飞梭时，亚巴岛已经是夜里了。

岛上夜景最大的卖点就是灯松林，所以为了凸显那些灯虫，屋外的灯光很有限，即便是别墅区，也没有一盏明亮的路灯，只在花园小径的每一个拐点装有暖黄的地灯。

地灯的映照范围很有限，仅仅能够看见小径的轮廓。

乔治·曼森醉醺醺地在夜色里坐了一会儿，摇摇晃晃拎着酒瓶酒杯进了房间，只留下夜风顺着敞开的滑窗静静地淌进去。

主别墅的客厅里，为了庆祝杰森·查理斯律师的安然苏醒，也为了庆祝大家解除嫌疑虚惊一场，一帮热衷玩闹的少爷搞了一场 party（聚会）。

"曼森呢？"有人在酒杯碰撞声中问了一句。

乔摇了摇头："刚才我去叫过他，他连话都说不清了，只说不来了要泡澡，说要想办法睡一会儿。"乔说着顺手朝走廊的方向指了一下，"我让他把房门开着，万一摔了就叫一声。"

其他人探头看了一眼，就见乔治·曼森的房门半开着，但里面很黑，显然外间根本没开灯，那少爷估计在里间泡澡。安保员和服务生一边一个站在门外，那醉鬼少爷如果有什么动静，他们也能及时照应。

有格伦在，一群人玩得很开，到后来，连身体没有完全康复需要休息的赵择木和教练陈章都到客厅来了，找了沙发坐下。乔让人给他们端来几杯鲜果汁，没让他们碰酒。

劳拉则找了一个支架，把动态相机架上了，说要把这帮疯子们拍下来。

当飞梭驶离天琴星的时候，顾晏收到了劳拉发来的一小段视频，里面录了群魔乱舞的全景，镜头最后落到了柯谨身上，就见他坐在一群老同学的边角，乌黑的眼睛安静地看着觥筹交错的朋友们，喝了两口果汁，看起来状态还不错。

而本该和少爷们一起玩闹的乔，弯着两条长腿坐在柯谨旁边，和艾琳娜他们说了句什么，所有人顿时笑成了一团，只有柯谨还安安静静地坐着，只不过眼珠子很缓慢地转了一下，然后目光落在了乔身上。

"柯谨的状态好像又好了点儿。"劳拉附加的语音是这样的。

顾晏懒得看群魔乱舞，很快把视频拉到结尾，看完之后，他干脆把智能机从小指上摘下来："手。"

"什么？"燕绥之愣了一下，但还是下意识朝他摊开一只手掌。

当指环智能机落在他手心里的时候，还带着顾晏手指的温度。

"怎么，你要把智能机上贡给我？"燕绥之玩笑道。

"视频。"顾晏补了一句，伸手将那段视频重新调出来，淡淡道，"我觉得你也许会想看看。"

然而顾大律师没有考虑到的是，他说得太过简洁，以至于燕绥之不知道他的重点在于视频哪一块。

反正在飞梭上也没什么事，燕绥之干脆把那段长度为一小时零五分的视频看完了，还看得挺仔细。直到结尾柯谨出来，他才隐约明白顾晏的用意，顿时有些失笑。

"我看完了，你——"他说了一半，转头才发现顾晏已经睡着了，而智能机的屏幕上恰好跳出菲兹发来的信息。

——昨天晚上我新发给你的案件资料都看了吗？法庭那边给你联系过了，不过最晚只能推到明天中午，也就是说你一下飞梭就得过去，明天我在港口接你们的机。

这是顾晏原计划在前天就该出的庭，因为亚巴岛的事情耽搁延后了两天，他得去把案子摆平。

燕绥之一看这信息内容，就知道顾晏昨天夜里肯定又埋在案子里没怎么睡。这会儿在飞梭上好不容易能缓冲一下，燕绥之当然不会把他弄醒。

他试图在不惊动顾晏的前提下，把智能机重新套到他的小指上，可尝试了三次都以失败告终。

燕绥之终于放弃了，暂且将智能机收在了自己手里。

在整趟归程中，顾晏的智能机振了几回，不过回归待机状态的时候，信息内容就不会再跳出来，燕绥之也不可能贸然查阅别人的信息，也就任它们去了。

十多个小时的飞行其实非常难熬，落地的时候，人都有些懒洋洋的，不爱开口说话。

两人一前一后从验证口出来，一眼就看见菲兹小姐冲他们招手。

菲兹小姐倒豆子般说道："所里实习生要开个会，阮过一会儿直接跟我的车回去。顾，我给你安排了车，外务助理带着其他东西在车里等你，直接去法庭就行。"

"行。"顾晏点了点头。

菲兹小姐向来风风火火，跟顾晏碰头后，就要拉着燕绥之往停车场跑，然而刚一转身，她就看见顾晏抓了一下燕绥之的手腕："稍等。"

菲兹小姐只见过顾大律师冷冷淡淡地叫人等一会儿，还没见过这样直接上手的。"怎么了？"菲兹问了一句。

就见顾晏冲燕绥之摊开了手："我的智能机。"

那一瞬间，菲兹大清早起床的困倦烟消云散，精神头一下子就上来了。

紧接着，她看见实习生轻描淡写地笑了一下，说："我差点儿忘了。"然后他从自己小指上摘下智能机，放在了顾晏手里。

菲兹觉得可能今早她起床的方式不对，否则顾晏的智能机怎么会在实习生的指头上？还有比智能机更私人的东西？

"对了，有几条新信息，你记得看一下。"燕绥之提醒道。

顾晏"嗯"了一声，把指环重新戴上。

"可能是之前我给你发的，就是跟你说一声我已经到港口了。"菲兹提了一句。

"好，我先走了。"顾晏抬了一下手，转身大步流星地朝菲兹安排的车那边走去，很快消失在了出站口。

燕绥之看着他走远，一转身就发现菲兹小姐正眨巴着眼睛看着自己，脸上的八卦欲充盈得快要炸了。

然而燕大教授并不是什么老实厚道的人，他微微笑了一下，温文尔雅地冲菲兹道："怎么了？你看起来不太舒服，需要去洗手间吗？我在这里等你。"

菲兹默默呕了一口血。

顾晏的那场庭审持续的时间有点儿久，跨越了一场午饭，饭后继续审了三个多小时。

那几条信息在顾晏的智能机里多躺了几个小时，以至于当天晚上回到律所，顾晏才从信息和其他渠道得知，在他们离开之后的那天夜里，亚巴岛那边还是出了事情。

出事的是乔治·曼森。

这个年轻公子哥被发现躺在豪华浴缸里，旁边乱七八糟倒了许多酒瓶，浴缸里满满的液体散发着浓重的烈酒气味，他两只胳膊架在浴缸两边，其中一只手腕上有五六个针孔，地上躺着一个注射器和三个半碎的液体药剂瓶。

药剂瓶中散发的特殊香味证明，那是一种以效果强烈而著名的注射用安眠药。

从乔治·曼森被发现时候的状态来看，他似乎在经受失眠的困扰，喝了一天一夜的烈酒依然没见成效，于是喝糊涂了的公子哥干脆在泡澡的时候把酒全倒进了水里，也许想把自己泡得更醉一些？

总之醉汉的心思很难用常理去衡量，他发现自己没能在浸泡中睡过去，干脆给自己注射了几针安眠药。他注射安眠药的时候，连针头都扎不稳，差点儿把自己的手腕扎成马蜂窝。

最终，他还是成功把那些安眠药注射进了自己的身体里，但是一个毫无耐心还被失眠折磨的醉鬼，怎么可能会注意剂量，冲动之下给自己用了成人限制剂量的三倍。

顾晏的智能机里躺着几条信息，都是在飞梭航行的过程中收到的。

第一条信息来自劳拉：我的天，你知道吗？又出事了。

第二条信息紧跟其后，相差不过几秒，来自乔：曼森出事了！

第三条信息和前面两条隔了两个小时，依然来自乔：曼森在抢救室，我把能调的医生都调来了，情况好像不太好。我就办个聚会，却几次三番差点儿闹出人命，柯谨刚才又发作了一回。

乔连感叹号都没用，说明当时的情况是真的让他有点儿心累，曼森的状态也是真的危险。

在这三条信息之后，就再也没有新的消息。

无论是劳拉还是乔，抑或是其他人，都没有再发来过任何消息。

顾晏给乔拨去通信，却提示无法连接，给劳拉拨过去也是一样。

当他试图联系亚巴岛那群人的时候，燕绥之推开了办公室的门。

顾晏转而给艾琳娜拨通信，他看见燕绥之的时候一愣："你怎么这么晚还在办公室？手里拎的是什么？"

燕绥之把纸袋的另一面给他看，就见上面印着某个餐厅偌大的标志。那家餐厅离南十字律所很远，但那里的甜点非常有名，菲兹小姐夸赞过很多次，他有点儿耳熟。

他对甜点没兴趣，也没去用过餐，但是从菲兹嘴里听过，那家的甜点长得漂亮，价格更漂亮。

顾大律师的眉毛拧了起来："办公室里不准吃东西。"况且还挑贵的东西，某些人花起钱来根本不记得自己现在是一个穷人。

事实上，燕绥之也不想在顾晏的办公室里吃东西，要是一不小心撒点儿在毛毯上，恐怕又要气到顾晏。这个学生别的不说，管起老师来倒是特别顺手，胆肥得不得了。

"这你就得问你们律所的高级事务官了。"燕绥之一脸无辜，"一场毫无意义的实习生教育会从上午十点开到晚上七点，只预留了四十分钟的午饭时间。"

他醒来到现在才一个多礼拜，身体指标不太合格，体质依然有点儿虚。从下午四点不到他就开始饿，到散会的时候已经有眩晕的感觉了。

若燕绥之在那种情况下出去觅食，恐怕第二天就要与顾晏在报纸上相见了——著名律所实习生昏死街头，居然是因为饿，指导老师惨无人道。

所以他干脆叫了一份外送，刚刚下楼拿到的。

屋里的灯光将燕绥之的脸色照得很白，看起来毫无血色。

顾晏看了他几秒，默默转了身，权当刚才说"不准吃东西"的人不是自己，又或者眼不见为净。

艾琳娜的通信号很快也传来了提示：暂时无法联通。

他皱起眉，正要再拨一遍艾琳娜的通信号，就感觉自己的肩膀被人拍了一下。

"嗯？"他问了一声，刚转头就被人塞了一颗凉凉的东西在嘴边。

顾晏朝后退了一些，才看清这是一颗樱桃，梗上还沾了一点儿鲜奶油，显然是刚从某个甜点上摘下来的。

"你躲什么？还怕我下毒吗？"燕绥之没好气地说。

顾晏垂着眼皮，不冷不热地盯着樱桃看了片刻："我不用。"

"你已经碰到了，再退还给我不太合适吧？"

顾晏沉默片刻，认命似的把樱桃咬走了，好像樱桃上涂了砒霜似的。

燕绥之把手里细细的梗丢进垃圾箱里："既然你吃了东西就算共犯了，回头所里如果有人打小报告，记得也有你一份。"

顾晏撩起眼皮，一脸冷漠地看着他。

燕绥之坦然一笑，转头回自己座位的时候，把手指尖沾到的一点儿奶油吃了，然后捞起桌上的免洗清洁液，非常仔细地搓了一遍，这才抽了一张纸巾把手擦干净。

当他再抬头的时候，顾晏从他手指尖收回目光，继续皱眉拨通信号。

"怎么了？"燕绥之问道。

顾晏："曼森出了意外。"

"谁？"燕绥之愣了一下，这才想起临走前还满口醉话，盯着他的手看的那个少爷，"出什么意外了？乔告诉你的？"

顾晏晃了晃智能机:"飞梭上收到的那几条信息,有乔的,也有劳拉的。最后一条短信距离现在已经过去了将近二十小时,没有一个人的通信号能接通。"

他把乔治·曼森的情况简单地和燕绥之说了一遍,又道:"刚才我还搜到了两条简单的报道,再刷新就被删了。"

燕绥之闻言,也在光脑上检索了几遍,翻了十多页,终于在某个冷门的网站上看到了一篇博人眼球的报道,张口闭口都是"曼森集团准继承人自杀"这种字眼,最后又说尚未定性。

不过同样的事情发生了,页面一刷新,就显示报道被删除,应该是曼森集团那边在紧急处理。

"如果报道的大致内容属实,事情算意外或者自杀,不会连累到乔和劳拉他们。"燕绥之道,"集体通信接不通就只有一种可能……"

人全部在警局,暂时切断了跟外界的联络。

"对了,"燕绥之想了想,走到顾晏的办公桌前,"你问问凯恩吧。"

"凯恩警长?"顾晏道,"我没有他的通信号。"

"你等等。"燕绥之下意识敲了两下自己的智能机,当着顾晏的面打开了通讯录,正想把凯恩警长的通信号找出来就顿住了。

因为他的通讯录界面只有一页,就三个人——顾晏、菲兹,还有同是实习生的洛克。

后面两人都规规矩矩存的本名,唯独第一个特立独行,显示的是备注名:坏脾气学生。

燕绥之:"……"

顾晏:"……"

顾大律师撩起眼皮扫了燕绥之一眼,然后在自己的智能机上点了几下,平静地拨出一个通信号。

一秒钟后,燕绥之的智能机屏幕上,"坏脾气学生"的通信请求蹦了出来。

很好,人赃并获,证据确凿。

顾晏点了点头,接着不知给谁发去了一条信息,燕绥之直觉没什么好事。

十分钟后,顾晏辗转联系上了凯恩警长,询问了事情的大致始末。

乔治·曼森的事情最初被定性成一起意外,但是一项新的勘验结果让事情有了翻转。

"现在,我们更倾向于蓄意谋杀。"凯恩警长道,"具体还需要调查,警局有规定,我不能跟你细说。这两天亚巴岛会被暂时封锁,你们也过不来,先耐心等一等消息吧。"

他跟凯恩通话的时候,燕绥之也突然接到了一个内线通信。

"菲兹小姐？"他有些讶异，"你还没下班？"

"我刚记录完最后一条信息，正准备走。"菲兹道，"对了，我就是告诉你，前两天的出差补助已经发放到资产卡上了，你确认一下。"

燕绥之怕自己的通话声影响顾晏那边，干脆从办公室里出来，顺便看了眼自己的资产卡。

果然收到了一笔进账，只不过附加消息里写着：已扣除 2000 西。

"扣除？"燕绥之没反应过来。

菲兹道："啊，是的，因为顾说你出差期间表现得不那么令人满意。"

燕绥之："比如？"

菲兹："呃……顶嘴。"

谁顶谁的嘴？

菲兹："还有不守规矩。"

燕大教授这辈子没有因为这种问题被罚过，一时间有点儿消化不良："都是顾大律师告的状？什么时候说的？"

菲兹想了想："十分钟前。"

燕绥之："好的。"

挂了电话，燕绥之就把"坏脾气学生"的备注名改了，改成了"小心眼的薄荷精"。

第四章　意料外的一百分

印着"急救"字样的车在天琴星中央医院门口停下来，医疗舱顺着滑轨转进抢救室，数十道透明管像蛛网一样连接在舱内人苍白的身体上，血液像傍晚六点忙碌的车流一样，在那些透明管中匆匆来去。

监测仪器上的各项数值上上下下，没能在安全线上稳住超过一秒，"嘀嘀"的警报提示声不断响起，红灯不断地闪现在屏幕上，脏器衰竭的危险始终笼罩在抢救室里。

曼森家的人都坐在抢救室外的休息室里，沉着脸，带来一股无形的压力。

相较一脸紧张的医生护士，无声无息躺在舱内的人反倒算得上安详，好像对自己的危险处境一无所知。

乔治·曼森确实对自己的濒死处境一无所知，他正走在一条长长的隧道里，四周漆黑一片，遥远的前方却有晃眼的光亮。

隧道里陷阱很多，走着走着，他会一脚踩空，突然跌进一段梦境里，像是要在人生的最后一段时间里，把从小到大遇到的人和事都回顾一遍。

这一次，他梦到了小时候的自己。

可能是五岁？又或者是七岁？总之他的年龄不算太大。

那时候，曼森家每年都会邀请有商业往来的伙伴一起聚餐度假，有些人是固定嘉宾，还有一些今年来了，明年就不在了。

天气好的话，他们会有各种消遣，但乔治·曼森梦见的那一次聚会天气应该不好，他们只是在屋子里享用下午茶。

大人们的下午茶，他一个小鬼是没资格参与的，但他的哥哥们有资格。

毕竟他最大的哥哥比他大了整整三十岁，很早就开始参与集团事务了。不过也许是因为他年纪最小，曼森夫妇更偏爱他一点儿。

那时候的乔治·曼森还是一个上进的小鬼，装模作样地待在书房里用功，但他架不住总被窗外花园里的其他小鬼引诱，于是没坚持几分钟就滚下楼，直奔后花园了。

花园里有他熟悉的乔、格伦、赵择木等等，这几人是曼森家聚会的常客，几乎每年都在。乔他们家家大业大，根基深，格伦家势头正猛，赵家虽然是后起之秀，但抱紧了曼森家的大腿，是不错的帮手……

当然，这些不是乔治·曼森他们这些小鬼会考虑的，他们玩闹起来，只管熟不熟。对他来说，乔和赵择木都是朋友，格伦总跟他打架，但打完就忘，脑子不好使。

那天在花园里，带头搞事的依然是格伦。乔治·曼森被怂恿着爬上了一棵树，去摘树顶那个漂亮的孔雀果。结果格伦不知道从哪个洞里引出一条蛇，用钩子钩着让它顺着树干往上爬。

乔治·曼森刚够到孔雀果，就被树下的惊叫吓飞了魂，身体一歪就朝树下栽。

好在那棵树并不高，周围一圈垫着的又是软泥，他落地时被乔捞了一把，两个小鬼摔成了一团。乔是咋呼冲动的性格，爬起来撸着袖子跟格伦干了一架。而赵择木比他们大两岁，要沉稳一些，一把揪住那条蛇的七寸，走到花园墙根边，用石头狠凿了两下，把它重新埋进了土里。

他甩掉手上的血，冲乔治·曼森说："好了，蛇没了。"

虽然那条蛇其实很小，那个品种也无毒，但当时的乔治·曼森还是被赵择木狠狠震撼了一把。然后他一转身，又被替他打架打得鼻血长流的乔感动了一把，顺便给同样鼻血长流的格伦补了一拳头。

最后，他们这群一脸血的小鬼还是被两个路过的大人带去清洗了一番，还一本正经地劝了架。

那是一对很亮眼的中年夫妇，男才女貌，带着一股书卷气，一点儿也不像商人。

但他们确实是曼森家那几年的座上宾，据说非常富有，势头都要超过格伦家了，只不过那对夫妇性格内敛温和，不如格伦家存在感强烈。

作为小鬼，乔治·曼森对他们知之甚少，比起家财事业，他对那对夫妇的笑容印象更深一点儿。

哪怕过去这么多年，梦里那对夫妇的长相模糊不清，他也始终记得那位女士笑起来眼睛弯着，眼角有一粒很小的痣，显得漂亮又温和，一点儿也看不出年纪。

只是很遗憾，后来他再也没在聚会上见过那两位了。

也许是他们不热衷于聚会，也许是昙花一现后就落寞潦倒了。

他不知道自己为什么会梦见这些久远的片段，但是这么一想，他的人生还真是有许多细小的遗憾。

比如那个手指很白，在海里拉住他的人；比如这对眼睛很漂亮，笑容温和的夫妇……他至今也不知道他们姓甚名谁。

"嘀——"

"肾脏衰竭——"

监测仪器再次响起了急促的提示音。

护士们显得有点儿焦急，几位医生的脸色也很难看。

"再试一下。"

"来！"

……

这几天南十字律所的氛围有点儿诡异，燕绥之和顾晏各要承担一半责任，起因还是那个烦人的"实习生初期考核"。

燕绥之被顾晏拽去亚巴岛的时候，菲兹他们就提醒过，实习生初期考核已经安排好了，如果燕绥之这时候跟着出差，就一定会错过。毕竟这种考核除了考虑实习生的准备情况，更要考虑参与的大律师的时间。

总而言之，燕绥之错过了初期考核。

争论点就在于，他需不需要重新补考。

负责这次初期考核的是洛克的老师霍布斯，也许是因为共同竞争"一级律师"，这个老家伙行事作风有点儿针对顾晏。如果是别人带的实习生，可能打打马虎眼就过去了，但是顾晏带的，他就格外较真。

"我们可以再费一番精力，找几位朋友帮忙，设计一个小而精致的案子，让你能有一次展现自我能力的机会。"霍布斯板着脸的时候特别不近人情，跟顾晏的那种冷感不一样，这是一种精明又难对付的感觉。

同时在场的还有洛克、菲莉达、安娜他们几个实习生，虽然霍布斯这话是对着燕绥之说的，目光也只盯着他，但其他几人尤其是洛克，都吓得大气不敢喘。

反倒是燕绥之，一脸放松自在。他心想"这老家伙形容案子居然还要用小而精致这种词，思想恐怕也很有问题"，嘴上却道："为了我一个人浪费人力物力，太麻烦了，我愧不敢当。"

"没什么。"霍布斯道，"虽然是考核，但本质是在锻炼你们，你们来南十字律所实习为的就是这样的机会，随意省去一轮对你也不公平，不是吗？"

事实上，之前讨论燕绥之缺席初期考核这件事的时候，菲兹就把酒城那次保释的听审视频给几位打分的大律师看了，一起观看的还有其他实习生。

视频放完，洛克他们张着嘴，原本不赞同阮野缺席的大律师们默默给了自己一巴掌，当场就在燕绥之的考核表上打了分。

当然，所里有规定，初期考核有意外情况的，满分最多六十，也就是顶多给到及格线。那几个大律师一分没扣，全给了六十分，除了霍布斯。

这位以较真出名的大律师仿佛瞎的，看完视频转头就不认了。

"保释只是一个极小的环节，会保释就是大律师了？连交叉询问都没有也算庭审？"霍布斯是这样反驳的。

总之，他依然坚持燕绥之缺少锻炼的机会。

"如果你坚持不愿意补考……"霍布斯话锋一转，好像他前面铺垫了那么久，就是为了这个转折，"那么很遗憾，我无法说服自己给你过高的成绩。"霍布斯说着，皱着眉摇了一下头，在燕绥之考核表上评审组长那一栏打了零分。

洛克他们纷纷转头看向燕绥之，讨论室里一时间气氛沉重，活像在给他上坟。

菲莉达发现燕绥之依然一副无动于衷的模样，还以为他不明白风险，用极小的声音提醒道："组长的分数占的比例比其他大律师高，他一个零分压下来，你就完了一半，现在唯一的救星是你自己的老师，然而你的老师是顾律师。据我所知，顾律师从来没有给过实习生七十以上的成绩，尤其对自己人……"

洛克他们趁着霍布斯没看见，一脸沉痛地疯狂点头，给燕绥之强调事情的严重性。

"我给你分析了一下。"菲莉达道，"你要么跟他道歉，让他再给你一个机会，要么你得去磨一磨顾律师。我觉得吧，好像还是前者的难度低一点点，后者可能是地狱级的，不灌两公斤迷魂汤都不管用。"

洛克想了想，道："我老师的话，可能也得灌一公斤迷魂汤吧。"

众人一脸绝望。

霍布斯去旁边的小玻璃间续了半杯咖啡，回来就撑着桌面缓缓喝了一口，冲燕绥之道："你对我给的考核成绩有什么想法？我觉得十分合理。"

燕绥之笑了一下，正要张口，霍布斯又意犹未尽地来了一句："你现在逃避考核，放弃锻炼机会，以后谁能给你打包票站上法庭不丢脸？"

"我。"

一个低沉好听的声音在讨论室门边响起，刚好接了霍布斯的话。

一干实习生茫然地看过去，就见他们口中"地狱级"的顾律师正站在门口，一脸冷淡地冲霍布斯道："他的考核成绩我刚才提交了，所有大律师包括你我在内，核算下来的最终成绩是六十八分，可以算合格。"

菲莉达他们惊呼了一声："我的妈，六十八分？这得打多少分才能拉到这个结果？"

洛克抹了一把脸："别算了，一百分。"

众人："……"

燕绥之："……"

这位同学今天吃错药了，薄荷精变薄荷糖了？

霍布斯的面子有点儿挂不住，在他的认知里，顾晏一般不插手这些琐事。依照他的想法，杀一杀这个实习生的锐气，然后安排一场单独的补考，案子没之前那么复杂，发挥余地不多，他再动员一番，结果恐怕不会多好看，而且是有理有据的不好看，这样还能连带着影响一下顾晏。

他万万没想到会是这个结果。

"我的实习生还有事，我先把他带走了。"顾晏说着，冲燕绥之偏了一下头，示意他可以从讨论室里出来了。

众人一脸蒙，完全反应不过来。

燕绥之冲霍布斯微笑着点了点头，出门跟着顾晏回到了办公室。

他本以为所谓的有事只是顾晏随口找出来的借口，没想到刚进门，顾晏就真的给他安排了一件正事。

"什么东西？"燕绥之一愣。

"委托函。"顾晏道。

这个答案让燕绥之更疑惑了，委托人要找也找顾晏这种大律师，找他干什么？他低头翻了一下委托函。

还真是一封委托函，来自法律援助中心——一个负责帮嫌疑人安排律师的机构。之前约书亚·达勒的案子，就是由他们派给顾晏的，至于这次……

燕绥之扫了一眼委托函上的律师名，居然不是顾晏，是阮野。

委托函里，当事人的名字有点儿眼熟，叫陈章。

"陈章？"燕绥之疑惑了一下，"乔治·曼森那个大少爷的潜水教练是不是就叫这个名字？是同一个人还是同名同姓？其他的资料呢？"

顾晏："目前就这些。"

"你确定要用'些'来形容我手里的东西？"燕绥之晃了晃手里孤零零的仿真纸页。

一般而言，联盟的法律援助中心发一份完整的委托函，会包含三部分——

一是案子的简要概述，能说明是哪件案子，什么性质，被害人情况和当事人身份。

二是起诉相关的文件，这就能让被委托的律师知道之前的诉讼进展，也能明白自己拥有多少准备时间。

三是一份有签章的通知，通知一般只有寥寥几句，还都是格式化的官方废话。

当委托函送到的时候，那些厚厚的案件资料也会跟着一起送达，由律所的事务助理集合整理，一起发给被委托的律师。

燕绥之现在拿到的只有孤零零的"通知"部分，除了律师和当事人的名字，其他什么都看不出来。

"文件传漏了吗？"燕绥之道。

顾晏："我已经让事务助理去问了。"

燕绥之指了指自己的假名："我顺便问一句有没有写错人？现在后悔还来得及。"

其实，法律援助中心除了正在执业的出庭律师，还有一份后备名单，里面包含所有有律师资格证但正处在实习期的律师。

委托函塞到实习律师手上的不是没有，要么是特殊情况，要么是委托函已经连续被多名律师直接拒绝。

总之，这种情况比较少见。

"陈章……"燕绥之看着委托函嘀咕，"难道乔治·曼森的案子已经明确了？是不是有点儿太快了？"

顾晏看了眼办公室墙上全星系的智能时钟，亚巴岛所在的天琴星作为一颗出了名的度假星，非常小，跟德卡马这边也有时间差。

距离上次顾晏联系凯恩警长，德卡马这边过去了五天，天琴星那边已经一周出头了。以天琴星那边的警署效率，一件案子从发生到调查取证再到确认嫌疑人，通常需要十五天左右。而从确认嫌疑人到控方提起诉讼，再到法律援助中心为被告人委托律师，又得十天。

所以无论是五天还是一周多，在这样的时间段面前，都不算久。

顾晏想了想，试着拨了凯恩警长的通信号。这回没响几秒，对方就接了通信。

两人都不是喜欢寒暄兜圈子的人，张口就直奔主题。

"乔治·曼森的事情怎么样了？"

"哦，这两天我焦头烂额，加班加点的，忘了告诉你一声了。乔治·曼森还在抢救舱里躺着，能不能保住性命还不好说，他的身体底子太差了，这方面的消息曼森家捂得很严实，我也不方便多说。至于案子，已经移交给上级警署了。案件涉及蓄意谋杀，我这儿只有初级调查权，收集完现场证据，得出初步勘验结果之后就得往上交。"凯恩警长道，"已经有几天了吧，你那几个朋友的通信号可能暂时还在限制中，但快了，也就一两天的事。"

凯恩以为他只是担心朋友，就简明地说了一点儿情况。关于案子的具体发展，上级警署没公布出来的，他不能擅自说。

顾晏当然知道这一点，也知道凯恩的脾气，所以没再追问，简单说了几句就挂了通信。

"听凯恩的意思，案子可能确实要结了。"燕绥之有些惊讶于警署这次的办案效率，"看来曼森家施压不小啊。"

"也可能是案件侦办难度不大。"

又或者两者都有。

事务助理的反馈结果送到燕绥之面前的时候，已经是第二天上午了。

不巧的是，这刚好赶上了联盟对一级律师申请人的初步审查。大清早，顾晏和霍布斯就跟高级事务官一起坐飞梭机去了审查委员会总部所在的星球，没个三五天根本回不来。

"我和中心那边核实过，委托对象确实是你。"事务助理对燕绥之解释道，"案件资料连夜整合好了，我现在发给你，你接收一下。"

很快，一沓不算很厚的材料从光脑里吐了出来，燕绥之快速浏览了一遍，直到这时，他才明白为什么警署的办案效率会这么高。

乔治·曼森的案子被移交到天琴星第三区警署后，警员们连夜进行了第二轮勘验和证据分析，嫌疑人很快指向了乔治·曼森的潜水教练陈章。当警方挖掘他过往经历的时候，发现了他跟曼森家的一些纠葛，找到了他的犯罪动机。

这个案件调查最为顺利的一点在于，陈章并没有做过多狡辩和抵抗，被询问的当场就认了罪，省去了很多麻烦。

再加上曼森家施压，这才使得乔治·曼森案成了第三区警署有史以来解决得最快的案子，快得连警员们自己都很蒙。

俗话说有钱能使鬼推磨，曼森家督促完警署后，立马掉转枪头督促第三区的控方和法院，声称只有凶手受到制裁，乔治·曼森感到宽慰才有苏醒的可能。

案件涉及人命，控方和法院能拒绝吗？显然不能。

于是这层高压以肉眼可见的速度贯穿了整个流程，其他案件相关人员的解禁还没落实完毕呢，案子就走到了委托律师这一环。

在这个过程中，陈章前期十分配合，后期则十分消极，甚至直接放弃了自主委托律师的权利。

于是案子在法律援助中心走了一遭，然后落到了一个实习律师的手里，这个实习律师就是燕绥之。

"阮？"同样被老师扔下的洛克在傍晚又偷偷摸摸进了顾大律师的办公室。

燕绥之抬了抬眼，道："你怎么回回都像做贼一样？"

"我听说你接了一个案子？"洛克的表情活像黄鼠狼见了鸡，有点儿兴奋。

"是啊。"燕绥之点了点头。

"什么样的?复杂吗?"

燕绥之看着他的神情,配合地说道:"挺复杂的。"

"真的吗?"这回黄鼠狼已经把鸡偷到手了,不过很快,他又叹了一口气,"唉——你运气真好,怎么没人手抖给我分一个案件呢?"

他羡慕了一会儿,很快转移了注意力,道:"对了,顾律师不在,今晚你不用加班吧?"

燕绥之摇了摇头:"我正准备收拾东西。"

"那正好!"洛克道,"你上次去亚巴岛耽搁了两天,我给你找的那间公寓不是被人截和了吗?下午我刚收到那个房东的消息,说截和的那个人改主意了,所以现在公寓依然空着,你这会儿要是没事,我刚好可以带你去看看。"

"今天恐怕不行。"燕绥之站起身把案件资料全部收进光脑。

洛克一愣:"啊?为什么?"

"刚才我说了,"燕绥之笑了一下,"得收拾东西。事务助理刚帮忙订了飞梭票,我明天需要去天琴星。"

"你去天琴星干什么?"洛克依然很茫然。

燕绥之用手指轻轻弹了一下光脑,道:"因为那个手抖分给我的案子。"

"这么快?"洛克道,"你不等顾律师回来吗?好歹让他帮你准备准备。我听一个毕业的学长说,他第一次独立参加庭审,表现得一塌糊涂,脸红得能煎蛋,而且是双面的。"

燕大教授这辈子可能都不知道脸红是什么感觉,随口夸了一句:"哦?血气很足嘛。"

洛克:"你真的打算一个人去?"

听他那语气,好像燕绥之要去的不是法庭,而是黄泉大道。

"嗯。"燕绥之笑了一下,一边穿上大衣系上围巾,一边道,"我等不了顾律师了,这边开庭时间有点儿紧。"

"什么时候开庭?"

"下周。"燕绥之道。

"那不是没几天了?"洛克惊呼,"怎么会这么赶?没道理啊!中心安排了实习律师,还只给这么几天准备,这不是板上钉钉要输吗?"

说完,他顿了一下,像突然明白了什么似的,道:"啊!难道……"

为什么援助中心会手抖找上实习律师?说是被大律师拒绝了多次,也许吧。毕竟为嫌疑人辩护,在那些人看来就是跟曼森家对着干,一定有很多人不乐意,但这么短的时间,够他们问几个律师呢?

更大的可能性是曼森家给警方、法院施完压，又把箭头对准了援助中心，于是援助中心干脆遂了他们的意，放弃有经验同样也有风险的大律师，转而在备用库里挑了一个实习律师。

阮野这个身份的履历连两行字都凑不齐，一看就是一个混日子的，再合适不过了。这种拿实习律师来敷衍了事的情况，燕绥之以前不是没见过，所以一看就明白了。

下午他还跟菲兹确认了一下，在援助中心的资料库里，他的实习生身份是挂在莫尔律师名下的，因为南十字律所默认顾晏是暂替的老师，而莫尔律师的风头并不盛，其实习生也没什么特别的。

洛克张口结舌愣了半天，憋出一句："所以他们找实习律师，就是料定了你会输啊？"

燕绥之透过办公桌背后的落地窗看了眼外面，还没出去就能感觉到玻璃外的寒气。他拉了一下围巾掩住下巴，扬了一下嘴角道："是啊，还羡慕吗？"

洛克连忙摇手："不了不了，你……唉……你多保重。"

第二天上午，燕绥之拎着光脑和简单的行李坐上了去天琴星的飞梭。

独自出差，这对他来说实在是太熟悉的事情了，熟悉到他都快忘了自己还顶着实习生的身份。最重要的是，他忘了要跟老师报备。

燕大教授活了这么多年，从来没有跟人报备的习惯，直到在飞梭上接了一个通信。

"小心眼的薄荷精"在屏幕上跳，燕绥之犹豫了两秒，莫名有一点点心虚。

他咳了一声，接通通信之后张口就说："我正要找你呢，你倒是很会挑时间。"

骗鬼呢？顾大律师一个字都不信，但某人都这么说了，他也不好揪着不放，便换了一个话题："案子什么情况？"

燕绥之三言两语说了一下重点，相信对方该明白的都能明白。

联合审查委员会大楼下，高级事务官自己端着一杯咖啡，又把另一杯递给顾晏。

顾晏戴着耳扣，一边打开了咖啡杯的小盖口，一边低低"嗯"了一声，简单应答着通信那头的人。

直到耳扣里传来某人对援助中心的评语："柿子专挑软的捏。"

顾大律师一口咖啡呛在了喉咙里。

"哎，你怎么了？"高级事务官看着他皱眉咳了几声，"怎么好好的就呛了？吸到风了？"

顾晏摆了摆手，抬起头的时候已经没了表情："没什么，我听到了一句鬼话。"

说完，他没等耳扣里某人有所反应，直接挂断了通信。

柿子专挑软的捏，结果挑中了燕绥之，对方真有眼光。

天琴星不大，按照季节和时差分成不同的区域。亚巴岛所隶属的第三区是整个天琴星的中心，守着著名的度假胜地，最为繁华。

燕绥之对第三区的固有印象就是人多、人多、人特别特别多。

他从飞梭机停靠的港口出来，就碰上了一波高峰期，悬浮路段和地面路段都挤挤攘攘，他被堵在了去往第三区的路上。

"又堵了。"司机摇头晃脑地说，"早上堵一回，中午堵一回，晚上堵一回，人生刺溜一下就到头了。"

燕绥之的膝上正摊着几页与案件相关的资料，闻言头也没抬，笑道："堵的时候度秒如年，你能多活这么多年，不算太亏。"

"你这话说得。"司机被逗乐了，他从后视镜里看了燕绥之一眼，一脸好奇道，"一个人来度假？"

"工作。"燕绥之简单回道。

"你都工作啦？"

司机的语气听起来有点儿诧异，燕绥之这次总算抬了头，他似乎觉得司机的话很有意思："我看上去很像学生？"

"是的，五官很像学生。不过听你说话，我感觉又不像。"司机嘿嘿一笑，夸赞道，"反正你是一个聪明人。我跟你说，在这里选人工司机服务再明智不过了。"

天知道，如果燕绥之不是顶着实习生的身份，还得交路费报销单，他肯定选智能驾驶，因为他更偏好车内安安静静不要有人说话。

但真碰上一个这么爱聊的司机，他也会应上几句，言语里带着一点儿笑意，让人根本看不出他是真的有兴致，还是仅仅出于礼貌。

"反正不管是不是智能驾驶，都一样要堵着，智能驾驶还贵，堵一天下来哭都来不及。"司机道，"除了能走白金道的，怎么样都得两小时。"

燕绥之又垂下头，目光扫视纸页，随口应道："白金道这一段也用不了，得过了前面的交叉口。"

司机这次真的诧异了："你怎么知道的？"

"白金道"其实是一个很老的说法，几十年前，星系内许多交通系统刚好在更新换代，轨道航线包括悬浮和地面道路都得废弃变更。有一部分事务繁忙担心被堵车的人，开始额外开辟私人用道。

能开辟私人用道的在当时都非富即贵，不过这种事只持续了不到半年，就被联盟叫停了，因为担心私线多了对公共线路有干扰。

已经开辟的私人用道没有被封，一直保留到了现在，但因为数量极为稀少，也没几个人用过，所以被戏称为"白金道"。

事实上，有一部分白金道还在使用中，像乔上次带众人上亚巴岛，走的就是他家名下的那条白金道，只要知道独有的道路号，过一下基因密码，改掉驾驶设定就行。另一部分白金道已经渐渐荒废，没人在用了。

"出白金道的时候，你应该还没出生吧？"司机又从后视镜里看了燕绥之好几眼，上上下下地打量他，心想：难不成我还载了哪家的公子哥儿？不会啊，哪家公子哥儿这年头出门叫这种车，这么不会享受。

他看见后视镜里那个年轻客人似乎没听见一样，依然拿着一张仿真纸在看。

过了一会儿，那个客人才把纸页搁在一边，看了看自己的手指。

手指有什么好看的？

司机下意识也学了他的动作，只看到了自己的指纹和一块老茧。

司机："……"

等司机讪讪地放下手，再看向后视镜时，就发现那位客人已经放下了手指，正侧着脸看着窗外望不到头的车流。第三区夏日的阳光照在他脸上，使他的脸白得发光，淡化了他脸上所有的表情。

他看起来非常平静，但司机下意识噤了声。

不知道为什么，他总觉得这个客人心情好像不太好，怕自己不小心说了什么惹对方不高兴。

不过很快，司机就发现这可能是太阳晃眼导致的错觉。因为那客人收回目光后冲他笑了一下，提醒道："前面的车动了。"

司机一愣，连忙收回视线跟上前面的车子。

他干笑了一声，打趣道："走神了走神了，我下意识以为你要给我报一条白金道的号码了。"

"3990121，你试试。"燕绥之张口就给了一串数字。

司机心想：嗯？还真是一个富家公子哥儿？他都已经在驾驶设置里输入"3990"几个数了，又听见了后半句——"密码我就无能为力了，编不出。"

司机："……"

我差点儿就信了你的邪。

燕绥之哂然一笑："辛苦了，你慢慢开吧，不急。"

天琴星人多拥堵的破毛病燕绥之早有预料，所以申请的会见是在第二天，确实不着急。

车子不负众望，挪了一下午才挪进第三区，把燕绥之送到酒店楼下。临走前，热心的司机扫了一眼周围，还是忍不住提醒了一句："你这几天再看看有没有别的酒店，这一带人太杂有点儿乱，你一个人的话最好还是挑区域中心的酒店住。"

"乱？"燕绥之愣了一下。

这是所里事务助理给他订好的酒店，离看守所不太远，想让他少堵几回车方便一点儿。

"年底冲业绩嘛。"司机挤眉弄眼，"反正你走在路上，包和值钱的东西都看好了，人多的地方总会有这种事。"

燕绥之低头一扫全身，开玩笑道："不剁手指，我应该没什么损失，除了智能机，我也没什么值钱的了。"

不过燕大教授总会忘记，自己是一个不折不扣的乌鸦嘴。很不幸，这位司机恐怕也是。"珠联璧合"的效果就是立竿见影——

晚上7点，燕绥之去酒店不远处的一家便利店买东西，旁边楼与楼的夹巷里突然跟跄出来几个醉鬼，横着就朝他这边过来了。

难闻的酒气扑面而来，燕绥之给他们让开了路。他垂着的手指无意间碰到了某个东西，在湿热的夏夜里，凉得人一惊。燕绥之垂眸一看，旁边那个人手里正捏着一柄短刀。

这种刀的刀刃特别细，尖头带钩，人多的时候，小偷趁着拥挤往别人包上一划一钩，东西就到手了。

对方可能没想到不法勾当能被人盯个正着，当即刀刃朝燕绥之的手指钩过来。他帽檐下的半张脸板着，嘴角下拉的弧度带着威胁的意味，可能是想就此吓退燕绥之，再趁机逃跑。

"小心！"旁边有个姑娘惊呼一声。

然而下一秒，燕绥之已经捏住刀刃反手一拧。

"哟——"那混混的手指被绞了一下，姿势别扭使不上力。偏巧这时候，燕绥之准确地找到了他的麻筋，猛地一敲。

混混骂了一句，下一秒，细刃短刀"哐当"掉落在地上。

那混混甩开燕绥之的手，正要扑过去捡那柄刀，一只后跟尖细的高跟鞋突然飞了过来，不偏不倚砸在了混混的脸上。

燕绥之一看那力道，就默默"啧"了一声。

混混当即捂着酸软的鼻梁叫了一声，眼泪哗哗直流，人朝后跟跄了两下，撞到了之前从巷子里出来的一个醉鬼，两人摔成一团。

那醉鬼是一个胖子，迷迷糊糊地把混混当成了肉垫，撑起了上半身。他盯着混混的脸看了三秒，然后"哇"的一声张口就吐了，混混当场晕了过去。

路人一看刀被燕绥之踩着，混混和酒鬼又倒成一团，当即报警的报警，打混混的打混混。

燕绥之跟人借了一张纸巾，弯腰把细刃刀捡起来。

"你看着一脸斯斯文文的，没想到还会打架啊？"一个扎着利落马尾的姑娘一脚高一脚低地走过来，然后穿上了砸混混的那只高跟鞋。

"我不会打架，"燕绥之把那柄短刀用纸巾包好，"只会捏麻筋，勉强能救个急。"

"位置找得那么准，你肯定没少练过手。"姑娘上下打量了燕绥之一眼，有点儿好奇。谁闲得没事练这种东西呢？难不成是一个运气特别背的人，总碰到这种事，捏着捏着位置就准了？

不过姑娘的注意力很快就转移了，她的目光落在燕绥之的手上，低呼了一句："你的手指流血了。"

燕绥之不太在意地说："蹭了一下而已。"

姑娘立刻在包里翻出了一小盒创可贴，给了燕绥之一个："你也真是吓人，他拿刀对着你比画，你居然直接抓上去。喏，这个止血的。"

燕绥之原本没打算要创可贴，但他看见了包装上印着的一行蓝字——哈德蒙潜水俱乐部。

他这次案子的当事人陈章就属于这个潜水俱乐部。

他在看到案子资料后做的第一件事，就是查这个潜水俱乐部的信息，想找找陈章这些年的情况，但是有用资料很有限，而且在出事之后，俱乐部应该最先收到了风声，把跟陈章相关的资料都删了。

燕绥之接过创可贴，冲姑娘笑了笑："谢谢。"

两分钟后，负责这一带治安的警察赶了过来，把混混和醉鬼一起扔进了车里。

燕绥之和那个姑娘也被带过去配合调查。

一个负责登记的警察过来说："周嘉灵，阮野，你们给我一个紧急联络人的号码。"

那个叫周嘉灵的姑娘有点儿反应不过来："要号码干吗？"

"没事，你们以前没进过这边的治安警署吧？就是走个流程，第三区游客太多了，本地人反而少，所以规定比较特殊。"年轻警察道。

周嘉灵想了想，报了一个姓名和通信号。

警察又转向燕绥之："你呢？填父母的就行。"

燕绥之有些遗憾地笑了笑："我没有可填的。"

警察一愣："啊，很抱歉。那其他亲人朋友呢？通讯录里联络比较多的就行。"

燕绥之调出通讯录，犹豫片刻后，他点开了备注名字最长的那条，把通信号报给了警察。

结果这位口口声声称走流程的警察当场拨通了紧急联络人的通信号，燕绥之都

223

没来得及阻拦。

遥远光年外的红石星，顾晏在审查委员会安排的酒店里休息，刚洗完澡就接到了一个通信。他垂眸一看——
通信来源：天琴星第三区
通信号类别：警署公号
他顿时有了不祥的预感。
"您好，是顾先生吗？我们就是例行询问一下，您有一个叫阮野的朋友在天琴星吗？"
果然。
"嗯。"顾晏擦着头发的手一顿，"他怎么了？"
"好的，确认身份就可以了。最近年底了，趁机流窜的人很多，谢谢您的配合。另外，您的朋友阮野现在在我们治安警署，他被歹徒割伤了手。"

为了这句没轻没重的话，这名年轻的经验不足的治安警察付出了沉重的代价。
他刚切断通信，燕大教授便微笑着冲他招了招手，温和亲切地教育了他五分钟。
从用词的严谨性发散到"某某地方一个著名事件就是一句含糊不清的话引发了一场灭门惨案"等等，听得旁边的周嘉灵一愣一愣的，脸都绿了。
燕绥之吓够了人，把话题又绕回来，末了还说了一句："你说对吗？"
鉴于他全程都语带笑意，被教育的警察最后稀里糊涂跟着他笑了笑，点头道："对，谢谢。"
周嘉灵："……"
"那么我现在能使用一下我的智能机吗？"燕大教授趁热打铁，颇有礼貌地问了一句。
结果小警察一秒回魂，摇了摇头，公事公办道："非常抱歉，程序上的东西还是必须遵守的，等录完笔录，你可以随意使用智能机。"
好，刚才白说了，燕教授气笑了。

他们从警署出来的时候，已经过了晚上八点。
周嘉灵放慢步子，跟燕绥之并肩走。警署大厅的灯光打下来，映得燕绥之的皮肤瓷白，眉眼鼻梁的轮廓被迎面而来的夜色加深，显出一种冷淡又温和的气质。
这么好看的人，她很乐意多说几句话，多相处一会儿。
不过燕绥之一路的注意力都在智能机上，手指轻而快速地敲着虚拟键盘，给什么人发着信息。
当两人快出警署大门的时候，燕绥之突然冲她道："稍等。"

周嘉灵一愣，就见他抬头看了眼灯光，把手指上的创可贴撕下来，扔进门边的垃圾处理箱里。他还非常注意，把有黏性的那一面卷了一下，以免乱沾杂物。

接着，他便就着灯光给受伤的手指拍了一张照。

看燕绥之拍照的手法，就知道他不常拍自己的照片，从角度精度看，活像在拍什么刑事现场采证照。

照片似乎发给了什么人，他发的时候，表情透露出些微的无奈，但绝对没有丝毫厌烦。

结合之前小警察的反应，周嘉灵觉得他应该是在给那个紧急联络人解释他的手伤口很小，一点儿事都没有。

不是父母，那会是谁？

周嘉灵下意识问了一句："女朋友啊？"

"嗯？"燕绥随口应道，应完他才反应过来，有点儿哭笑不得地否认道，"不是。"

"当然不是。"他说着，把全息界面收了起来，看了眼天色，冲周嘉灵道，"你饿吗？一起吃点儿东西？"

事实上，周嘉灵出门前已经吃了一点儿沙拉，算晚饭了，但是她不介意再吃一点儿。

餐厅格调很别致，音乐舒缓，听得人心情放松平和，在这种氛围下，好像不论讨论什么话题都能言笑晏晏。所以在燕绥之客客气气地道了歉，表明他请吃饭其实是有事想问时，周嘉灵只是哈哈一笑："我就说嘛！"

她指了指燕绥之的智能机，道："你看起来就算没有女朋友，也起码有个准女朋友。"

燕绥之："？"

"智能机一直没有振动，你的目光总会这么瞥一下，再收回，瞥一下，再收回。"周嘉灵一边说，一边转动眼珠学燕绥之那动作。

但是显然，这个活泼的姑娘跟那个年轻警察有同一个毛病——喜欢夸张。

反正燕绥之看智能机的动作肯定没她表现得这么明显，甚至她不提，他自己都没意识到看了智能机好几回。

"总之，你一看就是在等什么人回消息。"周嘉灵斩钉截铁地下了结论。

燕绥之哭笑不得。

不过有一点被这姑娘说中了，他还真是在等消息。他能使用智能机的第一时间，就给顾晏发了一条消息，大致解释了一下那个警察用词如何夸张，所谓的割手只是破了点儿皮。为了证实自己的话，他还破天荒地拍了一张手的照片发过去。

但是顾同学不知道在忙些什么，一点儿回音都没有。

"那位警察先生的用词让我有点儿担心——"燕绥之说着突然一顿,像突然忘了后半句要说什么。

"你担心什么?"周嘉灵问道。

"应该不会,算了,没什么。"燕绥之笑笑,"换一个话题吧,不如说说俱乐部的事?"

虽然话说一半留一半的人很容易被打死,但是脸长得好看的总有点儿特权。

周嘉灵配合地没有追问:"俱乐部其实也没什么特别的,资料网上都有,不过也有网上没有,只存在于传言里的。"

"比如?"

"比如传言里说那几个常来玩的富家子弟其实是我们俱乐部的隐形大老板。"周嘉灵道,"不过我觉得不是,不然这次大老板出事,吓都要吓死了。而且真要有那些人在背后撑着,管理不会像现在这么混乱。"

"怎么说?"燕绥之不紧不慢地吃着东西,连煎鳕鱼都分切成很小一块,每一口都不多,动作慢条斯理。每回他一定是把所有食物咽下去,喝一小口温水才开口说话。

周嘉灵总觉得他举手投足间特别讲究,像一个从小养尊处优没受过一点儿苦的人,不像他自己说的是一个忐忐忑忑来打官司的实习生。

她天马行空地乱想了一番,又收了收心神道:"我以前其实不在哈德蒙俱乐部,而是在德卡马那边一家叫香槟的俱乐部当教练。你可能不知道,它在外面名气不大,走的精品路线,但在圈内还挺有名的,当年曼森先生还是香槟的 VIP。"

燕绥之点了点头:"我恰好知道。"

"你居然知道?"

"我以前有一张 VIP 卡,不过后来不常玩了。"

周嘉灵一脸遗憾道:"我完全没想到,你居然还玩潜水啊!那我在香槟的时候,你肯定已经不玩了。后来香槟出了点儿变故,差点儿要关门,岌岌可危的时候被哈德蒙俱乐部收购了,然后改头换面成了它在德卡马那片海岸的分店。"

"总之哈德蒙有今天的规模,就是这么一家一家店收购过来的,所以俱乐部里面的人有点儿杂,教练什么背景的都有。"

燕绥之:"陈章背景复杂吗?"

"哦,对,陈章以前也在香槟工作过。"周嘉灵回忆了一下,"不过他平时不提的,有一回喝多了跟我聊了两句,说他以前在香槟当过不挂名的私教,后来因为一次错不在他的事故,被劝退了。"

"什么事故?"燕绥之目光一动,似乎想起了什么事。

"他没说,我也没多问。"周嘉灵道,"那之后,他有好几年处于没工作也没私活的状态。他家条件其实很差的,好几个药罐子,所以那几年特别难熬。他在香槟的时候跟我是错开的,我去那里时他已经不在了。我认识他是在哈德蒙,据说是有贵人帮忙牵线搭桥,让他在这里安顿下来。我刚认识他的时候,觉得这人特别拼,什么私活都接,有时候都怀疑他究竟睡不睡觉。"

"恕我冒昧。"燕绥之想了想问道,"这几年接私活能拿多少酬劳?不用说准数,有个大致范围就行。"

周嘉灵用手指比了一个数:"看水平看年限,在这个比例上下浮动。"

"很高了。"燕绥之道。

"是的,就我了解到的,正常强度的私活就足以支撑他家那些人的医药费了。"周嘉灵道,"他工作起来真的很恐怖,是那种透支型的,活像有今天没明天。不知道是他当初被迫丢工作有了阴影,还是别的什么。"

周嘉灵对陈章的同情心很强,说着说着便耷拉下了眉眼,抱着高脚杯道:"他整天不休息,看起来灰扑扑的,不是不干净,就是很疲惫灰暗。他话不多,我们刚开始都以为他脾气不好,有点儿凶,后来才发现他是一个好人。"

"我们有什么忙请他帮,他都会帮,真的不像是会犯事的。"周嘉灵说。

警方和曼森家都把消息捂得很严实,但是这种跟陈章直接相关的俱乐部,他们是没法完全保密的,调查取证很容易在内部传出风声。

不过他们对具体的事情知道得不多,都以为是潜水时出的事,责任在陈章。

周嘉灵想了想,又替陈章说了一句:"他有时候休息不好会显得心神不宁,这一年他经常那样,前阵子走路还撞过两回灯柱呢。会不会……会不会潜水的时候,他只是太疲惫了?应该不会是故意的吧?"

燕绥之点了点头,没有做过多评价。

周嘉灵有一丝丝失望,但是她又自我安抚道:实习生嘛,毕竟只是刚毕业的学生,不可能拍着胸脯保证什么,而且他们确实只看到了陈章好的一面,也许背后真的还有另一面呢?

这一顿晚餐并没有持续太久。

周嘉灵的住处离餐厅很近,不过燕绥之还是把她送到了公寓区门口。

在折返回酒店的路上,燕绥之又调出智能机屏幕看了一眼。顾晏的消息界面依然停留在他发过去的照片上,没有新的回音。

他转着指环想了一会儿,最终还是给对方拨去了通信。通信响了很久,又自动停了。

没人接听?燕绥之正疑惑,智能机突然振了起来,他低头一看,是顾晏拨回来的通信。

"刚才你怎么没接通信？"

顾晏那边静了一下，接着是衣服布料的沙沙声，他似乎走几步换了一个地方："我切了静音没注意。"

燕绥之点了点头："那看来我给你发的消息你也没看见。"

顾晏道："我接通信前刚看到。"

燕绥之："嗯，你看到就行了。"

"你就为了说这个？"顾晏的声音低低沉沉，在夜里显得特别清晰。

"是啊，免得又被扣上出门一次伤一回的帽子。"燕绥之应了一声，隐约听见对方那边似乎有车辆行驶声和风声，"你在外面？"

顾晏顿了一下，平静道："嗯，酒店咖啡机出了点儿问题，我出来买杯咖啡。警署一日游结束了？"

他们还能不能好好说话？

燕绥之："结束了。行吧，我先回酒店了，挂了。"

就在通信切断的前一秒，耳扣里突然传来顾晏一句短短的话，和着微微的风声，显得平淡如水："注意安全。"

燕绥之愣了一下，再回神的时候通信已经彻底断了，耳扣里一片安静。

他在原地站了一会儿，哑然失笑。

第五章　一张旧照

　　顾同学说人话简直百年难得一见，这种反常现象如果放在大自然里就预示着要出点幺蛾子。

　　第二天，燕绥之按照约定时间进看守所见陈章的时候，幺蛾子终于得到了印证——

　　燕绥之在会见室里坐下，喝了小半杯水，等了五分钟，结果那个负责去提人的管教独自回来了，还带来了一个坏消息："陈章说他无话可说，不见你。"

　　燕绥之从业多年，碰到的当事人什么样的都有，不配合的也不是第一回见，但是连着两回都碰到这么排斥律师的，手气确实有点儿背。

　　燕绥之没好气地笑了一声，心想：还不错，至少陈章不像上一个那样见面就问候他全家。

　　远在十数光年外的酒城，反叛少年约书亚·达勒扭头就是一个喷嚏。

　　"你大冬天的光着膀子，真嫌自己身体太好？"略微年长他几岁的邻居切斯特·贝尔在旁边念叨了一句，"感冒了吗？"

　　"不是，肯定有人在背后说我坏话。"约书亚揉了揉自己的鼻尖，揉到发红才放下手，又用膝盖狠狠压了一下小半人高的纸板，用麻绳一下一下地捆扎紧，然后没好气地瞥了眼切斯特，"我给福利院这边帮忙，是因为以前欠过福利院的情，你跟过来碍什么事？"而且他唠唠叨叨烦死人了，一句要感冒咒了三天，蜜蜂都没他烦人。

　　他翻了一个白眼，习惯性地咕哝了一句脏话："去你——"

　　切斯特抬手指了指他红彤彤的鼻尖，半真半假地提醒道："我听见了，你这话带上我家老太太了啊！"

对付约书亚，有用的只有两个人——他妹妹，还有贝尔老太太，效果立竿见影。

约书亚把后半句咽了回去，他瞪着切斯特，无声地嚅动了两下嘴唇，最终只能憋屈地扯着麻绳继续干活。

连脏话都不让骂，这日子简直没法过了。

"你少骂两句，一年被揍的次数能少一半。"切斯特把另一个纸箱里的东西搬出来，把空了的纸箱压扁摞在旁边。

约书亚："滚，除了你，谁总跟我打架？"

"我最近哪次不让着你？"切斯特把那堆东西往他面前推了推，"喏，你把这些也放进玻璃柜。"

这家福利院因为一些事关闭了很久，最近老院长回来，打算重新开院，请了一些杂工来整理积压多年的贮藏物，把它们从纸箱放进防潮防损坏的玻璃柜里。

约书亚很小的时候受过这家福利院的一点儿照顾，这次没要工钱，主动过来帮忙。他接过切斯特搬出来的杂物，把纸质存档文件和其他东西分门别类。他整理到其中一份文件的时候，突然"咦"了一声。

"怎么了？"切斯特探头过来。

"这张合照……"约书亚指了指文件中夹的一张旧照片，"你看这个人，长得像不像上回帮我出庭的那个律师？年纪小一点儿的那个。"

切斯特回忆了一下名字："叫什么？"

"阮野。"

"我看看。"切斯特拿过照片，先看了眼反面，就见上面印了几行字——与年轻善良的Y先生在茶花园享用下午茶，他来捐一笔赠款，一如既往不愿意留影，哈尔偷偷帮我拍了一张，希望Y先生别介意。

照片里，浅色的茶花开得正好，阳光跳跃在枝叶上，一个年轻人正低头端起面前的咖啡杯，光影勾勒出他的侧脸轮廓，从额头到鼻梁再到下颚，每一个地方都像精心雕琢的。他目光微垂，嘴角带着笑，即便是静止的，也有年轻人特有的风发意气。

他对面坐的是一位灰发老人，精神抖擞，慈眉善目，正趁着年轻人不注意，偷偷对着镜头竖了一根大拇指。

切斯特翻看了一会儿照片，道："你是脸盲吗？这个角度可能看着有一点儿像，但显然不是一个人。"

他可能很难给一个脸盲形容两个人长相上的区别，最后只能挑了一个最明显的区别道："你看，这个人眼角有一颗痣，呃……可能有点儿小，看不太清，你仔细看看。我记得那个阮律师没有痣吧？有吗？"

约书亚:"我忘了。"

作为一个脸盲还理直气壮的人,约书亚道:"哪里不像?一模一样!"

切斯特:"……"

你恐怕有点儿瞎,但这话他不敢说,他跟这个倔小子的关系好不容易有所缓和,要是因为这种小事争一场太不值了。

约书亚咬着舌尖想了想,对切斯特说:"你的智能机呢?"

切斯特默默掏出一块黑色的金属板:"我说很多次了,这个不是智能机,就是一部很便宜的通信机。"

"借我用一下。"约书亚说。

他接过通信机,笨拙地摆弄了一下,把那张合照拍下来,发给了一个人。

切斯特看着那串陌生的通信号,问:"你发照片给谁啊?"

"上次的律师。"约书亚头也不抬,一个字一个字地输入,"顾律师,我还欠着他的钱,所以要了他的通信号。他好像是阮的老师,我发照片给他看看,他肯定能认出来。"

切斯特:"你可真认真。"

如果他上学的话,应该是一个咬着手指也要强行啃一会儿课本的人。约书亚正襟危坐,捧着通信机等回复的模样,非常符合切斯特脑补的形象。

没过多久,通信机振了一下。

"回了回了!"约书亚有点儿亢奋,他很少用通信机这种东西,有点儿新奇,"顾律师回我信息了。"

切斯特翻了一个白眼,敷衍地应答:"嗯嗯嗯。"

顾晏的回应很简单:什么文件里夹的照片?

约书亚不知道文件内容能不能随便给人看,便拍了文件抬头及最后一页的结尾,然后传给了顾晏。

拍照片的时候,他嘴里咕咕哝哝跟着念了一遍:"资产赠予书……Y先生……四月十五日……"

结果照片刚传过去,他就愣了一下,又仔细看了一眼文件最后的落款日期,盯着年份算了一下:"哎,不对,这是……这是二十年前的照片吧?"

虽然就现在的寿命来说,二十年并不算什么,但长相气质上多少会有些变化。

"那个阮律师好像还是实习生。"约书亚有点儿茫然,"一般实习生多大?"

切斯特道:"不知道,大学毕业还是研究生毕业年龄是有区别的,就算他二十八岁,那他二十年前……"

约书亚:"八岁。"

切斯特:"……"

231

"嗯，这张照片上的人看着也特别年轻，像二十岁不到。"但也成年了，跟八岁的区别还是很大的。

果不其然，没几秒，约书亚手里的通信机又振了一下。

顾晏的信息回复过来了，一共两条，都很简洁。

——不是他。

——谢谢。

约书亚一脸茫然地问切斯特："他说谢谢，谢什么？我怎么看不懂？"

切斯特："嗯，可能是他有教养吧。"

约书亚："？"

红石星上，约好的智能驾驶车无声无息地在路边停下，顾晏发完信息，垂着目光看着屏幕上的照片，寒夜的晚风撩起他的大衣衣摆，又轻轻放下。

过了一会儿，他才关闭屏幕。

一个新的通信请求切了进来，高级事务官的声音嚷嚷着响起："你怎么不在房间？"

顾晏："大半夜找我什么事？"

"我睡不着，找你再对一遍资料。我觉得你这次审查应该稳了，只要明天不出意外。"高级事务官道，"所以大半夜的，你为什么不在房间？"

顾晏："买咖啡。"

高级事务官："大半夜喝什么咖啡？"

顾晏没答，态度非常强硬，一副你爱信不信的样子。

高级事务官："好好好，那你走到哪里了？还有多久回来？"

顾晏拉开车门，智能驾驶系统自动提问："请指示目的地。"

"天平酒店。"顾晏道。

高级事务官："你买杯咖啡还约车？"

顾晏捏了捏眉心，脸色并不太好看。他的目光在周围扫了一圈，最终落在港口来回穿梭的车流上，呵出的气在面前形成了浅白的雾，他略带自嘲地叹了一口气，说："嗯。"

高级事务官又追问了一句："嗯什么？你别骗我，我不傻，你究竟干什么去了？"

顾晏扣好安全装置，把车门关上，平淡地回了一句："谁知道呢。"说完，他切断了通信，靠在副驾驶座上闭目养神。车窗外，灯火在夜色下连成了斑斓的线。

看守所的管教脾气还算好，燕绥之坐在会见室里，手指轻轻敲着桌面边缘出神，他也没有催，就公事公办地抱着电棍站在门边，随时准备送这位年轻律师出去。

事实上，燕绥之并不是真的在出神，而是在思考。他回忆了一些事后，又点开光脑，找出陈章的几页资料重新看了一眼，对管教笑了笑："劳驾。"

"怎么？"对于彬彬有礼的人，谁都凶不起来，管教尽量缓和了脸色，问道，"你有什么需要？"

"你能不能帮我给陈章带一句话？"

"什么话？"管教问。

"就说他的律师在1931年至1940年是香槟的常客，问他认不认识一个叫陈文的教练。"燕绥之轻轻敲着桌面的手指停了下来，又抬眼一笑，"另外，明天这个时间，我在这里等他。"

老实说，这种乍一听好像有个惊天大秘密的话，根本不会找人当传声筒，都得当事人面对面，在避人耳目的情况下才会问出来。像燕绥之这种随随便便找人传话的，实在少见。

管教头一回见到这种律师，扬起一边眉毛，用一种一言难尽又好奇万分的目光瞄了燕绥之一眼，过一会儿又瞄一眼。他这么来来回回瞄了好几下，才摸着电棍道："就传这句话？"

"对，谢谢。"燕绥之放下杯子，起身便朝外面走。

临到出门前，燕绥之又想起什么般补充了一句："对了，如果他根本等不及明天，吵着闹着今天就要见我，那你帮我提醒他一句，我只听真话。"

管教："你认真的？"

他刚刚还碰了钉子，这都不到五分钟，就开始幻想对方吵着闹着求见？做梦吗？

燕绥之半真半假道："当然是开个玩笑。"

管教皮笑肉不笑，算给这个年轻律师一个面子。

实习律师被赶鸭子上架的不少，这种风格的他头一回见，怎么形容呢？就是对方表现得活像一个看守所的常客。这正常吗？

管教盯着燕绥之从容的背影看了好几眼，心里直犯嘀咕：现在刚毕业的年轻人心态都这么放松的吗？被当事人拒之门外也不生气不着急？

他默默思索了一下，觉得要么是自己长得不够有威慑力，太和蔼了，没能让对方体会到看守所的真正氛围；要么是对方怕露怯强装镇定，出了看守所就该找一个墙角蹲着哭了。他比较倾向于后者。

于是他看向燕绥之的目光渐渐含了一点儿同情，直到燕绥之转过长廊拐角，随着吱呀的铁门声彻底离开，他才耸着肩冲另一位搭档道："这人估计要哭了。"

搭档看了眼时间："肯定的。原本安排给他们的会见时间有一小时，这才十分钟，啧，全浪费了。出师不利，谁受得了？"

"你继续看着，我帮那个可怜的实习生传个话。"

事实上，燕绥之从看守所的大门出来后，还真没立刻离开。

当然，他也不可能蹲去墙角哭，而是在对面找了一家咖啡店，要了一杯咖啡，非常淡定地坐下了。

智能机嗡嗡地振了起来，接连收到了好几条消息。

他点开一看，两条来自洛克。

——案子进行得顺利吗？

——对了，我跟那家房东商量了，他愿意把房子保留到你回来，等你去看一下，满意就租。

燕绥之简单回了他一条消息。

而菲兹的信息内容则像在燕绥之身上黏了一个监视器。

——我掐着天琴星的时间一算，你差不多该去见当事人了，怎么样，紧张吗？另外，你的工作日志昨天没提交。

临走前，菲兹就表现出了万般担心，好像燕绥之不是来独自打官司，而是来英勇赴死的。她还叮嘱他，务必每日填一份工作日志提交进实习生系统，亲身上法庭这种加分项一天都不能漏。

结果，燕绥之昨晚就把这事儿忘在了脑后，一个字都没交。

他挑了挑眉，打算模拟一下正常实习生的心态去回复信息，于是随手把洛克当成了模仿对象。

——非常糟糕，我被当事人拒之门外，紧张得快要吐了。

两秒后，菲兹小姐回复了无边无际的省略号，紧接着又是一条信息。

——今天你吃了什么不对劲的东西吗？

燕绥之失笑，他想起之前顾晏的告诫，让他在菲兹面前"怎么自在怎么来"，看来还真没说错。他努力假装实习生，她反而觉得奇怪。

燕绥之：没有，我开个玩笑，不过被拒之门外确实是真的。

菲兹：那说明当事人不看脸。

菲兹：被拒之门外我还真不懂怎么应对，这得问你老师。

燕绥之敲了三个字"不用了"，还没发送，菲兹的消息又发来了：我知道你肯定不好意思问，所以我帮你问了，不用谢。

燕绥之："？"

感谢热情过头的菲兹小姐，燕绥之转眼就收到了一个通信，来自"小心眼的薄荷精"。

有那么一瞬间，他觉得最近跟顾晏的通话频率有点儿高，但是仔细一想，其实也不过两三次，还很简短。

他迟疑了一秒，扣上耳扣，接通了通信。

顾晏的声音在耳扣里响起，语气毫无起伏："菲兹刚才给我看了一张截图，听说你没见到当事人，紧张得快要吐了？"

燕绥之：菲兹小姐怎么这么会传话？

"我建议你演的时候适可而止。"

顾晏的话依然没一句中听的，好像之前说"注意安全"的根本不是他，而是谁逼他说的。

不过短短两句话，燕绥之就听出了一点儿别的问题。

"你先歇一歇，等会儿再冷嘲热讽。"燕绥之特别平静地堵住了他的话，问道，"你是不是感冒了？"

"没有。"

燕绥之觉得奇怪："那你说话怎么带了一点儿鼻音？"

顾晏的嗓音比平时低沉，还有一点儿沙哑，透出一丝难得的慵懒。

顾晏沉默了片刻，接着是拖鞋轻微的沙沙声和玻璃杯轻轻磕碰的声音："刚才我在睡觉。"

燕绥之下意识在智能机上调出星际时区："你那边几点？"

顾晏道："十一点，不过红石星今天双夜。"

红石星属于联盟中央星球之一，体积巨大，而且有个独特的现象，叫双昼和双夜，顾名思义，前者白昼是平时的两倍，后者夜晚是平日的两倍。每到这一天，红石星上所有人的活动节奏都会放慢，相当于多一天假期。

"你居然撞上双夜了？"燕绥之道，"你这一次的审核还剩几场？"

"明天一场。"顾晏淡淡道。

燕绥之点了点头，手指随意地拨着屏幕上红石星的时间。他看着红石星和天琴星的时间换算界面，突然想起来："昨晚我给你电话的时候，你那边几点？"

"凌晨三点左右。"也许是刚睡醒，顾晏下意识答道。

燕绥之转着杯子的手指停了一下："凌晨三点你出去买咖啡？"

燕绥之的耳扣里，咖啡汩汩倒进玻璃杯里的声音清晰可闻，还有顾晏平缓的呼吸声……他依旧平静地做着自己的事，就是没有回答。

燕绥之心里生出一丝微妙的情绪，他沉默了几秒，又确认道："你现在确实在红石星？"

顾晏："……"

话题到这里基本就终结了。

顾晏手里调咖啡的匙子"哐当"一声响，隔着数十万光年，他都能想象对方此时的表情。

燕绥之笑了一下，道："我是不是该庆幸通信拨得很及时？"

235

顾晏依然没说话，不知道在想什么。

燕绥之姑且当他拉不下脸，又开口道："看来当年我没看走眼，没收错学生。"

顾晏终于冷漠地开了口："你确定你挑过学生？"

人不要脸鬼都怕，当年明明是学生摇号自主选择老师。

天琴星第三区这天是一个阴天，可能坐着说几句话的工夫，天边就堆起了黑云。

"快下雨了。"燕绥之看了眼天色。

第一口咖啡让顾同学恢复了不咸不淡的本性，丢过来一句话："你花钱时看着点儿资产卡，至少给自己留点儿买伞的钱。"

昨晚刚花完一笔钱的燕大教授有点儿心虚，心想：去你的吧，净没好话。

看守所内，管教大步流星地走到走廊深处，打开了一扇窄门。

门里，陈章正弯着腰背，面朝墙，躺在床上一动不动，像是根本没听见门响。

"喂——"管教露出足以吓唬人的表情，冲床上的人喝道，"我跟你说话呢，听见没？你转过来，背对着我算什么意思？"

陈章的头动了一下，有些僵硬地撑着床铺坐起来，动作有点儿慢，像一下子老了很多岁，连腿脚肩背都不利索了。他坐在床边，没抬头也没吭声，但这一系列动作都表达了一个意思——你说吧，我在听。

其实陈章的表现一直不算差，他很顺从，基本上管教说什么他就照做，不给人添麻烦。唯一的不配合就是他太沉默，太消极了。

管教见他依然很老实，语气也缓和了两分，干巴巴道："你的律师让我给你带一句话。"

陈章依然一动不动，像没听见一样。

管教有点儿不耐烦，道："他说他以前是香槟的常客，问你认不……"

他的语速有点儿快，也许是认为这话起不了多少作用。结果他刚说了一半，始终低着头的陈章居然像被人按了启动按钮一样，脖颈动了动，僵硬而缓慢地抬起了头，目光投向他。

管教："呃……"

管教愣了一瞬，不过很快想了起来："他问你认不认识一个叫陈文的人。"

陈章有些艰难地问道："你说谁？"

管教翻了一个白眼："陈文，我应该没听错。"

管教很难形容那一瞬间，陈章的脸色究竟变换了多少回，至少他的眼睛亮了又暗，反反复复好几回，像万分纠结，又难以相信。

他居然真的活过来了？

管教有点儿诧异，不过他等了两分钟，陈章依然沉浸在万般情绪中没有要起身的意思，于是他没好气道："行了，话我带到了，你好自为之。"说完，他转身就要关上门。

说时迟那时快，当门快要合上的时候，一只手突然从管教身后伸出，卡进了门缝里。

管教训练有素，下意识钳住那只手，然后反拧锁喉。

管教的手抓着陈章的脖子，因为被卡在墙上，陈章原本蜡黄的脸已经快憋成棕红，他用气声解释道："我……我只是想叫住你，我……我能不能见一下我的律师？"

管教："明天你就能见他了。"

陈章："今天……喀喀，今天不行吗？"

管教："……"

好，虽然陈章没有哭着喊着，但看他这副快要憋死在这里的模样，也确实很急了。

"你早干吗去了？"管教嘲讽了一句，松开手指让陈章喘了一口气，"人都走了，你又反悔了？"

陈章弯腰捂着喉咙，接着是一阵猛烈的咳嗽。

管教一边想着还真被那实习生说中了，一边不情不愿地冲陈章道："你那律师还托我带了一句话。"

陈章抬起头，眼里都充了血。

"他说，如果你哭着喊着非要见他，他只听实话。"

陈章："……"

这个管教大概是最好说话的一个了，他瞪了陈章半天，最后板着脸，不耐烦地咕哝了一句"麻烦"，便使用公共智能机拨了一个通信。

提示音响了几声，对方不紧不慢地接通了："你好。"

管教："我是看守所这边的。"

对方："陈章想见我？"

管教："对。"

"好，我现在过去。"

管教想了想，又道："你人到哪儿了？回来大概需要多久？会见时间也没剩多少了，等你回来如果只剩十来分钟，那我建议你不如明天过来。"

他其实也是为了这个实习生好，像陈章这种闷葫芦，着急忙慌问两句不痛不痒的话，不仅没什么用处，指不定下回又不乐意见了。

谁知对方的声音里含着了然的笑意："不用多久，我就在贵所对面的咖啡店里。"

管教："……"

得，人家料定了陈章要反悔，连腿都懒得迈，就在那儿等着呢！

还贵所，这实习生恐怕是一个成精的妖怪。

管教心里想着，冲陈章招了招手："行了，你跟我走吧。"

咖啡店里，燕绥之已经挂了管教的通信，起身准备二进宫。依照天琴星这边的规定，在会见室单独见嫌疑人，如果管教不在场，律师是不能把智能机带进去的，更不能给嫌疑人提供通信工具。

燕绥之临进会见室前，把智能机从手指上摘下来，正打算放进管教给的透明封袋里，又忽然想起什么般顿了一下。

"稍等。"他冲管教笑了笑，然后调出智能机的屏幕，给顾晏发了一条消息。

——好好审核。

陈章在会见室里见到了自己的律师。

说实话，在此之前，他甚至都没有问过律师是谁，也没有要问的欲望。他从管教们只言片语的议论里得知对方是一个年轻人，年轻到必然要输官司的那种。

这在他的意料之中，但他没想到对方居然是认识的人。

"是你？"陈章在会见室里还没坐下，就诧异地开了口，这主动一开口，注定他落了下风。

"你不是那个……跟着那位大律师的实习生吗？"陈章在桌前愣了好一会儿，才拉开椅子坐下。

燕绥之点了点头："正式场合见到我并不是什么好事，所以我只能说很遗憾，又见面了。"

陈章："……"

前阵子才见过面的两人，再碰见居然是这种情况，燕绥之坦然得很，但是陈章却万分尴尬，这种尴尬甚至冲淡了他之前对律师的消极抵抗。

管教看了眼时间，提醒道："申请的会见时间还剩半个小时，请抓紧。"说完，他便离开了会见室，替两人关上了门。

门"嘭"地响一下，把陈章从尴尬中惊醒。他突然反应过来，面前这个实习律师真的很年轻，年轻得过分，所以……

"你托管教带给我的那句话……你1931年至1940年，就算1940年，那都是10多年前了，那时候你才多大？"

事实上，燕绥之那时候25岁，但"阮野"显然不是。燕大教授这次记住了自己的人设，非常不要脸地把年纪改小了一轮多："7岁？"

陈章："……"

238

他动了动嘴唇，差点儿要骂人。

1940年才7岁，也就是说1931年他连胚胎都不是，哪儿来的香槟俱乐部常客？

"你诈我？"陈章瞪着他。

燕绥之特别坦然地点了点头："谁说不是呢。"

他换了一个更为放松优雅的姿势，看着陈章的眼睛道："但是这并不妨碍我知道当初的事故，我认为这可以成为这次事情的突破口，你觉得呢？陈章先生或者陈文先生？"

陈章的牙关紧了一下，但他的表情看起来并不是愤怒，而是紧张："你……你怎么知道的？你知道多少？"

看得出来，陈章对当初的事情极其在意，要不然也不会一提到这件事就上钩，老老实实转变态度来会见室。

他瞪大了眼睛，屏息凝神看着燕绥之，大气不敢喘地等他开口。

结果燕绥之靠在椅背上，慢悠悠地回了他两个字："你猜？"

陈章一口气差点儿没上来。

"这其实是一个很没有必要问的问题。"燕绥之道，"如果我是你，一定不会把有限的时间浪费在这种答案显而易见的事情上。"

陈章一愣。

确实，他还能是怎么知道的？这个实习律师年纪小，要知道那件事，必然是从其他人嘴里打听来的，那会是谁呢？

他的注意力下意识放在管教转告的那句话上，1931年到1940年是香槟的常客……这句话说的不是律师本人，那一定就是告知的人。当年的香槟俱乐部，有十几年的常客吗？

陈章回忆了一下，当年香槟的客人名单他还有一点儿印象。

当然，他并不是记得名单上那么多名字，而是记得一些特点——香槟的客人里，旅游性质的一次性客人比较少，因为香槟俱乐部规模不大，价格却很高，对于海滩游客来说，并不是一个好选择，明明有更多更热门的大型俱乐部，何必花那个冤枉钱。

香槟俱乐部特别受富家子弟的青睐，不过大多数人都是偶尔来度假玩一把，释放一下压力。去得频繁并且坚持了很多年的，往往是两种人——

一种是70~90岁，处于盛年后期的，他们把这种潜水运动作为一种常态的锻炼，定时定点打卡似的。另一种则是十几二十岁的富家小少爷们，刚成年，时间多，爱找刺激。

但不管是哪一种，都有一个共同点，给的小费相当丰厚。

当初陈章就是冲着这一点去的香槟。

那时候他刚从专业的水下作业潜水员工作上退下来，又急需钱，就托人在香槟俱乐部找了一份活，做不挂名教练。因为是不挂名的，所以他手里没有固定的客人，总是今天帮忙带一下这个，明天帮忙带一下那个。会有客人记得他？怎么可能。

"你看起来又钻进了某个牛角尖里。"燕绥之道，"我猜，你是在回想当初认识的人里谁会告诉我那些事？"

陈章又是一愣，表情微妙地尴尬。

短短两分钟，寥寥几句话，燕绥之就对陈章的性格有了大致的了解——他很容易被人带偏想法，抓不住重点，说好听点儿叫容易轻信人，说难听点儿叫傻，而且有点儿过于较真。

如果陈章身上真的另有隐情，从他这性格来说，燕绥之也不太意外。

不过，燕绥之并不喜欢提前给人下结论，尽管陈章的一举一动简直是标准的"我藏着一些事情，可能还有点儿委屈，可我不说"。

"这很重要吗？"燕绥之的语气很冷淡。

陈章的脸涨得有点儿红："我只是想不通你是怎么知道的。"

怎么知道的？当然是他看见的。

从十五岁到二十五岁，燕绥之都是香槟的常客，所以他让管教传的话也不都是假的。

最初几年，他总是懒懒的不爱搭理人，身边有固定的教练，但他经常一声不吭不带教练就下水，没少把教练吓出汗来。那个教练脾气温和，是一个话痨，对着客人也喜欢天南海北地聊。

他聊的内容很宽泛，从突如其来的人生道理，到他周围某一个不起眼的邻居同事，想到什么就跟燕绥之说什么。

对于他说的那些琐碎杂事，燕绥之其实一点儿兴趣都没有，但他总会恰到好处地"嗯"上一声，这就足以让对方兴致勃勃地聊很久。

有一回，他撑坐在潜水船的船舷边，懒懒散散地喝着一杯水，看着不远处的另一艘潜水船。那艘船上没有兴致勃勃的潜水者，只有一名教练孤零零地站在一角，撑着腰看着海水发呆。

他看了一会儿，朝那边抬了抬下巴，问："那是谁？我之前没见过。"

他的教练在旁边像水牛似的灌下半瓶健体饮料，摸着胃道："哦，新来的一个同事。"

少年燕绥之很少会主动发问，所以教练听了问题就很亢奋，就差把对方的生平事迹写一篇论文稿了。

"他叫陈文，前两天有人介绍来了俱乐部。他原本是一个专业搞水下作业的潜水员，技术没有问题。"教练说，"而且他很年轻，之所以从潜水员的位置上退下来，好像是前一年身体出了点儿状况，不适合继续水下作业了。"

香槟俱乐部其实很少会用背景不那么清楚的人，而且客人都是一些富家子弟，小费丰厚，没有哪个教练会乐意把自己已有的资源分出去。所以陈文作为一个刚进香槟的不挂名教练，孤零零的实在太正常了。

"我觉得他人还不错，就是很闷。"教练说，"他不太亲近人，所以俱乐部里的人都跟他不太熟。我跟他聊得算是比较多的了，知道的也很有限。"

教练指了指自己的双眼，道："我唯一印象比较深的，就是他的视力很奇特，白天对很多东西不敏感，夜里倒是看得清清楚楚，简直天生是下水的料。"

燕绥之回头看他："你怎么知道的？"

"上次我有东西忘在俱乐部了，回来拿，他那天也有工作要整理，在俱乐部的办公室加班。我去器材室的时候，正像盲人一样哆哆嗦嗦找开关开灯呢，结果摸到了他的手。"

教练打了个夸张的寒战："我连魂都要被吓飞了！闹了半天，其实就是他老人家要去器材室把他那套潜水工具找出来，懒得开灯，正找着呢，就碰见我进去了。我会摸到他的手，是因为他看我磕磕碰碰地找开关，打算帮我开灯。"

也许是当时教练的表演太夸张，又或者是陈文孤零零的潜水船有些特别，所以过了这么多年，燕绥之还能想起来那个并不重要的场景。

之后的几年里，也许是燕绥之去香槟的时间点跟陈文对不上，又或者是他很少注意别人，对陈文就再没什么新印象了。他偶尔见到陈文，都是远远隔着海滩或者人群，而陈文倒是一如既往形单影只。

但他跟陈文不是没有交集的，唯一一次交集，是1942年。

那天，他的话痨教练不用他甩就没了踪影。

"我家里有点儿急事，托了陈文帮忙带你。"他到香槟的时候，教练给他留了这么一句话。

那阵子燕绥之碰到了一些事情，有些心不在焉，随意应了一声就去VIP柜里拿了一套潜水服和设备换上了。他从更衣室出来去海滩的时候，刚巧看见陈文被几个保镖勾肩搭背半请半强迫地拉走了。

他对那几个保镖有点儿印象，他们总跟着某个十来岁的小少爷。他也记得教练临走前提过一句，说陈文这天下午还得再带一位麻烦客人。

估计教练说的就是这位少爷了。

作为甩过教练且经验丰富的人，燕绥之瞥了一眼就知道那些保镖在干吗，当时他只是失笑一声，兀自去了潜水船。他在潜水船等了片刻，没见陈文来，便干脆自己下了水。

没想到那次就碰上了事故。

会见室里，陈章用力搓了搓自己的手指，被燕绥之说了两回后，他终于放弃钻那个毫无意义的牛角尖，问道："你……那你说你知道那次事故，你知道的是怎么样的？"他想了想，又有些自暴自弃地垂下了目光，略带一丝嘲讽地道，"我没有尽责，导致客人在水下出现事故？"

燕绥之想了想："差不多吧。"

陈章"哼"了一声，别过脸，脸色要多臭有多臭，一副苦大仇深的模样。

燕绥之顿了一下，又挑眉继续道："不过可能需要再加一个前缀，你被保镖故意拉走了。"

有那么一瞬间，陈章没有反应过来，依然保持着鼻子不是鼻子，眼睛不是眼睛的厌烦表情。

过了大约三秒钟，他才猛地转过头来，盯着燕绥之道："你真的知道？"

燕绥之摊了摊手："显而易见，我已经说了。"

陈章始终记得那天，那几个保镖最初还是玩笑似的拦着他，等将他拉到更衣室里之后，他们的态度就瞬间变了，最后几乎是极其强硬地让他待在更衣室里，不许去海滩妨碍人。

"妨碍"，他们当时用的词汇让陈章明白曼森小少爷铁了心不想要教练跟着。

但曼森毕竟才十四岁，他实在放心不下，中间几次试图离开更衣室，但都没有成功。

后来当他得知发生事故的时候，心里咯噔一下，出了一身冷汗。

曼森在医院躺着的时候，他一直往医院跑，结果连病房门都没看到，就又被保镖拦了回来，对方的态度依然强硬。

再之后，他就被香槟通知不用去俱乐部了，他好不容易找到的工作丢了。

原因不言而喻。

那阵子本来就是他过得最艰难的时候，所有坏事全部堆到了一起，而最要命的根源就在于他没了工作。每次想到这件事，他都不可抑制地对十四岁的曼森小少爷生出怨恨。

如果不是曼森非要让保镖拦着他，根本不可能出现后来的事，他也不至于好几年被各个俱乐部拒之门外。

那几年，他潦倒得连一个饭碗都捞不到。

而怨恨这种东西，每多想一次，就会加深一次，很难再根除。

他的境遇一天不好转，他就一天不能释怀。

那之后，他试图跟人解释过事情的原委，但是没人愿意相信他，或者说没人敢相信他。

即便现在提起当年那件事情，他的眼神里也充满了阴沉的情绪。

"那场事故错不在你。"燕绥之说道，"我知道。"

他没有流露出同情的情绪，非常平静，就像顺口说了一句再正常不过的话，但正因为格外平静，反倒让人觉得他说的就是他所认为的，并不是为了安慰人。

这恰恰是陈章最在意的，他不需要安慰，这么多年过去了，安慰对他来说没有一点儿用处，毕竟该承受的他都已经承受完了。他唯一想听的，就是有人不需要他解释，不需要他摆出证据，就能明明白白地知道，他不是故意的，他不是一个不负责任的人。

陈章愣愣地看着燕绥之。

他跟约书亚不一样，也许有委屈，但表达不出来，多年的磨砺让他连眼眶都不会红了。他只是呆滞了很久，然后低头抹了一下脸，这才抬眼冲燕绥之正色道："不管怎么说，我很高兴听见你说这句话。"

燕绥之的目光扫过他的脸，道："你后来做过整形？你的长相跟你还叫陈文的时候不一样。"

这也是为什么上回在海滩，燕绥之刚看到他的时候甚至没有觉得眼熟。

警局也直接忽视了这一点，也许是因为香槟俱乐部早就已经不存在了，而他以前的同事有些早就不干这一行，不知去哪个星球生活了，还有些人对他没什么印象。

最重要的是，陈章的口供录得太顺，以至于根本不用再费警力去查那些不那么重要的事情。

陈章迟疑了一会儿，道："我后来碰到了一个贵人，他建议我改头换面，换一个身份生活。所以我决定改掉名字，也调整一下模样，把过往的不愉快扔远一些，重新开始。在这过程中，也多亏了他帮忙。事实上我做的不是整形，是基因调整。"

"基因调整？"燕绥之重复了一遍，问道，"在联盟内做基因调整是需要登记的，如果你做过，你的身份信息上会自动绑定这个标记，但是你的资料上过往基因调整记录一栏很干净。"

"当然不是走官方程序。"陈章道，"我需要的是重新开始，而不是昭告天下我就是那个闹出过事故的陈文，只不过换了五官和名字。"

"所以是灰色渠道？"

陈章点了点头："那位贵人说，他有一些门路，能够让我悄无声息地去做基因调整。"

这种感觉还真是熟悉。

燕绥之点了点头道："直觉告诉我，如果不问一下你这位贵人是谁，以及他所指的灰色渠道在哪儿，我一定会非常遗憾。"

陈章面露犹豫，迟迟没有开口。

"或者你也可以选择把亚巴岛那晚发生的一切告诉我。"燕绥之瞥了眼墙上的时间，"毕竟在这次会见的半小时里，起码有二十五分钟你在发呆，以及一脸怨愤地发呆。现在时间所剩无几，你只能二选一回答一个了。"

陈章："……"

"我只是一个实习生。"燕绥之说得顺畅，"这是我第一次接案子，很紧张也很忐忑。"

陈章："……"

"而这过程中的表现，无疑会影响我今后很长一段时间的职业发展。"燕绥之道，"如果我表现得太过糟糕，比如连当事人的嘴都撬不开，一无所获，我很可能会失去饭碗。"

陈章："……"

燕绥之动了动嘴唇，似乎还要说什么。

陈章一脸崩溃道："我要说的都说了，那天晚上发生了什么口供里写得清清楚楚，你可以直接看。"

燕绥之微笑着道："我当然看过口供，不过我还是想听你再背一遍。"

陈章："……"

他忍了一会儿，又忍了一会儿，终于没忍住，道："我选择告诉你那个该死的渠道。"

燕绥之比了一个手势，请他自由陈述。

陈章回想了一下，道："那位贵人帮过我很多，我……我很感激他，所以恕我不便多说，不想给他惹上不必要的麻烦。至于那个灰色渠道，我去的那个在德卡马西区。我不知道你有没有听说过，那里有一片黑市。"

燕绥之的眼珠子转动了一下："我恰好知道。"

"从那个黑市西边路口进去，从左数第七个门面，有个楼梯口，从那里上楼。三楼有一个房间，我在那里找到的人，可以帮忙做基因调整。"陈章说得很详细。

燕绥之面色未变，心里却已经记下了路线。

因为那条路太熟了，他醒来之后就被安排住在那儿附近，这应该不是巧合。

陈章说到做到，讲完了基因调整的灰色渠道，就再没开口说一句话。不知道为什么，他觉得面前这个实习生看起来温和有礼，实际上张口就能吃人。

他总觉得自己一不小心就要被对方套进去，所以干脆一言不发，以此表明他铁了心不想再提亚巴岛那晚的事情，或者说他铁了心要认罪。

于是最后三分钟里，整个会见室安静至极。

陈章不说话，那个实习生居然也不急，更没有要追问的意思，而是喝着水，一脸安静地看着自己的手指，这反倒让陈章觉得特别别扭。

他万万没有想到，在沉默中坐立难安的人居然是自己，最后解救他的，是开门进来的管教。

那个高大壮实的管教虎着脸，生硬地提醒："时间到了啊，别聊了。"刚说完，他就反应过来，会见室里并没有人在聊天。

而最诡异的是，嫌疑人陈章一脸"你总算来了"的表情，像看救世主一样看着他，一副恨不得赶紧回监室的模样。

管教："你俩聊了啥？"

他问的是"你俩"，目光却只投向燕绥之身上。

燕绥之站起身，把水杯朝前推了推，笑着说："我们聊了些很有意思的事情，不过管教先生，你再问下去就违规了。"

在这里，律师和当事人之间的会见不受监听监控，当然也无须告诉管教内容。相反，如果管教执意问太多，就该被送去审查室喝茶了。

"噢，我就是随口一说，你可千万别告诉我，我不想听。"管教说完，拍了拍陈章的肩膀，"走了。"

陈章抬头，如丧考妣地看了他一眼。

管教："……"

"我还没死呢，上坟给谁看啊？"他语气不太强硬地训斥了一句，也许是觉得嫌疑人可怜巴巴的。

陈章一副逆来顺受随便训斥的模样，没回嘴，也没露出什么不该有的表情。他老老实实地站了起来，动作有点儿慢，和之前在监室起床一样僵硬。

他迈步之前，又下意识按了一下腰，这才跟着管教出门。

燕绥之在收拾带过来的纸质资料，这是会见室唯一能带的东西。

他连头都没有抬，注意力根本不在陈章身上，却在他出门前突然抬眼问了一句："你的旧疾发了？遗传的毛病？"

就因为这句话，陈章差点儿被低低的门槛绊了个跟头，他一脑袋撞在前面的管教身上，分量也不轻，撞得管教接连跟跄两步没刹住车，啪地贴上了墙。

燕绥之是笑着出去的，临走前还对陈章道："明天这个时候，我还在会见室等你，我不介意跟你大眼瞪小眼对坐一小时，你可以提前做好心理准备。"

陈章："……"

管教觉得这个实习生比某些犯罪嫌疑犯还会威胁人，偏偏又笑得特别得体，他连骂都无从下口。

245

第六章　记者

出了看守所，燕绥之把智能机指环从透明袋里拿出来，翻看了一下有没有新信息，又调出联盟地图，选中德卡马，在陈章刚才所提的地方做了一个标记。

当他把智能机重新套在手指上的时候，街边的巷子里突然一前一后蹿出来两个人影，直扑这边。

燕绥之心想：看守所大门口也敢这样？胆子很大啊！

有了之前的经历，他脚尖一转，及时侧身让开了一条路。于是那两道人影扑了个空，一直冲过了人行横道，才堪堪刹住车，又转头朝他过来了。

"哎，别躲别躲，误会——"打头的那个圆脸小个子男人三两步跑过来，嘴里这么喊着。

燕绥之心想：误会什么，你这么说我就信你了？

他转身就要走，那个圆脸立刻一个急转，拦到了他面前，急匆匆地掏出一个证件。

"我们没恶意，放心，我们没恶意！"圆脸指着证件上的照片，跟自己的脸做了个对比，"记者，我们是记者。我是吉姆·本奇。"他又指了指后面跟着的那个鼻尖带雀斑的年轻人，"诺曼·赫西，我的助理小记者，我们来自蜂窝网，你看，有证件的。"

狗窝网也跟我没关系，燕大教授这么想着，面上却是点了点头，温声道："幸会，借过。"真是毫不留情。

那个叫本奇的圆脸又"哎哎"几声："我只占用你一点点时间，借一步说话行不行？"他又努力把证件往燕绥之眼前伸了伸，好像这样能起什么作用似的。

结果还真起了作用，因为燕绥之看见了证件上的网站logo（标志），有几分眼熟。

他略微回想了一下，在脑海中找出一个画面。那是在南十字的办公室里，顾晏刚收到消息说乔治·曼森出事的时候，他用光脑搜过消息，只有一个冷门小网站发了一篇标题很夸张的报道，不过转眼就被删了。

如果他没记错的话，那个小网站的logo（标志）跟这个记者证上的一模一样。

这么一看，这两个记者拦住他是为了什么就显而易见了。

圆脸本奇一看他没急着走，立刻来了精神，趁热打铁地指着街对面的咖啡厅："我们很正规的，只是想跟你简单聊几句，你如果实在不放心，我们就坐在露天座位那边，你随时能走，怎么样？"

燕绥之想了想，欣然同意。

他同意当然不是去给人送消息的，大尾巴狼院长没这么好心，他是想从记者嘴里套点东西。

这个网站既然能第一时间搞到消息放出报道，多少还是有点儿货的，就算没有，只是坐几分钟也并不吃亏。最重要的是，后面那个雀斑小年轻还好，这个圆脸本奇一看就是一个缠人的，自己要脱身可能还有点儿麻烦。

三人一人点了一杯咖啡，燕绥之还要了一份甜点，他感觉有点儿低血糖，得吃点东西垫一垫。

"不介意吧？"他拿起叉子的时候，非常讲究地问了一句。

"吃，你正常吃，当然没关系！"本奇说话的声音很大，而且总喜欢先哈哈两下以示热情，有些夸张，但是很多时候能强行显得熟悉一些。

不过他哈哈笑着的同时，掩在桌底下的手飞快地盲打了一条消息发出去。

坐在旁边的雀斑小年轻赫西的智能机振了一下，他看起来有些腼腆，从头到尾除了跟着跑和跟着笑，一直没开过口。

所以这回他依然是冲燕绥之腼腆地干笑两下，才转身点开全息屏看消息。

来信人吉姆·本奇——坐在他手边不到三十厘米的地方。

赫西："……"

本奇：这个传说中的实习生律师好对付！你看他，吃口甜点还那么讲究礼仪，一看就特别有教养，这种人一般拉不下脸，又是学生，一定很老实！

赫西："……"

结合全句，这消息看着就像在反讽本奇自己不讲礼仪不要脸。

赫西眨了眨眼，抿着嘴唇，一脸严肃地把全息屏收了，正襟危坐，没敢回复消息。

燕绥之不紧不慢地吃了两口甜点，压下了那种隐约的眩晕感。

本奇的目光在他的叉子和甜点间徘徊片刻，然后咧嘴笑了起来。

燕绥之："……"

247

他是不急,但是这个记者这么凑过来笑,很影响他的食欲。

燕大教授的心理活动很少表达出来,或者说即便表达出来,也会用各种冠冕堂皇的礼貌用语和优雅的笑包装一下。

本奇当然看不出来他在想什么,只自顾自斟酌着道:"是这样的,我们是蜂窝网的记者,一直非常关注乔治·曼森先生的意外。当然,我们先要对此表示遗憾……"他说着还垂下了目光,旁边的赫西根本跟不上他的节奏,一脸茫然地看着他演戏。

"但是遗憾不代表要放弃追踪真相。"本奇抬头又道,"我们知道,您——"

"不用那么客气。"燕绥之适当地说道。

"好吧,你——"本奇哈哈笑着换了用词,觉得这实习生特别上道,"你是这次的被告辩护律师,老实说,我很少见到实习生被委派这么重要的案子,你平时一定表现得非常出色,真是年轻有为。"

燕绥之一脸淡定地听他夸,末了笑一笑以示过奖。

赫西在旁边默默喝咖啡,本奇的这一套说辞,他已经能倒背如流了。先一顿蜜糖往对方嘴里灌,灌到对方晕乎乎飘飘然,再来一个转折,表示对方什么都好,就是缺少一点儿助力,然后表示自己这边恰好有可以帮上忙的地方。

果不其然,本奇一通天花乱坠的夸赞之后,话锋一转,说道:"事实上,我知道一点儿真相,但是……"

他瞟了眼四周,压低声音:"唉,算了,反正我可以跟你保证,绝对不是那个叫陈章的潜水教练干的。我们这几天一直在医院那边蹲守,虽然进不了病房,但也收获了不少东西。"他说着,把智能机的全息屏点亮,把默认的私密模式关掉,这样旁边的燕绥之也能看见屏幕上的内容。

"你看看这些照片,看,这么多,"本奇道,"全是我们最近拍到的,都是动态图片。还有更全的一些影像,里面有很多关键资料,能给你提供极大的帮助。"

他看了燕绥之一眼,确认对方的目光被照片吸引了,心里有些得意,道:"我们甚至已经推测出真凶了。我知道这次庭审对你来说其实很重要,准确地说,第一次庭审对任何一个律师都很重要,你肯定想有一次非常出色的表现,所以……怎么样?我把照片和录像给你。"

燕绥之没急着回答,而是道:"你这么一晃而过,我很难判断照片的内容,虽然这样说有点儿冒犯,但是……"

本奇立刻明白了他的意思:"我知道,我当然知道,你怕我拍一些毫无用处的照片来糊弄你嘛!这样,你可以大致看一遍。"

本奇说着,把手腕伸到了他面前,把屏幕放大,让对方能看清楚。

燕绥之看照片的速度很快,百来张照片,他只花了五分钟就看了一遍。正如本奇所说,他拍到了不少人,甚至不少东西,有乔,有赵择木,有劳拉他们那群律师,都是在解禁后去医院看望乔治·曼森时被拍到的。

里面有几张照片比较有意思，一张是乔和赵择木两人从医院出来，各自冷着一张脸，看起来似乎相处得不太愉快，又或者因为什么事发生了争执。

还有几张则是两人一致对外，和曼森家的人对峙。

百来张照片拍到了形形色色的亲朋好友，里面看起来最神伤的，还是乔和赵择木，最冷情冷性的是曼森自家的人。不过这都在燕绥之的意料之中，没什么可意外的。

还有几张照片拍的不是医院，而是一幢灰蒙蒙的房子，挤在众多相似的公寓房中间，很不起眼。

"这是哪儿？"燕绥之问了一句。

本奇扫了一眼道："哦，那个潜水教练陈章的家，不过没什么可看的，拍了几天也没人来。"

燕绥之点了点头，那些录像他简单看了一遍，也只花了不到五分钟，便点了点头："行了，我差不多扫了一遍，谢谢。对了，你刚才说已经知道了真凶？"

本奇把智能机收回来，压低了嗓音神神秘秘地道："对。"

"谁？"

本奇："乔。"

燕绥之："……"

这话要让顾晏来听，脸色绝对很好看。

当然，这不是指他们先入为主地把乔直接排除出嫌疑人范围，而是这名记者的表情和语气实在太有戏了，乔少爷看见了能把他的脸摁进狗窝。

"乔之前跟曼森有过冲突，闹得很大，直接打掉了牙的那种。"本奇道，"赵家太软弱，要抱曼森家的大腿，干不出什么事。至于这几个律师，牵扯不是太多就是太少，最主要的是找不出什么动机来，最近也没有可疑的动静。只有乔，这几天的情绪很怪。"

本奇道："有点儿喜怒无常。怎么说呢，我不知道你能不能想象那样的心理——我做了一件很糟糕的事情，因为我有信心躲过惩罚，所以我不会害怕。然而警察真正搜起来的时候，我又有一点儿紧张。"

这名记者讲故事还要配图，找了几张照片出来，道："你看，这张乔对着警方的照片，是不是有种特别紧绷的感觉？你看他的表情。"

"然后警方果然没查出什么来，"记者指着另外几张图，"乔便以肉眼可见的速度放松下来，刚才竖毛公鸡的模样不见了，对吗？"

"紧接着，就是最后一种心理，有点儿嘚瑟，有点儿狂。"记者道，"你看他这个在警察背后的眼神，是不是有点儿挑衅的意味？"

燕绥之："……"

他想了想，对本奇道："说说你的条件，你不会无缘无故帮我吧？"

本奇笑了，他说："我就喜欢跟聪明人讲话，不过我们的要求其实很小。这次的庭审，因为曼森家的插手，不对外公开，所以我们不能进去听审，而且查得特别严，唯一的例外是律师可以带助理。"

其实说是助理，并不特指"某某助理"这个职务，而是对律师而言，有陪同出庭必要的人。一般情况下，配额最多两个。

本奇话尽于此，燕绥之一脸了然。

"你明白了吗？"

燕绥之点了点头："你希望我以陪同出庭的名义，带你们进去？"

本奇道："对，我们保证不带任何摄像设备，老老实实按照庭审要求，进去之后就坐在角落里。"

我信你就有鬼了。

如果是旁边那个一脸茫然和腼腆的赫西说这种话，燕绥之可能还会信两句，这个本奇一看就不是老实人。尤其他说话的时候，赫西一直低着头，眼睛瞟向一边，显然不是特别赞同他的做法。

燕绥之"哦"了一声，慢条斯理地喝完最后一口咖啡。

本奇觉得有这么多照片和影像在手，这个实习生不可能不动心，所以胜券在握，胸有成竹。

然而……

燕绥之放下咖啡杯，起身道："谢谢，再见。"

本奇："？"

三分钟后，赫西扯了扯本奇："本奇先生，他已经上车走了，我们还是回去吧。我觉得这个案子其实不适合现在插手，不如——"

"不如不如不如！"本奇白了他一眼，"你又要提那个爆炸案是不是？那都是多久之前的事情了，热度早就没了，有那工夫，还不如找一个版面再给那位院长开个纪念栏，刷刷脸可能关注度还高一点儿。"

他训斥完，越想越不爽，咕哝道："不行，被一个实习生堵了，我一口气下不去。"

赫西皱了一下眉："你还要干什么？"

"走，我们跟着他。"本奇说。

刚才看照片的时候，燕绥之记下了两样东西，其中一样就是陈章那个不太起眼的家。当时他虽然目光扫得很快，实际上已经把墙角上的门牌号记下来了，上面写着樟林路 19 号。

因为燕绥之约的车是可以自主驾驶的,所以他上车后直接坐上了驾驶座。

车子起步时默认的是智能驾驶模式,燕绥之在第三区的地图上搜到了樟林路 19 号,把它定为目的地,便没再管,任驾驶系统自由发挥。他自己则打开了光脑,打算再看一遍案子的资料。

不过他没看多久资料,就重新抬起了头,目光落在了后视镜里。

一般而言,智能驾驶系统其实有个额外的功能,叫前车追踪,但是这个功能只有警车能够光明正大地用,其他一切社会车辆都不允许无故开启这个功能。真要有什么特殊活动需要开启前车追踪,还得提前递交申请,由警署那边审核通过了才可以。

所以,如果你在路上心血来潮想要跟着某辆车,要么约一辆有人工服务的车,要么自己上。

总而言之,自己得手动。

手动开的车,在满路智能驾驶的车里总是特别显眼,看路线和拐弯方式就能认出来。

所以燕绥之只瞟了两眼,就从后视镜里认出一辆特别的车来,那辆车一直跟着他。

燕绥之试着摸了一下方向盘,他的这辆车便转了一个弯。后视镜里远远跟着的那辆车也犹犹豫豫地转了一个弯。

燕绥之简直想笑。

他以前因为各种事情没少被人跟踪过,可以说是经验丰富,这么愣头青的跟车方式他倒是头一回见,简直是送上门来给他逗乐的。至于那辆车里的人是谁,他用脚趾头想想都能猜到。

除了刚才那个被他逗弄过的记者,还会有别人?不可能了。

燕绥之好整以暇地欣赏了一会儿那辆车拙劣的演技,给了对方十分钟的自由发挥空间,然后不紧不慢地把光脑收了起来,一只手扶上了方向盘,一只手点开地图看了一会儿,便干脆关闭了智能驾驶系统。

高架桥上,一辆银豹系列 S60 正顺着智能驾驶的车流而动,时不时转一个不太必要的弯,引得整个车身像营养不良似的抽一下筋。

车内坐的不是别人,正是蜂窝网那两名记者。本奇坐在副驾驶的位置上,一双黑豆眼正紧紧盯着前面那辆车。他总是看一会儿,转头催促一下司机,再看一会儿,再催一下司机。

司机一脸痛不欲生,好像屁股下面坐着的不是驾驶座,而是钢钉板。从他的表情和偶尔抽一下的嘴角来看，他应该万分后悔接了这一单。

本奇在车上念叨了10分钟，司机终于忍无可忍，也不看前面了，扭头冲本奇道："这位客人，您能不能先闭嘴歇一会儿？"

"你——"本奇瞪圆了黑豆眼，这让他看起来像一只瓢虫，"怎么说话呢？什么服务态度？"

"我就这个态度，已经够好了，换一个不好的，当您说要跟踪前车的时候，就该把您轰下车了。"

"放你的——"

"哎哎哎！"

当前座的两人快要在车里掐起来的时候，后座上一直闷不吭声的赫西突然抬手指着前车窗开口道："等等，你们看，那辆车。"

司机和本奇猛地转头看过去，就见他们跟踪的那辆车前一秒还顺顺当当地跟着车流奔驰，下一秒就陡然一个急转，速度瞬间飙升，在车流中拐了刁钻的角度，三两下便驶出了前面的高架桥出口，转了一个大弯，飞驰着消失在他们的视野尽头。

隔着那么远的距离，车里的人仿佛都能听见那辆车呼啸着离去时刮起的风声。

本奇他们一脸蒙，欣赏了一出甩车表演，对方酷炫得让人说不出话来。车内顿时一片安静，气氛格外凝重。

过了几秒，司机说："如果我不是被甩的那辆车，我恐怕得给那人的开车技术打五星。"

本奇猛地回过神来，抽了一口气，急道："滚他的五星，你快跟上啊！人家影子都没了，你呢？"

司机破罐子破摔，往座椅上一靠，指了指方向盘上的标志道："请您睁大眼看看，您约的是一辆银豹，人家约的是一辆亚飞梭，只比正经飞梭稍差一点儿，比咱们的快了不知道几个挡，你告诉我怎么追？"

"那你不早说追不了？"

司机抹了一把脸："智能驾驶惯性限速，当然能追，可我哪能想到人家中途换成手动的？你能你来，不能就闭嘴！"

本奇气得窝回了座椅上，觉得自己那一口气非但没下去，反而要噎死他了。

后座的赫西默默看完一场闹剧，又瞄了眼高架桥出口连接的那条路，虽然那辆亚飞梭早已没了踪影，但他还是有滋有味地看了几秒，然后没憋住笑了一下。

"你干什么？"本奇活像一只炸毛的鸡，一脸敏感地扭头看向他。

赫西立刻抿起嘴，尴尬地"嗯"了一声，有点儿慌乱地岔开了话题："没什么，我就是在想我们现在该去哪里啊，老师？"

本奇上上下下打量了赫西半天，直到赫西开始坐立不安，他才开口道："你

252

想回去了？"

赫西斟酌了一下，问道："您打算回去了吗？"

本奇翻了一个白眼："想得美。"

他重新转回头，靠在副驾驶上，丢给司机一句话："去樱桃庄园，这回不用跟什么车了，你慢慢开，我睡一会儿。"

当他靠着座椅闭上眼睛的时候，隐约听见后座的赫西特别轻地叹了一口气。

他当然知道赫西在叹什么气。

赫西是去年毕业的，有热情，有礼貌，有理想，就是脸皮薄，做什么事都下不去手，也张不开嘴，显得太腼腆了。

干这一行就是怕腼腆，所以赫西的求职路并不顺利，一路辗转，最终到了蜂窝网这个冷门小站。

一个冷门小站，能在全联盟数不清的网站中存活下来，就已经算一种成功了。归根结底，这个工作虽然算不上太好，但也不赖，每年招人的要求还挺高。

最初人事官是不想要赫西的，录取他还是因为老板一句无意的话。老板当时翻了一眼他以前拍的照片，说这学生有颗悲悯心。

悲悯心什么的，反正本奇半点儿没看出来，没准就是老板偶尔兴致来了说的一句文艺话。他只知道，单看摄影技术，赫西差了网站御用的两名摄影师十万八千里。人事官显然也这么觉得，所以把赫西安排给了他做助理记者，说白了就是打杂，顺便学点儿东西。

本奇觉得自己够心软了，有些老师不想带出学生饿死自己，收了助理权当多一个倒水的，什么东西也不教。他不同，每回出来都把赫西带上，每回想起什么前辈忠言，也都会告诫赫西。他这样尽心尽责的老师打着灯笼也找不到，奈何赫西这小子不领情。

赫西整天就惦念着爆炸案、爆炸案以及爆炸案。

当初爆炸案发生后，讨论度最高的那阵子，本奇也有过这样的热情。奈何他跟了十天，也没拍到什么反转性的东西或者爆炸性的消息。那阵子赫西也拍了不少照片，但他那个技术……

总之，本奇看完那数百张照片，最终的评价就是：不知所云。

在他看来，连一张有信息量的照片都找不出来，更别提凑足一个有冲击性和讨论度的版面了。

那批照片当即被网站废弃了，但是赫西自己备份了，他舍不得删，还总说里面的内容很多，疑点也很多。奈何他嘴笨，表达不出来，实在没什么说服力，最终这件事就被搁置了下来。

再往后，爆炸案的热度已经过去了，无数媒体的报道证实那个案子本身并没有什么疑点，当时之所以引起了那么多讨论，也只是因为那个法学院院长而已。

凑热闹谁不会啊，这是很多人的本性。

那么多报道的人里，有几个是真正跟那位院长有交集的？那些人除了发一波经典照片，可能连那位院长的脸都没真正记熟呢，指不定给对方加个胡子或者换个发型，一堆人就认不出来了。

"别叹气了，我也是为你好……"本奇咕哝了一句，"是什么时间就讨论什么时候的事情，炒旧话题，有意思吗？"

这话说完，他听见后面的赫西沉默了一下，有些尴尬地回了一句："我知道。"

你知道什么！本奇翻了一个白眼，彻底睡了过去。

燕绥之甩掉了那辆车，又把驾驶状态切换回智能模式，丢开方向盘，继续看手里的案件资料。他的模样平静淡然，好像刚才飞驰的车不是他开的一样。

倒退二十年，他手动开车时就是这个风格，提速的时候脸上没什么表情，倒是车上坐着的人往往会攥紧把手，一副心脏快要从嘴里蹦出来的模样。

后来他注意到了这点，速度就慢慢缓了下来，能用智能驾驶都用智能驾驶，越来越懒得碰方向盘。

没多久，车子便停在了预设的目的地——樟林路19号。

天琴星第三区的房价贵得离谱，樟林路因为地段有些偏僻，所以房价稍微便宜点，即便这样，也不是一般人能承受的。这一带的普通住宅都特别小，一座挨着一座，又因为有悬浮轨道横跨过去，所以不能建得太高，最高不过3层。

陈章的那座小房子只有2层，从正面看，一层顶多能容下一个小小的客厅和厨房，二层能容下一间卧室和卫生间。

燕绥之从口袋里掏出2只薄薄的白色专用手套，这是他刚到天琴星那晚出去买的。他经验丰富，知道什么样的案件需要准备什么样的东西。像专用口罩手套这种一次性消耗品，他都是到地方再买。

屋门前的通知箱和窗台上积了一层灰，依稀能分辨出警方在这里调查取证时贴的封条痕迹。

这会儿该查的都查完了，大部分封条都已经撕走了，只剩一名小警员还尽职尽责地守在这里。燕绥之过来的时候，他在路边的车里按了一下喇叭。

"干什么的？"小警员从窗子里探头出来。

燕绥之把身份卡在他那里刷了一下："来的路上，我交过申请了。"

"辩护律师啊？"警员上上下下打量了他一遍，可能觉得他太年轻了，露出了不太相信的表情。不过对方有身份证明，而且显然之前警员也听到过消息，便没再多问，点了点头。

他下了车跟过来，看着实习律师讲究地戴上手套，又戴上口罩，然后弯眼冲他笑了笑："劳驾开个门？"

小警员一边开锁，一边在心里嘀咕：你怎么不把全身都包上呢？

这条路上往来的车辆太多，几天没清扫，屋里就已经有了浓重的灰尘，一开门就糊了两人一脸。小警员已经习惯了，只是掩了一下口鼻就进了门。

倒是燕绥之，有预见性地戴了口罩，可还是被那股灰尘呛了一下，偏头轻声咳嗽了几下。

小警员心想：这实习生还真是金贵。

屋里能搜查的地方其实早被搜查过，燕绥之也没有打算捞出什么惊天的漏网之鱼。他只是在客厅里走走停停扫了一圈，又迈步去厨房扫了一圈。

他的目光似蜻蜓点水般掠过一样又一样物品。

"你这样能看出什么东西啊？不用动手的吗？这里都是清点过的，可以翻。"警员看了他的手套好几眼，终于忍不住提醒了一句，委婉表示你不用怕，在我盯着的情况下，你可以随意动手。

他以为这个实习生只是年纪小，没有经验，太过拘束，谁知对方听了他的话，只是点了点头，笑道："暂时不用。"

小警员心想：我都替你急。

二楼的卧室床头有部家用智能机，某种程度上可以代替光脑，只不过比光脑便宜很多。

陈章进了看守所，这部家用智能机自然是不能带走的，警方对它清查过一遍，之后便复归原位，只不过还保持着监控。

燕绥之冲警员示意了一下："我需要打开这个。"

小警员一脸"你终于动手了"的模样，走过来替他开了机。他依然矜骄得很，只动了几下手指，调出消息界面，扫了一眼消息。

智能机这么多天没开，陈章的消息界面堆满了各种未读信息，包括第三区各种商场的打折信息，官方天气通知信息，各种乱七八糟的推销诈骗信息，等等。

天天让警方盯着这些，也挺难为他们的。

小警员显然没少被摧残，看见这些信息就低头揉了揉眼皮，再抬头时却发现实习生律师依然静静地看着全息屏，漆黑的眼珠蒙有一层透亮温润的光，随着屏幕上滚动的信息偶尔轻轻动一下。

燕绥之静静地看完了所有消息，看到有兴趣的就会给小警察递个眼神，然后点开看一下信息内容。

他看的时间最长的信息，是一条福利医院的宣传信息，看完他便关了屏幕，站直身体冲小警员点了点头，道："谢谢，我差不多了。"

255

"好的。"小警员心想：这可能是我跟得最快的一次调查。但他面上没表现出什么，公事公办地带着燕绥之出了房间。

燕绥之落在他后面几步，一边下楼，一边若有所思地摘下手上的手套。

直到最后走到大门前，他看着小警员关上门，才摘下口罩冲对方笑道："辛苦，那么我先走了。"

小警员点了点头，重新钻回车里，看着燕绥之去往不远处停车坪的背影，他忍不住咕哝了一句："这学生是找不到头绪，来乱转一气吧？"

燕绥之当然不是来乱转的。

他上了车，就把目的地定在了那家名叫知更的福利医院。

因为那家医院他刚好打过交道，别的不好说，至少那种宣传信息不是随便乱发的，能收到这种信息，说明陈章去那家福利医院看望过什么人。

知更福利医院并不在天琴星第三区，而在第一区，位处一个偏僻却幽静的地方，很适合病人养病。

这段路长得离谱，燕绥之开车到那儿的时候，已经是夜里了。

他理了理衬衫的褶皱，下车的时候，手指上的智能机接连振动了好几下。

顾晏？

屏幕还没点开，燕绥之就下意识以为又是顾晏的信息，结果点开一看，才发现不是。

信息发件人的名字一跳一跳的，是菲兹小姐。

燕绥之愣了一下，而后失笑。不知是为之前那个先入为主的猜测，还是为菲兹小姐这叽叽喳喳什么事都要来戳一下的性格。

菲兹小姐：八点都过了，今天的工作日志又被你忘到脑后了吧，阮野同学？不过我还是要告诉你一个好消息，刚才接到高级事务官亚当斯的电话，他偷偷告诉我，十分钟前，你的老师顾晏已经完成了审查，审查组一位非常和蔼的前辈给他透了个风，应该不成问题。

十分钟前？燕绥之默默看了眼时间，又隐约想起来，红石星双夜的十一点，其实已经接近正常时间的凌晨了，又过了这么多个小时，天也该亮了。

一般而言，一级律师递交申请之后要走的流程共有三步，第一步是为期三至五天的初期审查，这一步会筛除掉大部分申请人，小律所基本全军覆没了，大律所也基本只剩下一根独苗。所以这一步结束，能留下的都是其中的佼佼者，不到百分之五。按照过往经验来看，这就是初步名单了。

这份名单会公示四十五天，这就是第二步。公示期内，如果没有人提出异议，那么名单上的人就会进入最后一步流程——投票。

参与投票的，就是一级律师勋章墙上的那帮大佬们。如果燕绥之没"死"，他也是有表决权的大佬之一。

　　投票率过三分之二的，就算通过考核。

　　如果表决的是一个相对温和与友善的群体，本着不太想得罪同行的心理，三分之二其实是很容易达到的标准。然而很不幸，这个群体的成员都很有个性，没有一个是那种"你投赞成那我也赞成"的老好人。

　　现在顾晏经历的就是第一步。正常情况下，能递口信出来，说明结果不会再有变动。也就是说，虽然名单还没公示出来，但是已经可以恭喜顾晏，顺利进入第二步了。

　　菲兹小姐：你的老师离一级律师勋章又近了一步，你激不激动？是不是很亢奋？

　　燕绥之翘了翘嘴角，回复：我高兴得跳起来了。

　　菲兹小姐：……

　　菲兹小姐：你不要以为我看不见你，就不知道你在胡说八道。你脚底长了树根，我怀疑你上中学的时候连跳高都是用走的。

　　燕绥之：我中学的体育课没有跳高。

　　菲兹小姐的重点被成功带偏：没有跳高？那有什么？

　　燕绥之：马术、游泳、攀岩三选一吧，我不太记得了。

　　菲兹小姐：？？？

　　读中学那都是二十多年前的事情了，燕大教授对于这种琐事印象不太深，他只记得当初的课程被调侃为"上山下海平地跑马"，然后他选了可以坐的那个。

　　跟人讨论这种陈年旧事有点儿浪费时间，燕绥之不是很有兴趣，更何况话题本来在顾晏身上，这么一扯就绕远了。

　　他把话题重新拉回来，回复：不管怎么说，我很高兴。

　　当然，菲兹所说的激动亢奋，他没什么体会，毕竟"金光闪闪的一级律师勋章"他已经有一块了，但是高兴是真的，他一度非常欣赏的学生变得更加优秀，当然很高兴，可能比一般的高兴还要再多一点儿。

　　菲兹小姐发了一串礼花的小图片，非常活泼也非常愉悦。不过为了表现得不那么偏心，她还是添了一句：哈尔先生可能要丧气了，霍布斯的审核还在进行，但是结果很显然……

　　一般而言，如果一间律所上报的申请人不止一个，那么为了公平起见，每位申请人都会由一个独立的高级事务官负责。亚当斯是负责顾晏的那位，哈尔就是负责霍布斯的那位。

　　照以往的经验来看，一家律所最后只会剩一根独苗，既然已经透了口风说顾晏上了名单，那么霍布斯的落选就可以预见了。

燕绥之边往知更福利医院的大门走，边斟酌一个不那么偏心的回复。

他在医院的一层查询机旁边站了一会儿，试图在里面输入"陈"这个姓，出来的名单长得令人绝望。

旁边服务台的小姑娘很有眼力见，探头问了一句："先生，您是需要看望什么人吗？"

"是的。"

"是不是姓名不太确切，所以很难查？"小姑娘非常善解人意，"没关系，这样的事很常见，您不用觉得尴尬。您有照片吗？或者别的什么信息？我可以帮您查。"

"谢谢。"燕绥之想了想，调出案件资料里陈章的某张照片，"我的一位朋友托我来看望一下他的家人——"

"啊……"小姑娘的表情有点儿复杂，还没等燕绥之说完就应了一声，"我知道他。"

"那真是太巧了。"

"我知道您要看望的是谁了。"小姑娘道，"不过这个比较特殊，有警方守着，需要提交一下身份证件。"

她这么一说，燕绥之立刻就明白了。

刚才在陈章的小楼里，他还有些纳闷，为什么案件资料里没有提及陈章的家人，福利医院的信息如果真要细查起来，不算难查。

现在看来，警方实际上已经查到了陈章家人的信息，只不过发觉这边的家人跟亚巴岛的案子没有实际的关联。所以，警方一方面为了保护这些人不受牵连，比如不被曼森家迁怒，不被某些见缝插针的媒体打扰，等等，就没有把这些放在案件需要公布的资料里；另一方面为了进一步监控，又派了一些人在这边守着。

燕绥之走的是正规程序，当然没什么介意的。他在服务台这边验证了身份，小姑娘讶异道："你居然是辩护律师啊。"

"实习生。"燕绥之还不忘细化一下人设，又笑着问小姑娘，"刚才我看你的表情，好像不是很喜欢这位陈章先生，为什么？"

如果是完全不了解的陌生人，就算听说某个人牵扯进了某件案子里，也不会是这种表情。这个小姑娘刚才的表现，更像对陈章知道点儿什么信息。

"呃，我也不是不喜欢……"小姑娘有点儿尴尬，解释了一下，不过很快又在燕绥之温和的笑意里放松下来，想了想道，"这位陈先生的祖父、父亲、母亲，还有一位姐姐都在我们这里。祖父、父亲还有姐姐都是同一种遗传病，现在全部瘫痪了，母亲倒是没有那种遗传的毛病，但是因为心急又操劳过度，心肺功能很差，病了很多年。陈章先生其实也挺可怜的，不过……"

"不过什么？"

"最初他还坚持来看他们，每周一次，所以我们都对他有点儿印象。但是后来他就来得很少了，每次只停留很短的时间就匆匆离开。这两三年他更是一次都没有来过，看得出来，他不是很乐意看见那些家里人。可能负担久了，对他来说太累了，就像……"小姑娘犹豫了一下，还是咬咬牙说了一个词，"就像累赘。"

甩又甩不掉，放又放不下，所以他一方面在努力供养，一方面又不想看见他们。

"我明白你的意思了。"燕绥之若有所思，沉默了片刻，又抬眼冲小姑娘笑了笑，道，"那我先去病房了，谢谢。"

小姑娘连忙摆了摆手："不用谢，应该的。"

离开服务台后，燕绥之并没有急着去找小姑娘提供的病房号，而是在住院部楼下的商店里转了一圈，买了一支只有基础功能的录音笔。

病房外的走廊上，几个便衣警员扣着帽子坐在长椅上。燕绥之冲他们晃了一下身份卡，那几个人点了点头，示意燕绥之可以进去，但是不要关上病房门。燕绥之又冲他们摊开手掌，简单解释道："录音笔，最古老的那种。"

几个人笑了一下："可以用，去吧。"

老实说，见陈章家人的过程并不令人愉快。

陈章的母亲哭得很厉害，她的鼻端插着帮助呼吸的细管，好几次燕绥之都怕她的动作把细管弄脱落，但她根本没在意，只是一直哭一直哭，说很久没看见陈章了，说苦了他了，这么多年让他连喘口气的时间都没有。

护士被她的哭声惊动，匆匆过来给她检查了一下身体指标，似乎格外担心她会就此哭进抢救室。

途中，护士悄声对燕绥之说："老太太偷溜过好几次，说要赚点儿钱给她儿子减轻负担。有两次她差点儿就找不回来了，还是楼下服务台的姑娘在港口附近看见她缩在角落，跟一群人一起摆小摊，才找回来，在手腕的测量仪上加了一块定位的小芯片。"

燕绥之听到老太太这个词的时候，莫名有点儿敏感。他的目光落在陈章母亲身上，陈章五十多岁，他的母亲一百不到，在这个寿命普遍两百的世界上，人生也才走到一半，按照现代人的衰老速度，甚至还在盛年的尾巴。但是她已经老态明显，松弛的皮肤和眼下极深的泪沟不仅显得苍老，还格外憔悴。

不仅是她，这一屋子的人，陈章的祖父、父亲还有他的姐姐，看起来都比一般人老得多。

他的祖父窝在最里面的床铺上，身体看起来又瘦又小，神志也有些不清楚。燕绥之听见他们念叨着他的小名，过了很久才慢吞吞地抬起头，抹了一下眼睛道："文啊，他不要我们啦？"

他每句话都说得很慢很吃力，说一句还要歇一会儿。

"不要啦？"

"我好像不记得他长什么样了。"

陈章的姐姐一直没有开口，却在这时候低声说了一句："不要了好，别要了吧，少苦一点儿。"

那小护士扭头飞快地抹了一下眼睛，鼻尖红红的，冲燕绥之道："抱歉，我先出去一下，有什么情况你一定要按铃叫我。"

燕绥之很少怕什么东西，要说唯一应付不来的，就是这种场面。

倒不是说他会在这里手足无措，相反，他很快以陈章朋友的身份把这些呜呜咽咽哭着的人安抚好了，也许是他看起来温和可信，说什么瞎话他们都当真，到最后听得一愣一愣的，硬是忘了哭。

溜出去洗了把脸的小护士这才有胆子回来。

临走前，陈章的父亲突然哑着嗓子问了一句："他没出什么事吧？"

燕绥之笑了笑："没有，今早我还去见过他，只是他实在抽不开身。"

"没事的，没事的。"陈章的父亲重复着，"你跟他说没事，不用惦记，我们很好。"

燕绥之从福利医院出来的时候，住院部的探视时间已经结束了，第一区的季节跟第三区不同，气温要低很多。夜里的冷风顺着走廊的窗户吹进来，让人觉得有些冷，哪怕有困意的也吹清醒了。

好几层走廊都静悄悄的没有人，燕绥之脸上早已收起了笑，月光映在他微垂的眼睫上，将他的神色映得很淡。他走了一会儿，突然想起什么似的看了眼智能机，果然，上面有一个未接来电，还是来自菲兹。

之前病房里哭得凄凄惨惨，他居然完全没有发觉有通信请求。

他看了眼德卡马的时间，给她回拨了一个通信。

"喂？"菲兹接得很快。

"抱歉，刚才有事。"燕绥之道。

"没关系。"菲兹说着，突然觉察到什么般问了一句，"你怎么了？听上去好像有点儿不对劲。"

燕绥之投向窗外的目光没什么变化，嘴角却扬起来："哪里不对劲？也许是有点儿困。之前什么事？"

菲兹被他一提醒，立刻叫道："哦，对了，你知道吗？刚才第一步的审查通过名单公布出来了，你猜怎么着？你的顾老师和霍布斯两个人居然都在名单上！"

燕绥之一愣："确定都在？不是重名？"

"不是，就是顾晏和霍布斯。"菲兹道，"这算好事还是坏事？"

两个人都在名单上，意味着两个人都有可能成为一级律师？不可能的。老规矩绝对不可能变，最终能成为一级律师的肯定只有一个，不是顾晏就是霍布斯。两个都通过第一轮这种情况实在很少见，十几年都很难见到一次。这说明在这一轮审查中，委员会很难取舍，万般无奈之下决定把这种抉择往后拖一拖，留给公示期或者投票期。

这对顾晏来说，并不算好事。

燕绥之想了想，回答菲兹："这就看你偏不偏心了。"他顿了顿，又道，"反正我偏心。"

一般人总要说两句场面话，像他这么坦然的少见，菲兹愣了一下，然后哈哈哈哈地笑了半天："好了，你这么一说，我突然觉得心情不错，这说明我也很偏心。"

"顾晏——"燕绥之下意识说完，又硬生生在后面补了两个字，"律师他们回德卡马了？"

"之前他们告诉我已经进港口了，不过顾晏好像还要出差？不知道他，反正他们这帮大律师整天飞惯了。"菲兹道。

第二天，看守所那边临时有点儿状况，跟燕绥之协商更改了会见时间。

直到下午四点，他才重新坐在了会见室里。进会见室前，他突然收到了一条消息，来自顾晏。

这个消失了一天一夜的"薄荷精"上来就没头没尾问了一句话：在哪儿？

燕绥之被管教的目光催促着，也没多说，言简意赅地回道：看守所。

发完消息，他便摘下智能机，将它放进了透明袋里。

管教接过袋子的时候，又往他手里看了一眼："还有别的通信工具吗？那是什么？"

燕绥之把手摊开。

管教点了点头，让他进了会见室。

没两分钟，陈章就被昨天那个虎脸管教带来了，两个人看见燕绥之的瞬间都露出了一种麻木不仁但又有一点儿心酸的表情，可见前一天都被伤得不轻。

陈章在桌前坐下的时候，又伸手按了一下腰，然后开门见山扔给燕绥之一句话："我仍然坚持昨天的态度。"他打死不说。

燕绥之也不急，只是有点儿好笑地问："那你完全可以拒绝来会见室，就像昨天最初所做的那样。"

陈章抿着嘴，没有回答。

他其实是怕了这个实习生，他怕他拒不见面之后，这个实习生又像昨天一样搞出什么事来诈他。诈一回他的情绪就要跟着激动一回，忐忑不安的滋味并不好受，他不想再上一回当，所以干脆来了，就这么面对面坐着，心里反而更有把握一点儿。

只要他不说话，主动权依然在他这里。

"人带到了啊，会见时间依然是一小时。"管教牙疼似的哼哼了一句，转身就走了。

大门"嘭"地关上，会见室又陷入昨天那种令人窒息的氛围里。

陈章单方面觉得窒息。

燕绥之一点儿也不急，昨天他临走前留下的话，今天说到做到。他还真就什么也不干，也不着急，就这么喝着玻璃杯里的清水，淡定地看着陈章。

陈章："……"

十分钟过去，陈章开始挪凳子。

二十分钟过去，陈章开始抓耳挠腮。

三十分钟过去，陈章有点儿忍不住了。

他刚要张口，燕绥之突然伸出食指抵了抵嘴唇，示意他不要说话，安静点儿。

陈章："……"

陈章要疯了。

当他一脸崩溃，瞪着燕绥之的时候，燕绥之轻描淡写地扫了眼墙上的时间，然后拿出了一样东西，搁在桌子中央："你不用说话，我今天也不打算问什么问题。现在还有二十五分钟，我给你放一段录音。"

桌上的东西正是昨天他带进病房的录音笔，他录了其中一部分，不长不短，刚好二十五分钟。会见室不能带任何通信工具，所以他才挑了一个这么老式的东西。

好在录音笔虽然老式，音质却不错，放出来的内容清晰得就像响在耳边。

"我好久没看见他了，他过得苦不苦啊？"

女人苍老的声音响起来的瞬间，陈章就像被按了定身键，瞪着眼睛身体绷直，一动也不动。

第七章 我的实习生

看守所对街的咖啡厅的露天座椅上坐着两个人，在这里能够清楚地看到看守所大门，还能喝杯咖啡，视角非常好，适合等人，也适合盯人。

赫西看着摆弄专业镜头的本奇，忍不住道："这样不太好吧，老师？"

本奇被他冷不丁的出声弄得手一抖，差点儿摔了镜头："哎，我这十万西的宝贝，你说话别这么突然！哪样啊？"

"跟踪那个实习生。"赫西咕哝道，"盯着他拍干什么？"

"当然是挖点儿新闻啊！"本奇眯着一只眼，半边脸贴着动态相机，表情精明又刁蛮，"别看只是一个实习生，能做的文章多了去了。他怎么给当事人做辩护，最后是输了还是赢了，输了是不是跟曼森家有不正当的交易啊？赢了是不是跟法官交往过密啊？又或者还有什么别的弯弯绕绕，这个案子牵扯的人都不简单，随便找一个角度都能写。看图说话会不会？"

赫西小声道："我觉得这样不太好，你都跟他一天了，还在他宾馆对面架了一个长——"

"你觉得这样不好，那样也不好。"本奇没好气地打断他，"你是老师还是我是老师？我会害你？你来干事是要赚钱吃饭的，先活下来好吗，年轻人？再说了——"

他调好镜头，找好了一个角度，舔了舔嘴唇道："我那一口气到现在还没出去呢，噎死了你收尸吗？不给那个小实习生找点儿乐子，我浑身不舒坦。"

这话刚说完，他就感觉自己的肩膀被人不轻不重地拍了两下。

他第一反应是，谁啊，还挺有礼貌。

等他愣了一下转过头去，就看见一个高大英俊的男人居高临下地看着他，这人似乎刚从别的地方过来，手里还搭着一件明显不合这边季节的灰色大衣，身上的衬衫却依然笔挺得像刚熨烫过。

本奇："你是谁？"

对方在他眼皮子底下一脸冷漠地拿走了相机，然后垂着目光看了他一眼，语气平静，却让人心慌："如果没弄错的话，你正在跟拍的人碰巧是我的实习生。我不介意浪费时间听你解释一下，你打算怎么磨一磨他？"

本奇："……"

会见的最后二十五分钟，对陈章来说既漫长得像熬过了半生，又短得好像只有一瞬。

在录音播放的过程中，他甚至连眼睛都没眨过几下，全身凝固了一样，始终维持着那个姿势。他充血的眼珠上一度蒙上了一层微亮的水光，又因为他努力睁大眼睛，不消片刻水光又缓缓隐了回去。

这么来来回回好几次，他愣是没有一滴泪水漫出眼睑。

录音尾声是护士对他零星的不满和抱怨，以及他母亲连声的解释："他不是不来，他就是太忙了，忙完就来了。"

那句解释对陈章来说可能比什么都扎心窝，燕绥之眼见他眼皮轻微地抖了一下，眼里含着的水光跟着一晃。

"哎，时间到了啊！"管教准时开门进来，提醒两人会见到此为止。

趁着管教说话，燕绥之没盯着他的工夫，陈章飞快地用袖子抹了把脸，再抬头时，又是牙根紧合的沉默模样。

管教的目光里带着疑惑，不过陈章没有给予任何回应，只是低着头，顺从又僵硬地站起来，随时准备跟着他离开会见室。

燕绥之说什么是什么，当真没有问他任何一个问题，只是神色淡淡地收起录音笔，又给他丢下一句熟悉的话："明天的会见时间，我还在这里。"

这次陈章沉默良久，终于低低应了一声："嗯。"

陈章难得配合地回应是一个好兆头，但也许只是受刚才录音内容的影响。燕绥之从看守所出来的时候，脸上的神情依然很淡然。

他多数时候是带着笑的，就连挤对人刻薄人的时候都不例外，但他一旦收起了笑，浑身上下就会散发出一种冷淡的疏离感来，总让人担心他是不是不高兴，但又不敢贸然询问，只敢远远地看着。

他就是顶着这样冷淡的表情走到了路口，连看都没看周围一眼，就垂着目光调出智能机屏幕打算约车。

约车的预订刚要发送，智能机突然振了一下，有一条新信息进来了。

来件人：小心眼的薄荷精

——抬头。

燕绥之一脸疑惑，他下意识抬起头，对面的露天咖啡座里，某位据说"正在出差"的大律师正坐在一张藤制的扶手椅里，不紧不慢地喝了一口咖啡。

燕绥之微愣，转而便笑了。

不过顾大律师并不是一个人坐在那里，跟他同桌而坐的还有另外两个人，还是两个熟人。

那两个来自蜂窝网的所谓的记者，赫西还有本奇。

那个叫赫西的年轻记者留给燕绥之的印象还行，此时他像做了什么丢人又亏心的事情似的，只朝燕绥之这里看了一眼，就低头默默掩住了额头。至于叫本奇的人，则冲着他这边笑得一脸尴尬。

偏巧他坐在顾晏旁边，那张王八绿豆似的脸跟顾晏放在一起，对比效果堪称人间惨剧。

燕大教授毫不留情地在心里道：得多恨自己才挑这个座位。

"昨晚菲兹告诉我，你要出差。"燕绥之穿过道路走到咖啡座旁边，好整以暇地看着顾晏，"出差到咖啡店来了？"

"我确实是来出差的。二区那边有个之前接的案子在收尾，我要去走一下流程签几个字。"顾晏抬起眼，"不过菲兹每天都跟我告你的状，从场面上来说，我认为有必要先来履行一下我作为老师的管教义务。"

这话翻译一下就是：虽然我根本不想管你，但是碍于场面，我还得纡尊降贵陪你演一演。

燕绥之哭笑不得："菲兹小姐背着我告了什么状？说来听听。"

"不提交工作日志，不填报销单，不守规矩。"

燕绥之："……"

他可以打赌，最后那条肯定是某人擅自加上去的，语气都不一样。

原本低着头的赫西听到这段对话，忍不住抬起头来，默默看着这两人一来一往，眼里露出一丝微微的羡慕。

他觉得这种可能才是他理想中的前辈和新人的相处状态……呃，好像也有一点点不同，但至少比他和本奇之间的状态好太多了。

也许是他的目光太强烈，燕绥之余光瞥见了，并且看清了他目光里的那一点儿羡慕。

燕绥之觉得这个年轻人可能存在一点儿误解，不过……

"你们二位这是？"燕绥之转向赫西和本奇，目光从本奇手里紧紧搂着的专业相机上一扫而过，又落在赫西尴尬摆弄的简版相机上，"嗯？"

嗯什么嗯啊？

本奇牙疼似的抹了一把脸，哼哼道："很抱歉，我们本来想给你拍几张照片留个纪念。"

燕绥之看了眼赫西的表情，了然道："别带'们'字，我想这种时候就没必要谦虚了吧。"

本奇牙更疼了，捂着脸默默瞪着燕绥之半天，屈服道："我本想拍照片，但是没有考虑到你的意愿和某些现实规则……"

燕绥之笑了。

恐怕是这位自称为记者的朋友交易不成，追车又被甩，于是恼羞成怒想来找点儿麻烦，结果被顾晏半道抄家，聊了聊法律问题。

联盟里不是总流传着这么一句话吗？说惹谁都不要惹那帮声名在外的律师，因为真惹恼了，他们有一万种合理合法的方法让你栽得连裤衩都不剩。

本奇大概是接受了来自顾晏的素质教育，立刻乖乖认错，息事宁人。

他道完歉，觉得自己的态度貌似还可以，于是转头试探着问顾晏："那些照片备份……"

顾晏淡淡道："我对你们那数十万张照片内容没什么兴趣，但是需要留个备份。"万一哪天法官有兴趣呢？

本奇自己替他把后半句话补全，然后自己吓死了自己，默默闭了嘴，不再提备份的事情。

他该撒的气一点儿没撒，还被人留了把柄，这一天过得再糟心不过。所以在顾晏和燕绥之表示不打算再留他们之后，本奇拽着赫西头也不回地跑了。

"让你紧张吐了的那位当事人怎么样了？"顾晏道。

"你好好说话。"燕绥之没好气地说，"今天他依然没开口，不过明天就不一定了。我现在回酒店，再看一眼口供内容。"燕绥之问他，"你怎么说？"

"我去一趟二区。"

"还真出差？"

顾晏："……"

看见他那张面无表情的脸，燕大教授逗着学生不亦乐乎，弯着眼睛道："行了，不开玩笑。你去二区多久，还来三区吗？"

顾晏看了他一会儿，又垂下目光转了一下手里的咖啡杯，浅浅喝了一口，道："再看吧。"

"作为名义上的老师，你不看实习生庭审？"燕绥之觉得顾同学演得还不如他。

他顺口一问，已经低头用智能机约起了车。

很快，约好的车就自动停在了路边，两人一前一后上了车，很快便由所约的车型引发了"花钱如流水"和"可怕的资产余额"问题，以至于燕绥之都忘了顾晏还没回答"看不看庭审"。

燕绥之让智能车先送顾晏去码头。

三区和二区并不是相连的大陆，开车去不如水路快捷，专门载客的海用飞梭五个小时就能到岸。

临下车的时候，顾晏想起什么般让燕绥之开了智能机的对点链接。

"你传过来的这两个文件夹是什么？"燕绥之有些纳闷，"这么大？"

"那两位记者相机里的照片备份。"顾晏道，"毕竟他们针对的是你，处理权给你更合适，如果暂时没什么想法就先放着吧。"

燕绥之欣然接受。在等待文件传来的过程中，他又忍不住想起了赫西和本奇两个人之间的相处状态，随口提了一句："那对师徒……姑且算师徒吧，理念相差太多，看着挺逗的，估计处不长久。"

没准几年后就是老死不相往来的结果。

这话说完，顾晏没应声。没过片刻，双方智能机"叮"地一响，文件传输完毕。

顾晏收起屏幕的时候，突然说了一句："我曾经也一度觉得跟你的理念有很大偏差。"

燕绥之愣了一下，又想起什么般轻轻"啊"了一声，过了几秒。他又笑着问道："现在呢？还大吗？"

顾晏在他身边的座椅里安静地坐了一会儿，然后握住门把手下了车。他手腕扶着车顶，微微弯腰看着车里，淡淡道："下回再说吧，行李箱我没拿，你帮我再订一个房间，明天晚上过去。"

返程刚巧碰上了第三区的拥堵高峰期，燕绥之懒得跟在一大堆车后面慢慢蠕动，干脆绕了一条路，在路上他看到了"樱桃庄园"的标牌。

樱桃庄园他并不陌生，很多人对这个名字都不会陌生——这里是天琴星第三区有名的酒庄。酒庄后面有一大片樱桃园，夹杂着各种藤花和常绿树，修建得格外漂亮。这座极有情调的花园在酒庄往来的客人中口口相传，最终成了那些人举办花园酒会或是类似消遣活动的好地方。

这酒庄的管理者很会搞情调，为了讨那些客人们欢心，依照不同人的口味给每一位VIP客人酿了定制酒作为独特的礼物，一年一瓶，标着名字和独一无二的记号，分放在樱桃园各个角落里，也许在某些花枝后面，也许在一丛绿叶中。客人有一年的时间去慢慢寻找惊喜。

那些酒瓶外裹着一层特别又精致的软膜，有利于那些酒的保存。客人找到得早说明运气好，找到得晚酒则更醇香。

这种左右都是高兴的事，自然深得人心，所以樱桃庄园名声愈噪。

不过此时引起燕绥之注意的并非它的名声，而是因为之前本奇给他看的那一系列跟拍照片里，有好几张出自这里。有乔和赵择木两个人的，也有乔单独的。

燕绥之方向盘一转，干脆把车开进了庄园大道。

樱桃庄园他其实没来过几次，忙碌的生活决定了他没有那么多闲情逸致跨星球来搞花园酒会，不过他的名字却在樱桃庄园的 VIP 客人名单上，因为他每年都会从这里订一些酒作为小礼物，或是在生日酒会上让学生们尝一尝不同风味。而属于他的那份定制酒，也应他要求，每年直接寄到德卡马。

燕绥之从停车坪出来，走到樱桃庄园门口又突然停了脚步。

差点儿忘了，他现在只能进樱桃庄园的前厅，进不了后面的樱桃园，毕竟他不再是"燕绥之"的身份，而是"阮野"。

他正迟疑的时候，庄园前厅里刚巧走出来两个人。不是别人，正是倒霉的本奇和赫西。

本奇原本走在前面，边走边比画着手势滔滔不绝地说着什么，结果余光瞥到燕绥之，脚下就是一个急刹。

燕绥之笑了："好巧。"

本奇哭丧着脸抱紧了自己的相机："怎么又是你！"

因为之前的事，本奇现在看见燕绥之或者顾晏就想跑。

"别慌。"燕绥之安抚道，"这次不抢你相机。"

这话说得就很值得琢磨了，意思就是"虽然不抢相机，但我要干点儿别的"。

本奇自己天天跟各种文字语言游戏打交道，当然一听就抓到了重点，脸更丧了："你要干什么，你先说。"

燕绥之朝酒庄里望了一眼，问他："刚才听见你在说赵择木，他现在在酒庄？"

"对啊，要不然我带着赫西来这儿干什么？喝酒吗？"他狐疑地盯着燕绥之，"怎么？你……你想进去？"

对方这个心领神会让燕绥之非常满意，还省得他开口了。

"聪明人。"燕大教授毫不吝啬地夸了一句，"劳驾你带我去一趟樱桃园？"

本奇特别想说："别劳驾，不想带，做梦吧。"但是想起之前的素质教育，他又咕咚一下把话咽回去，牙疼似的不情不愿地哼哼："算了算了，你，哎……你跟我过来。"

本奇带着赫西和燕绥之回到大厅的时候，负责接待的服务生愣了一下："您有什么东西落在这里了吗？"

"哦，不是，我碰巧遇到一位朋友，顺便带他去樱桃园喝一杯。"本奇说"遇到个朋友"的时候，语气活像"撞见了鬼"，引得服务生看了燕绥之好几眼。

"呃，好的，没问题。"服务生表现了他良好的态度，听明白后就立刻换上了非常热情的笑，冲通往樱桃园的小径比了个手势，"请跟我来，那么先生您需要什么酒？"

我想要毒酒你敢上？本奇在心里叨咕了半天，挑了一个相对划算的："花园甜酒吧。"

"好的。"服务生也不多问。

燕绥之顺理成章被带进了樱桃园。

园区非常大，由不同的树木和花藤分隔出道路空间，顺着卵石路每走一小段就会有一片开阔些的地方，放着精致的圆桌和藤椅，客人可以在这里品酒，或是要一壶这里特质的樱桃茶、花茶，享用一些甜点。

索性已经进来了，本奇也没继续矫情，干脆送佛送到西，摆着一张臭脸把燕绥之领到园区深处。

"你先在这里坐着吧。"

他们挑了一处被草莓和星月草围绕的桌椅，服务生很快送上来了甜酒、冰块、奶油、一碟精致的佐酒点心，以及三个细脚玻璃杯，每一个里面都缀了一颗浆红色的樱桃。

小伙子熟练地给他们三人配好酒，冲他们笑了笑："慢用，你们有什么需要按桌上的铃。"

燕绥之吃了一些点心，这才端起杯子喝了一小口。

他这人每件事都分得很清楚，被跟拍找麻烦是一码事，被本奇帮忙带进来又是一码事，所以他咽下甜酒后冲本奇道："谢谢，回头我送你一瓶银底卡蒙。"

银底卡蒙是樱桃庄园有名的头等酒，属于有格调的酒里面口感接受度最广的，适合作为礼物送人，但贵，特别贵。

本奇翻了一个白眼："你都能买银底卡蒙了，还要我带你进门？"

燕绥之笑了笑，也没解释。

"赵择木去祷告屋了。"本奇朝远处的一条单独小路抬了抬下巴，"他每回都要在里面待很久，你如果有足够的时间你就等吧，反正我们要走了。"

他似乎还有别的事情要忙，一口闷掉整杯甜酒，便拽着赫西走了。

于是，樱桃园深处这一片就只剩下了燕绥之一个人。他不紧不慢地喝着甜酒，目光在周围的花花草草上扫了一圈，最终还是落在了那条小径上。

小径的尽头有座暖色调的房子，被称为祷告屋。

樱桃庄园这里服务一条龙，特地为某些借酒消愁的先生小姐们设立了一座祷告屋，里面有一位专门负责听牢骚和醉话的祷告官，有点儿类似古早时期的神职人员。在他面前你可以放心地说任何事情，而且依照规定，他有权也有义务为你所说的内容保密。

本奇不愧是跟拍了很久的人，对赵择木的习惯很了解。

燕绥之在这里坐了一个小时，天色都已经暗了，赵择木才从祷告屋里出来。一段时间未见，他看起来沧桑不少，下巴上冒出了一层胡茬，跟之前打理得一丝不苟的模样相差甚远。

他在路上碰见了一个熟人，强打起精神跟人寒暄了两句。

"你怎么突然跑来这里了？我以为你最近都不会出门了。"那人说。

赵择木有些疲惫："最近我突然想来看看。"

那人恍然大悟："哦，我想起来了，你跟曼森还有乔，你们以前就总来这边喝酒吧？我记得听谁提过？"

赵择木："嗯，很久以前了，十来岁的时候，借着家里的名号偷偷来喝。"

那人笑起来："看来都干过这种事，在花园里找标着父母名字的酒换标签，那时候觉得恶作剧挺有意思的。"

"是啊。"

那人想想又叹了一口气："听说曼森身体还没好？"

虽然曼森家封锁了一部分消息，但是同在一个圈子里的人多少听到了一些风声。

赵择木："嗯，最近我总想起曼森十来岁时干的那些蠢事情，所以来这里转转。"

"唉……"那人拍了拍赵择木的肩膀，"不知道他会怎么样。"

赵择木有很长一段时间的沉默，接着道："总会出院的。行了，不说了，我先走了。"

"好，下回有时间喝酒！"

"嗯。"

赵择木从这边经过的时候，燕绥之借着喝酒，将脸朝里偏了一下。

依照这边的规定，他作为嫌疑人陈章的辩护律师，不能随意会见受害方的证人，如果要见需要先报备一下走个流程，以免出现什么威胁证人改变证词之类的情况。

燕绥之来樱桃庄园本就是一时兴起，当然没有走过流程。他只是来观察一下赵择木的状态，并没有打算跟他有直接对话。

赵择木果然没有看见他，匆匆离去。

留下的那个人还在园子里，跟另一位同行者自然而然地聊起了赵择木。

"他跟曼森的关系有那么好？我怎么没看出来？"

"那是你以前不认识他们，小时候他们关系还是不错的，他、乔还有曼森，后来大了就疏远了，毕竟不是一路人。"

"确实，他看上去比较沉稳。"

"骨子里精着呢！那三位里面要说最傻的，曼森当之无愧。"

燕绥之听他们无差别挤对完一圈人，喝下最后一点儿酒，又用清洁纸巾仔细地擦了一遍拿过点心的手指，这才离开。

第二天从清早起就没有一个好兆头，天色阴黑，风吹得四处哗哗作响。

燕绥之在会见时间准时到达了看守所。

"稍等，我去把陈章带过来。"虎脸管教看他天天来，天天把陈章弄得神情恍惚，但偏偏没正经开口谈过案子，也挺倒霉的，连语气都缓和了几分。

燕绥之在会见室里的老位置坐下，点了点头："劳驾。"

结果这一等又是十分钟。

就连守在门口的管教都有点儿不忍心看了，其中一个往会见室里瞟了一眼，悄声对另一个道："别是兜了一圈又回起点了吧，我怎么觉得陈章又要拒不相见了？"

"那也太难搞了。"

"这实习生也是倒霉，一上来就碰到一个这样的当事人。"

"手气太差了。"

两个人以为自己声音很小，但实际上那种窸窸窣窣的小对话燕绥之能听清大半，顿时有点儿哭笑不得。

但他也不急，依然放松地靠坐在椅子里。

又十分钟后，门口的管教靠着脚跟在墙边站直身体。

"见了鬼了，居然来了！"

"会见时间都过半了才来……"

走廊里响起缓慢的脚步声，很重很拖沓，伴随着手铐上金属碰撞的轻响。

燕绥之两手松松交握着搁在桌前，他知道，陈章已经想通了。也许之前有无数理由让他排斥和抗拒说真话，也许有无数障碍阻止他开口，但现在，他一定已经想通了。

今天，陈章看起来比昨天憔悴了一倍，眼下是大团的青黑，嘴唇上下的胡须已经连成了片，头发竖着，就连常年潜水锻炼出来的肌肉也似乎塌了下去，被衣物掩盖。但是他的眼睛很亮，目光很沉。

他在位置上坐下，缓缓开口："昨天的录音在我脑子里回放了很多遍，很多很多遍，所以我一夜没能睡着。我就听见我爸、我妈在耳边一直问我，苦不苦，是不是不要他们了……"他沉静了一下，又苦笑一声，"我说，哪能呢，我只是……"

"我只是害怕见到他们。"

"你知道吧？我家有遗传病，到了六十岁，十有八九要瘫痪的，我离那也不远了，

271

顶多再有四五年。其实这种病不是治不了，包括我妈的心肺，真要治，找最好的医院自体培植，选个最健康的备份时段，养出来的器官把病损器官替换掉就行。我都咨询过的……就是……就是总挣不够那么多钱。"

陈章道："如果是一个更有用一点儿的人，赚得更多一点儿，他们现在可能不用躺在医院了。所以我不想见他们，没脸见……离发病的时间越近，就越不想见，想走远一点儿，找一个他们都不知道的小医院等病发。"

"这两年，每隔几天，我就跟魔怔了一样幻想着，天上怎么不掉馅饼呢，或者哪里来一场龙卷风，卷一点儿钱刮到我面前……我每天想每天想，做梦都在想。"

他像是把燕绥之当成了樱桃庄园里的祷告官，把这些年的牢骚和梦话都倒了出来，越说越刹不住。

但是燕绥之没有催促，也没有表现出任何的不耐烦，也没有露出什么怜悯或者同情的表情，就像在听一段平平常常的话，这反倒让陈章很放松，觉得说什么都没关系。

过了很久，陈章终于挖完了积尘已久的淤泥，长长地吐出一口气。

直到这时，他才抬起眼，不避让地看着燕绥之："我想了一晚，觉得比起天上掉下一把钱，他们应该还是更想看看我吧？"

燕绥之说："当然。"

他想了想又道："而且你所说的那些高额手术，有一些地方可以大额度减免，至少我就知道一两处。"

陈章的眼睛瞬间瞪大了："真的？"

"当然，会有一些条件，但并不苛刻。"燕绥之道，"只是环境可能不如天琴星，在酒城。"

陈章盯着他的眼睛看了很久，似乎在确认他这话的可信度。半响，他才下定决心似的闭上了眼睛，又重新睁开，道："关于……关于那件案子……关于曼森先生……我有错。"

燕绥之看着他。

他说完这句，深深地吸了一口气，又缓缓吐出来："但不是谋杀。"

燕绥之点了点头："那么，你希望我做有罪辩护，还是无罪辩护？告诉我。"

陈章捏了捏手指，道："无罪。"

"好。"

"我没有做那些事情，但是……"陈章道，"但是我录了认罪的口供，注射器上有我的指纹残存，药剂瓶底部也有，还有——"

燕绥之平静地打断他："那些不是你要考虑的，你只要保证说实话，剩下的交给我。"

外面忽然响起一声惊雷，穿过门墙隐约传了进来，陈章手指一颤，又慢慢握紧，突然梦醒似的道："好，我保证。"

阴了一整日的天终于下起了暴雨，冰冷硕大的雨点砸在屋檐墙壁上，顷刻便打湿了一片。街边水流汩汩直淌，很快就没了人们下脚的地方。

燕绥之沿着看守所的走廊往外走，窗户玻璃被雨水糊成一片，时不时有闪电忽闪着映亮半边天空。

他默默翻开资产卡看了一眼，心想：要完，还真被顾晏那乌鸦嘴说中了，余额已经可怕到买把伞都痛的地步。

看守所再长的走廊也有个尽头，眼看着外面的雨势泼天盖地，他不得不在距离大门一米的地方止住了脚步。

当燕绥之打算破罐子破摔，倚墙笑等雨停的时候，看见街对面有一个身影正从车里出来，他身形挺拔，撑着一柄伞不紧不慢地朝这边过来。

走到看守所大门的台阶前，他微斜了伞沿，抬头朝燕绥之这边看过来。

燕绥之一愣，站直了身体。

暴雨中对方的面容模糊不清，但依然能一眼认出来，是顾晏。

燕绥之调出全息屏，手指轻快地发了一条信息：不是说晚上才到？

顾晏根本没看智能机，撑着伞沿着台阶上来了。他在门前停下，不咸不淡地道："隔着不到五米发信息？"

燕绥之："昨天发信息让我抬头的是谁来着？我有点儿想不起来了。"

顾晏："……"

燕大教授得以解救，当即跟着顾晏一起下了阶梯，并肩往院门走。

"房间订好了？"顾晏问道。

燕绥之说："没订。"

顾晏："？"

燕绥之坦然道："余额只够在我房里加一张床，加完我现在连伞都买不起。"

顾大律师一脸呆滞，说不上来是被"加床"震惊到了，还是被"伞都买不起"震惊到了。

燕绥之默默欣赏了一下他的脸色，终于忍不住笑起来："行了，我逗你的，酒店订好了。不过你得给我解释解释，我是洪水猛兽吗？加张床你的脸绷成这样？"

顾晏目不斜视，走到街边拉开车门就把某人塞了进去。

他自己在驾驶座坐定，把伞收起来放在了伞格里，刚要发动车子，旁边突然伸出来一只瘦长白皙的手。

"给钱，房间订金。托你这张乌鸦嘴的福，你的老师真的要买不起伞了。"

273

燕绥之道。

顾晏："……"

顾晏一开始没有动，燕绥之跟着他的目光看向自己的手指。

"你看什么，蹭到灰了？"他指尖蜷了一下，缩了回来。

顾晏闻言目光一动，收了回去。他将车发动起来，调到智能驾驶模式，一边挑选着目的地一边道："我只是看看，多长的手才能花钱花得毫不知数。"

燕绥之："……"

虽然被顾晏盯着并不是因为蹭到灰，但燕绥之兀自摩挲了一下指尖，还是从车内的清洁盒里抽了一张消毒纸巾，不紧不慢地擦起了手指。

他每次做这种动作的时候，都有点儿漫不经心，像是太过无聊了，随意找了点儿事打发时间。

以前在院长办公室里也一样，他每回处理完一堆事务，都会推开光脑看着窗外的绿荫放松一会儿眼睛。每到那时候，他也会这样靠坐在宽大的办公椅里，优雅又慢条斯理地一点点清洁着自己的手指。

也不知道这是他什么时候形成的习惯。

老实说，很多无意间看见过的学生都认为，那样的姿态很赏心悦目，会让人觉得院长讲究极了，斯文干净。

唯独顾晏有一回问他："你为什么总擦手指？"

当时的燕绥之看电子文件时戴的缓疲劳眼镜还没摘，好看的眼睛在净透的镜片后面弯了一下，答道："我看文件累了，权当活动一下。"

多年后的现在，顾晏借着后视镜看了他一眼，微蹙了一下眉心又松开："你……"

"嗯？"燕绥之愣了一下，抬头从后视镜里和他对视了一眼，然后将用完的消毒纸巾叠了两次，扔进了车厢内自带的小型垃圾碎屑处理箱。

"算了，没事。"

车子已经进入了智能驾驶模式，不需要顾晏再动什么。于是他点开了智能机屏幕，给燕绥之转了酒店的订金。转完后，他看着那笔并不算大的金额，略做沉吟。

后车厢里，燕绥之的智能机"叮"地响了一声，一条的资产卡余额变动提醒跳了出来，又很快消失。

燕绥之从后座看过去，也许是他坐的位置角度刚好，顾晏智能机的屏幕内容清清楚楚地映进燕绥之的眼里。

顾晏打开的界面是实习生手册。

燕绥之目光动了一下，落在顾晏微偏的侧脸上："虽然这样有点儿不礼貌，但我还是想说我不小心看见了你的屏幕。"

顾晏手指一顿。

"可能这个猜测有一点儿自作多情。"燕绥之想了想,"你是想在实习生手册上找一条合理的理由,来接济你穷困潦倒的老师吗?"

"穷困潦倒"这几个字说出来的时候,他忍不住带了笑,似乎觉得这种词落在自己身上有种微妙的荒诞感,但又不至于懊恼。他就像在看一场不相干的戏一样,甚至还觉得挺逗的。

顾晏终于还是抬起了眼,他并没有完全将头转过来,只是侧了脸,目光朝这边偏了一下。他的视线落点其实是在某个椅背,或者某个窗角,但燕绥之能感觉到他的余光落在自己身上。

他似乎在斟酌着怎么接燕绥之这句问话,可能想要嘲讽挤对,但又因为某些原因有点儿犹豫。

这种表情燕绥之很熟悉,很多年前还在学校的顾晏也会这样。这在冷冰冰的顾同学身上并不多见,以至于每回看见,本性有点儿混账的燕大教授就总想逗两下。

于是他又补了一句:"就像上次那个一万西的工伤?我后来闲着去翻了一下,那条腿可能只值六千。"

这话一出,顾大律师毫不犹豫收起了全息屏幕,仿佛多看实习生手册一个字都能瞎了眼。

看见顾晏关了屏幕,燕绥之反而笑了一下。

"你如果实在无事可做,我建议你反省一下。"后视镜里映出顾晏面无表情的脸,"照你这速度,那点余额不够你活到明天。"

"没关系,菲兹小姐说过,明天这个案子的委托金会到账一部分。"燕大教授非常乐观。

顾晏:"……"

这种无缝衔接不留余地,后续资金晚一天都能饿死一个人的生活方式,顾晏实在无话可说。

智能驾驶自有感应和导航系统,并不像手动一样,需要配合车窗和两侧的后视镜来看路况。所以暴雨之下,每一扇车窗都被水流打得一片模糊,将一切隔绝在外。

这种天气的傍晚总是黑得像入了夜,窗外时不时有灯光亮成一片,又很快划过。

燕绥之支着下巴,安静地看着窗外。从他的表情很难看出来他是单纯地出神还是在思考陈章的案子,又或者只是看看模糊不清的灯火夜景。

"顾晏。"他看了一会儿夜景,忽然出声。

前座的顾晏正靠在椅背上闭目养神,这两天来回不断的行程让他少有休息的时候。也许是车内封闭却安静的氛围加上车外的雨声,莫名让人觉得困倦,他没有睁眼,只低低应了一声："说。"

"我其实非常庆幸进了南十字律所。"燕绥之温声道，"当然，这有很多机缘巧合的因素在里面。"

顾晏似乎已经有了睡意，过了一会儿才又应了一声，但因为过于短促，听起来像是并不相信燕绥之这种说辞。

"不过我很庆幸碰见的是你，而不是其他什么人。"燕绥之道，"因为你非常心软……"

他笑了一下，像是玩笑似的道："哪怕再不喜欢或是看不惯谁，也不忍心看人陷在困境里，能帮总会帮一把。"

这一回，前座的人安静了很久，久到燕绥之以为他已经睡着了，低沉的声音才响起，含着朦胧的倦意："说得不太对。"

哪里不对？

这句话在燕绥之舌尖绕了一圈，又咽了回去，鬼使神差地没问出来。也许是因为窗外雨声太大，扰了话音，也许是顾晏轻声的呼吸愈渐平缓，任何一句话都会惊了困意。

于是他没问，顾晏也没再开口。

车内重新陷入安静的氛围里，车外的灯火再度摇曳成片。

路上虽然拥堵，但总有个终点。车平稳地滑行了一段，停在酒店楼下，顾晏还没有醒过来。他清醒的时候总是保持着严谨冷静的状态，看不出累不累，睡着后就显出了几分疲惫。

他能在下午赶回第三区，之前必然没有好好休息。

这点顾晏虽然只字未提，但燕绥之经验丰富，对这些行程的耗时长短非常清楚。

他把后座的行车控制面板悄悄调出来，在电子音提示"目的地已到达"之前，关掉了一切提醒，调节了温度。车内保持着那种混杂着朦胧雨声的安静，没有什么突兀的动静惊扰顾晏。

燕绥之朝前座看了一眼，架起光脑调出案件资料，静静地翻看起来。

这种场景有些久违了，很像多年以前某个春末的午后。

院长办公室的里间面积很大，除了燕绥之自己的办公桌和一排偌大的立柜，还有两张供学生用的办公桌靠窗放着。

有时候他带一些学术项目，会让参与的学生随意来办公室，甚至直接把光脑和各类资料搬来那两张办公桌上，这样碰到什么问题，抬头就能问他，但事实上这样做的学生很少，因为大家都有点儿怕他。

真正使用那两张桌子最多的学生，大概就是顾晏了。因为有一回的项目，直系学生里他只挑了顾晏一个。那三个月，顾晏有大半的时间都待在院长办公室里。

那天那个午后也是这样，燕绥之少有地在办公室待了一整天，一直戴着眼镜，低头处理着光脑里成沓的文件和案子资料，偶尔回几封邮件。

办公室里也是这样安静，只偶尔能听见窗外婉转的鸟鸣声。

顾晏前一天不知因为什么事，似乎没怎么睡，那天少有地露出明显的困意。

于是燕绥之处理完一批文件，抬头放松一下眼睛时，就看见顾晏支着下巴，维持着翻看文献的姿势，已经进入了浅眠。

窗外长长的绿藤挂下来，被风拨弄得轻晃几下，年轻学生脸侧和挺直的鼻梁前留下清晰的投影。

燕大教授是一位非常开明的老师，当时并没有出声叫醒他，只是笑了笑，任他继续打盹儿。

同时，燕大教授也是一位本质喜欢逗弄人的老师，所以他在桌面随手新建了一张纸页，握着电子笔给打盹儿的年轻学生画了一幅速写，题了一行龙飞凤舞的字，投递进了学生的邮箱。

光脑"叮"地轻响了一声，顾晏眉心微蹙了一下，这才转醒。

他刚睁眼就跟光脑吐出的纸页对上了，看到速写先是一愣，接着就看到了那行格外潇洒的题字——顾同学，昨晚做贼去了吗？

就因为打盹被捉，面皮薄的顾晏那一整天都表现得特别顺从，瘫着一张脸，说什么是什么，一句嘴都没顶过。

看了很久资料的燕绥之在放松的间隙分神想起了这些前尘往事，虽然只是琐碎小事，隔了这么多年回想起来仍然很有意思。他翘了翘嘴角，抬眼朝前座一瞥。

结果就见睡着的顾晏半睁着眼，正借着后视镜看着他。

"醒了？"燕绥之一愣，"什么时候醒的？"

"刚刚。"顾晏捏着鼻梁，这才真正转醒，"到多久了？你怎么没叫醒我？"

他嗓音含着睡意未消的微哑，也许是声音很低的缘故，居然显出了一分温和。

"我翻资料没注意，忘了叫你。"燕绥之半真半假的瞎话张口就来。

顾晏未做评价，只解开了安全带，冲他说："下车。"

不知道是不是受车里顾晏的困意感染，最近有些浅眠的燕绥之这晚难得睡得很好。

第二天，暴雨依然没停，燕绥之这次去看守所不再是独自一人，而是带上了顾晏。

经过门卫亭的时候，燕绥之在前顾晏在后依次刷了身份卡，就像一对再正常不过的大律师和实习生，只不过人家是大律师为主，实习生屁颠颠地跟在后面旁听，到他们这里却反了。

277

"来了？"虎脸管教接连受了几天侧面精神磨炼，对于燕绥之的存在已经熟到会主动打招呼了，"这位是？"

"我跟的大律师。"燕绥之答道。

虎脸管教一脸古怪——这话听着跟"我带的学生"口气一样，也亏得大律师能忍。

会见当事人的时候，律师本就可以带一名助理律师或其他随行人员，所以管教们虽然好奇，但没有多问就将他们放了进去。

没过两分钟，陈章就被带来了。

自打他松了口，配合度就高了不止一个台阶，连过来的步子都快了许多。不过他进门看见顾晏的时候，还是愣了一下："你……顾律师？你怎么来了？"

燕绥之非常坦然地替他回答："来监工。"

顾晏适时对陈章道："不用有负担，还是他为主。"

"不，今天你为主。"燕绥之冲陈章抬了抬下巴，"你说乔治·曼森出意外你也有错，究竟是怎么个错法，说说看。"

陈章两只手交握，搓了很久，斟酌了一番，开口道："其实，我在那之前就知道会出事。"他顿了一下，又道，"或者说，在那之前我就应该知道，这次的聚会是要出事的。"

乔这次的聚会通知很早就发出去了，其他人提前一个月就确定了行程，哪怕是万分繁忙的顾晏，乔也按照老规矩，提前半个月给他拨了通信。

确定完大致的人数后，乔就约了哈德蒙俱乐部，让他们安排几位教练跟潜。

哈德蒙俱乐部收到预约后，便对内部的签约教练发了通知，问他们谁那几天没有其他安排，能够抽得出时间。

像乔这样慷慨豪气的少爷，待人直率，给的小费也丰厚得让人眼馋，所以即便原本有安排的教练，都硬生生凑出了几天空闲，跟协调人报了名。

"我没记错的话，那天所有教练都报了名，一个都没漏。"陈章说，"当然，包括我。"

亚巴岛的分部近三十名教练，全部报了名，竞争其实算得上激烈。陈章在其中资历并不算很深，能被挑选上也算走了大运。

"看到最终的六人名单时，我还是很兴奋的，但没想到第二天，那股子兴奋劲就被打破了。"陈章顿了一下，道，"有人来找我，我不知道他们为什么把目标锁在我身上，总之他们说想让我帮个忙。"

"那两人一上来就把我过去的事情，包括基因调整，包括陈文等等一股脑摆出来，我……我太过忐忑，又有些慌张，所以没能稳住，让他们找到了突破口。"

那些人对陈章描述的内容很简洁，只说可能有些事需要他帮忙做个证圆个谎。

陈章直觉不是什么好事，所以一开始并没有直接答应。对方一开始并没有紧逼，只开了个足以让人晕头转向的价格，然后让他考虑考虑。

这种退让一步的做法其实很刁，给足了一部分诱惑，又给予考虑的空间，会给人一种错觉，觉得他们并不是特别不讲道理的人，应该也不会有太出格的要求。

"我那时候正急需钱，我的……我的身体状况不太好，刚拿到医院的诊疗单，说我腰腿骨骼上的毛病终于要跟我爷爷、我爸，还有我姐一样了，最多还有三年。"陈章说，"我起初拒绝得很坚定，但是后来几天总睡不踏实，一直在琢磨，整天走着也想，坐着也想，躺着也想，那两人的话就始终在我脑子里跟魔障一样转。"

想了三天三夜，陈章用那两位留下的方式主动联系了他们，表示想听一听更具体一点儿的事情，再决定要不要帮。

这是他做的第一个错误决定。

一旦主动给人敲开一个口，后续再想合上，就不太可能了。

对方态度骤变，不再用之前的软方法，而是直接上了硬手段，将陈章困在屋子里两天，又用他在福利医院的家人逼迫他，同时施以软招。

"他们说，如果我愿意帮那个忙，我爷爷、爸、妈还有姐姐这辈子在福利医院的费用他们一次性付清。"

能给出这种条件，绝不是什么简简单单的忙，陈章当时已经隐约意识到了，他如果答应，可能搭进去的不只是工作生活那么简单，但是对方逼得太紧，给的利益诱惑又正中他的心。

"我对着我的诊疗单坐了一天一夜，想着我可能……也没什么能搭进去的了，所以我答应了。"陈章道。

这样的前提跟燕绥之想的其实相差不多，并没有出乎意料。

他点了点头，问陈章："那些人是谁，你知道吗？"

"不知道。"

燕绥之："好吧，意料之中。那么他们长什么样你还记得吗？"

"他们都戴着口罩和帽子，只露了眼睛。"

"眼睛有什么特别的吗？再看到的话你能认出来吗？"

陈章迟疑了一下，有点儿尴尬道："一个蓝色，一个深棕色吧？非常普通常见，也没有痣。"

燕绥之又问："那你有别的关于那些胁迫和交易的证明吗？"

陈章最初摇了摇头，在燕绥之要揭过这话题，让他继续说后续的时候，他又突然想起什么似的道："录音，我……我应该有一份录音。他们第一次来找我的时候，我多长了一个心眼，把一支录音笔放在天花板上面的一块隔层里。后来他们走了，我一直神不守舍的，忘了拿下来。所以第二次他们来的时候，录音笔还在上面。"

燕绥之先是来了点儿精神，但转而一想又问道："你是指我上次给你听的那种传统录音笔吗？"

陈章点了点头："那种比较便宜……"

他刚说完，就看见对面两位律师同时捏了一下鼻梁，似乎特别无语。

"怎么了？"

燕绥之微笑着说："那种录音笔，满格电只能坚持一天一夜，所以显然，它录不到第二次的关键内容，顶多能录到你第一天晚上的梦话。"

陈章："那怎么办？"

"算了，你继续。"燕绥之示意他继续说，"我想知道，在事情发生之前，你知道是谁会发生什么样的事故吗？我只听真话。"

陈章摇了摇头："不知道。"

他神色极为诚恳，可惜燕绥之在询问的时候从来不把对方的神色当真，所以只是掠了一眼便平静地道："继续。"

一般人在没有依靠的时候总想抓住一丝信任，让自己定下心来，可他在燕绥之身上什么也抓不到，他捉摸不透对方的想法，便忍不住有点儿慌："真的不知道。"

"嗯，我听见了，你可以继续说。"燕绥之笑了一下。

"真的。"陈章再度强调了一遍，显得有点儿无助，但又不得不继续说下去，"那些人出现的时间让我觉得，他们所谓的帮忙，应该是在乔先生的聚会上，而且既然我是潜水教练，我当时猜测十有八九是跟潜水有关，所以到了亚巴岛后我一直忐忑不安，潜水过程中生怕要出什么问题。"

"那天其他教练一般一个人带两位客人，分到我这里时，客人刚好多出来一个，所以我带三个。"陈章道，"说实话，我那时候已经是惊弓之鸟的状态了，但凡看到一点儿跟别人不一样的，就拎着心……"

他本性毕竟不坏，虽然在威逼利诱之下答应了要帮忙，但是下意识仍旧想去阻止事情发生。所以他打算对负责安排的管家说他带不了，让管家重新安排一下。

人有的时候就是这么矛盾，明明他迫切地需要钱，松口答应对方帮忙也是因为钱，真正到了这种时候，他又宁愿少带一个少拿钱，以换取平安无事。

"但是管家告诉我，他做不了主，是客人们自己商量着选择的，他不好违背意愿。"陈章道。

"你后来有求证过这件事吗？"燕绥之问道。

"有。其实之前潜水出事后，凯恩警长找我录口供的时候，也问过这种问题。"陈章有点儿尴尬地说，"但是当时对他，我没有说得太具体。其实我到了亚巴岛就疑神疑鬼，看谁都像是要我帮忙的那伙人之一，管家那么说我当然没信，后来见到客人就问了一句，确实是他们自己挑的。"

"那位穿错衣服导致出事的杰森·查理斯律师说他曾经光顾过哈德蒙俱乐部几回，当时分配给他的教练他不是很喜欢，总让他调整体形，他觉得对方很啰唆。后来有一回那个教练不在，我暂替了一回，他对我印象很好，可能是因为我不太爱聊天。惭愧的是，我对杰森·查理斯律师没有印象了。"

不过这不妨碍杰森·查理斯在名单上看到他的时候，毫不犹豫地选择他。

而赵择木选择他，他是知道缘由的，毕竟赵择木是哈德蒙俱乐部的常客，以前就总是他给赵择木做潜伴。

乔治·曼森可能是里面唯一没给出什么理由的，他只是敷衍又任性地用一句话打发了陈章："没什么原因，我在名单里随便挑了一个顺眼的。"

这位少爷的性格是出了名的，他决定了的事情，不管有没有道理，都很难让他改变主意。

而且当时的陈章有一点儿私心。

"这是我做的第二件错事。"陈章道，"我之前不知道会在乔先生的聚会里碰到曼森先生，我换了名字换了长相，他不认得我了。可能不换他也不认得，毕竟在香槟俱乐部的那次，我也只是个替代教练，跟他并不熟悉。但是我认得他。虽然已经过去了十几年，但不得不承认，我对当年的事情依然耿耿于怀，怨恨不浅。所以曼森先生说懒得换教练的时候，我一句都没有劝说，就接受了。"

陈章的耿耿于怀并不是要对曼森做什么，而是极力想在曼森面前证明一次，如果不是当年保镖拦截，如果让他作为教练跟着下水，他绝对不会让曼森发生任何事故。

"我当时意气用事了，如果当时我坚持将一位客人转到另一位经验更丰富的教练手下，至少杰森·查理斯律师和赵先生都能免受一次罪。"陈章道。

燕绥之全程听得很淡定，偶尔用看守所提供的专用纸笔记录一些简单的字词。连旁边的顾晏都看不懂他写的是什么天书，更别说陈章了。

但听到陈章说这话的时候，燕绥之手里的笔停了一下，抬起眼看了陈章一眼。

不知道为什么，面前这位律师明明是个刚毕业的实习生，年纪可能只有他一半不到，但是陈章被他看一眼，就仿佛回到了上学时期。他就像又考砸了一张卷子的学生，战战兢兢地等老师给成绩，被瞄上一眼，心脏都能提到嗓子眼。

不过这次，燕绥之冲他说了句中听的人话："如果你刚才说的都是真的，你对曼森当年的事故积怨这么多年，再见面时想到的不是给他制造麻烦，而是更用心地保障他的安全，不管是出于证明自我还是别的什么心理，都值得赞赏且令人钦佩。"

陈章愣了一下，一直忐忑的心突然落地生根。

这是他事发后第一次露出一点儿笑容，带着一点儿歉疚和不敢当，一闪即逝："我其实没有……嗯，谢谢。"

燕绥之的表情活像顺口鼓励了一个学生，而陈章的表现也像一个被夸的学生。

顾晏："……"

有了这样一句不经意的肯定，陈章顿时安下心来，甚至不用燕绥之提醒，他就跟开了闸的水库一样，滔滔不绝地把所有能想到的事情都倒了出来。

燕绥之听了两句，又顺手在纸页上写了两个词。

写完余光一瞥，就发现顾晏的表情有点儿……嗯，不知道怎么形容。

燕大教授自我审视了一番，刚才他的表现有什么出格的地方吗？没有。

除了"像一个实习生一样"老老实实地记笔记，乱说什么话了吗？没有。他还适度安抚了当事人的情绪。

非常完美。

"你怎么了？"燕大教授决定关心一下顾同学的身心健康，以免他这副模样把当事人刚提起来的胆子再吓回去。

顾晏淡淡道："没什么，你继续上课。"

燕绥之："？"

燕大教授觉得顾同学的身心问题可能是积年顽疾，一时半会儿好不了，于是只得默默转回视线，冲陈章道："继续。"

"哦……"陈章点了点头，接着被打断的话继续道，"十多年前曼森先生的事故，我一直觉得自己很冤。但是这次杰森·查理斯律师在水下出现的事故，就真的是我的责任了，这是我犯的第三个错误。"

他在碰到乔治·曼森后，因为太想证明些什么，所以全部的注意力都放在了曼森的安全上，甚至中途上岸休息，陈章也寸步不离，跟着他们一起去了更衣室，又跟着他们一起出来在岸边喝着冰酒休息。

曼森看起来是真的不记得他了，跟他聊了很多，夸了他的潜水技术，甚至说以后要去哈德蒙找他潜水。

陈章一方面依然无法对当年的事故和后续潦倒的生活释然，一方面又觉得曼森跟他印象中跋扈不讲理的小少爷不太一样。

新印象和固有印象的差别让陈章一直有点儿心不在焉，这才导致第二次下潜时忽略了潜水服的问题。

"很惭愧，到了水下我的注意力依然在曼森先生那边。"陈章道，"看到海蛇的时候，我心里咯噔一下。因为那片海域海蛇并不常见。我心想这一定就是那帮人的目的了。"

陈章当时下意识地以为，这就是那些人找他的目的。海蛇最开始是奔着曼森去的，陈章当时很庆幸自己始终盯着曼森，所以能够第一时间去解决麻烦。

这当中赵择木也功不可没。

"他的反应甚至比我还快，海蛇过来的时候，他只愣了一下，就游过去了。不过他并不知道怎么处理能受到尽量少的伤害……总之过程有点儿艰难，但是万幸都上了岸。"

之后的事情就是燕绥之他们所知道的，因为陈章和赵择木被海蛇缠住，杰森·查理斯那边出了事故。

"我上岸之后一度很迷茫。"陈章道，"我以为解决了海蛇，我就无事一身轻了。结果没想到杰森·查理斯律师又出了事，这让我开始怀疑自己是不是弄错了对象，也许杰森·查理斯律师才是对方的目标。"

但是不管怎么说，他和赵择木脱离了生命危险，而杰森·查理斯的体征指数也恢复正常。这让陈章着实松了一口气，因为他以为该发生的事情已经发生过了，没有出人命，事件被定性为意外，皆大欢喜。

潜水事故发生之后的一天一夜里，他一直在等消息，等那两位联系他。

他觉得不管结果如何，总要有个了断。但是对方的信息迟迟不来，他越来越焦躁不安。

"我那时候甚至没有想过是事情没办完，我担心的是我可能坏了他们的打算，福利医院那边的家人也许会受牵连。"陈章道，"所以我接连给福利医院拨过几回通信，劳烦那些护士好好照看他们。她们对我家里人很好，不过对我的态度一贯不怎么样……"他说着苦笑了一下，"我知道为什么，也能理解。"

"我等了很久都没有动静，直到那天下午。"陈章道，"就是大部分人解除嫌疑的那天下午，你们先行离开亚巴岛，警方也从别墅区撤出。好像一切都过去了，风平浪静。别墅里的客人们商量着要搞庆祝酒会，我在楼上的房间里都能听见下面的喧闹声。就是那天下午，接近傍晚的时候，我下楼去了一趟厨房，再上去就发现房间里多了一部通信机和一只黑色袋子。"

"通信机？"燕绥之问道，"老式的那种？"

"对，黑市能淘到的那种老式通信机，查不到使用者，信息甚至不用经过现行的通信网。"陈章道，"通信机里有一条信息，让我晚上待在卧室不要出去，下楼也不行。我当时心里咯噔一下，很紧张也很担心，但又不敢不照做。"

"那只黑色袋子？"

"黑色袋子装着安眠药剂，就是后来被发现散落在曼森先生手边的那种。"陈章道，"当时只有一支，就是一个成年人的正常用量。"

燕绥之盯着他："你从袋子里把药剂拿出来看的？"

陈章点了点头："对，因为袋子是黑色，我……我下意识拆开，把里面的药剂瓶掏出来看了一眼。因为当时不知道要做什么用，所以我又放回去了，没敢多碰。"

"所以药剂瓶上残留的指纹就是这么来的？"

"应该是。"

"后来呢？"

陈章想了想道："我整晚都抓着通信机坐在门边，听楼下的声音。"

他听见楼下各种欢声笑闹，似乎没发生什么麻烦事，才稍微安心一些。

"其间，劳拉小姐和乔先生分别上来敲过我和赵择木先生的门。因为之前被海蛇咬过的关系，我有绝佳的借口，所以跟他们说有点儿累不下楼了，他们也没有怀疑，再加上赵先生跟我有一样的情况，没有显得我太突兀。"

"直到半夜，我又收到了第二条信息。"陈章说。

信息内容是让他把那只黑色袋子放在楼下的垃圾处理箱上，并且叮嘱他从窗户下去。

二楼的窗户距离地面并不高，而且还有一层小平台，悄悄下去不会惊动别人。

"你当时穿的别墅统一的拖鞋？"燕绥之问。

"对，我下去的时候太紧张，没想那么多，不过我有特别注意，只踩窗台，没有踩花园里的泥。"陈章道。

然而也正是这一点儿，更方便让人做假证据。

"踩窗台，还刚好踩到曼森卧室的窗台。"燕绥之夸奖道，"你真是个人才。"

陈章愁眉苦脸，如丧考妣。

陈章把黑色袋子放好后，又收到了一条信息，让他把通信器一并留下。

"他说十分钟后，我就自由了。"陈章道，"之后不管碰到什么事，沉默就好，让我想想福利医院里的家人，不该说话的时候不要乱说话。那十分钟大概是我过得最煎熬最漫长的十分钟，因为根本不知道会发生什么。"

当时的陈章真的是数着秒针过，盯着时间一分一秒地走，结果刚到八分钟，喝多了的格伦他们上了楼，吵吵嚷嚷地非要拉陈章和赵择木下去。

虽然还没到十分钟，但是当时陈章急着想摆脱那种忐忑，想确认没人发生什么事情，所以那帮醉鬼少爷们还没敲门，他就主动打开房门走了出去。

格伦本就是毫不讲理的人，他上楼吃喝人喝酒居然还拿了别墅的备用钥匙，胡乱捶了两下就直接打开了赵择木的卧室门。

"赵先生也是真的倒霉。"陈章道，"房间里黑灯瞎火，显然他已经睡了，硬是被格伦他们闹出来。当时看得出来他不是特别高兴，搞得那帮醉鬼少爷一边拽着他一边嘻嘻哈哈地道歉。我当时一身冷汗，虽然没干什么却已经吓得不行了，脸色一定很难看，也幸亏他们都围在隔壁闹赵先生，才没人注意到我不对劲。"

陈章他们被醉鬼们闹下楼后，一时间没发现群魔乱舞的大厅里少了谁。

他满心忐忑地陪着众人喝了几杯酒，拍了一段视频。

"有一个多小时吧。"陈章道，"格伦他们想起来还有曼森先生没被闹出来，这才……再之后的事情你们就都知道了。"

陈章断断续续讲完那天晚上发生的事，会见时间已经接近尾声。

燕绥之记下了一些东西，神色淡定。

单从他脸上很难看出这个案子他是有把握还是没把握，已有的资料内容够不够他上庭辩护，会输还是会赢。

陈章努力想从他那里看出一些信息，却徒劳无功，最终只能道："我现在把这些都说出来，已经违反了跟那两人的交易……我爸妈他们在福利医院，也不知道……"

这次，燕绥之不吝啬地宽慰道："你放心，最近有警方守着他们。第三区这边的警方我打过交道，非常负责。至于案子结束之后，如果你需要的话，我可以帮你联系酒城那边。"

听到这话的时候，顾晏看了他一眼。

燕绥之又问了陈章几个细节问题，便收拾东西准备离开。

陈章是个有点儿钻牛角尖的人，如果一件事情没能有个结果，他就始终惦记着放不下来。于是在燕绥之临走前，他想起什么般补了一句："那个录音——"

"怎么？"燕绥之转头看他，以为会有什么不错的转机。

陈章一本正经地说："我可能录得不太全，但是对方也录了，我看着他们录的，两次都有。"

燕大教授用一种看智障学生的目光和蔼地看着他，斟酌了片刻，挑了一句不那么损的话，笑着道："你是在建议我们找真凶要录音？你可真聪明。"

陈章："……"

燕绥之张了张口，可能还想再委婉地说一句什么，但是还没出声，就被顾晏压着肩膀转了个向，顾晏对会见室的大门比了个"请"的手势。

他有点儿不满，偏头想说点儿什么，结果就听身后的顾晏微微低了一下头，沉着嗓子在他耳边说道："我建议你压着点儿本性，再多说两句，实习生的皮就兜不住了。"

他的声音非常好听，响在近处让人耳根莫名有点儿不自在。

燕绥之朝旁边偏了一下头，但幅度极小，微不可察。就这样他也不忘把顾晏的话顶回去："谁认真兜过啊。"

顾晏冷冷道："你还很骄傲？"

燕绥之："啧。"

不过最终，顾大律师还是借着身高体格优势，把某人请出了会见室，拯救陈章于水火中。

从看守所出来之后，燕绥之和顾晏又去了一趟陈章的家。

虽然那个录音笔可能并没有录到什么重要信息，但他们还是要把它拿到手。

守着房子的警员和他们半途联系的公证人跟他们一起进了房子，然后按照陈章所说的，卸下了其中一块天花板，在顶上摸到了那支录音笔。

里面的音频文件当即做了备份，他们带走了一份，警员带走了一份，还有一份由公证人带走。

正如燕绥之他们预估的，录音笔果然没能坚持多久，甚至因为初始电量并不足的关系，只坚持了大半天。

陈章所说的第一场谈话内容录了一部分，因为有隔板遮挡的原因，并不算太清晰。不过就算清晰作用也不大，因为对方的说话方式非常讲究，单从录音里听不出任何要挟的意味，甚至还带着笑，用词委婉有礼，乍一听就像是在谈一场最普通的交易。

如果把这场谈话理解成某位富家子弟想让陈章接一个潜水私活，并且打算给予他极为丰厚的报酬，也未尝不可。

不过即便没什么重要内容，燕绥之还是仔仔细细地听了三遍，直到他的智能机收到了一条新信息。

信息来自第三区开庭的法院公号，再次提醒他开庭的日期，不远不近，就在后天。

第八章　乔治·曼森案

"你需要申请见一下证人吗？"

庭审前的最后一天，顾晏这样问道。

对于很多律师来说，这样的问话是多余的。因为庭审前只要时间允许，条件允许，他们一定会想办法见一见证人。通过一些技巧性的谈话聊天，来确认对方知道的信息哪些是对当事人无害的，哪些是不利于辩护的。

这样一来，当他们上庭对证人进行交叉询问的时候，就会知道哪些问题可以问，哪些最好别提。

这一行流传过一种说法——当控方或者辩护方律师对证人进行询问的时候，总能预先知道证人会回答什么。如果律师提出了某个问题，证人的回答出乎他的意料，那这位律师一定不太成功。

但是燕绥之这人常常不按牌理出牌，大多数人认为稳妥的事情，他不一定会去做。

而顾晏深知他的风格，所以才多问一句。

果然，燕绥之摇了摇头："你是说赵择木还有乔他们？不用了。"

在庭审方面，顾晏当然不会干预太多，但还是问了一句："确定？"

"确定。"燕绥之一本正经道，"我在扮演一个合格的软柿子。这么短短几天，软柿子应该正像无头苍蝇一样乱碰壁呢，哪顾得上见证人。"

对这种瞎话，顾晏选择不回答。

不过燕绥之嘴上说着不用了，并不是真的对证人毫不关注。相反，这一整天，他除去看守所的会见时间，一直在看已有的案件资料，警方所收集的证人证词，还有亚巴岛别墅内的几段监控视频。

别墅内的监控主要设置在走廊和大厅角落，每一间客房的房门都在监控范围内，所以每一位客人进出房间的时间都非常清晰。

但是别墅外的监控并非毫无死角，最大的一个死角在受害者乔治·曼森的房间外墙，出现死角的原因巧合得令人无语——乔治·曼森那天傍晚坐在窗台边喝酒的时候，不小心损坏了那处的监控摄像头。

燕绥之想了想，时间似乎刚好是他和顾晏从亚巴岛中央别墅离开前后，那时候曼森还坐在窗台上拎着酒杯，跟他说了几句没头没脑的醉话。

如果没记错的话，当时他确实打翻了什么东西，在低头收拾。

也许就是那个时候损坏了最重要的一处监控摄像头，可以说命运真的很爱开玩笑。

燕绥之正在做最后的梳理的时候，看守所里的陈章正在跟管教协商。

"我能不能拨一个通信？"陈章道。

管教皱着眉。

"我知道，按照规定需要全程监听。"陈章道，"可以监听，录音也没关系。我只是想给家里人再拨一回通信。"

明天就要开庭了，而他的前路模糊不清，诉讼会输还是会赢，他会有什么样的结果，这些他都不知道。

按照第三区看守所的规定，他不是完全不能进行任何通信，联系任何人，只是申请的手续非常麻烦，管教通常都不想给自己找事，而一般的嫌疑人也不愿意给管教添麻烦，以免自己上了管教心里的黑名单。

陈章眼巴巴地看着管教。

他其实非常幸运，分配到的管教虽然总爱虎着脸，但并不是那种蛮不讲理式的凶神恶煞。相反，这位虎脸管教甚至有点儿心软。

陈章求了大半天，管教终于松了口，点了点头道："算了，好吧，等我填一份申请。"

那份申请辗转了四个层级，最终在入夜的时候回到了虎脸管教手里。

"行了，把通信号告诉我。"虎脸管教道，"拨号只能我来，你不能接触智能机。"

陈章感激不尽："好的好的，没问题，我不接触，怎么样都行，我只是想跟家里人再说两句话。"

很快，在专门的监控下，知更福利医院339病房的通信被接通了。

"喂？谁啊？"通信那头响起了一个略显苍老的女声，嗓音缓慢而温和，是陈章的母亲。

之前燕绥之带来的录音笔虽然音质清晰，但总归有轻微的变化，而且录音和实际的通信毕竟不一样。

陈章一听这句问话，原本准备好的话突然就哽在了喉咙底。

他鼻翼急促地扇动了几下，紧抿的嘴唇里牙齿咬得死死的。

通信对面的人连问了两句后，似乎听见了这边急促的呼吸，她忽然意识到了什么，试探着问道："文啊？是你吗？"

陈章用指节狠狠揉了一下眉心，又长长地呼出一口气，清了一下嗓子道："嗯，是我。"

就这样短短一句话，最后还难以控制地变了音调。

那边的人忽然就欢欣起来，似乎是对她旁边的人说："我儿子！儿子来通信了！你看他之前就是太忙了！"

可能是总替几位老人不平，对陈章心怀不满的那几位护士。

之前陈章有什么事不敢拨病房的通信，都找那几位护士，因此没少被她们堵，但是陈章一点儿也不反感。他知道她们都是些心软的姑娘，才会不忍心看几位病人被他这个"不孝子"丢在医院。

"文啊，最近是不是很忙啊？"陈母絮絮叨叨地问道，"按时吃饭了吗？没生病吧？"

陈章闭着眼睛，听着她一句接一句的关切，眼眶已经热了。他用手指揉了揉眼皮，似乎想把不断漫涌上来的水汽揉回去，但他的眼睫还是变得潮湿起来。

当初看到诊疗单的时候，他一度有点儿绝望。他明明还在盛年，却强壮不了多久了，只有四五年，只剩四五年。

等到他也跟祖父、父亲以及姐姐一样，腰腿枯朽萎缩，瘫痪在床不能移动的时候，他这多灾多难的一家子该怎么办呢？

那段日子，他每天每时每刻，日日夜夜都在想，却想不出办法。

直到碰到那两位找上门来的人。

在利诱与胁迫的交织中，他一度有点儿破罐子破摔，觉得其实那样也挺好的，哪怕付出的代价有点儿大，但是用他一个人换一家人再无后顾之忧，挺划算的，真的挺划算的。

这样的心理不断加深，以至于当乔治·曼森那件案子的所有证据都指向他的时候，他突然明白了那两位胁迫者真正的用意。于是他直接放弃了抵抗，顺着所有证据录了口供。

最为魔障的时候，他甚至拒绝被人从泥沼里拉出去，因为一旦拉出去，他的家人今后的保障就没了，又要陷入前路不明的迷茫和担忧中，不划算。

他一度觉得自己非常冷静也非常理智，甚至有点儿自我感动，自我佩服。但直到这时候,直到重新听见通信器那头妇人苍老却温柔的声音时,他才明白,他根本做不到那么绝。

他还想听这样关切的唠叨,还想每周忙里偷闲去医院看看他们,被他们拉扯着捏着手臂,说他胖了点儿或是瘦了点儿。

这些话,他还想再听很多年。

那边的人换了好几个,他梦游一样浑浑噩噩地答着。他所有的注意力都在对面那些家人的话语上,反而不知道自己说了些什么,直到母亲问他:"文啊,什么时候能不忙一点儿,抽空来让妈看看你?"

陈章张了张口……

明天就要庭审了,能帮他一把的只有一位年轻的据说毫无经验的实习生,前路渺茫。

他根本不知道这场庭审之后自己会是什么身份,什么处境,所以他答不出来。

对面听懂了他的犹豫,立刻道:"没关系,没关系,不一定要来,你忙你的,我们很好。"

申请下来的通信并不是随意的,没过多久,限定的时间就已经到了。

通信截断之后,陈章呆愣了很久,一整晚都极度沉默,有点儿希望庭审迟一点儿,再迟一点儿,最好永远不要来。

即便他祈祷了无数遍,乔治·曼森案的庭审还是如期到来了。

这天上午九点半,燕绥之和顾晏到了第三区刑事法庭的门口,熟练地将光脑、智能机、电子笔、文件夹等东西掏出来,依次通过安检。

这一次的庭审因为被害人曼森家提出申请,除了原告、被告及证人的家属,不能有任何和案件无关的人来旁听,所以这一天的一号法庭门外并没有聚集学生或其他公民,显得死气沉沉。

因为要求保密,所以这次进庭前还要进行二次安检,说白了就是身份审核。

前面的庭审助理对燕绥之点了点头:"您是?请核验身份。"

燕绥之把身份卡递过去,道:"辩护律师。"

庭审助理又看了看他身后的顾晏:"你们是一起的?"

"对,我记得辩护律师可以有两个陪同人员。"

庭审助理指了指顾晏:"没错,所以他是?"

"我的老师。"

燕绥之瞥了顾晏一眼,笑着这么介绍了一句,说得特别流利,一点儿心理障碍都没有。庭审助理一点儿端倪都没看出来,唯独顾晏能听出话音里打趣的成分。

两人推开厚重的大门走了进去。

虽然庭审对外保密，但这并不代表法庭内人不多，相反，旁听席上坐的人并不少，其中有几位一看就来头不小，从排场到气质都极有压迫力。

那位穿着昂贵衬衫、抱着胳膊坐在一角的男人，有着灰色的短发和浅蓝色的眼睛，手臂隆起的肌肉显得他强势、严苛、身材剽悍。虽然他的五官跟乔治·曼森并不是很像，但他确实是乔治年长很多的哥哥布鲁尔·曼森，曼森家族一名顶顶重要的角色。

他身边坐着好几名保镖，将他圈围在中间，颇有点儿众星拱月的意思。

从燕绥之进门起，布鲁尔·曼森的目光就滑了过来，带着打量审视的意味，如果是胆小一点儿的人，被那样的眼神瞄两下恐怕腿都要发软。

燕绥之从他身边的走道经过，走到了最前排的位置上，将光脑放下来。

顾晏在他后面一排站定，并没有急着坐下来，而是用只有他能听见的声音道："布鲁尔·曼森在，他是个极其敏感且多疑的人，你等会儿收敛一点儿。"

燕绥之了然一笑："我当然知道。演实习生而已，伸手就来。"

他说着，身份一秒切换，在布鲁尔·曼森的盯视下，对着顾晏佯装忐忑地拍了拍心口，声音不高不低："怎么办老师，要开庭了，我有点儿紧张，说点儿什么安慰我一下？"

顾晏："……"

你怎么不去戏剧学院？

布鲁尔·曼森的目光越过五排座位，落在燕绥之身上。

对于这位曼森家的长子，燕绥之算不上熟悉，也并非全然陌生。曾经他们有过两次直接的交集，一次是在一位老律师组的酒会上，两人碰过一次酒杯。一次是在关于一位法官的案子里，审前为当事人采集有利证据时，两人寒暄过几句场面话。

即便是这样浅淡的交集，也能明显感觉到布鲁尔·曼森不只脸跟乔治·曼森不像，性格也完全不同，是位最好别惹的麻烦人物。

燕绥之虽然正对着顾晏，余光却注意着布鲁尔·曼森的动静。

"你在看谁？"顾晏微垂目光看着他。

燕绥之："布鲁尔·曼森，他一直看着这边。顾老师，有点儿老师的样子好吗？按照正常情况你该安慰一下被赶鸭子上架的实习生了。"

他这两句话的声音压得很低，其他人听不见。从远一些的角度来看，他就像真的因为紧张絮絮叨叨了一通，但又怕被法庭上的其他人听见露怯。

不管怎么说，他装得还挺像的。

近处的顾晏更是为燕大教授的演技所折服，答："按照正常情况，我根本不会有实习生。"

而且某些人张口"顾老师"闭口"顾老师",说得是不是太自然了点儿?

燕绥之不满地"啧"了一声。

顾晏垂眸看着他,好一会儿后突然平静地道:"这只是一次庭审,不管结果如何,你在我这里的考核成绩始终是满分。"说着他抬手轻拍了一下燕绥之的肩膀。

说这句的时候,顾晏的声音不高不低,恰好足够后面的布鲁尔·曼森听个大概。他说完没再看燕绥之一眼,就直接偏头理了一下光脑和座椅,准备在席位上坐下来,过程中,目光和布鲁尔·曼森碰上了。

"顾律师。"布鲁尔·曼森冲他点了点头,有礼但并不算热情。

顾晏也点了点头:"曼森先生。"

"我倒不知道这位辩护律师居然是顾律师的实习生。"布鲁尔·曼森又道。

"不是。"顾晏否认得非常干脆,"准确地说他是莫尔先生的实习生,我只是暂代几天。"

布鲁尔·曼森客气地笑了一下,面上看不出他对这句话有什么想法,但是燕绥之和顾晏心里都清楚,这句话至少让他放了一半的心。

至于另一半……

布鲁尔·曼森再次直切重点,道:"上次我说有机会一定要请顾律师尝一尝酒庄新酿的酒,你陪着实习生来天琴星怎么不提一句,抽空喝一杯酒的时间总还是有的吧?"

他说这话的时候带着寒暄客套的笑,但是话里暗示的意思却很值得推敲。

依照规定,辩护律师和被告人是不能随意会见受害人及其亲属的,为了避免威逼胁迫等情况的发生。这点布鲁尔·曼森不会不清楚,但是他话里却轻描淡写地说要跟顾晏见面喝杯酒,就是侧面强调顾晏不是辩护律师,不要搞混身份乱插手。

顾晏也不是第一次跟他打交道,一听就明白他的意思。不过顾晏脾性在那里,回答的时候依然是不冷不热的风格:"事实上我这两天刚到天琴,如果不是得看一眼庭审,我现在可能还在第二区治安法院的签字桌边。"

这话同样表达了两个意思,一是他根本没那个国际时间陪实习生,二是他只是礼节性来听庭审。综合而言,就是他没时间也没兴趣帮实习生处理这件案子,都是实习生自己独立在办。

布鲁尔·曼森另一半心也放了下来,他冲顾晏道:"好吧,我不为难你了,下回一定抽出空来,我那几瓶酒还在等着你。"

"一定。"

没一会儿,法官和控方律师也到了。

燕绥之对法官没什么印象，倒是顾晏在他身后简单提示了一下。

这位头发半白的路德法官跟顾晏和燕绥之还有点儿"沾亲带故"，他年轻时也是德卡马南十字律所的一名律师，只不过干了十来年后转行成了法官。

"路德现在还和所里一位大律师保持着联系，因为他们当年是同期生，关系还不错。"顾晏道，"后来诉讼上的交集也不少。"

律师和法官之间很少有关系特别亲近的，但也不会丝毫没有联系。毕竟曾经都是学法的，没准是同学、师生、校友，有些情况下会避嫌，但也不至于处处避嫌。

有一些律师为了在诉讼上占一点儿先天优势，会想尽办法跟法官搞好关系，定期办点酒会混个五分熟。即便不这么干的，多年案子打下来，也总会有些不深不浅的交情。

燕绥之听见顾晏这么说也不意外，顺口问了一句，"哦，是吗？这是哪位大律师的朋友？"

顾晏："霍布斯。"

燕绥之无语片刻，要笑不笑地问了顾晏一句："这位没有给人强行打零分的癖好吧？这种时候可找不到一位能打一百分的来救场。"

顾晏："……"

他原本还打算说点儿什么，一听燕绥之把那个吃错药的"一百分"拎出来，他又面不改色地坐直了身体，靠回椅背上。

"提都不能提？"燕绥之挑起眉，"别这么小气，你本来要说什么？"

顾晏依然没有开口的打算。

燕绥之想笑："行了，你气着吧。霍布斯的朋友也没什么，第三区刑庭的法官坏不到哪里去，多亏当年那位大法官带的好风气。"

提到这个，顾晏倒是看了他一眼。

关于天琴星刑庭那位以刚正不阿出名的大法官前辈，很多法学院上课的时候都会顺嘴提两句，顾晏当然是知道的。

也许是话说得刚好顺嘴，燕绥之难得提了一句自己的私人经历："我接的第一个案子就是那位大法官负责的，开庭前我跟他视线对上，出于礼貌冲他笑了笑，可他却面无表情，托他的福，我第一次庭审就完全没能紧张起来。"

那之后就更没紧张过了。

顾晏对这随口拈来的事情居然表现出了几分兴趣，问道："为什么？"

"因为那位大法官全程没换过表情，纹丝不动，所以我一直在想他的面部神经是不是有些问题。"

燕绥之这人挤对起人来敌我不分，对别人含着一种"看小傻瓜"的笑意，说起年轻气盛时的自己同样如此。

293

不知道为什么，顾晏的表情有点儿古怪。他看了燕绥之片刻，平静地朝不远处的小门一抬下巴："开你的庭前会议去。"

燕绥之收了笑，站起身不紧不慢地跟法官还有控方律师一起进了法庭附带的侧屋。

跟很多时候一样，庭前会议依然是流程化地走个过场，很快，三人便从侧屋里出来，回到了各自的席位上。

被告人陈章也被法警带了进来，他每次出现，都显得比前一天更憔悴，满脸青苍，浑身上下都透着一股放弃抵抗的悲观意味。

燕绥之撩起眼皮朝被告席看了一眼，当即被自己当事人扑面而来的丧气瞎了眼，毫不犹豫地收回了目光。

他一掠而过的视线，被告席上的陈章其实看到了。

陈章也想给自己的辩护律师一点儿回应，但是现在的他实在打不起精神。越临近开庭他就越觉得自己希望渺茫，而这糟糕的局面又是他自己一手造成的，他极度懊恼。

同时他又对自己的律师心怀愧疚，本来实习生就很难打赢官司，甚至很可能因为第一次出庭太过紧张而出洋相，他之前还各种不配合，给那实习生又增加了难度级别。

"输了我也不会怪你。"陈章看着燕绥之的身影，心里这么说道，但是僵硬颤抖的手指出卖了他。

对于他这种精神状态，旁听席上有人是喜闻乐见的。

布鲁尔·曼森身边的助理低声说道："看那位教练碰见世界末日似的表情，可以想象那名辩护律师有多绝望了。"

布鲁尔目光未动："顾不在，只是实习生的话，当然掀不起什么浪。"

他们虽然没跟顾晏和燕绥之直接接触，但是前些天顾晏在接受一级律师审查，以及一到天琴星就去了第二区这种事情，他们还是知道的。之前半真半假地问顾晏，也只是一种提醒而已。

"万一那位顾律师他就是想插手呢？"助理又道。

布鲁尔·曼森瞥了他一眼："还记得他之前怎么安慰实习生的？'不管结果如何'，这话基本就是一种默认。当然，不排除他是说给我们听的。"

助理："那……"

"但是别忘了——"布鲁尔·曼森道，"他刚通过一级律师的一轮审查，正要进入公示期。最需要锋芒的一轮他已经通过了，这段时间里他要做的唯一一件事就是保证稳妥。任何一位聪明人都不会选择在公示期里接有争议的案子，参与容易招惹麻烦的事情。"

助理点了点头，立马领悟了更多意思："确实。照这么说，没准他的实习生接到这个案子时，他比谁都头疼。"

乔治·曼森案最稳妥的处理方式是什么？当然是放任实习生大胆地辩，然后顺理成章地输。该判刑的判刑，该结案的结案，皆大欢喜。

布鲁尔·曼森再没多看实习生一眼，目光落在被告席，片刻后"哼"了一声，轻声道："我亲爱的弟弟乔治还躺在医院，等着法庭给他一个公道呢，谁也别想把被告从这里带走。"

"嘭。"路德法官绷着一张钢板脸，郑重地敲下法槌。

庭下旁听席位上嗡嗡的谈论声戛然而止，所有人正襟危坐，整个法庭一片肃静。

精心挑选过的陪审团成员就在这一片肃静中陆续入了场，在陪审团长的带领下，依照开庭流程，宣誓秉持公正。

"被告人陈章，身份号11985572，住所位于天琴星第三区樟树街19号，犯案时受雇于哈德蒙潜水俱乐部，是一名潜水教练。"法官的语速很慢，每一个字都说得非常清晰，在这种环境下显得格外严肃，就连旁听的人都能感受到压力，更别提被告席上坐着的了。

法槌敲响的时候，陈章不受控制地颤了一下，空洞的眼神看着法官，听他念完所有的信息，然后板着脸问道："信息是否有误？"

陈章摇了摇头："没有。"

"是你？"

"是。"

法官又确认了一遍受害方乔治·曼森的信息，控方那边替他确认。

"好，那么接下来就是你们的时间了，先生们。"路德法官对控方和辩方席位分别点了一下头，然后对控方律师道，"巴德先生，可以开始你的开场陈述了。"

巴德看起来跟顾晏差不多年纪，作为曼森家的专用律师之一，他身上透着一股天然的优越感，这种优越感让他看起来有种盛气凌人的效果，这在庭辩的时候并不是坏事，尤其当对方律师气势不足时，很容易占据心理上的优势，同时也会给陪审团一种信号——他的主张证据充分，事实清楚，所以才能这么理直气壮。

巴德站起来对法官点了点头，同时冲燕绥之的方向投去一个带笑的眼神。

可以理解为前辈对毫无经验的后辈表现出的同情。

"好的，法官大人。天琴星时间12月5日凌晨1点12分，乔治·曼森先生被发现昏迷在自己套房的浴缸中，体内注射有H32型安眠药，一共三支，这个剂量足以杀死一名成年男性，这种常识众所周知。警方对现场进行了充分的证据搜查及勘验，形成了一条清晰完善的证据链，大屏上是我方的证据目录。"

巴德将证据目录投在法庭的全息屏上，足以让陪审团看清。

"现有证据表明，陈章先生于12月4日晚由二楼房间窗台翻下，潜入乔治·曼森先生的套房，凭借视力上的优势，没有磕碰到房间内散落的杂物，没有惊动门外守着的服务人员和安保，进入里间，给醉酒躺在浴缸内的乔治·曼森先生注射了上述安眠药剂，并在明知致死量的情况下，用了整整3支。"

被告席上的陈章垂着头，用力揉搓了一下脸颊，巴德说的字句有些完全来自他的口供——他录下的口供。

现在每听一句，他的心脏就跟着抽痛一下，如果可以，他简直想失去听觉，一个字都不要再听进去。

巴德滔滔不绝、神态自若地说了长长一段，把大致的案件原委和证据简单陈述了一番。这期间他的目光偶尔会落在陈章身上，更多的时候是落在法官和燕绥之身上。

对于这个案子，他毫无担心的成分，这就是一个标准的"流程案"——不用开庭就能预先知道结果，开庭不过是把既定流程走一遍。

他占据了太多优势，经验上的，证据上的，甚至受害方家族力量上的……而对方呢？通通都是劣势。

之前他闲极无聊的时候，甚至设想过，如果他是陈章的律师会怎么样。不过只想了两秒，他就放弃了，因为毫无思考的价值。他相信任何一位律师在这种情况下都会选择做有罪辩护，这样或许还能为当事人争取到量刑上的宽容。

实习律师自然更该如此，这点毫无疑问。

不过就算是有罪辩护，他也不会让对方得逞，十张脸都丢不起这个人。

"以上，我方决定指控陈章先生蓄意谋杀。"巴德说完，冲法官点了点头后坐下。

他理了理自己的律师袍衣摆，露出礼貌得近乎完美的笑，看向辩护席，等着听那个年轻实习生发言，并在心里祈祷：老天保佑这位年轻人，不要在法庭上抖得太明显。

法官路德转向燕绥之，依然一字一顿道："阮野先生？你可以开始你的开场陈述了。"

燕绥之站起来的时候，煞有介事地轻轻吐了一口气，在众人看来，就像是在深呼吸，以缓解紧张。

顾晏："……"

吐完那口装模作样的气，燕大教授的演技巅峰就算过去了。他轻拉了一下律师袍的袖摆，冲法官和巴德都微笑了一下，道："开场陈述就不占用太多时间了，我只说一句，我主张我的当事人陈章先生无罪。"

巴德："？"

布鲁尔·曼森："？"

燕绥之的语气太过轻描淡写也太过平静，就像在说某个已经非常笃定的事实。

从表现到语气到说话内容，和控方律师巴德所设想的情形完全不同，以至于他那个"礼貌得近乎完美"的笑容当即就凝固在了脸上。

两秒后，旁听席上的布鲁尔·曼森渐渐缓过神来。

助理替他说出了心声："这个实习生在搞什么啊？"

倒不是说那句"我的当事人陈章先生无罪"多么有震撼力，也不是这么强调一句结果就能成真，而是众所周知的稳妥辩法放在那里，这实习生不用，非要挑麻烦的那种，这就有点儿出人意料了。

不过很快助理又乐了一声，悄悄指了一下前排，对布鲁尔·曼森道："我现在相信那位顾先生没有插手案子了，老板你看……"

布鲁尔·曼森顺着他的手指看过去，就见实习生做完开场陈述后，顾晏用手指按了按自己的太阳穴。

从他们的角度只能看到顾晏的后侧面，看不清他的表情，当然，就顾晏那性格来说，就算坐在他对面可能也看不到什么表情，但是那个揉按太阳穴的动作充分体现出了他的无奈。

"他好像对那个实习生很头痛。"助理说，"我怀疑……他可能也不赞成那位实习生的做法。"

布鲁尔·曼森"哼"了一声，目光再次投向辩护席的时候，就含了一点儿荒谬和看好戏的意味。

某种意义上来说，顾晏的反应刚好让他们放了心。

燕绥之说完那句，没多提别的，就冲法官点了点头坐下来。

事实上，他这么做开场陈述是有原因的。

上回约书亚·达勒的案子，有酒城特有的行事风格做背景，从法官到警方甚至到陪审团都有一点儿倾向性，"屁股"从开始就是歪的，开场陈述不管怎么做都会体现出过于强烈的对抗性，那不是好事，所以顾晏的做法最合适。

但是这次不同，天琴星这边比酒城要光明很多，这里律法思想更开放一些，陪审团和法官相对公正，但这就意味着，他们更容易随证据证言摇摆态度，这恰恰是陈章处于劣势的地方。如果控方辩护律师是个善于拿捏陪审团心理的人，他一定会在最开始直接甩出陈章的认罪口供。

这是最容易引发态度倾向的东西，一放出来，陪审团立刻就会站到陈章的对立面，先入为主地将他拟定为有罪。之后的每一次辩驳都是一次拔河式的拉锯战，巴德胜，就会把他们继续拽向"有罪"的那端，燕绥之胜，则会把他们拉回来一点儿。

但显然，想要拉回来，要走的路更长。

而现在，燕绥之斩钉截铁的开场陈述就是在做类似的事情，给陪审团一个先入为主的怀疑论，语句越简短冲击越强烈。这样一来，巴德后面扔出证据时，陪审团心里至少会犹豫一下再站队。

燕绥之整理席位坐下来的时候，余光瞥到顾晏的手指刚离开太阳穴。

他嘴角翘了一下，放松地靠上椅背，头也不回地抬起两根手指招了一下。

片刻后，后排的顾晏朝前倾身，气息距离他的后颈很近。

燕绥之几乎没动嘴唇，用极轻的声音道："别头疼了，放心，我不在辩护席开玩笑。"

他只是比较随性，但从来不拿涉及人身自由乃至生死的审判开玩笑，他在法庭上所说的每一句话都有他的考量。

这点顾晏当然知道，他头疼的根本不是这个，他想跟燕绥之说"你稍微收敛一点儿"，但事实上，自从裹上了阮野这层皮，燕绥之已经收敛很多了，明明有几处房宅却不能住，明明有大量资产却没法用，明明有数不清的朋友学生却不方便联系。

翻来数去到最后，限制少一点儿的，居然只有法庭这张辩护席。

燕绥之能感觉到背后的顾晏动了动嘴唇，似乎想说什么，但最终，除了呼吸的气息轻轻落在他身后，顾晏并没有急着开口。

又过了一会儿，控方律师已经站起身，证人席上已经多了一个人，顾晏的声音才低低地从后面传来："你随意。"

燕绥之微微怔愣了一瞬，在控方律师巴德开口时回了神。

证人席上站着的是第三区办案警署的一名警官，姓关。

巴德当然知道这种案子怎么打最容易把陪审团拉到他那边，对面那个实习生不按常理出牌，自不量力得让他很不舒坦，他打算速战速决。所以他第一个甩出来的不是别的，正是陈章的口供。

看到警官身份的时候，燕绥之挑了一下眉。

"关文骥警官，身份号117765290，辩方当事人的口供笔录是你签字负责的？"巴德问。

"对，是我。"

关文骥生得人高马大，浓眉大眼，也许是平日里办案压力大，他习惯了皱眉板脸的表情，即便在证人席上也给人一种不近人情的压迫感，这样的警官去录口供再正常不过了。

"辩方当事人陈章是在36小时内就如实供述了所有罪行？"巴德将文字记述的口供投到了全息屏上，陈章当时所说的字字句句都被记录在上面，足以让陪审团看得清清楚楚。

关文骥点了点头："是的，这在我们经手的案件中算供述非常顺利的，一般而言，自认为无可抵赖的人会有这样的表现，当然，对此我们非常欣慰。"

他的声音很哑，听得出来应该是彻夜忙碌还没怎么休息，眼睛里血丝很重，胡茬布满了下巴，看起来非常疲惫。

这人说话的方式很有技巧性，知道什么时候该斩钉截铁一点儿，什么时候该委婉一点儿，就连对陈章的态度也表现得很平和，这很容易得到陪审团的好感，让人对他所说的内容更加信服。

哪怕他的话语里其实带了引导性的词句。

愿意相信他的人，会在不知不觉中下意识把那句"自认为无可抵赖的人"印进脑子里。

"除了你以外，还有哪些人参与了录口供的过程？"巴德问。

律师对证人的询问并不是真的想要知道什么信息，这些信息其实他们在接触案件资料和前期准备时就知道得很清楚，他们问的每一个问题，都是说给陪审团听的。

他们希望陪审团知道什么事，记住什么细节，就会用询问的方式体现出来。

关文骥对答如流："还有另外两名警员，几次口供参与人并不一样，我是负责人，所以这几张上面只有我的签名，但是更完整的文件上有所有人的签名。毕竟如果只有我一个人的话，口供可不能作数，我们不能这样对待陈章先生，尽管他坐在了嫌疑人的位置上。"

他不只回答了问题，还主动解释了有可能会被用来做文章的部分，态度很不错。而巴德也极为配合地找到了几人都有签名的页面，然后冲陪审团的方向点了点头。

"录口供的时候，辩方当事人是清醒状态吗？"巴德问完，又立马接了一句，"我是指他有没有醉酒、吸食致幻剂或者精神疾病方面的问题？"

听到巴德问这个问题的时候，燕绥之支着下巴的手指弹琴一样敲了两下，好看的眼睛微微眯了起来，若有所思，嘴角带着一点儿笑，只不过被手指遮住了。

以至于巴德抬头的时候，只看到了他眯起的眼睛，以为他正在发愁，顿时连尾调都扬了起来，一副稳操胜券的模样。

关文骥摇头否认，这种时候，他的斩钉截铁就非常有用："没有醉酒，没有吸食任何致幻剂，没有精神疾病，我们对陈章先生做了全面的医学鉴定。你知道的，现在的鉴定仪器细致到每一个方面，甚至包括陈章的夜间视力，更别说精神方面的疾病了。"

"你们非常负责，谢谢。"巴德道。

他又顺着口供供词和陈章的表现，问了关文骥一些问题。

看得出来，整个询问过程，巴德希望给陪审团这样几个印象——陈章认罪很快很顺服，负责录口供的警员完全按照规定行事，最重要的是没有刑讯逼供，没有压迫，而且陈章录口供的时候非常清醒，这就使得口供内容笃实可信。

巴德在坐下的时候，不动声色地观察了一下陪审团众人的表情，看得出来，他所希望传达的信息基本都传达到了。

不仅是他，燕绥之看了一眼陪审团，也觉得巴德刚才的询问目的已经达到了。

一旦嫌疑人认罪口供敲死了，整个案子基本也就没什么可翻转的可能了。

看，速战速决，巴德在心里吹了一下口哨。

法官的目光重新落在燕绥之身上："到你了，阮野先生。"

燕绥之点头站起身，他没有急着张口询问，而是先将证人席上的关文骥上上下下打量了一番。

关文骥被他看得很不自在，皱着眉瞪着他。

"关文骥警官？"燕绥之被瞪了好几秒后，终于不紧不慢地开了口，"我之前看过一些简单的资料，包括你的，你曾经被警署处分过一次是吗？"

关文骥收回瞪人的目光："是。"

"我看到那次事件被定性为暴力事件？"燕绥之又道。

关文骥："是。"

"因为一件案子有分歧，你跟同事起了冲突，所以各给了对方一拳？"

"对。"

燕绥之微笑了一下，温声问道："你是一个急脾气且容易被激怒的人吗？"

关文骥："……"

别说巴德律师，就连他都能从这个问题里看到辩护律师的用意——先利用一些事实让他承认自己是个暴脾气，接着转到如果对方行为不合心意磨磨唧唧，他就会如何不耐烦，甚至威胁动手，再接着转到录口供的时候，他可能也有意无意地表露了一些，以至于给陈章造成了心理上的"刑讯逼供"效果，这个套路他太清楚了。

于是关文骥斟酌了一下，深呼吸一口，放缓了态度道："其实不是，你如果仔细查了更多资料就会发现，我那天状态不好，事发前一天一夜没睡觉，全扑在案子上。我相信诸位都能明白，过度疲劳的情况下精神状况不好，情绪失控，有时候确实会做一些反常的事情，事实上我那时候根本不清醒，事后我连自己究竟怎么出的拳且因为什么话都记不得了。"

他这么说的时候，辩护律师居然非常体谅地点了点头，最见鬼的是对方居然又顺着他的话帮他说了一句："确实如此，而且那件事已经过去了很久，我记得似乎是五年前的事？在第三区警署？"

关文骥有点儿弄不清对方的意图了，连夜的办案让他这会儿脑子很不清楚，刚才巴德那样的询问他是有心理准备的,所以应付得很好,现在他有点儿茫然了。

他愣了一下,点头道:"对,是的,没错。"

他下意识应答完,又觉得哪里不对。直到他看见对方辩护律师又点了点头,调出了什么资料准备去按播放器,他才反应过来改口道:"啊!抱歉,不在第三区警署,在下面东一街的初级警署,我那时候还没有被调到第三区警署。"

燕绥之笑了一下,抖了抖手上的文件纸页,道:"嗯,我差点儿就放出来了,你改得很及时。"

关文骥:"……"

"所以你现在也是精神不济?"燕绥之搁下了手里的纸页,继续问道,"你多久没休息了?"

关文骥辩解道:"我一直在追一个案子,直到现在还没有合过眼,有28个小时了吧。我刚才说过的,过度疲劳的情况下精神状况不好不太清醒其实很正常,相信大家能理解。不过你看,我现在就没有因为你翻出令人懊恼的旧案而发脾气,可见那次真的是偶然。我脾气不坏,而且如果我真的是一个易爆易怒的人,总犯那样的错误,也不可能被调到第三区警署。关于这一点,有全警署的人可以做证,我也没必要撒谎。"

他说着说着,似乎找到了凭依,因为他看见陪审团有好几位点了点头,看上去很赞同他的话。于是他干脆又顺着话把辩护律师另一条路堵死了:"另外,虽然我现在处于过度疲劳的状态,也许口头上会出现一些错误,但是刚才关于口供的那些回答都是没有问题的,因为每一点都能找到对应的证据,刚才巴德先生投放在全息屏上的那些就是最好的证明。"

他说完就已经镇定下来,下巴微抬,看向对面年轻的辩护律师。

经过这么一番解释,对方就没法再用"暴力逼供"作为突破口,同样也没法用"庭上证词不可信"来指摘刚才的问询。

燕绥之道:"所以全息屏上的这些口供内容、签名乃至日期都没有问题?"

关文骥:"当然,提交的文件不可能出差错,我们也不会允许出差错。"

燕绥之点了点头,直接调整播放键,把全息屏上的口供简单归整了一下,拎出每一份文件的抬头和结尾,直接标注出上面精确到分秒的时间信息,用电子笔指了一下,道:"那让我们来看看这些绝没有差错的口供文件……"

"第一份口供开始时间是天琴星时间12月7日23:11:29,结束时间是12月8日04:19:11,第二份口供开始时间是04:42:01,这中间隔了不到半个小时。这次口供录了7个小时,接着隔了不到半个小时开始录第三次口供……"

"一共五份口供,每份口供之间的间隔最长42分钟,最短10分钟,我的当事人在最后一份口供中认罪,前后历经36个小时。"燕绥之放缓了语速,听起来字字清晰，"在此之前还有抓捕嫌疑人后的一系列流程手续，去掉零头吧，一共42小时，有抓捕视频为证，我没算错吧？"

关文骥："没有。"

"谢谢回答。"燕绥之挑眉道，"控方律师巴德先生之前问了一个非常有意思的问题，他说'辩方当事人是清醒状态吗'，紧接着就将问题细化为'有没有醉酒、吸食致幻剂或者意识不清'。"燕绥之笑了一下，"一个非常巧妙的概念偷换，关文骥警官否认了后面三种，就会给人一种错误认知——我的当事人陈章先生在录口供时是清醒状态。"

"关警官，两分钟前你恰好说过这样一句话。"

燕绥之低头理了一下文件，找出刚才庭审记录员速记下来的那一页，勾出其中一句，然后在全屏幕上放大三倍，那个视觉冲击效果有点儿震撼，引得庭上一片轻呼。

燕绥之头也没抬，一边放正纸页一边玩笑道："别呼，肃静。"

全息屏上，关文骥刚才在询问中的发言字大如斗：我相信诸位都能明白，过度疲劳的情况下精神状况不好，情绪失控，有时候确实会做一些反常的事情，事实上我那时候根本不清醒，事后我连自己究竟怎么出的拳且因为什么话都记不得了。

"那么关警官——"燕绥之将手里那些文件丢在了席位上，抬起眼看向关文骥，"我希望你看着你说过的话，用最客观公平的态度回答我，42小时不眠不休，算清醒状态吗？"

直到关文骥被带离法庭，证人席被重新空出来，巴德才在法官的法槌声中回了神。

原本最有利的一样东西，最能让陪审团顺服地站在他这边的东西，就这样被打上了保留怀疑的标签。42小时不眠不休，往深了想就不只是单纯的状态不清醒了，嫌疑人犯困的时候怎么让他保持睁眼？疲惫过度的时候怎么刺激他继续回话？怎么瓦解他的心理防线，又是怎么击溃他的意志力？

如果有强舌智辩，甚至能把这42小时往变相的刑讯逼供方向拉扯。

但是那位实习生没有，他就像在友好切磋一样，点到即止地停在了那个边界点上。

巴德久久地看着辩护席，老实说，如果他是对方律师，他一定会借题发挥，不把那42小时的价值榨干不结束。想要胜诉，就必须抓住每一次扭转的机会，毕竟这个行业胜者为王。这是他打了十年官司总结出来的经验……当然，这都不能叫经验，这恐怕是大多数人眼中的常识。

他在出神中无意识扫了一眼庭下，结果就对上了布鲁尔·曼森鹰一样的目光，顿时忙乱地收回视线，他正了正神色，没再多想，继续将注意力放回案子上。

很快，证人席又站上了新的证人，巴德已经在法官的提示下起身开始对其进行询问。

庭下却依然还有人轻声议论，顾晏不用回头就能听出来，是来自布鲁尔·曼森的那几位下属和助理，隐约能捕捉到的词句跟巴德律师的疑惑如出一辙，唯独布鲁尔·曼森本人没有任何回应，似乎非常沉默。

对于那些疑惑，现在的巴德会问，但是再过十年经历更多的案件，他恐怕就不会再问了。

这个法庭上，能完全理解燕绥之的做法的，恐怕只有顾晏一个，也许还有那位年长的法官。

很久以前燕绥之就说过，陪审团成员不是傻瓜，他们是从各行各业挑出来的人，代表着不同的人群，有着不同的思想碰撞。但不管怎么说，有一点是可以肯定的，他们一定是有着一定判断力并且被认为是可以秉持公正的人。

他们不需要说教，不需要强行填灌思想，能坐在陪审团席位上决定某一个人的自由和生死，这些人是有点儿自傲的。

自傲的人不容易接受思想填灌，他们会抵触会排斥，甚至会产生逆反心理，所以点到即止就好了，巴德能想到的引申意义，陪审团同样能想到。

他们自己想到的，永远比别人塞给他们好。

除此以外，也许还有另一点，那一点可能连法官都没能理解。

燕绥之正看向控方席位，听着巴德对证人的询问，而余光里，顾晏似乎正看着他。

"你看我干什么？"燕绥之突然轻声问。

顾晏："……"

某些人在法庭上混迹多年，真是一点儿也不守规矩。

别人都是正襟危坐，要么仔仔细细地抓紧时间看案件资料，要么全神贯注听着对方律师或者证人的话。他这种时不时还能跟人互动两句的，打着灯笼也找不到。

哪个实习生敢这么混账？

燕绥之感觉顾晏沉默了片刻，收回视线再也没理他。

此刻证人席上站着的是乔治·曼森卧房外的安保员奥斯特·戴恩。

巴德的询问已经进行了大半："当天晚上，我的当事人乔治·曼森先生进入浴室前，关了客厅和其他房间的灯是吗？"

戴恩点头："是的，外间整个都是黑的，为了方便曼森先生有什么需要时我们能听见，房门开了一点儿小缝，但是走廊上灯很暗，所以里面依然非常黑。"

巴德道："直到乔治·曼森先生出事，你们都没有听见什么可疑的动静？"

戴恩："当然，太细小的动静我们本来也很难听见，但是如果有人在房间里磕碰到什么，我们一定能发现，但是很可惜，没有。这本身就足以说明一些问题了，毕竟曼森先生的房间……东西有点儿多。"

巴德鼓励道:"东西有点儿多是指?"

"曼森先生的房间是这样的,窗台和床之间铺着长毛绒地毯,但是床到浴室中间没有地毯,那里散落了很多东西,酒瓶、酒杯、衣物、皮带、领带、车钥匙……"

戴恩自己说着都觉得离谱,但是毕竟曼森家的人都还在,他得克制一点儿语气。

巴德应和着他的话,直接在全息屏上打出几张照片:"这是事发之后,曼森先生被发现出事时房间里的灯打开时里面的场景。"

整个法庭上连同一直绷着脸的法官都出现了一秒的表情空白,不得不说,那种令人揪心的凌乱呈现在偌大的屏幕上,震撼力非同小可。

布鲁尔·曼森的嘴角动了一下,显出一种混杂着不屑、厌弃又无奈的意味来,但很快就收了回去。

戴恩这边能提供的信息最重要的也就是这几点了,所以巴德很快完成了询问,同时也让陪审团对这些有了了解。

法官路德道:"阮野先生?"

燕绥之也不急,道:"我没有要问的。"

不知道为什么,现在那实习生一开口,不管说什么,巴德都一脑门怨气。

于是他顶着一脑门怨气,请上了下一位证人——赵择木。

赵择木站上证人席的时候,顾晏不甚在意地朝后面的座位看了一眼。这次来旁听的人里,曼森家的人最多,赵择木家的人最少——一个都没有。

之前就有传闻说赵家原本要背靠曼森家族这棵大树,但是这两年出了点儿问题,大树靠不稳了。有人猜测是因为赵择木跟乔治·曼森关系更好,弄得布鲁尔·曼森不太高兴。

这种接班人之间的纠葛真真假假很难说得清,不过在法庭上也确实看得出一丝端倪,赵择木进庭的时候,布鲁尔·曼森的目光一直落在全息屏的照片上,过了好半天,直到巴德已经开始询问赵择木了,他才不紧不慢地把目光移过去,像是对赵择木看不上眼。

而赵择木之所以站上证人席也很简单,因为他在陈章的作案时间范围里,曾经在窗台边看见过陈章的手。

"你是这样抓了一下墙边的水管吗?"巴德演示了一个抓握的动作。

赵择木摇了摇头,换了一下方向:"这样抓的。"

"抓了多久?"

"几秒吧,四五秒。"

"你能肯定那是辩方当事人的手?"巴德问道。

赵择木平静地说:"因为那只手的食指上戴了一个戒指状的智能机,戒盘上有

304

个圆截面，截面上有两道很显眼的横线。当然，我只是看到了这一点，事后警方调查证实了别墅内除了陈章，没有人的智能机是那样的。"

巴德放出别墅的窗外的照片，就那个结构来说，如果陈章要从二楼窗台到一楼，并且尽量压低声音的话，确实需要抓一下那根水管缓一下力，而那只手刚好是在陈章可能的作案时间范围内出现的。

巴德很快问完了问题，询问权交到了燕绥之手里。

"赵先生。"燕绥之起身跟他打了个招呼。

赵择木有一瞬间的愣怔，也许他之前就知道给陈章辩护的律师是谁，但是真正在法庭上看见他还是会有点儿微愕，不过他很快收起了表情，点了点头："你好。"

"你在窗边看到了我的当事人陈章的手？"

"刚才我已经说过了，是的。"

"露出了多少？"燕绥之问道。

赵择木愣了一下，又在自己的手上比画了一下，大概一半小臂："这么多，因为是这样绕过来握着柱子的，能看到一部分袖子和手腕。"

燕绥之点了点头："我之前听过一句话，不知道有没有记错，赵先生你有夜盲症是吗？"

"是。"赵择木想了想，甚至还自嘲地笑了一下，"这点甚至还有医学鉴定书。"当时别墅的所有人都被要求做了这种鉴定。

"夜盲……"燕绥之重复了一遍，又问，"那你是怎么看到窗外景象的？"

赵择木不慌不忙地应答道："当时我的房间还开着灯，光线足以让我看清窗户近处的东西，那根水管恰好在视线范围内。"

"你看得很清楚？"

"对，很清楚。"

"你当天晚上有没有出现什么身体不适的情况，诸如头晕？"燕绥之道，"我没记错的话，那两天你基本在卧室里休养。"

赵择木摇了摇头："没有，当时其实已经没有生理上的不适了，在卧室待着不出去只是因为潜水出事后，我有点儿后怕，心情不太好，怕影响其他人。"

燕绥之又问："那天晚上别墅里在办聚会，你当时有喝酒吗？"

"你是说看到手的时候？"赵择木摇了摇头，"没有，在下楼参与聚会前我一滴酒都没有碰，后来下了楼我也没喝酒，乔让人给我送的是果汁。"

"所以整晚你都非常清醒，没有任何头晕之类的不适症状影响你所看到的东西？"

"对。"赵择木说得非常笃定。

燕绥之点了点头，然后重新播放了刚才巴德用过的视频。

那是当时劳拉拍摄的视频，那时候的顾晏和燕绥之已经上了返程的飞梭，当时顾晏收到这个视频的时候还给燕绥之看过。劳拉当时录了视频除了给他们传了一份，就再没打开过。她原本打算等聚会结束发给众人，结果当夜就碰到了曼森的意外，这个视频直接被警方收录，没再让其他人看过，直到现在才作为辅助证据资料放上法庭。

燕绥之直接将进度条拉到后半段，视频里，赵择木刚被格伦他们几个从楼上骗下来，后面还跟着陈章，两人到了大厅之后，找了个角落坐下来。

陈章很快被另一帮人拉过去聊潜水方面的事情，能听见视频里隐约问了一句水下发生事故怎么才能自救之类的，可能也都是被当时的潜水事故吓到了。

而另一边，赵择木始终坐在那个角落看着众人闹。

这一幕发生在偌大视频的一个角落，又因为屏幕中其他地方依然在群魔乱舞，闹声太吸引人的注意力，以至于这个角落很容易被人忽略。

燕绥之非常干脆地把视频直接放大，让这个角落发生的事情能够充满整个全息屏。

法庭上的众人能清楚地看到，乔安排的服务生端着一个圆盘入了镜，圆盘上放着几杯饮料，他在赵择木面前一步左右停住，然后弯腰微笑着问了句："喝什么？乔少爷让我别拿酒，这里有梨汁、苹果汁和……"

声音被背景的笑闹声盖过了大半，但从赵择木的口型也能看出，他要了苹果汁。

紧接着，奇怪的一幕出现了。

服务生将杯子递过去的时候，赵择木抓了个空，他的手在距离杯子还有两三厘米的地方握了一下。

服务生显然也是一愣，接着赵择木揉了揉额头，冲服务生笑着说了句什么，显得有点儿抱歉。

服务生又摇了摇头，说了句"没关系"之类的话。

这一次，赵择木抓得非常慢，快靠近杯子的时候，他的手指就有点儿迟疑，似乎是犹豫了一下，才又朝前伸了一点儿。

服务生可能有点儿看不下去了，直接将杯子放进了他的手里。

燕绥之将这一段视频来回放了三遍，然后问赵择木："你刚才非常笃定地说，整晚状态都非常好，没有饮酒，没有头晕，没有任何会影响所见的不适症状，那么这一段你该怎么解释？"

整个法庭都很安静，因为所有人都觉得赵择木的举动很古怪。这种时候不管说什么，都很难让人完全相信他那晚的状态很好，没有问题，至少会对此保留怀疑。

有那么一瞬间，赵择木显得有点儿僵硬，他低了一下头，再抬起来时就又恢复了那种稳重淡定的模样，但是他垂着的手指捏了一下。

他回答不出来，燕绥之也没有咄咄逼人，而是直接跳过这个问题："好吧，暂且不为难你。"

巴德："……"

说得跟真的一样。

结果燕绥之还真就问了一个新问题："你说，你看到的那只手一直到这个部位。"他非常随意地拉了一下自己的律师袍袖摆，比画了一下位置，"能看到袖子？"

赵择木："对。"

他这一声答得很迟疑，似乎怕燕绥之冷不丁再挖一个坑。

然后，燕绥之果然不负所望又给他挖了一个坑："袖子是什么颜色？既然你连戒盘上那两道横线都能看见，大块的布料没理由注意不到。"

他在之前问陈章细节的时候记得一点，当时陈章把药剂和通信器放下去，再上来之后有点儿慌，所以换了一件衣服，也就是说，他下到大厅时穿的衣服并不是他从窗户里出去的那件。

赵择木："……"

一直以来，所有人的注意力都在那个能确定陈章身份的戒指形智能机上，还真没有人问过他袖子什么颜色。

赵择木似乎也很无语，顺口答道："灰绿。"

燕绥之点了点头，看起来非常赞同他的话，然后调出口供文件以及警方证言，画了两行字，再度放大三倍拍在大屏幕上。

那两行字表述不同，意思却一样——陈章当时穿的是一件橘红色的衣服。

法庭上所有人的表情再次变得古怪起来，而燕绥之又堵死了赵择木的话："你和其他人的医学鉴定书也在案件资料里，那上面显示你不是色盲。"

他当然不是，如果是的话还会等到今天才发现？

赵择木在众人古怪的目光中沉默下去，他似乎想起了什么事情，但皱着眉没再说话。

这一段交叉询问弄得所有人都有点儿摸不着头脑，有点儿想不明白赵择木究竟是怎么回事，但是这并不妨碍陪审团因为上述两点对他的证言产生严重的质疑。

燕绥之抬了一下手指，两手交叉打了个专用手势。

这在联盟现今的法庭上代表一个意思——申请该项证据当庭排除。

很快，陪审团离开座位去了庭外侧屋。这段时间不论是对赵择木还是对巴德都很难熬，几乎度日如年。

五分钟后，陪审团回到了席位上，团长清了清嗓子，沉声说了结果："确认排除。"

307

赵择木被暂时带离法庭。

关键性的证据一项接一项落马，控方巴德律师也越来越坐不住。

又经过两轮不痛不痒的询问后，证人席上站上了最后一位证人。

这是一名专家证人，来自特鉴署。这次的案件痕检和医学鉴定等等都是由特鉴署做的，而证人席上的专家就是这次的总负责人穆尔。

这次巴德的询问非常简短快速，三个问题就强调了两件事——

一是要满足作案条件，作案人必须得有夜视能力。

不得不说，但凡有眼睛的人看到曼森房间那些照片，都会下意识想到一个结论——如果在不开灯的情况下，从窗边穿越重重障碍进入浴室，还没有碰倒或打碎什么，没点儿天赋异禀的眼力绝对做不到。

二是当天在别墅的所有人，只有陈章符合这个条件。

陈章的医学鉴定证明他的夜间视力远超一般人，对细微光线敏感度极高，那个细小门缝里透进来的光足以让他看清房内绝大部分障碍物，再稍加小心，确实能做到。

这次巴德询问的过程，燕绥之甚至没有在听，他全程支着下巴在翻看几份鉴定资料。

直到法官叫了他的名字，他才点了点头站起身，吝啬地给了巴德那边一个眼神。

不过是一扫而过，最终的落点还是在穆尔身上。

"穆尔先生。"燕绥之打了个简单的招呼，便干脆地把手里一直在看的纸页投上了全息屏，"痕检报告上，这段关于窗户边地毯织物上脚印的踩踏痕迹鉴定可能需要您再用更易懂的方式解释一下。"

"闯入乔治·曼森房间的人脚印长度是26厘米，左右误差0.02？"燕绥之道，"还有步伐跨度，以及脚印深度……这些可以得出嫌疑人的体形？"

穆尔道："对，脚印长度、步伐跨度还有长毛绒地毯的踩踏深度数据正如屏幕上显示，虽然是别墅内统一供给的袜子，但是根据上面列举的几项计算公式可以推算出闯入者个头中等，大致在178厘米，左右误差0.2厘米，体重大约75公斤，左右误差0.15公斤。"

"踩踏痕迹清晰吗？"燕绥之道，"有没有模糊的可能？"

穆尔直接帮他把鉴定资料滑到模拟图像上，上面模拟了长毛绒地毯踩踏痕迹的3D效果图："可能肉眼很难看出其中的区别，但是实际上非常清晰。可以看到闯入者从窗台落地，右脚踩下，接着左脚跟上，然后猫腰走了两步缓冲力道，再变成微弓的直行，这些都是对应的痕迹。"

燕绥之点了点头："非常易懂，谢谢。"

他平静地重新调出之前那段视频，这回没有将焦点放在赵择木身上，而是直接将陈章那部分放大，视频中可以看到，陈章每一次起身，都会下意识按一下腰，当然，这并没有影响他后续的动作，但是能看出来，他在转身和弯腰时，一只脚落地的动作会略轻一点儿，持续两步左右会恢复正常。

接着他调出陈章的医学鉴定书，道："这是你们署出具的鉴定书，第12行提到我的当事人陈章先生盆骨和股骨处有遗传性骨裂，位于右腿。刚才的视频中也能看出来，他在做某些动作的时候，右脚落地总会稍轻一点儿。"

他说着，将医学证明和之前的3D效果图并列放置，直接圈出从窗台落下的两个脚印以及骨裂示意图。

"刚才穆尔先生的原话是闯入者从窗台落地，右脚踩下接着左脚跟上，这点在3D模拟图上清晰可见，无可置疑。"燕绥之道，"那么请问，一个右腿股骨带有遗传性骨裂、习惯性放轻右脚力度的人，怎么可能在跳进房间时选择右脚先落地？嫌自己不会摔？还是嫌自己骨裂不够严重？"

穆尔瞬间噤声。

事实上，整个法庭也跟着安静下来。

在凝滞的安静中，唯独燕绥之对这种安静毫不在意，他丢开文件，不慌不忙地说完了最后一句："至于夜视能力，警方的现场勘验报告里说了没有发现任何夜视仪或是别的相关设备，那些东西被处理一定会留下一些痕迹。但是我不得不提醒，还有另一种东西可以达到这个效果，尽管它本身不叫这种名字，常常被忽视。"

穆尔一愣："什么？"

"亚巴岛特供潜水专用隐形眼镜。"燕绥之道。

当初他下海捞杰森·查理斯的时候，久违地戴了一回，非常不适应，以至于后来去更衣室里半天没取下来，差点儿要顾晏帮忙。

燕绥之说完，又补了一句："当然，这种东西除了在水下，使用感实在不怎么样，它会放大物体，模糊距离感——"他略微停顿了一下，又道，"还会让所有东西看起来都是一个颜色，深绿、浅绿、荧光绿。"

这话说完，整个法庭从安静变为了死寂。

被告席上，陈章感觉自己的呼吸已经落在了那片死一般的寂静里，之后发生了什么，法官说了什么，双方律师做了怎么样的询问和最终陈述，他都不知道。

他只知道，自己好像歪打正着地走了大运，碰到了一个超出所有人预料的实习律师。

在此之前，他一直在努力自我催眠，说服自己不要对实习生抱有太大希望，不要给这个年轻人太多压力，已经给他制造了足够多的麻烦，就不要再为难对方了。

他早就已经做好了最坏的打算，却没想到居然还有奢望成真的时候。

法官一脸肃然地敲下法槌，陈章才猛地惊醒。当他抬起头时，不知何时离席的陪审团众人已经鱼贯而入，重新回到了座位上，带着他们郑重商讨的结果。

"全体起立。"

"女士们先生们，关于控方对陈章先生蓄意谋杀的指控，你们有答案了吗？有罪还是无罪？"

"无罪。"

至此，陈章终于闭上眼睛，长长地吐出一口气。直到这时候，他才发现他连呼吸都是急促的。

辩护席上的实习律师转过头来，隔着远远的距离和净透的玻璃，冲他微笑着点了一下头，像个温和又洒脱的年轻绅士。就连那个始终绷着脸，连表情都不曾变过的法官，在离席前都对他颔首示意了一下。

当然，那其实是在提醒他以及身后的两位法警可以解开手铐。

但他想，他恐怕这辈子都不会忘记这个场景了。

第九章　生日快乐

　　庭审之后是熟悉的流程，法官助理捧着庭审记录文档的纸页跑过来，让双方律师在上面签字。巴德看起来很不好，表情像是生吞了猫屎，就连来签字的时候，另一只手都掩着脸，不知道是头痛还是脸痛。

　　他甚至没有跟燕绥之有任何对视，签完字把电子笔往助理手里一塞，扭头就走，几乎用小跑的方式离开了法庭。

　　"我长得这么不堪入目？"燕绥之看着他消失在门外，转头问了顾晏一句。

　　顾晏："……"

　　法官助理下了庭瞬间变得活泼起来，特别给面子："怎么可能，我工作以来在庭上见过最好看的人都在我面前了。"

　　燕绥之笑了起来："谢谢。"

　　说着，他又看了眼顾晏不解风情的冷漠脸，又冲助理玩笑道："也替他谢谢。"

　　法官助理乐了，把需要签名的几页在他面前依次排好，又把电子笔递给了他。

　　燕绥之接过笔，抬手就是一道横。

　　顾晏在旁边咳了一声。

　　燕绥之临时一个急刹车，在横线末端拐了个弯，硬是扭回了"阮"字，就是"阮"的耳朵扭得有点儿大，他顺势调整了两个字的结构，配合着那个大耳朵，居然签得还挺潇洒。

　　不知道的还以为他一贯都这么签。

　　助理收好所有纸页，冲他们笑笑点了点头，便把所有庭上资料整理好，追着法官的脚后跟一起离开了法庭。

燕绥之这时候才冲顾晏道："下回咳早点儿。"
好像他差点儿写错字是别人的错似的，要脸不要？

法院外，蜂窝网的两位记者，本奇和赫西在街边已经蹲等多时了，其实不止他们俩，法院门外的街上徘徊着好几家媒体的记者，只不过曼森家排斥的态度太明显，所以他们不方便明着触霉头，只能低调地来搞点间接资料。

"看见没？你整天觉得我这不妥，那不妥——"本奇抬着下巴扫了一圈，"绿荫网，太古头条，法律新闻，那边、那边还有那边，全部等着拍呢，难不成个个都是闲的？我跟你——哎，出来了出来了！"

他正想借机给赫西这位理想主义小年轻上上现实主义课，就看见布鲁尔·曼森带着助理和下属匆匆下了法院门口的大台阶。

"哎哟那表情……"本奇对好焦拍了几张，忍不住感叹道，"你看布鲁尔·曼森那个表情，这是刚见过鬼啊还是刚喝了农药？究竟发生了什么？"

对他而言，庭审不让看不让拍，简直让他抓心挠肺。

尤其现在布鲁尔·曼森的模样引起了他深深的好奇心和探究欲，偏偏什么细节都探听不到。

不仅如此，陆续从法院出来的相关人士的表情一个比一个精彩，有几位还交头接耳议论得格外激动，语速快得像倒豆子，不离近了根本听不出他们在说什么，可是离近了又肯定会被曼森家的人挡开。

本奇抱着宝贝相机原地撒泼，看得赫西一愣一愣的。

"这种表情……难道被告方赢了？"本奇猜测着，但转眼又自己否认掉，"不至于不至于，一个实习律师而已。难道法庭上发生了别的什么状况？"

他盯着赫西看了几秒，"啪"地拍了一下手道："去堵那个实习生吧，打探一下庭审情况。"

都说吃一堑长一智，本奇怎么好像全然忘了那位实习生耍过他，那实习生看起来是会乖乖回答问题的人吗？本奇究竟有什么误解？

又过了几分钟，本奇打了鸡血似的叫道："来了来了来了，那个实习生！"

他说着，一把拽了赫西就往法院大台阶跑，然而没跑两步就看见燕绥之身后又走出了顾晏。

正在下楼的燕绥之目光一扫，刚巧看见远远奔来的本奇和表情尴尬的赫西，他有些好笑地偏头对顾晏说："那两位有点儿缠人的记者先生又来了。"

"已经跑了。"顾晏道。

"嗯？"燕绥之疑问了一声，转开目光看过去，就见原本要上台阶的本奇见鬼似的看了顾晏一眼，连个停顿都没打，当即脚尖一转，扭头就朝相反的方向跑走了。

燕绥之:"可真有出息。"

"那大律师怎么寸步不离的!"跑到街拐角,本奇才愤愤地咕哝着,"惹不起惹不起,走吧走吧,还拍个屁。"说着,他又搂紧了自己的相机。

赫西:"……"

看来他还是有智商的。

乔治·曼森的案子因为陈章的无罪释放以及燕绥之在庭上说的话,再次进入了调查取证确认嫌疑人的阶段,只不过现今嫌疑最大的已经变成了赵择木。

一位律师不能代理同一件案子的其他人,所以乔治·曼森案后续不论怎么发展,跟燕绥之都已经扯不上更多关系了。

不过他和顾晏还是在天琴星多待了一阵子,因为南十字律所每季的马屁会又要来了。

所谓的马屁会就是由南十字律所出面,邀请有交情的以及即将有交情的法官们参加餐会酒会,以方便所里的大律师们能定期跟诸多法官保持联系,至少也是喝过酒碰过杯的情谊。

这样一来,律所里的大律师们今后在法庭上碰到他们,也能占一点儿好感度方面的优势。

这样的餐会酒会南十字每一季度办一回,一年四次,不算多也不算少,刚好卡在那个度里,既能跟法官们套套近乎,又不至于越过那条线引起法官反感。

这种餐酒聚会被内部戏称为马屁会。

往年,这种马屁会顾晏都不参加,他的高级事务官也不太希望他参加,毕竟顾晏不是会说漂亮话的人,二是顾晏的庭辩实力也确实给了他一定程度的任性空间。

这一次的马屁会,顾晏照旧找借口远离德卡马。

"我们可能要在这里等着看一眼案件结果。"燕绥之这么跟菲兹小姐说。

菲兹已经见怪不怪了:"别解释了,我知道你们都不想去马屁会,还案件结果呢,说得跟真的一样。"

既然被她点明,燕绥之特别坦然地道:"是,猜得没错。"

菲兹:"……"

就这样,两人得以延长了在天琴星待的时间。

不过他们刚确认要在这里多住几天,就接到了乔小少爷的邀请:"你们不急着回去吧?那真是太好了,之前因为案子调查做证的事情,我一直不方便联系你们,现在解禁了,请你们喝酒?"

"又喝酒?"顾晏问道

之前喝酒喝出了曼森的事情，这位小少爷居然还没有对酒会产生心理阴影，也是心大。

"怎么？你不想喝？你上次离开亚巴岛的时候，说好了要给我补一顿酒呢。"乔说着，声音又低了一点儿，像是叹了一口气，"老实说，曼森这事儿弄得我有点儿……唉，算了，现在不提这个，等警方把证据敲实吧。总之后天，樱桃庄园，喝两杯怎么样？我顺便散散心。"

这位话痨少爷说起什么事来都是一长串，也不给人反驳的机会。

顾晏想了想这几天反正安排也不多，便点了点头："嗯。"

"对了，不介意我带上柯谨吧？我发现他好像特别喜欢你那个实习生。"乔说起来有点儿沮丧，"曼森那事之后，他的状态有点儿不太好，希望跟你的实习生聊两句能有点儿好转。"

"聊两句？"

乔干笑两声："帮我请求你的实习生，单方面聊两句。"

顾晏看了燕绥之一眼，点头答应："好。"

他们本打算于约定的那天晚上在樱桃庄园见，结果没想到那天早上十点不到，他们就齐齐站在了位于第三区的中央医院里。

曼森醒了。

这个醒也就是最表层的意思，他在早上七点睁开了眼睛，很轻地眨了几下后就又闭上了，此后又缓了一个多小时才再次睁开，此后就一直保持着半阖的状态。

医生护士给他做了最全面的检查，又齐齐聚在病房盯了一个小时的仪器数值变化，确认已经脱离了危险期，负责医生这才拍板把曼森移出了无菌病房。

移进病房后不到一个小时，乔就已经叫上了顾晏和燕绥之，跨越大半个第三区，站在了曼森的病床边。

能这么快得到消息，尤其还是在曼森家的人守着的情况下，绝不会只是"听说"这么简单。

"你在这边安排了人？"顾晏问。

这时候的病房里没有其他人，说话也方便。

乔两手插着兜，低头看着床上躺着的曼森，道："是啊，我弄了几个人在这里，不然我怕他没法好好走出医院。"他说着，挑起眉朝门外方向看了两眼，还略带一点儿挑衅。

挑衅完，他又转回脸压低声音冲顾晏和燕绥之说："老曼森要不行了，曼森家所有人都像狼一样盯着他那份遗嘱。"

他冲床上的乔治·曼森努了努嘴："他曾经最讨老曼森喜欢，后来当了几年混世魔王，使得老曼森看见他就头痛，但是这两年他又有了正形，老曼森又开始乔治长乔治短地念叨他了。要我说，这次不管谁干的，都跟他那几个黄鼠狼哥哥脱不开关系。"

燕绥之讶异地看着他。

乔注意到了他的目光："怎么，不信啊？你年纪还小，而且没见识过曼森那一家的作风，见识了你就不会露出这样惊讶的表情了。"

他一脸"这世界太复杂你可能不懂"的模样，燕绥之听得哭笑不得："我惊讶的不是这个。"

乔："那是什么？"

燕绥之讶异只是因为他一直以为乔大少爷是小傻瓜那一类的，没想到关键时刻还挺细心，还知道在医院里安插几个人。不过他转念一想，乔在对待柯谨的时候就表现得很细心，但这话能直接说给乔听吗？显然不能，于是燕绥之斟酌了一下："这话说来有点儿抱歉，我之前以为你跟曼森先生的关系……"

"很一般？"乔猜到了他后面的话。

燕绥之笑笑，算是默认。

"这些年是挺一般的。"乔也不避讳，直来直去，"小时候其实关系很好，我、他，还有赵择木吧，后来大了，也不知道怎么回事，玩着玩着就玩成了名副其实的假朋友，好像除了场面上的消遣酒会，就没别的话可以说了，也就比点头之交稍熟一点儿吧。"

他看着曼森安静了一会儿，又耸了耸肩道："你看，我最近往这里跑了好几趟，依然没话可说，只能跟你们聊几句。"

燕绥之点了点头，又有些疑惑："为什么会叫上我们？"

曼森醒了，乔赶过来看一眼还可以理解，但是叫上他跟顾晏就有点儿令人意外了。毕竟顾晏跟曼森算不上朋友，而顶着阮野身份的燕绥之跟曼森甚至只能算刚认识不久。

"我认识的很多律师，案子输了或者赢了，陪审团宣布结果的那一刻对他们来说就是结束了，出了法庭就跟案子没什么瓜葛了。至于被告或者原告之后会怎么样，对他们来说不重要，因为他们已经在奔赴另一个案子的路上了。"乔说道，"不知道这么说对不对，不过顾跟他们都不一样。我觉得他或许会想知道，案子的受害者脱离了危险，或者结果没有预想的那么糟糕。"

他冲燕绥之眨了眨眼："而你又是他唯一一个愿意收的实习生，要么你身上有他特别欣赏特别喜欢的地方，要么你跟他很像，所以……"

顾大律师听不下去了，斩钉截铁地对他上述发言做了评价："你的想象力过于丰富了。"

"别拿那套'推脱不掉替那位莫尔律师带几天'的说辞来狡辩了，我们不听。"

乔说，"还有别的解释吗？"

燕大教授吃里爬外，看戏一样跟乔站在一边，翘着嘴角好整以暇地看着顾晏。

顾晏："……"

眼看着"薄荷精"周身凉气嗖嗖直冒，燕绥之这才收回视线，对乔说："谢谢。"

虽然是为被告方代言的辩护律师，但他并不站在受害者的对立面，能看到曼森死里逃生脱离危险，心情确实会好一些。

当年燕绥之跟很多人一样，对乔了解不多，不太明白为什么顾晏会跟一个这样的小傻瓜二世祖成为朋友，还维持了这么多年，现在他忽然明白了。

曼森只是刚醒，还远没到能认人说话的地步，除了无意识地睁一会儿眼，更多的时候还是在昏睡。所以燕绥之他们并没有在医院久待，了解了曼森的大致情况便离开了。

临走时经过走廊，廊里守着不少曼森家的下属，其中有两个看起来像是小领头。

乔看了那两个领头好几眼，直到进了医院的地下车库才咕哝道："布鲁尔·曼森又换狗腿了，几天前领头的明明还不是那两个。"

不过他的声音太小，燕绥之和顾晏都没怎么听清。

"什么？"

"没什么，感慨一下曼森的黄鼠狼哥哥们。"

左右下午也没什么事，晚上的樱桃庄园之约干脆提前了。

"我得先回去一趟，把柯谨带过来。"乔对顾晏道，"你们先过去，如果愿意的话，帮我把我今年的定制酒找出来，这庄园越来越会藏了，我上回去找了两个小时愣是没找到。"

燕绥之和顾晏在樱桃庄园用了午餐。

这里的菜式也很有花园茶会的特色，每样都是偌大的盘中小小一点儿，分量少得可怜，但胜在精致。这种对燕绥之来说刚刚好，他吃东西总是格外讲究，细嚼慢咽斯文至极，别人五分钟吃完的东西他可能要花三倍的时间，不过他吃得少。

"饱了？"顾晏见他用餐巾擦了嘴角，又伸手去拿佐餐甜酒，当即把酒杯拿到了自己面前。

餐桌是长圆形，燕绥之惯有的餐桌礼仪让他干不出站起来伸手去够酒杯的事，于是他干脆靠在椅背上没好气地看着顾晏，道："一般能这么理直气壮管人喝酒的，要么是父母，要么是恋人。你打算占哪样便宜，你说说看？"

顾晏愣了一下。

他似乎没有想到燕绥之会抛出这种问题，脸上居然闪过一丝措手不及的讶异，不过只停留了极短的一瞬就敛了回去。

这其实是一个很好回答的玩笑，以顾晏的脾性，张口就能堵回来。燕绥之在逗他之前，甚至都想过他会说什么，但是他没说话。

他看着燕绥之的目光一如既往的沉静，沉静之外或许有些别的什么，只是刚漏出一星半点儿，他就已经收回了目光。

樱桃园的风穿过蔓生的青藤，灌丛和矮树圈围出的这一块地方安静又私密，枝叶轻碰的沙沙声扫过瓷白的桌面。

而顾晏一直没有开口。

这种倏然间的沉默像是一只收了爪尖只剩绒毛的猫爪，在人心上轻轻挠了一下。

考究的桌布被微风掀起一方边角，从燕绥之手腕轻擦而过，配合着也挠了一下，他搁在桌沿的手指动了动，那方边角又被风撩落回去。

顾晏垂着目光看了一会儿手里的甜酒，端起来摇晃了两下。

其实燕绥之并不怎么喜欢这种酒，对他而言，奶油味和紫罗兰香气略重了一些，有点儿甜腻，也就适合在这里佐餐。但是不知道为什么，他隔着半方桌面，从顾晏那里闻到一丝隐约的酒香，竟然觉得味道应该还不错。

嗡——

他手指上的智能机突然振了起来，响得及时又不合时宜。

燕绥之顿了一下才调出屏幕，一手戴上了耳扣。

拨来通信的是菲兹，他刚接通"喂"了一声，对面就"啊啊啊"地惊叫起来。这一嗓子真是提神醒脑，什么甜酒、微风、奶油香都烟消云散，连对面坐着的顾晏都听见了，撩起眼皮朝这边看过来。

燕绥之跟他的目光撞上，有点儿无奈地道："菲兹小姐，拨通信用不着开嗓。"

菲兹又道："我的妈呀。"

燕绥之："这便宜我不方便占。"

这句话很容易让人想起他刚才的玩笑，于是他又抬眼扫向顾晏，却见顾晏没什么明显的表情，只是把那杯晃出香味的甜酒喝了下去，一滴都没剩下。

喝完，他还绅士又平静地冲这边举了一下空杯。

燕绥之："……"

菲兹接连被他堵了两句，有点儿纳闷："你今天嘴巴怎么这么毒。"

可能是被某位学生憋出来的，燕绥之心想。

"不管了，我只是想说，你居然赢了乔治·曼森先生的那件案子！"菲兹听起来真的很兴奋，"我的天哪！庭审结束我给你和顾发信息问候的时候，你们俩为什么都没说结果？还有请假躲酒会的时候，居然也只字不提！如果不是今天胜诉的函件发到律所来，我都不知道你居然赢了案子！"

燕绥之非常无辜："你并没有问过结果啊菲兹小姐。"

菲兹："我以为你一定会输的啊！当然，我不是在质疑你的能力，只是不好意思问，怕你输了案子正难过——"

"我非常理解。"

菲兹"噢"了一声："不管，总之你居然提都不提！这么大的事情！天，你知道今天律所看到函件都炸了锅吗？尤其是霍布斯的脸，哈哈哈哈哈。"

她笑得非常畅快，听得燕绥之哭笑不得，忍不住提醒她："你是在办公室说这些吗？"

"当然不是，在你眼里我那么傻吗？"菲兹小姐不满地说了一句，接着又笑了几声道，"你忘了？这两天酒会，今天下午和明天一整天他们都要在相互拍马中度过。我酒精过敏，喝了两杯果汁就先回住处了。"

"你酒精过敏？"

"呃，必要的时候酒精过敏。"菲兹更正道，"不提这些，我想说你其实应该跟顾一起回来的，虽然这个酒会盛产马屁精，但是对你来说其实有好处。你知道吗，今天不少人都提到了你，对你非常好奇，这其中不乏几位大律师、法官，甚至咱们的高级事务官和合伙人，你其实真的应该回来的。"

"是吗，那我更庆幸请了假了。"燕大教授一本正经地说，"刚毕业没什么经验，那种场面我有些应付不来。"

顾晏："……"

某些人又开始不要脸了。

菲兹的通信切断之后，燕绥之对顾晏道："她说酒会上来了很多人，没准儿就包括跟爆炸案有牵连的。"

这种情况顾晏其实有过预想："酒会碰到过于被动，主动比被动稳妥。"

菲兹的通信引出了正事，之前的那个玩笑就好像投进湖泊里的一枚石粒，漾了几圈涟漪便沉静无声了，让人误以为没能留下什么痕迹。

乔带着柯谨到樱桃园时，已经接近傍晚。

"你是去隔壁星球接的人？"顾晏道。

乔举手做了一个投降的姿势："我道歉我道歉，比预计时间稍微晚了一点点……"

"三个半小时。"燕绥之不介意补上一刀。

乔："出门前想洗澡换一身衣服，结果不小心在浴缸里睡着了。"

但是燕绥之和顾晏是什么人哪，别的不说，观察力向来远超常人。如果真泡在浴缸里睡了三个小时，从手指边缘的状态能看出来。乔的手指看不出什么，反倒是柯谨的左侧脸颊还留有一些轻微的睡痕。

合理推测真正睡了一会儿的人是柯谨，或许乔没忍心叫醒他，便干脆多等了一会儿，直到他醒来。

　　精神状况不太好的人有时候对情绪极为敏感，可能大家对于迟到并不在意也不含责备，但是柯谨会那样认为，所以乔干脆嘻嘻哈哈地用自己做挡箭牌扯了过去。

　　燕绥之和顾晏都是聪明人，而且对所谓的迟到也确实一点儿不在意，便直接略过了这个话题。

　　因为乔的预约，樱桃庄园这天夜里不接待其他外客，整个园子里只有他们四个。园区被服务生提前布置过，在他们预订的那块花园的餐桌旁挂了简单漂亮的餐灯，星星点点缀在树枝和桌椅边。

　　桌上放着一只造型优雅的酒架，搁了六瓶新酿的 A 等酒和一桶冰块。

　　但是乔大少爷依然执着于专属于他自己的那瓶特制酒："你们帮我找到没？"

　　燕绥之摇了摇头，事实上下午还真把这事儿给忘了。

　　乔半真半假地冲服务生抱怨："跟你们老板说，下回别藏那么深，每回找酒我都怀疑我的智商可能有点儿问题。"

　　服务生没忍住笑了一下，连忙道："当然不是，事实上能不靠线索找到的客人总是屈指可数。"

　　乔："不行，别跟我说线索，我再试试。"

　　"好的，如果有需要随时按铃叫我。"服务生说完，便将这方花园留给他们，先回楼里去了。

　　虽然之前他说的是希望燕绥之单方面跟柯谨聊几句，但事实上他也没真的让燕绥之找话聊，毕竟柯谨并不会给人回应。而且刻意去跟柯谨说话，反而会让柯谨更为敏感。

　　不过他的预想也并没有错，因为只有他们四个人的时候，柯谨看起来确实放松了一些。

　　"先去找一下我的酒？"乔试着提议了一句。

　　燕绥之和顾晏自然没什么异议，柯谨反应了一会儿，抬头看了他们一眼，也跟着站了起来。

　　乔登时高兴了不少，兴致勃勃地拉着他们在吊着灯的樱桃园里穿行。

　　"给一点儿信息，比如生日或者什么纪念日。"燕绥之问了乔一句。

　　虽然他自己并没有在这里认真找过专属酒，但是对庄园藏酒的规律还是有所知晓的。庄园并不会把客人的专属酒随意乱藏，毕竟樱桃园这么大，真要随便找块地方藏起来，一年也很难找到。

　　他们藏酒大多是根据客人的资料信息来的，比如生日、姓名首字母或者重要的纪念日。你留的信息多，他们藏的方式就多。

乔大少爷想了想，道："那我留的资料太多了，毕竟我十岁出头就偷偷在这里混了。我想想，生日是三月二十一日，纪念日那多了去了，我第一次跟人打架的日子，第一次喝酒的日子，毕业日？还有跟柯谨认识的日子，跟顾认识的日子？跟……"

这位少爷滔滔不绝地说了一长串，燕绥之服了，心想：酒庄不坑你坑谁？

还好乔并不是全傻，四舍五入也就六分傻的样子，所以他又念念叨叨地排除了这几年酒庄用过多次的几个日子，剩下的也够几人一顿好找了。

夜里的樱桃园其实很适合散心，说是找酒，走走停停偶尔拨开青藤看一眼，也并不无趣。中间乔还拿了两杯酒，递了一杯给顾晏，一边翻找一边喝着酒随意聊着。

有时候是在聊最近的正事，有时候是抱怨几句家族长辈，有一搭没一搭。

燕绥之并没有一直跟他们在一起，他在一处树丛的岔道口打了声招呼，独自一人走到标着"红桃J"的餐座边。他拆了乔的生日日期做信息，顺着红桃J餐座第三行樱桃树走着，打算看看横向二十一棵树附近有没有藏酒。

乔的声音隔在几排树藤之外，隐约可以听见："喏，这棵树看见了吗，据说长了有二十来年了。看，树干上这道刀疤还在呢，还是当初我跟曼森，还有赵择木在这里胡闹留下的，那时候多大来着？十岁吧……我记得曼森弄了一把新式军用匕首，在这里试了一下。"

他讲完以前的事，又安静地回味了一会儿，冲顾晏道："你知道吗，今天早上我接到医院消息的时候，从负责医生那里听来一句话，他说曼森这次特别幸运，因为被送往医院的时间巧。如果再晚一点儿，曼森能不能醒过来就很难说了。那天晚上，其实并不是我们想起来要去叫曼森的，而是赵择木提了一句才让我们想起来的……"

燕绥之踱步似的走得很慢，但也渐渐离他们越来越远，乔的声音慢慢变得隐约起来。

他在原地站了一会儿，才又继续迈步。

原本他只需要径直走到挂着二十一号小铁牌的樱桃树那里就行，然而在走过十七号的时候，他的步子忽然停了一下。

有那么十来秒的时间，他站在三排十七号树的前面没有挪步，乌黑的眸子里映着树灯，清亮温和。

这个日期是他父母的结婚纪念日，在他幼年和少年时期的记忆里，是个每年都会被隆重对待的日子。

即便后来他们都不在了，每年的三月十七日也依然没被完全遗忘，燕绥之总会记得订一株玫瑰花枝，托人备好养料，栽在住处的庭院里，二十多年来已经长成了片……

也许是乔絮絮叨叨的声音已经不再清晰，这块区域显得太过安静。燕绥之站了一会儿后，鬼使神差地走到十七号树后，抬手撩了一下墙上的长藤。

长藤后是庄园预留在墙上的贮酒孔，给客人们定制的专属酒就藏在这些贮酒孔里。

这个孔洞里也放着一瓶酒，这本身并不令人意外，令人意外的是酒的主人……

燕绥之下意识抽出酒瓶，瓶身上客人姓的首字母和备注就这么落入他的眼里——

L先生及夫人

结婚纪念日

落款的年份很久远，是二十八年前。

那一年燕绥之刚满十五岁，在那之后，就只剩他孤身一人。

他从没想过会在不经意间，这样偶然地在某个地方看见和父母相关的东西。

这也许算是一个惊喜，但他握着酒瓶看了很久很久，却突然觉得有一点儿孤独。

直到身后顾晏温沉的声音由远及近："你怎么站在这里？"

"嗯？"燕绥之似乎是随口应了一句，尾调有点儿微微上扬，很好听，也一如既往带着一点儿笑意，但是他没有回头。

曾经有人评价燕绥之像一面湖，看着温和，触手却透着凉气，站在岸边又根本望不到有多深的底。你看不出他特别喜欢什么，特别讨厌什么，也看不出他是在高兴，还是在生气。

很多人想探一探底，却都无从下手，要么灰头土脸，要么望而却步。

但是现在，站在青藤墙边的燕绥之眉目低垂，身影被树灯勾勒出修长的轮廓，表情隐在夜色里模糊不清。虽然只是一个背影，却让人觉得好像摸到了一丝缝隙。

他借着树灯温和的光，又看了一会儿酒瓶上的字，然后撩开青藤，将那瓶酒放回原处。

转过身来的时候，他的表情一如往常，冲顾晏道："你不听乔少爷讲少年故事了？"

他拍了拍手上沾染的尘土，捻着手指没好气地说："我怀疑只有我一个人是真的在找他那瓶酒。"

顾晏看着他的眼睛。

那一瞬，燕绥之有点儿担心面前的人会哪壶不开提哪壶地问他刚才在看什么，毕竟这样不合时宜的人不在少数。

如果真的那样，根据以往面对其他人的经验，他可能会不那么高兴，甚至非常排斥……燕绥之心想，而他不太希望对顾晏产生那种情绪。

好在顾晏的目光只是在他身上落了一会儿，就又扫向了其他几棵标号的樱桃树，问道："这一排都看过了？找到没？"

燕绥之忽然就笑了。

"还没，去看看二十一号那棵。"他说着走了过去，跟顾晏并肩而行。

没多久，乔和柯谨也走到了这边。不过很遗憾，酒庄没有把酒放在红桃 J 三行二十一棵这么明显的地方。

四人散步一样在樱桃园里走着，气氛很放松，燕绥之却有些心不在焉。

一直到后来，他们翻了大半个樱桃园，找到了乔的专属酒，又聊起了曼森和赵择木的过往，混杂着一些大学时光，燕绥之始终都有点心不在焉。

乔拽着顾晏陪他喝了很多酒，这少爷别的不说，酒量是真的好，喝完一架酒依然头脑清醒，除了话更多一点儿，没有显出丝毫不适。

这一晚上他大概是最忙的一个，一方面他其实很感慨曼森的意外，心情不怎么样；另一方面他又时不时要讲些糗事趣事去逗柯谨，让对方放松一些；与此同时，他还不忘给顾晏庆祝一下一级律师初审通过的事，顺便还要表示一下对燕绥之的嫉妒。

因为有很长一段时间，柯谨一直看着燕绥之，以一种非常规律的状态，喝一口果汁瞄一眼，再喝一口再瞄一眼。当然，这样单调的完全重复的动作本就不是正常人会有的，但放在柯谨身上，这表示他情绪平和安定。

到后半段，柯谨靠在椅子上睡着了，乔找服务生给他裹上毯子，冲燕绥之咕哝道："哎，算了，不嫉妒了，毕竟我这么大度。还是要谢谢你啊小实习生，他这几天状态其实很差，没什么精神，总会睡着，醒了就很容易受惊，一只鸟飞过去他都会突然发起病来，能像今晚这样好好吃完一顿饭就很不错了。"

他带着柯谨去室内的时候，燕绥之和顾晏去水池边洗手。

樱桃园里每张座席不远处都有一处精雕的洗手池，用考究的金属和缠绕的花枝做了栏杆，将它半围起来。

燕绥之仔细搓洗手指上沾染的食物气味，顾晏就那么靠在栏杆边等着。

两人还在继续之前的话题。

"乔怎么跟曼森弄成现在这样的？"

顾晏的声音里含着一点儿酒意，很浅淡，但比平日要懒一些："乔是个很纯粹的人，跟人相处没那么多条条框框。他看谁顺眼就会对谁好，没什么道理，如果对方给他同样的反馈，那就是朋友，如果对方怀疑他别有居心，那就没什么可谈的。而曼森一度疑心很重，刚好跟乔的性格相冲，两次三番，就不欢而散了。"

燕绥之笑着说："当初我非常纳闷你和柯谨怎么会跟乔成为朋友，现在看来就再正常不过了。"

顾晏静了一会儿："你怎么知道我们是朋友？"

"这是什么问题？"燕绥之愣了一下，"当年你不是总被他拽出去鬼混？"

这辈子没"鬼混"过的顾晏看了他一会儿，暂且没去纠正他的用词："我以为你不会关注那些琐事。"

燕绥之没有否认，他冲干净手上的泡沫，想了想道："确实不太关注，但也总有些例外的时候。即便我本身很讲求公平，但不可避免的总会对一部分学生相对更欣赏亲近一点儿，比如你和柯谨，不过也恰好是你们两个，从学校离开之后就再没想起过我这位——"

他就像是在有一搭没一搭地闲聊，随口说到这里，语气还很轻松，甚至莞尔笑了一下，不过一转头就发现顾晏正倚靠在栏杆上看着他，眼睑微垂，眸光映着水池边的晚灯，表情有些模糊不清。

燕绥之话音断了一下，下意识问："你为什么这么看着我？"

顾晏的目光很沉，但少有地不带棱角，甚至有一点儿温和，也许是酒意未消的缘故，他沉默了片刻，道："因为一整晚你都心不在焉，看上去有一点儿难过。"

燕绥之微愕。

这话直愣愣的程度其实不亚于在十七号树前问他"在看什么"，都说裹了太多皮囊的人，很讨厌被探究，过往的很多经验告诉燕绥之，他也不例外。

但是很奇怪，顾晏这样直白地将话摊在他面前，他居然没有他以为的那样不高兴。

他动了一下嘴唇，最终还是笑了一下，道："没什么，想起家里人以及小时候的一些琐事而已。"

说完他在池边抽了一张除菌纸巾，一边把手擦干净，一边冲水池抬了抬下巴，道："别杵着，来洗手。"

顾晏又看了他片刻，难得像一个听话的学生一样站直身体，走到水池边冲洗着双手。

燕绥之礼尚往来，靠在栏杆边等他，水池的晚灯勾勒出他微垂的眉眼和挺直的鼻梁，这么多年来，他好像变了很多，又好像一切如故。

也不知是出于什么心理，燕绥之看了一会儿后突然开了口："顾晏。"

"嗯？"顾晏的声音在水流映衬下依然含着点儿懒意。

燕绥之翘着嘴角，玩笑似的问他："毕业之后，别的学生都晨昏定省地给我发消息，最少也有个逢年过节的问候，唯独你一点儿音信都没有，直接跟我断了联系，为什么？"

顾晏垂着的目光一动未动，依然仔细地清洗着手指。

就在燕绥之以为他又要跟往常一样，碰到不好答或者太麻烦的问题就权当没听见，沉默着掠过去的时候，顾晏突然开了口："因为一些很荒唐的想法。"

"有多荒唐？"燕绥之问。

闻言，顾晏动作顿了一下，两手撑着水池边缘转过头来，目光沉沉地看着他的眼睛。

燕绥之自己又笑了，他用指关节轻轻敲了一下额头，纠正道："不对，我为什么会问这个，我应该问什么荒唐想法？"

他的声音也不高，也许是夜里樱桃园的氛围很容易让人产生一种放松又怠懒的情绪。这种带着笑意的温和语气，总会让人产生和他交心相谈的欲望，毫无保留。

但是顾晏却又敛回了目光，继续冲洗着手指。

燕绥之怀疑这大概是顾晏洗手花费时间最长的一次，快到他自己那种非正常的程度了。

"你不会想听的。"顾晏头也不抬道。

燕绥之"啧"了一声，但没有包含任何不耐烦的成分。他只是……又有了午餐时候那种被轻挠了一下的感觉，借助这种语气表达出来："我想不想听我说了算吧，怎么你还替我决定了？"

顾晏："嗯。"

"嗯什么？"燕绥之哭笑不得，"打算把法庭上拿捏心理的那套用在自己老师身上？"

"现在我是你名义上的老师。"顾晏说。

可能他低沉的嗓音太适合樱桃园的夜色了，顶嘴顶得燕绥之一点儿也气不起来。

他眯着眼琢磨了片刻，道："我总觉得我问第一句的时候，你是打算回答的，后来多说了一句，你就改主意了？"

顾晏终于站直了身体，抽了一张除菌纸擦着手上的水迹，轻轻的水流声随着他的动作停下。他脚尖一动，转过身来。这么一来，他就和燕绥之成了面对面。

栏杆围出来的地方并不大，原本也只是供一个人洗手的石台。这样四目相对地站着，而顾晏又微微垂着眸的时候，空间似乎骤然又小了一圈，明明是露天，却莫名有了点儿逼仄感。

燕绥之靠着栏杆的上身下意识朝后微让了一点儿，碰到了竖栏上缠绕的青藤。

那根延伸出来的花枝就在他脸侧轻轻晃动。

顾晏看了他一会儿，又把目光移到花枝上，他随意地伸手轻托了一下，晃动的花枝安静下来："你以前对这种东西毫无兴趣。"

"哪种？"

"这种'别人的陈旧且无关痛痒的想法'。"顾晏平静地说。

燕绥之愣了一下。

事实上顾晏说得没错，他不喜欢被探究，同样也对探究别人没那么大兴趣，除了在法庭上，他对别人的想法并不关注，更何况还是不知多少年前的，早就已经过了时效的想法。因为那些对他产生不了什么影响，好的坏的他都不在意。

但他现在就是产生了罕见的探究心。

在法庭上舌灿莲花的燕大教授也不知道怎么解释这种心理，于是他避重就轻，把问题丢回到顾晏身上："你究竟偷偷给我下过多少定义？"

"偷偷"这种词摁在顾晏身上莫名有点儿逗，燕绥之问完，眼睛里又漫上了笑意，清亮中带着一丝促狭。

顾晏："……"

别人喝了酒多少有点儿兴奋，他却看起来更沉敛了，好像正常人应该会有的失控和放肆都被他更深地压了回去。

燕绥之好整以暇地看着他："所以你所谓的荒唐想法，也是这种背地里偷偷下的定义？贬义的那种？"

"不是。"顾晏答得斩钉截铁，他对燕绥之的这句问话似乎并不意外。

说完，他转头冲不远处的树丛道："别蹑手蹑脚地做贼了。"

乔的脑袋从树丛后面探出来，一脸蒙："我已经把动作放到最小了，这就准备悄悄回去了，你怎么还能听见我的动静？"

顾晏没什么表情地指了一下近处的地面，就见乔大少爷的影子被他后面的灯直直打到了这边，只要看着燕绥之，就能注意到那个鬼鬼祟祟的影子。

燕绥之转头看了一眼。

乔高举双手站出来，投降似的道："我就是来洗个手，没打扰什么吧？"

"没有。"顾晏转头往回走的时候，嘴角很小幅度地动了一下，带着一丝自嘲的意味，不过没人看到。

乔走到水池这边，咕哝道："我怎么觉得他有点儿不高兴，因为我吗？"

燕绥之看着顾晏的背影说："不是你。"

"那怎么了？"乔问。

"可能我不小心掐到了他的薄荷叶子吧。"燕绥之道。

乔："啊？"

乔大少爷一头雾水，眉头拧成了一个结："你掐他哪儿了？我是喝傻了还是怎么了？完全没听懂。"

没听懂就没听懂吧，这位大少爷说到"掐哪儿了"还下意识低头扫了眼自己各个身体部位。

燕绥之："……"

不过乔大少爷虽然酒劲上来了，朋友还是要维护的。于是他半真半假地瞪着燕绥之问道："你故意掐的？"

燕绥之："不是。"

"那现在怎么办？"

"哄吧。"燕绥之笑了一下。

乔的表情顿时变得特别精彩，他顶着一副活见鬼的模样，眨了眨眼道："老实说，我这辈子头一回听说有人要去哄他，我能跟着看一眼吗？"

燕绥之："老实说，我这辈子也是头一回哄人。"

乔立刻改口："那算了，我还是不看了，以免伤及无辜。"他说着，拍了拍燕绥之的肩膀，一副长辈样，语重心长地道，"你好自为之。"

如果有朝一日他知道自己在对着谁乱装长辈，可能会想剁了这只手。

某种意义上来说，顾晏不愧是燕绥之的直系学生。一般人也很难看出他是真的高兴还是真的不高兴，因为他不管什么心情脸都是冷的。

在离开樱桃园的路上，燕绥之说什么他都有应答，跟平日里也没什么区别，就连乔大少爷都觉得之前所谓的"有点儿不高兴"应该是他的错觉。

乔带着睡着的柯谨上了车。他原本打算给顾晏和燕绥之换一家酒店，但顾晏说他们明天就要返程回德卡马了，没必要再换地方，乔这才作罢，只驱车把两人送到了酒店楼下。

临走前，他从车窗探头看了眼那栋楼，点着手指道："谁给你们挑的住处？真有眼光。"

"怎么？"顾晏问道。

"没什么。"乔道，"之前听曼森提过一句，老曼森还喘着气呢，他的黄鼠狼哥哥已经开始不安分了，擅自收了一批老楼，也不知道要搞什么。这个酒店，还有旁边这条街都在其中。虽然还没到约定期，不过这一带应该已经有不少曼森家的人了。"

"只有这边？"

"不止吧，据说不止天琴星，挺多地方的。"乔说，"不过住在这里反倒安全，毕竟他们刚收的地方，要是出点儿什么事就要砸手里了。别的我不知道，这点还是清楚的，他们一般不会弄脏自己的地盘，专给别人添堵。"

他说着嗤了一声，道："跟老狐狸一个德行。"

他口中的老狐狸就是他的父亲。众所周知他们之间的父子关系常年处于零下状态，从乔八九岁左右起就冻上了，至今没化过，乔跟家里唯一有联系的就是姐姐尤妮斯。小少爷很顽强，刚成年就被收过两次经济口，干脆自断来源，跟姐姐借了点儿启动资金搞投资。

他是天生的玩乐命，野心不大，够他花够他玩就行。跟亲爸跟姐姐比他都差得远，但比起大多数人还是富得流油的。

跟乔少爷相处的第一要诀就是"不要主动提他爸"，否则他的心情就会变得很差。

所以听他这么说，顾晏也没多聊，干脆地转开了话题，道："老曼森到了什么程度了？"

事实上他对这些复杂的家族根本没有兴趣，但是乔提起来的时候，他总会顺着话题再问两句，以确认乔没被卷进那些乱七八糟的事情里。

"据说遗嘱已经立了有三个月了。"乔道。

为了避免一些纷争以及强调自立遗嘱的效力，联盟有一个专门的权威机构——遗嘱委员会。有的人选择把遗嘱执行交给家人或者律师，但是有些家族关系复杂或者已经没有家人可以托付的人，会选择把遗嘱提交给遗嘱委员会。

委员会确认对方死亡后，会在程序保障下逐步执行遗嘱内容。

好处是这种程序极难被干扰，这么多年来几乎没出过任何差错，也不受什么势力威胁。坏处是效率相对比较低，因为大多需要遗嘱委员会帮忙执行的人，所立的遗嘱要么涉及财产太多太大，要么涉及很多公益机构。这样的往往需要层层审核和确认，这套流程走完短则两三个月，长则一年。

"曼森那几个哥哥疯就疯在老头子没有把遗嘱给律师，而是提交给了委员会。"乔说。

这个举动就很值得琢磨了，如果遗嘱内容明显对那几位有利，何必交给委员会呢？让他们执行就行了。提交给委员会，显然就是考虑到遗嘱内容他们会有异议。

"不过这是他们的家务事，老狐狸跟他家走得近，我的牵连没那么深。"

乔跟他们又简单聊了几句，便带着柯谨回去了，顾晏和燕绥之上楼之后也各自回了房间。

本以为一夜无话，谁知一个小时后，顾晏的房门突然被人敲响了。他愣了一下，拿起衣架上挂着的干净衬衫穿上，系到最后几颗扣子时，才去伸手开门。

"这就准备睡了？"门外的燕绥之看了眼他还带着湿意的短发。

"嗯。"顾晏问道，"有事？"

他刚问完，就看见燕绥之举了举手里的玻璃杯："我来给你送点儿睡前饮品。"

燕大教授所谓的睡前饮品很眼熟，是泡着薄荷叶的冰水。

顾晏瘫着脸问："目的？"

燕绥之弯着眼睛："来哄一下闹脾气的闷罐子学生，降个火。"

这架势恐怕不是来降火的，而是来拱火的。

顾晏扶着门的手动了一下，看起来活像要把燕绥之直接拍在门外。但在某种情绪支配下，他最终还是没有关门，甚至在燕绥之抬脚的时候，朝旁边侧了一下身，于是燕大教授毫不客气地抱着一杯薄荷水进了房间。

顾晏看起来是真的打算要睡了，房间内的灯光只留了床头的，是适合夜晚睡眠的暖色调，并不明亮。

燕绥之略微扫了一眼，在落地窗旁的椅子里坐下。

顾晏冷着一张俊脸，依然站在门边。他在犹豫究竟要不要关门。不过这种事并没有让他思考多久，他在墙上的控制器上点了几下，房间内所有能开的灯瞬间亮了起来。

冷色调的顶灯一照，什么困意都该没了。

燕绥之抬手掩了一下眼睛，其中有一盏壁灯刚好对着他的方向，冷不丁亮起来有点儿刺眼。

顾晏注意到他的动作，又在控制器上点了一下，那盏壁灯便熄了。

他这才把房间门关上，走到落地窗边。

"你怎么突然开这么多灯？"燕绥之抬头问他。

顾晏不咸不淡地道："醒酒。"

他伸手捞起床上散落的领带，那大概是房间里最能显出一丝人气的东西，他拿走后，床铺就恢复了一丝不苟的整洁模样，倒是跟他一贯的气质很搭。

燕绥之看着他手指上的领带："你不至于晚上见个人还要把领带重新系上吧？"

顾晏当然不至于这样。

他瘫着脸把领带挂到了衣架上，又顺手按了一下遥控器，遮挡着落地窗的亚麻色窗帘自动拉开，外面浩瀚如海的城市灯光和车水马龙透过净透的玻璃投映进来。做完所有事，房间原本私人的氛围彻底消散干净，断绝了一切能惹人多想的可能。

顾晏站在桌边，垂眼看了燕绥之片刻，然后捏了一下眉心，有点儿头疼又有点儿无语："是什么给了你错觉，让你认为我在闹脾气？"

燕绥之指了指对面的椅子："直觉。你先坐下，别考验我的颈椎。"

顾晏犹豫了一下，还是拉开椅子坐下来。

"你刚才没在门口反驳我——"燕绥之说着，又扫了一眼落地窗帘和满屋的灯，语带促狭，"还摆这么大阵仗给我看，不就是一种默认？"

他蛮不讲理，强行自己默认。

顾晏瘫着脸看燕绥之，根本不想张口。

但他还是得张，因为某些人还真把那杯薄荷水塞到了他手里，塞过来的时候手指尖碰到了他的指尖。

顾晏眸光垂下来，从燕绥之的手指上扫过，最终顺理成章地落在了那杯薄荷水上，两片浓绿的薄荷叶半浮在冰块上，干净清爽，但是……

一般真要在这时候送点儿什么，不都是送解酒茶吗？

而且解酒茶酒店房间里都是现成的，顺手就能冲泡。

"怎么想起来泡薄荷叶，哪来的？"顾晏问。

燕绥之将手肘搭在扶手上，笑着说："掐哪儿补哪儿嘛，跟服务台那位小姑娘要的，上楼前刚好看见她在喝。"

后面半句暂且不提，顾晏的注意力都放在了前半句上："什么掐哪儿补哪儿？"

"没什么。"

顾晏虽然嘴上说要醒酒，但并不是真的酒劲上头，头脑依然非常清醒，听到这话的第一反应就是燕绥之又没个正经地在背后编派他什么了，比如上回那个什么"坏脾气学生"。

燕绥之刚想说什么，就见对面的顾晏瞥了他一眼，然后面无表情地调出智能机屏幕，随便点了两下。

紧接着，燕绥之手指上的智能机就振了起来。

他一时不察，当着顾晏的面调出全息屏，结果就见屏幕上跳动着通信请求人的备注名——小心眼的薄荷精。

燕绥之："……"

顾晏："……"

气氛一时间降至冰点。顾晏喝了一口薄荷水，燕绥之感觉凉气都扑到自己脸上了。

好在智能机关键时刻又振动了一次，打破了这种令人窒息的对峙。

这次不是什么鬼来电了，是一条新信息，来件人是乔大少爷。

通信号还是今晚在樱桃园里加上的，本来也只是礼尚往来留个联系方式，没想到这么快就派上了用场。

乔：实习生，我们的顾大律师怎么样了？你哄出成效了吗？

燕绥之看了眼顾晏的脸色，动手回了一句：可能起了点儿反效果。

没过两秒，乔的消息接连来了两条。

——……

——算了，看在你知道费心哄他高兴的分上，我跟你说，其实顾很好相处，比很多人都好相处，因为他极度理性，你如果没犯什么原则性错误，他不会当回事的。就算犯了原则性错误，他也会直接处理，不会有生气这个步骤。老实说，我认识他这么多年，还真没见他因为谁不高兴过。

燕绥之心想：这话就很瞎了，难不成当年动不动被气出办公室的冰块学生是鬼？

不过他这想法刚闪过，乔的信息又来了：哦，他那位院长除外。
燕绥之："……"

千里之外的别墅楼里，乔大少爷跟柯谨说了"晚安"。
意料之中，没有得到任何回答。但是这晚柯谨的状态要比前几天好一些，起码他会看一眼乔，再安静地闭上眼睛。
乔留了一盏灯，没给他关门，走到了他对面的房间里，靠着床头坐下，然后调出智能机屏幕的信息界面。
对面的小实习生没有回复，不知道是不是被那句"例外"弄得又有点儿忐忑。
乔斟酌了一下，写道：就算是院长，顾也没有真的生过什么气，一定要说的话，只有一回。
他写了两句，便回想起了大学期间的一些事情。
他跟顾晏认识是在去梅兹大学报到的当天，分配宿舍的时候，他申请的单间没有了，需要等一个月。于是那一个月他就被塞进了法学院的学生公寓里，刚巧跟顾晏一间。
最初两人对对方的印象都不怎么样，他以为顾晏冷冰冰的，目中无人，顾晏以为他是个不学无术的纨绔。事实证明，好像还真是这样。
总之，他跟顾晏在相处了一年左右后成了朋友，但并不是整天混迹在一起的那种。他自己在学校待的时间很少，顾晏则一门心思专注课业。
当初顾晏选择那位燕院长做直系老师的理由，他已经不记得了，可能顾晏根本没提过。但是他记得在选择的时候，顾晏连思考和犹豫都没有，就那么随意又笃定地在那位院长的名字旁点了个勾，就直接提交了。从打开界面到提交结果，整个过程可能不超过三十秒，比一旁摇号的乔大少爷都快。
他可以肯定，那个时候的顾晏应该挺尊敬那位燕院长的，然而好景不长，自打顾晏真正成了燕院长的直系学生，所谓的"尊敬"就荡然无存了。那时候，他作为朋友的观察日记大概是这样的——
顾晏被院长气到了；
顾晏好像又被院长气到了；
顾晏今天一整天脸都是绿的，而且毫无表情，应该是被院长气到了……
但是怎么说呢，顾晏那个人太闷了，情绪表达得九曲十八弯。
别人跟他相处时间太少，可能看不太出来，但是他作为死党，哪怕顾晏再闷，他也能看出一二来——顾晏根本就不是真的气，而那两年大概是顾晏最有"活人气"的时候。
只有院长在学校的日子，顾晏才会显露出一个二十出头的年轻人会有的情绪，其他时候他都太稳重太冷淡了。

别的很难说，但至少在他看来，虽然少了尊敬，但顾晏还是很喜欢那位燕院长的。

这并不令人意外，毕竟那位院长表现出来的性格确实很吸引人，看看他们法学院全院的受虐狂就知道了。不过他觉得顾晏对那位院长的好感比其他人更重一点儿，毕竟更亲近。

但第二年冬天的时候，顾晏的态度有了一点儿转折。

在乔的印象中，是当时的一场讲座还是什么，引起了法院学那帮学生对一些陈年旧案的兴趣，那阵子都在搞典型性的旧案，顾晏在那阵子里接触到了燕院长二十来岁时接的一桩案子。

那桩案子在当时还引起了一些争议，因为绝大多数人都认为那个被告人有罪，而且是显而易见的有罪，但是燕院长却坚持为对方做了无罪辩护，而且赢了。

他的做法在当时掀起了不少波澜，很多人不能接受，骂声不断。但另一方面，那个案子也让他在这一行露了头角。

那桩旧案的分析报告顾晏写了很久，那个月的他比平日还要沉默寡言。最令乔在意的是，那个月末，燕院长办了一场生日酒会，顾晏作为直系学生自然是要参加的。

原本以为酒会结束顾晏的状态能好一点儿，结果也不知道酒会上他跟院长说了什么，回来后他就把辛辛苦苦写出来的分析报告废掉了，换了个旧案花了一周重新写了一份。

那之后，顾晏对燕院长的态度就有点儿变了。

其实他并不是生气，而是一种刻意的冷淡。那种状态持续了一个多月，又在某一天，或者某个他不知道的时间里再次变了味。

具体什么味儿，乔形容不来。就好像感情更深了，又好像更压抑了。

他只知道毕业之后，顾晏就没再跟燕院长有过联系。

可是每次同学聚会，劳拉他们总会提到燕院长最近在干什么，接了什么案子，或是回学校忙什么事务，参加了某个酒会……顾晏总是沉默着，又听得很认真。

乔想着以前那些事，又觉得自己的回复不太准确，就把打好的字都删了，重新给那位小实习生发了一条消息：总之你别担心，毕竟你也不至于成为院长第二，没到那个火候勾不出他什么情绪。

接到乔的信息，燕绥之轻轻地叹了口气，心想很遗憾，我不是院长第二，我是本人。

吸取了之前备注名的教训，这会儿燕绥之的全息屏已经从平摊变成了竖直状态，只有他自己才能看见内容。他正琢磨着打算给热心市民乔少爷回一句谢谢，对面的

331

顾大律师突然发了话。

"你来我房间，就是为了给我展示一下备注名，然后占一张椅子跟别人发信息？"

燕绥之抬起头，就见那一杯薄荷水喝得顾晏脸上霜天雪地，说话都像在扔冰锥。

嗯，他好像更不高兴了。

这种反应燕绥之也不是第一次见，一眼就能看穿对方的心理。这一贯被他定义为年轻学生间的争宠小心思，不当真的，善意而有趣，但今晚却有点儿不同……

因为他突然意识到，这么多年来所谓的"学生的小心思"，都是在顾晏身上看到的，或者说顾晏的细微情绪和心思，总会被他注意到。

不过现在并不是适合走神的时候，因为对面那位已经要变成薄荷冰雕了。

燕绥之嘴角忍不住弯了一下，他顶着顾晏冷冰冰的目光，运用毕生哄人功力，在全息屏上调出一个界面，好看的手指轻快地敲了一行字按了发送。

顾晏小手指上的尾戒即刻振了两下，他面无表情地动了一下手指，刚调出全息屏，一条新信息就跳了出来：别拉着脸了，笑一下？

顾晏抬起眼。

燕绥之晃了晃戴着智能机的手指："我也可以占着椅子给你发信息。"

有那么一瞬间，顾晏没有说话，而是看了燕绥之片刻后，突然别过头扫了眼窗外，片刻后，他才又将头转回来。

燕绥之干脆哄人哄到底，把通讯录里的"小心眼的薄荷精"改成了"大度的薄荷精"，又调转全息屏，伸到顾晏面前让他看了一眼："备注名也给你换了，这样行不行？"

顾晏面无表情。

"看来不太行。"燕绥之佯装恍然大悟地点点头，又动着手指打了两个字，重新伸过去。

这次他没再乱逗人了，改成了最正经的"顾晏"。

改名的界面光标还在闪动，确认键还没按，燕大教授似乎是为了强调诚意，打算在顾同学双眼的见证中点下"确认"。

这样的备注正经极了，跟背景通讯录里不多的几个联系人备注一样，就是最简单礼貌的姓名而已，不再带有任何调侃的意味。

顾晏的目光落在屏幕上，脸上依然看不出什么情绪。

又过了片刻，他才抬手扫了一下。全息屏感应到手指动作收了起来，那片带着文字的半透明画面瞬间消失，两人间再无遮挡。

"别忙了，我没有什么情绪问题，有也只是觉得自己喝了过多的酒，并不是针对你。"

可能"闹脾气"这种形容对顾晏来说实在有点儿不适应，所以他最终还是换了一种说法。他转开目光，看着外面从未稀落的城市灯火："我醒一醒酒就好，不用这么大费周章。"

他的语气一如既往，平静极了，沉稳中带着一丝冷感，但是落地玻璃上却隐约映出他微蹙的眉心。

那样的表情只持续了片刻，很快他的面色就恢复如常。他转回脸来的时候，语气变成了一贯不冷不热的状态："你哄人的高超技术我已经有所领略了，还有别的事吗？"

燕绥之："没了。"

"回去睡觉。"

顾晏斩钉截铁地冲大门方向抬了抬下巴，送客的意味非常明显。

燕绥之有点儿哭笑不得。他靠在椅子里犹豫了片刻，似乎还有什么要说的，但是琢磨了一轮也没找到话头，最终只是没好气地摇了一下头，站起身道："行吧，那我回去了。"

燕绥之打开房门。

顾晏站在控制器旁边，正在关灯的手在那一瞬间顿了一下，垂下目光看着虚空中的某一点，直到听见燕绥之的不紧不慢的脚步走了出去，他才重新动了手指，把用来"醒酒"的冷光按熄。

这一夜谁都没有睡踏实。

也许是樱桃园里那瓶酒的影响，也许是依然对顾晏放心不下，燕绥之做了一个冗长的梦。

梦的初端，他回到了少年时代的住处，那是一幢偌大的独栋别墅，前后都有装点精致的花园。他站在后院蔓生的青藤中，一手插在裤兜里，另一只手放松地握着笔。面前的木架上架着一块画板，蒙着纹理清晰的洁白画布。

午后的阳光跳跃在柔软的花瓣上，温和的风里裹着远远的鸟鸣。

他刚在画布上寥寥落了几笔，身后的树枝就传来了沙沙的声音。

谁？

他回头望了一眼，就见一位极有气质的中年女人正端着全息版的迷你相机拨开一丛枝丫朝他走过来，一只眼睛眯着，嘴角带着笑，用镜头对准他："今年份的生日视频，你想说点儿什么？"

燕绥之久久地看着她，从她眼角那枚秀丽的小痣，到她笑起来若隐若现的单侧梨涡，每一处都看得很仔细。

因为一些事情，他其实很少做梦，但每一次都跑不出这些场景，每一回从这个场景开始，他就会清晰地意识到自己在梦里。

他清楚地知道这些都是梦，是曾经的，久违的，再也见不到的场景。
　　然后他总会尽力让自己平静一些，再平静一些，以免在惊扰中从梦境脱离……
　　他看了女人很久很久，想叫她一声，结果梦里的他张口却总是另一句："又要录视频？说什么呢？祝我生日快乐？"
　　女人半真半假地犯愁："这就没词了？怎么办，这才是你第十四个生日，以后还得录上一百八十来个呢，要从小帅哥录到大帅哥，再到你老了，搞不好要录到秃头。"
　　梦里，少年时候的燕绥之懒懒地回道："你儿子老了要真秃了，哭的是你。"
　　他手里的笔没有停，但画的大多是一些色块，还没成形。
　　女人兴致勃勃地拍了一会儿画布，又把镜头对上自家儿子的脸，问道："你画的什么？"
　　燕绥之抬手指了一下不远处的花枝："那株扶桑。"说完，他又低声咕哝道，"你总盯着它修剪，没准哪天就剪死了，我先画上给你留个纪念。"
　　"倒霉孩子，胡说八道。"女人没好气地拍了一下他的后脑勺。
　　"我去拍你爸了。"她看见画布上的扶桑花逐渐成形，弯了弯眼睛，不打算继续打扰画画的少年，转身要走。
　　燕绥之偏着头抬起下巴，睨着她："我过生日，你也不说点儿什么？"
　　女人扑哧笑了一声，伸手捏了一下他的脸："我不是怕打扰你画画嘛，祝我儿子生日快乐……"
　　她笑得比画上那株明媚的扶桑花还要温柔动人："我跟你爸希望你永远无忧无虑，不用经受任何痛苦，不用特意成长，不需要去理解那些复杂矛盾的东西，不用做什么令人烦恼的选择，只希望你快乐长寿，永远有人跟你说早安和晚安。"
　　这是她第十四次说这样的祝福，说得燕绥之早就会背了。但他每一回都像第一次听一样，搭着画架，耐心而认真地听她说完，然后摆了摆手，懒洋洋地说："放心吧，一定活成这样。"
　　女人端着相机离开了后花园，燕绥之看着她的身影没入别墅，那扇通往花园的熟悉的雕花门就那样在他眼前慢慢关上了。
　　等他再转回头，连蔓生的青藤、月季和扶桑也都不见了，像是有只手搅浑了一池水。原本的画布和木架变成了靠在阳台栏杆上的顾晏，他手里握着一杯酒，轻晃间冰块在杯壁上嗑出清响，他喝了一口，微微眯起眸子看着阳台外斑驳的灯火。
　　燕绥之愣了一下，再回神时，自己已经跟他并肩倚靠在了栏杆边，手里同样握着一杯冰酒，道："再过几个月就毕业了吧？"
　　顾晏："嗯。"

"有什么感想？"燕绥之笑着问他。

顾晏沉默了一会儿，转过头来冲燕绥之举了一下杯，淡淡道："生日快乐。"

燕绥之就是在这声一点儿也看不出"快乐"的祝福里醒来的，早上睁眼的时候，久违的起床气非常重。

说不上来是因为两段被打断的梦还是别的什么，总之这一天他都没怎么开口。

乔治·曼森已经醒了，这对他们来说可能比凶手是谁的意义更大一些，燕绥之又留了陈章还有知更福利医院的联系方式，天琴星这边的事情就告一段落了。

两人坐了十多个小时的飞梭机，于清晨在德卡马的港口落地。

他们原本打算直接去南十字律所，但是临时又改了主意，因为顾晏在落地之后就接到了一个通信，来自德卡马的一家春藤医院。

"顾律师吗？您好，我是春藤医院的医生，乔少爷之前联系过我，让我帮忙准备一次私下的基因测试。"对方解释道。

顾晏愣了一下，才反应过来："是我，已经准备好了？"

"对，全程私密，不连数据网，您可以放心。"对方道，"您如果方便的话，现在就可以过来，我会告诉您用法和数值判断标准，您就可以自主测试了。"

顾晏："好，谢谢。"

"又要出差？"燕绥之没听到对话内容，下意识问道。

顾晏挂了通信，道："我之前让乔帮过一个忙。"

燕绥之愣了一下，想了起来。离开亚巴岛的时候，乔似乎提过顾晏让他帮忙。不过好像不是一个，而是两个。

但燕绥之没有纠正顾晏的说法，"嗯"了一声，道："什么忙？"

"我觉得你需要检测一下基因修正还能维持多久。"顾晏道。

燕绥之一愣。

因为前些天被案子分了神，基因修正能维持多久这件事已经被他搁置在了一边，遗忘很久了。没想到顾晏居然一直记得，并且早早就帮他做好了安排。

说没有感触是假的，只是感触之外还有些别的东西，像是花园蚂蚁的伶仃细脚在心脏处轻轻踩了两下，又窸窣爬过。

他靠在副驾驶的椅背上，看了顾晏一会儿，点了点头说："好。"他向来讲究礼仪，却并没有在这种时候说谢谢。

"嗯。"顾晏应了一声。

他挂了通信，便低头重新定位目的地，仿佛没有看到燕绥之的目光。

车子很快启动，在前面的路口掉转车头，朝那家春藤医院行驶。

不知开了多久，燕绥之突然道："我昨天梦到你了。"

顾晏正在回复工作邮件的手指猛地一停,他转头看了过来。

其实燕绥之也没想到自己为什么会突然提起这件事,话一出口,他先在心里愣了一下,然后哑然失笑,但是话既然已经起了一个头,还能戛然而止没个后续吗?

他瞥了顾晏一眼,福至心灵地意识到如果真的这么干,昨晚哄了半天的微末成果可能也要付之东流,彻底扭不回来了。

于是燕大教授兀自斟酌了两秒,用闲聊的语气继续道:"梦见有一年的酒会,某人抱着杯子在阳台孤零零地当冰雕,我以为那是在感怀毕业,打算过去安抚一下,结果冰雕根本没听清问题,对我说了一句生日快乐。"

他笑了一下,道:"挺有意思的回忆,不过很遗憾,到这里我就醒了,也许是因为我记不起来当时是怎么回答你的了。"

顾晏听完收回目光,过了片刻之后突然淡淡道:"我记得。"

"嗯?"

"你说'谢谢,也提前祝你生日快乐',而当时距离我的生日还有八个多月。"顾晏用一种极度平静毫无起伏的语气说完,伸手按了某个按钮,"下车,医院到了。"

燕绥之:"……"

燕绥之身上的安全带"咔嗒"一下应声收回,接着车门也叮的一声缓缓打开。

他从车上下来的时候,顾晏已经把系统锁好,一边看着停车场旁边的指示标牌,一边给联络的医生发着信息。

不知是不是错觉,他看起来心情略好了一些。

昨天那样费心思哄都没能有什么效果,今天这样三两句反而奏了效,可见某些同学大概更喜欢听梦话。

燕绥之摇了摇头,跟上去道:"我真那么回答你的?"

顾晏撩起眼皮扫过来,那目光仿佛在说:"会不会说那种话你自己心里没数?"

燕大教授干脆面皮不要,君子坦荡荡地道:"好吧,谁让我忘了,你说什么就是什么吧。"

德卡马这一带依然是隆冬,在他们离开的这段日子里接连下了几天雪,春藤医院旁成排的冬青木和大楼上常绿的青藤上都压了一层洁白的雪。医院门口往来的人很多,都裹着大衣和围巾,张口成雾。

这是冬天最常见的景象,却跟昨夜梦里的截然不同。

少年时候的燕绥之总是很难记住自己的生日是在冬天,因为那栋旧居的前后花园都有温控。最初是因为他的母亲身体不好,不能受寒,但后来那成了她逗燕绥之玩的地方。

她总会在燕绥之生日前,悄悄调整花园的温湿度,往往只要一周,别墅前后的景象就完全变了花样。幼年时候的燕绥之一度被她的把戏逗得搞不清四季,这么逗到十岁，他就彻底淡定下来，碰见什么惊喜惊吓都能泰然处之了。

不过也正因如此，燕绥之每一次关于少年时候生日的回忆，都是温暖明媚的，满是悠闲惬意。

即便已经过去数十年，燕绥之在看见冬景的时候也很难意识到自己的生日快到了。虽然他每年冬天都会办一场内部小酒会，但每次听见人映着冬景对他说"生日快乐"的时候，他总会有微妙的诧异，回答自然更随性。

现在听来有点儿逗趣，只是不知那时候顾晏会不会觉得他态度敷衍？

番外　薄荷

后来很多年，梅兹大学法学院都没再有过那样的白色情人节了。

那时候劳拉还在法学院学生会任职。她所在的是宣传活动部，职务是部长。作为学院里人缘最好的姑娘之一，她的职务内容就是搞大事。如果要加一个限定词，那就是不停地搞大事。

尽管再有三个月就要毕业了，她还是兢兢业业地站着最后一班岗，白色情人节就是一个不能放过的日子。

因为一旦放过了，她下一次发挥余热就该是在毕业典礼了。

但3月也是一个尴尬的时间，因为大多数临近毕业的法学院学生都在毕业论文、案件分析以及实习中焦头烂额，他们神出鬼没，不常在学校，根本抓不到人。

劳拉从2月底就开始发愁，主要愁两个问题：

一、除了低年级的那帮傻小子们，还有谁能帮她筹备活动。

二、怎么才能把那帮"毕业狗"齐全地聚集到一起。

好在幸运之神眷顾了她一回。

先是隔壁商学院的著名二世祖乔·埃韦思主动找到她，说想让她帮个忙。当然，他们本来关系就不错，只是乔很少这么郑重地请她帮忙。

劳拉说："没问题，需要我帮你什么？"

乔说："白色情人节那天，我想在你们法学院弄点惊喜，难忘一点儿的，毕竟毕业前最后一回了嘛，我喜欢热闹。你帮我出出主意，钱不是问题，人也不是问题。"

劳拉心说：嘿！这不是你帮我吗？

"但是你为什么不在自己学院搞？"

"小姐，我天天跟你们混一起——"

劳拉纠正道："主要是顾晏和柯谨。"

乔："好好好，反正我快成你们院的编外人员了，法学院就是我第二个家，你就说干不干吧。"

劳拉当然干。

于是两人一拍即合，共同为第二个问题发起了愁……

3月初，学院发放了最后几个月的日程安排表，白色情人节那天有一场关于就业的咨询会和一场论文交流会。

劳拉兴高采烈地把安排表跟乔少爷分享了一下。

乔刚开始还不能领会："这两个会我们学院也有，都不是强制性的，参不参加看个人意愿，老实说，已经实习的人谁有这个闲工夫？反正据说我们院只去了不足十个人。"

劳拉啧了一声："那不一样。"

乔不解："什么不一样？"

劳拉："我们有院长。"

乔："……"

哦，差点忘了。咨询会和交流会，学院院长一定会到场。区区实习能阻止法学院那帮受虐狂们接受院长的教诲吗？不能。

于是3月14号这天，除了远在其他星系，实在没买着飞梭票的三个倒霉蛋，法学院其他临近毕业的学生都到齐了。

这种令人害怕的自觉性乔已经领教过很多次了，但下一次看到依然会感叹一句：你们可真有意思，院长给你们"下咒"了吗？

这话乔少爷也就心里想想，不敢说出来。毕竟柯谨也是中咒者之一，至于顾……算了，顾晏修的是"冰系魔法"，中咒和中毒一样冻人，看不出区别。

梅兹大学是个相当开放的学校，白色情人节这天，整个校园都异常热闹，跨班、跨院、跨系甚至跨校来送礼物的人到处都是。

喷泉花园里有一堵寄语花墙，本来是给临毕业的学生留言留念的，这天却彻底变成了表白处。偏偏这里还是去往法学院大楼的必经之路。

乔早早地等在校门口，跟从赫兰星回来的顾晏、德卡马南区回来的柯谨一起横穿人潮。

经过喷泉花园的时候，乔少爷起了点儿促狭心思，忽然提议说："我去花墙那看看。"

顾晏看了一眼乌泱泱的人头，感觉他可能有病。

"你是从来没见过花墙吗？"

乔嘿嘿笑着说："我只是想看一看，有多少不敢来你这儿碰冰壁的姑娘，选择把爱慕说给墙听。"

顾晏冷静地问这位少爷："毕业论文写好了吗？有这时间不如看一看你那几个越算越离谱的经济模型。"

乔："……"

他转头向柯谨寻求安慰："他戳我痛脚。"

柯谨认真地说："模型错了最好还是改一下，不然论文会被枪毙。"

乔少爷被两面夹击，毅然决然地钻进了人群。

就凭他这股无聊劲，顾晏就很想"放生"他。但他最终还是脚下留情，跟柯谨一起在人少的角落等了一会儿。

乔少爷在人群里挣扎的时候，一个女生抱着个匣子鼓起勇气走过来，红着脸对顾晏和柯谨说："今天是白色情人节，你们要买花吗？花种也有。"

顾晏对这些没有兴趣，冷淡但礼貌地说："不用，谢谢。"

柯谨也笑着摇了摇头，正要说话，那个女生又踌躇着开口了："真的不用吗？如果后面需要的话，可以来这找我。或者去马场那边找我另一个同学，法学院楼前也有。"

她顿了一下，又补充道："我们是学校慈善会的，今天卖花的收益会全部捐给西区福利院，那边很多基因特症儿童，而且花的价格都很划算。"

柯谨听完轻轻"啊"了一声，伸手从匣子里拿了一支香槟玫瑰："那就这支吧，多少钱？"

女生腼腆地笑起来："5西。"

这比起满校园乱叫价的15西、20西，便宜得简直有点儿过分了。柯谨想了想，干脆拿了一捧。

这期间顾晏一直没有说话，女生以为他不会要了，跟柯谨结完账，冲他们点点头便要离开。

谁知她刚抬脚，顾晏忽然出声问道："有薄荷吗？"

女生一愣。

今天主打的全是玫瑰，粉的、金的、白的、蓝的，灿烂成画。大家买花也都是从这些里面挑。不要玫瑰要薄荷的，顾晏还是头一个。

"没有就算了。"顾晏垂了眼，打算随便拿两包花种。

那个女生忙说："有的！有种子，你要吗？"

顾晏点了一下头，抹开智能机全息屏付账。

"很巧，我今天想带几包回去种了泡水喝的。你也是吗？"女生很热情。

"嗯。"顾晏没抬眼，"谢谢。"

"不用谢。"

女生刚离开，乔少爷就狼狈地从人群里挤出来了。他捋着金色的短发，踉跄到顾晏和柯谨面前，叉着腰喘了两口气说："我后悔了，不该冲动。"

柯谨把外套搭在肩后，抓着玫瑰直笑："看见顾晏的名字了吗？"

乔摆摆手："有是肯定有，我都听见好几个女生悄悄说了。但我根本来不及看，我过去一扫，就看见了一排你们院长的名字，然后我就被人流传送出来了。"

"传送"这个词就很有灵魂，柯谨笑弯了腰。倒是顾晏沉默着没发表任何意见，他把薄荷籽放进口袋里，转头看向中塔楼的时候抿着唇，侧脸冷淡而英俊。

"我敢打赌，院长那么多名字，你们法学院的女生贡献了80%。"

"你错了。"柯谨说，"你问问劳拉她们敢不敢来这写院长的名字。"

"好吧。"乔想了想，感叹道，"那也太受欢迎了吧。"

"9点23。"顾晏从中塔楼收回目光，"再说两句，我们就可以上迟到名单了。"

柯谨叫了声"不好"，匆匆往法学院大楼赶。众所周知，他们院长永远踩着点到，比他晚的都完蛋。

他们最终赶上了咨询会的时间，但是很不幸，跟院长前后脚。

顾晏推门进礼堂的时候，听见燕绥之熟悉的嗓音在身后响起，带着调侃的笑意，不高不低："我眼花了吗？你居然还有踩点赶课的时候。"

顾晏动作一顿，转头看向对方。

他上次返校还是一个月之前，回来上了三节课，其中两节是燕绥之的。这次他本来是不打算回来的。

结果临到前一晚，他还是买了飞梭票。

他手里有两个案子要跟，一堆材料等着交。他上午在德卡马落地，夜里就得赶回赫兰星。

鬼知道这么赶课为了什么。

法学院安排的咨询会内容其实不错，论文交流会也有些实物，但对顾晏来说都是可听可不听的。

他坐在第二排左侧某个座位上，开了一张全息空白文档，握了一支笔，却没

341

有记一个字，只是靠在椅背上看着讲座台，安静地听了两个小时。

他们在礼堂里的时候，乔大少爷正在一楼忙碌。

法学院大楼庄严气派，里面也不遑多让。大楼的电梯只停到二层，要想下到一层，得走一段大理石质的楼梯，楼梯上铺着鸽绒灰的长地毯。

乔少爷擅长跟各种人打交道，所以只花了5分钟就搞定了大楼的楼管。他找人把提前买好拆好的香槟玫瑰花瓣、混杂着各种祝福寄语的福袋和纸卷，装进了一个巨大的薄膜球里，并吊到了天花板上。

他跟劳拉商量好了，等他们这帮毕业生们听完讲会，从楼上下来，顺着楼梯往下走的时候，把薄膜球的开关一拉！整个法学院的朋友们都会感受到白色情人节的浪漫，以及对他们未来光明坦途的祝福。

多棒啊！

可惜现实和理想往往存在差距……

劳拉给乔发讯息说他们讲会结束了，正在下楼，预计还有半分钟到达。于是乔少爷便盯住了二楼的电梯。

只听电梯门"叮"的一声响，有身影从里面出来。乔立刻给遥控的朋友比了手势。

当第一个出来的人顺着楼梯从容下楼的时候，屋顶上的薄膜球"噗"地打开了。浅金色的香槟玫瑰花瓣倾泻而下，震撼又漂亮。

后面的人群"哇"地赞叹出声，姑娘们已经捂着嘴低低惊呼起来。男生们大多也很激动，淡定些的比如柯谨也是笑着的。

唯独顾晏看着前面某处，脸上情绪有点儿……复杂。

为什么复杂？

乔少爷困惑地顺着顾晏的目光看过去，这才发现最先走进玫瑰雨里的人抬了一下头。

他脚步停了一瞬，便继续从从容容地下了楼，走到底的时候，手指扫了一下肩上的花瓣，然后跟蹲守的乔少爷对上了视线。

不是别人，正是那帮受虐狂们的院长燕绥之。

乔心说：要完。

劳拉拽着柯谨和顾晏下了楼梯，直奔乔而来，三个人一个亢奋，一个乖巧，一个不情不愿。

燕绥之笑着走过来，目光扫过他们几个，指着身后的花雨问："你们安排的？"

劳拉自告奋勇："我跟乔一起弄的，院长。"

燕绥之点了点头："非常非常浪漫的主意，很漂亮。"

他顿了一下又笑着说:"晚点儿记得打扫一下。"

院长一走,劳拉就激动地说:"院长夸我了!"

顾晏:"……"

他感觉劳拉小姐这会儿脑子可能不太好。

后来,这群享受了极致浪漫的人不得不牺牲午饭,花了近两个小时的时间,把整个一楼打扫干净。

乔是个喜欢热闹的人,难得凑了这么多朋友,不多聚一会儿就太亏了。于是他提议去梅兹大学城东街的玫瑰酒吧,名字气氛都合适,他做东。

众人左右无事,纷纷响应。唯独顾晏说:"你们先去,我晚一点儿。"

"你要干吗?"乔不解地问。

"去一下办公室。"顾晏说。

"办公室?"乔没反应过来,"哪个办公室?"

顾晏:"……院长。"

乔茫然道:"你去那里干吗?还要汇报一下打扫结果吗?"

顾晏:"不是,拿一下东西。"

燕绥之的办公室里有两张供学生用的办公桌,有时候他会带一些学术项目或者草案研讨组,参与的学生可以把光脑和资料搬过去,就在那里自习、讨论,比较方便。

不过实际上,那两张办公桌的使用率并不高,因为法学院的学生大多都很怕他。真正用其中一张桌子最多的人,还是顾晏。

以至于都快毕业了,他还有很多资料盘、数据片留在那张桌子上。

他到院长办公室的时候,时间刚过2点,正值午后,燕绥之不在。偌大的办公室安静地待在明亮的阳光里。

那道光线斜着穿过学生的办公桌,落在院长办公桌后的椅子上,留下几何形的影子。曾经很长一段时间,顾晏就在这张办公桌后,抬眼就能看见那把椅子上坐着的人。

他在这里写过很多篇论文、报告、综述,也在这里打过盹儿,又为了提神醒脑不再被捉,泡过很多杯薄荷水。

他背后的窗外有长长的春藤,风扫过的时候会有沙沙的轻响。因为太过宁静,有时候会给人一种错觉,好像这样的生活可以一直延续下去。

可事实上,却是眨眼就过。

下一次再来这里,再见到那个人,也许就是毕业典礼。再下一次……就不知会是多少年之后了。

顾晏把遗留的资料盘、数据片收起来，放进光脑包里。他又在桌边站了一会儿，然后走到他那个位置的窗边，掏出了今早买的薄荷籽。

窗台上搁着几个花盆，种着一些观赏性的绿植。顾晏熟稔地从杂物柜里拿出一个新花盆，用专门的铲子拨了点儿营养土过来，把薄荷籽倒了进去。

做完这些，他拎着包走出去，关上了办公室的门。

他的整个学生时代和那些无疾而终的东西，就都被关在门后了。

燕绥之对于办公室里多了什么、少了什么，并不那么在意，尤其是花盆、绿植这种有专人负责打理的东西。

直到几年后的夏天，项目组的学生来办公室里录点儿资料，可能是有点儿怕他吧，等待的时候显而易见很紧张。

燕绥之一直是个开明温和的教授，不介意帮学生缓解一下情绪。他从消毒柜里拿了两只待客用的玻璃杯，问他们咖啡和茶，一般喝点儿什么。

聊了几句又喝了点儿东西，那两个学生放松多了。其中一个女生左右张望了一圈，指着窗台上的花盆问道："院长你也种薄荷泡水喝吗？"

那是燕绥之第一次注意到那个花盆，他印象里以前似乎没有这样的植物。但他已经不记得自己上一次注意，是多久以前了。

他走过去，垂眸看了一会儿，问道："这是薄荷？"

女生点了点头："对。"

燕绥之笑了一下："我第一次注意到薄荷开花是什么样。"

也许是因为那几簇白花格外安静吧。

"你喜欢用薄荷泡水喝吗？"燕绥之看了那个女生一眼，"我以前也有个学生喜欢喝这个。"

他回忆了一会儿，笑了一下说："可能是因为在这打盹儿被我抓住过。"

"在这吗？"女生有点儿不敢想象。

"嗯。"燕绥之说，"他不太怕我。"

他倚在窗边，目光落在那盆安静的花和青绿的薄荷叶上，有些出神。

女生小声说："这花不算特别惊艳，但是花语很美。"

燕绥之难得有兴趣："是吗？花语是什么？"

"永不消逝的爱。"

——第一册完——